宋词

[清] 上彊村民 ◎ 编

王学典 ◎ 编译

江苏凤凰科学技术出版社 · 南京

图书在版编目（CIP）数据

宋词 /（清）上彊村民编；王学典编译．— 南京：江苏凤凰科学技术出版社，2018.9（2022.5 重印）

ISBN 978-7-5537-7541-8

Ⅰ．①宋… Ⅱ．①上… ②王… Ⅲ．①宋词 – 青少年读物 Ⅳ．① I222.844

中国版本图书馆 CIP 数据核字 (2016) 第 281484 号

宋词

编　　者　【清】上彊村民
编　　译　王学典
责任编辑　祝　萍
责任监制　方　晨

出版发行　江苏凤凰科学技术出版社
出版社地址　南京市湖南路 1 号 A 楼，邮编：210009
出版社网址　http://www.pspress.cn
印　　刷　天津旭丰源印刷有限公司

开　　本　718 mm × 1 000 mm　1/16
印　　张　16
插　　页　2
字　　数　287 000
版　　次　2018 年 9 月第 1 版
印　　次　2022 年 5 月第 2 次印刷

标准书号　ISBN 978-7-5537-7541-8
定　　价　39.80 元

况周颐原序

词学极盛于两宋，读宋人词当于体格、神致间求之，而体格尤重于神致。以浑成之一境为学人必赴之程境，更有进于浑成者，要非可躐而至，此关系学力者也。神致由性灵出，即体格之至美，积发而为清晖芳气而不可掩者也。近世以小慧侧艳为词，致斯道为之不尊；往往涂抹半生，未窥宋贤门径，何论堂奥！未闻有人焉，以神明与古会，而抉择其至精，为来学周行之示也。彊村先生尝选宋词三百首，为小阮逸馨诵习之资；大要求之体格、神致，以浑成为主旨。夫浑成未遽诣极也，能循涂守辙于三百首之中，必能取精用闳于三百首之外，益神明变化于词外求之，则夫体格、神致间尤有无形之祈合，自然之妙造，即更进于浑成，要亦未为止境。夫无止境之学，可不有以端其始基乎？则彊村兹选，倚声者宜人置一编矣。

中元甲子燕九日，临桂况周颐

一代有一代的文学。在先秦散文、汉赋、唐诗、宋词、元曲、明清小说的中国文学谱系中，宋词是不可或缺的重要一环。

词是在中国古代诗歌发展成熟的基础上和相应的北方音乐形式相结合的产物，它最初起于民间。中唐时，始为文人所注意，到晚唐五代，才被士大夫广泛运用，而在宋代发展至鼎盛。晚唐五代词的基本风格是“艳歌”，《花间集》《尊前集》所收作品多属此类，宋初的词坛也是沿着这一途径发展。

北宋中期，在欧阳修倡导的古文运动之下，宋朝文学逐渐走向繁荣，从事词创作的人越来越多。受到古文创作的影响，词的题材有了扩展，艺术价值亦随之提高。特别是柳永的创作实践使词反映的生活更加广泛。他在作品中使用大量的中调和长调，让词境得到了初步的扩大。

到了北宋后期，大文豪苏轼不仅从事诗歌、散文的创作，还致力于词的写作。苏词比柳词具有更为深广的社会内容与思想意义，他彻底打破了词为“艳科”的传统观念，使词摆脱了音律的羁绊，形成了豪放派的词风，对后世词的创作产生了重大影响。

以词言志，在南宋初期得到了充分体现。南渡后的词人大多忧国忧民，忠君爱国。但国势衰弱，使得这些不能征战沙场的爱国文人，无法实现为国立功的愿望，他们只有借由创作来抒发满腔的痛苦和愤懑。辛弃疾进一步发展了豪放词，辛派词人以议论入词，使词更加广泛地反映社会生活。

南宋中期社会比较安定，偏安局面已被大多数人接受，文人也已无力改变社会现状，因此享乐之风盛行，词成为文人遣兴言志的工具。姜夔在此期间开“清雅”词的先河。

南宋末年，社会动荡加剧，宋王朝的统治岌岌可危。此时，词的内容扩及社会各个层面，风格也更加多样化，婉约词、豪放词、清雅词并行发展。

宋词的发展与当时社会的发展有着密切的关系，它是宋朝最为活跃和最具代表性的文体。宋词的作家多、作品多，词集、词选不胜枚举。其中，由上疆村民朱孝臧于 1924 年编定的《宋词三百首》，是有代表性的、比较精到的选本。

朱孝臧（1857~1931），清代词人，字古微，后改名祖谋，号沤尹，又号彊村，归安（今浙江省湖州市）人。光绪九年（1883）进士，改庶吉士。历任国史馆协修，会典馆总纂总校，侍讲学士，擢礼部侍郎。光绪三十年（1904）出任广东学政。后因故辞官，归隐于苏州。工诗词，通格律，著有《彊村语业》等书。又曾编刻《彊村丛书》二百六十卷，汇集唐、五代、宋、金、元人词总集五种，宋词别集一百十五种，馀为唐及金、元词别集。

朱孝臧所选编的《宋词三百首》不持门户之见，兼收“豪放”“婉约”等各大流派的名篇，摒弃侧艳浮宕的辞章，选材范围广，分量也适中，全书浑成典雅。然而，任何一部选编都有编者的倾向性，本编也不例外。朱孝臧本人崇尚周邦彦、姜夔，尤其是吴文英，因他们的词词风婉约、讲求格律，故这些人的作品入选最多，而对于苏轼、辛弃疾等词风豪健的作品则重视不够，入选相对较少。另外，宋词中有些没有入选的词人词作其实不乏“浑成”之作，而有些入选的词作，情调消沉，不能代表宋词创作的最高水平。

本书对每一首词中生僻的字词、典故都做了详尽的解释，并且用流畅、优美的散文化的语言意译全词，努力使之通俗化，让读者能更加方便地理解词作的内容。另外，本书也力图解剖词人的思想，以接近古人写作时的社会背景、环境，让读者更深入了解词中的弦外之音。

词可陶冶性情，语短意长，直接诉诸情感，并带有节奏感，读起来心情容易平静、轻松、愉悦。就让我们一起来品味千古名词的绝妙意境，走进趣味盎然的宋词世界吧。

目录

木兰花

钱惟演

城上风光莺语乱，城下烟波春拍岸。绿杨芳草几时休？泪眼愁肠先已断。

情怀渐觉成衰晚，鸾镜[1]朱颜惊暗换。昔年多病厌芳尊，今日芳尊[2]惟恐浅。

※ 注释

1 鸾镜：南朝刘敬叔《异苑》载：罽（jì）宾王有鸾，三年不鸣。夫人曰悬镜照之，鸾见影则鸣。故后世称镜为鸾镜，多借以表达离愁别恨。2 芳尊：美酒。尊，同“樽”，酒杯。

※ 新解

暮春时节，城墙上群莺乱叫，城墙下一江春水烟波浩渺，拍打着堤岸。芳草映绿杨，处处鸟语花香，这美丽的春景不知还有几时。眼看春将归去，好花不常开，好景不常在，我不禁潸然泪下，愁肠百结。

感觉自己日渐老朽，对镜一照，更是大吃一惊，想不到容颜竟衰老得如此之快。往年因身体多病不喜饮酒，如今满腹惆怅，幽思难以排遣，反而担心杯中少酒。

读此词，让人觉得词人已大限将至，无限的迟暮之悲令人黯然神伤。这首词正是词人的绝笔。词人一生仕途得意，晚年遭贬，感到政治生命与人生旅途都将结束，因此全词充满了时光飞逝、生命无多的感伤。

踏莎行

寇准

春色将阑，莺声渐老，红英落尽青梅小。画堂人静雨蒙蒙，屏山半掩余香袅。

密约[1]沉沉，离情杳杳，菱花[2]尘满慵将照。倚楼无语欲销魂，长空暗淡连芳草。

※ 注释

1 密约：互诉衷情，暗约之佳期。2 菱花：指镜子。

※ 新解

春天转眼间即将结束了，黄莺清脆的啼叫声也渐渐衰涩了，那迎春的红花飘零在暮春的风雨中，梅树枝头也结出了小小的青果。画堂里面安静沉寂，堂外则是细雨蒙蒙。

这是一首闺怨诗，描述女子由于和丈夫长时间的离别，自己经常过着十分孤寂的生活。该诗是借由外在的景物来述说内心的情感，“景”是暮春之景，“情”是伤离之情。全文情景交融，把女子内心的情感完全表露无遗，意境浑然。

曲玉管

柳永

陇首[1]云飞，江边日晚，烟波满目凭阑久。一望关河萧索，千里清秋，忍凝眸。

杳杳神京，盈盈仙子，别来锦字[2]终难偶。断雁[3]无凭，冉冉飞下汀洲，思悠悠。

暗想当初，有多少、幽欢佳会；岂知聚散难期，翻成雨恨云愁。阻追游，每登山临水，惹起平生心事，一场消黯，永日无言，却下层楼。

※ 注释

1 陇首：高山之巅。2 锦字：指书信，锦字书。3 断雁：离群的孤雁。

※ 新解

远处的山头上，朵朵白云飘飞，天色已晚，一轮红日慢慢地落在江边。我长时间地倚靠在栏杆上，极目远眺，满眼都是迷漫的烟涛。清秋时节，万里江山，一片萧瑟，而我怎么能凝神远望这么长的时间呢？

我那美丽多情的女友，还在遥远的京城汴京，我最难以忘怀的就是她那仙女般的盈盈体态。自从分别以后，我俩天各一方，一直没能收到她那充满柔情蜜意的书信。那只孤雁缓缓地飞向了水中的小洲，并没有飞到我的身边，看来它没有为我捎来她的音信啊。绵绵相思情，就像滚滚东逝的江水，无穷无尽。

想当年，你我曾有过无数次的欢乐幽会。可谁知，聚散离合，竟是如此难以预料。我心头那浓浓的离愁别绪，就像那愁云凄雨，不请自来，挥之不去。山阻水隔，我追胜而游。每当登山临水，平生的心事便会一下子涌向心头。而最终只能默默走下高楼，仍然整日愁肠满怀。

这是一首慢词，写离别之恨以及羁旅之愁。“思悠悠”一语，包含了无穷的难以诉说的愁绪。往事不堪回首，一句“永日无言，却下层楼”，将作者欲说还休的无数的无可奈何，尽付其中！

雨霖铃

寒蝉[1]凄切，对长亭晚，骤雨初歇。都门帐饮[2]无绪，留恋处、兰舟[3]催发。执手相看泪眼，竟无语凝噎。念去去、千里烟波，暮霭沉沉楚天[4]阔。

多情自古伤离别，更那堪、冷落清秋节！今宵酒醒何处？杨柳岸、晓风残月。此去经年[5]，应是良辰好景虚设。便纵有千种风情[6]，更与何人说？

※ 注释

1 寒蝉：秋蝉。2 都门帐饮：古人在京城门外设帐为友人饯行。3 兰舟：木兰舟，以木兰树所造之船。后世泛指船只。4 楚天：南天。楚国在江南，故称南天为楚天。5 经年：年复一年。6 风情：男女间的爱恋深情。

※ 新解

黄昏时分，凄凉悲切的秋蝉声回响在暮色中，刚刚下过一阵急雨，四周十分清凉。在这京城门外设帐饯行，彼此都没有心情饮酒。我们依依难舍，木兰舟上的人催促我赶紧出发。我们紧握住彼此的手，双目相视，泪眼蒙眬，哽咽到说不出话来。这次离京南下后，我再也见不到你的倩影，只看见江上一望无际迷茫的水雾，以及傍晚时分迷漫在辽阔天空中的灰蒙蒙的云雾。

自古多情的人都因离别而伤感，如今我与你分别在这冷落、凄清的晚秋季节，这叫我如何能忍受分别的痛苦。不知我今夜酒醒后会身在何处。或许在杨柳依依的岸边，在清凉的晨风中，举头还依稀可见空中的残月。这一去，不知何年何月才能与你相见，虽有良辰美景，没有你陪伴身旁，还不是如同虚设？纵然对你有万般思念、千种风情，又可向谁诉说呢？

读此词，一幅秋江别离图如在眼前。晚秋天气，江天迷蒙，情人依依惜别，“此地一为别，孤蓬万里征”，不知何日才能与君相依屏风旁，浅斟低唱。“执手相看泪眼，竟无语凝噎”，语浅而情深，令人动容。“杨柳岸、晓风残月”是千古名句，柳词的风格可以用这一句词加以概括。

蝶恋花

伫[1]倚危楼[2]风细细，望极春愁，黯黯[3]生天际。草色烟光残照里，无言谁会凭阑意？

拟把疏狂[4]图一醉，对酒当歌，强乐[5]还无味。衣带渐宽[6]终不悔，为伊消得[7]人憔悴。

※ 注释

1 伫：久立。2 危楼：高楼。3 黯黯：沮丧愁闷的样子。4 疏狂：粗疏狂放，散漫不羁。5 强乐：强颜欢笑。6 衣带渐宽：指人逐渐消瘦。语本《古诗》："相去日已远，衣带日已缓。" 7 消得：值得。

※ 新解

微风轻拂，我倚靠在高楼栏杆边站了很久，凝望天边，夕阳的余晖里，烟霭迷蒙，远山的草色变得黯淡，一如我忧郁的心情，有谁理解我此时的惆怅？

打算放纵一下自己，痛痛快快地醉一场，纵情高歌，但强求欢乐反而了无趣味。为了她，即使身心憔悴，日渐消瘦，我也无怨无悔。

这是一首怀人之作。从词中可看出柳永用情之深，如此执着——"虽九死其犹未悔"，难怪深得青楼歌女青睐，其词唱遍了街头巷尾。所谓"有井水处皆能歌柳词"，不愧是名噪一时的歌词作家。

采莲令

月华收，云淡霜天曙。西征客、此时情苦。翠娥[1]执手，送临歧[2]、轧轧开朱户。千娇面、盈盈伫立，无言有泪，断肠争忍[3]回顾？

一叶兰舟，便恁急桨凌波[4]去。贪行色、岂知离绪，万般方寸[5]，但饮恨、脉脉同谁语？更回首、重城不见，寒江天外，隐隐两三烟树。

※ 注释

1 翠娥：本指美人的眉毛，此处借指美女。2 临歧：分别的岔路口。3 争忍：怎忍。4 凌波：奔腾的波浪。5 方寸：指心。

※ 新解

月亮收起了它的清辉，天色渐渐地亮起来，淡淡的云彩，映衬着满地的寒霜。此时此刻，即将踏上漫漫征途的游子，心情无比愁苦。那温柔美丽的女友为了给他送行，轧轧地打开了那扇朱红色的大门。两人携手，依依不舍地来到了分别的岔路口。她两眼泪汪汪，久久地站在那里，深情的面容千娇百媚，婀娜的体态袅袅轻盈，那伤心欲绝的神态，让人真不忍心转身回顾！

登上一叶扁舟，便匆匆操桨驾舟而去。离别的时候一心急于上船赶路，根本没想到那离愁别绪竟是如此痛苦！此时此刻，无尽的懊恨之情只能埋藏在心底，脉脉深情能向谁倾诉？当他留恋地再次回头时，就连那高高的城郭都已经看不见了，所能看到的，只有在寒气逼人的江天之际，那隐隐约约的被烟雾笼罩的三两棵孤树。

该词与《雨霖铃》堪称柳永离情词的“双璧”。“盈盈伫立，无言有泪”，有似《雨霖铃》中的“执手相看泪眼，竟无语凝噎”，将那一刹那定格，成为永恒，一顾难忘，回首断肠。“便恁急桨凌波去”与《雨霖铃》中的“留恋处，兰舟催发”更是有异曲同工之妙，将主人公既依恋又急于离去的复杂心情描写得惟妙惟肖。

浪淘沙慢

梦觉[1]透窗风一线，寒灯吹息。那堪酒醒，又闻空阶夜雨频滴。嗟因循[2]、久作天涯客。负佳人、几许盟言，更忍把、从前欢会，陡顿[3]翻成忧戚。

愁极，再三追思，洞房深处，几度饮散歌阑，香暖鸳鸯被。岂暂时疏散，费伊心力。殢云尤雨[4]，有万般千种，相怜相惜。

恰到如今，天长漏永[5]，无端自家疏隔。知何时、却拥秦云态？愿低帏昵[6]枕，轻轻细说与，江乡夜夜，数寒更思忆。

※ 注释

1 梦觉：梦醒。2 嗟：感叹。因循：此指漂泊。3 陡顿：突然。4 殢（tì）云尤雨：比喻男女缠绵欢爱。殢，恋恋不舍。5 漏永：形容时间漫长。漏，漏壶，古代计时器。6 昵：亲近。

※ 新解

昨晚喝醉了酒，夜半时分，从梦中醒来，寒风透过窗户，将屋里那盏昏暗的孤灯吹灭。屋外愁苦的雨点滴滴答答地敲打着空荡荡的台阶，让人听了之后倍感凄凉孤寂。我漂泊不定，长期客居天涯，辜负了曾与佳人立下的海誓山盟。从前欢乐的聚会，如今竟一下子变成了挥之不去的忧愁，更是让人不堪回首。

心中忧愁到了极点。一次次地回想起在她那弥漫着阵阵脂香的卧室里，有多少回，我曾一边慢慢品尝美酒，一边尽情欣赏她的轻歌曼舞，然后与她共枕同眠。她曾伤心地问我："此次出游，只是一次短暂的离别吧？"那天晚上，我俩缠绵欢爱，如胶似漆，难舍难分，万种风情，尽在那互相怜惜的绵绵爱意之中。

然而如今，我只能在异乡独对孤烛，苦苦挨过这漫漫长夜。怪只怪自己无端出游，才造成了今天这天涯阻隔。不知哪一天，我才能回到她的身边，与她相会。到那个时候，我一定要在帐帏里，与她缠绵共枕，轻轻地向她详细诉说：我一个人漂泊在异乡，是如何夜夜数着寒更，默默地思念着她，期盼与她重聚。

柳永把本来的一个小调《浪淘沙》衍成这首长篇巨制，从中我们可以明显地感受到主人公的全部情思状态和心理过程。全篇展现了当前的情感、追思旧情、设想将来三个不同阶段的情感活动过程。但在遣词用语上，本篇稍显粗鄙直露。从某种意义上说，这可以说是柳永因功名场上失意而不得已沉沦的实际生活写照。

定风波

自春来、惨绿愁红，芳心是事可可[1]。日上花梢，莺穿柳带，犹压香衾卧。暖酥[2]消、腻云亸[3]，终日厌厌倦梳裹。无那[4]，恨薄情一去，音书无个。

早知恁么，悔当初、不把雕鞍锁。向鸡窗[5]，只与蛮笺[6]象管，拘束教吟课。镇相随[7]、莫抛躲，针线闲拈伴伊坐。和我，免使年少光阴虚过。

※ 注释

1 是事可可：对什么事情都不在意，不放在心上。可可，平常，不关心。2 暖酥：（女子）酥软光滑的肌肤。3 腻云亸（duǒ）：任光亮的发髻散乱下垂。此处意为懒于梳理。4 无那：无可奈何。5 鸡窗：书房。6 蛮笺：古时产于蜀地的彩色信笺。7 镇相随：整天相伴相随。

※ 新解

开春以来，面对桃红柳绿的景色，我反而更觉凄惨愁闷，做任何事情都提不起精神来。太阳已经爬上了树梢，黄莺在柳树枝条间穿梭，不停地飞来飞去，而我却还懒洋洋地躺在被窝里。往日丰润酥嫩的姿容此刻变得如此憔悴，那一头浓密乌黑的秀发随意地垂于脑后，散乱蓬松，根本没有心情梳妆打扮，就这样整天无精打采地度日。

我那薄情郎一去无踪，就连一封简短的报平安的信件都不曾捎回，对此我也无可奈何。

早知道如今会是这样的话，当初就应把他的马鞍锁起来，将他留住。现在真是后悔啊！他没有走的话，我就让他待在书房里，面对书窗，用我给他准备的精致笔墨纸张，吟诗作文，用功读书。这样他就能整天陪伴着我，形影不离。我闲下来做针线活的时候，他也能陪在我身边，我俩恩恩爱爱，只有这样，我才不会感到虚度了美好的青春年华。

这首词是柳永俚词的代表之作，词人在词中细腻地描写了一位独守空闺的少妇那百无聊赖以及思念怨恨的矛盾心情。柳永有很多类似的写下层妇女和市井生活的作品，为历代文人雅士所诟病，认为这些词用语鄙俚、格调低俗。但是，正是这些俚词以其语言之通俗、情感之率真，为宋元时代的平民所喜爱，并被广泛传诵。然而，柳永也为此付出了沉重的代价，在仕途上被那些所谓的文人雅士所排挤，一生都郁郁不得志。

少年游

长安古道马迟迟[1]，高柳乱蝉嘶。夕阳岛外，秋风原上，目断四天垂[2]。

归云[3]一去无踪迹，何处是前期？狎兴[4]生疏，酒徒萧索，不似去年时。

※ 注释

1 迟迟：缓缓而行。2 天垂：天边，天际。3 归云：此处借指已经消逝、不可重现的事物。4 狎（xiá）兴：狎游的兴致。

※ 新解

骑着马，缓缓地在长安古道上前行，只听得高高的柳树上那秋蝉一阵阵地悲鸣。夕阳西下，飞鸟隐没于长空之外，原野上秋风瑟瑟。放眼望去，茫茫天际，辽阔无边，这让我顿感说不出的寂寞世间万物，本来就像那空中的云彩，一旦飘去，便消失得无影无踪。那旧日的欢会期望今日何在？早已没有了过去那狎妓游乐的兴致了，曾经的酒友们也都零落四散，所有的一切都已经不如当年了。

此词表达了作者晚年苦闷悲戚的心情。词人用古道、夕阳、高柳、乱蝉，以及萧瑟秋风中骑着一匹瘦弱老马的孤独行人等景物，描绘了一幅凄婉哀伤的画面，并借此来感叹自己坎坷的一生。词人年轻时，虽然在仕途上屡屡受挫，但尚可以借酒色风流来自遣，而当青春年华逝去的时候，既没有了当年冶游狎妓的兴致，又淡薄了功名利禄，失去了精神上的寄托，望断念绝，自然而然就生出了沧桑悲凉的感慨。

戚 氏

晚秋天，一霎微雨洒庭轩。槛菊[1]萧疏，井梧[2]零乱，惹残烟。凄然，望江关，飞云暗淡夕阳间。当时宋玉悲感，向此临水与登山。远道迢递[3]，行人凄楚，倦听陇水[4]潺湲。正蝉吟败叶，蛩[5]响衰草，相应喧喧。

孤馆度日如年，风露渐变，悄悄至更阑。长天净，绛河[6]清浅，皓月婵娟[7]。思绵绵，夜永对景，那堪屈指暗想从前。未名未禄，绮陌红楼[8]，往往经岁迁延[9]。

帝里风光好，当年少日，暮宴朝欢。况有狂朋怪侣，遇当歌对酒竞留连。别来迅景[10]如梭，旧游似梦，烟水程何限？念利名、憔悴长萦绊，追往事、空惨愁颜。漏箭移，稍觉轻寒，渐呜咽、画角数声残。对闲窗畔，停灯向晓，抱影无眠。

※ 注释

1 槛菊：栏杆旁所种的菊花。2 井梧：井边所种的梧桐。3 迢递：迢迢，形容遥远。4 陇水：在陕西陇县西北。此处泛指流水。5 蛩：蟋蟀。6 绛河：即银河。7 婵娟：月色明媚的样子。8 绮陌红楼：绮陌，本指繁华的街道或风景美丽的郊野道路，这里指花街柳巷。红楼，泛指华美的楼房，此处指歌楼妓馆。9 迁延：徜徉流连，逍遥自在。10 迅景：飞速而过的光阴。

※ 新解

一个深秋的傍晚，一阵淅淅沥沥的细雨洒落在檐前庭院。栏杆里的菊花已经凋残，天井旁梧桐的枯枝败叶间缭绕着缕缕残烟。我不禁感到凄凉，远望江河关山，在夕阳余晖中，暗淡的暮云飘飞天际。遥想当年宋玉悲秋，也是感慨万千，临水登山。人生的旅途是多么的遥远，游子已饱受羁旅行役的凄楚，听厌了异乡的流水声。此时，败叶间秋蝉的悲吟和衰草丛中蟋蟀的低唤彼此呼应，响成一片。

我一个人孤单单地待在驿馆，真是度日如年，天气渐渐变得寒冷，一个人孤苦伶仃，呆坐到深夜。辽阔的天空没有一丝云彩，银河又清又浅，一轮皓月当空，月色十分明媚。我不由得又相思绵绵，长夜里独对这清秋月影，又不忍回忆起从前在歌楼酒馆里与歌女们偎红依翠的浪漫时光。由于那时不屑于功名利禄，经常流连忘返于花街柳巷、秦楼楚馆间。

想当年在京城时是何等风光，当时少不更事，只知朝朝暮暮浅斟低唱，寻欢作乐。何况还有狂放怪诞的朋友呼前拥后，遇上填好的词调，便饮酒歌唱，直到昏天暗地都不肯归去。自离别以来，岁月如梭、光阴似箭，回首往事，恍如一梦，眼前这前程就在这迷茫无际的烟波之中，不知何处才是彼岸！我想都是名锁利诱使我形容憔悴，长期羁留他乡。追怀往事空自愁容惨淡，滴漏标时的箭头缓缓移动，微微感到一丝凉气袭人，远处传来几声悲鸣的画角声，渐渐消失在夜空中。我百无聊赖，独自守在窗旁，望着如豆的孤灯直到天明，又是孤影伴着我，令我彻夜未眠的一夜。

“《离骚》寂寞千载后，《戚氏》凄凉一曲终。”不读此词，不知柳永。本词可看作柳永的自传，里面几乎概括了他一生的思想和生活状况。年轻时奢华浪漫，“且恁偎红倚翠，风流事，平生畅”；到后来的仕途坎坷，长年南北转徙、四方漂流，饱受羁旅行役之苦，独自守着窗儿，怎一个“苦”字了得？

夜半乐

冻云黯淡天气，扁舟一叶，乘兴离江渚。渡万壑千岩，越溪深处。怒涛渐息，樵风乍起，更闻商旅相呼。片帆高举，泛画鹢[1]、翩翩过南浦[2]。

望中酒旆[3]闪闪，一簇烟村，数行霜树。残日下、渔人鸣榔归去。败荷零落，衰杨掩映，岸边两两三三，浣[4]纱游女，避行客、含羞笑相语。

到此因念，绣阁轻抛，浪萍难驻。叹后约、丁宁[5]竟何据！惨离怀，空恨岁晚归期阻。凝泪眼、杳杳神京路，断鸿声远长天暮。

※ 注释

1 画鹢（yì）：画有鹢鸟的船只，以示吉利。2 南浦：送别的地方。3 酒旆（pèi）：酒旗，在酒店前悬挂的布幌子。4 浣：洗涤。5 丁宁：同“叮咛”。

※ 新解

寒冷而又浓密的云团遮天蔽日，天空阴沉，我驾着一叶扁舟，乘兴驶离江岸。穿越万壑千岩，到达了越女西施曾经浣纱的若耶溪的深处。汹涌澎湃的滚滚波涛已经渐渐平息下来，山林里刹那间刮起了一阵顺风，耳边传来了商贾们此起彼伏的呼喊声。我扬起风帆，泛起画有鹢鸟的小船，悠然驶过南浦。

站在船上眺望远处，大江两岸酒肆的酒旗迎风飘扬，炊烟冉冉的村庄前，几行高高的大树迎风傲霜。夕阳西下，渔夫们都收起渔网，敲着船榔归去。荷叶零零落落地散落在水面上，几棵光秃秃的衰杨掩映在河岸边。姑娘们三三两两来到河边洗衣服。她们避开行人，羞答答地互相说笑着。

看到这种情景，我想起了自己竟然那么轻易就抛开了她的绣房闺阁，四处漂泊，就像那水上的漂萍，难以停驻。分别的时候，我们曾反复叮咛，相约再次见面的期限，但如今又如何来兑现当初的约定？离别的愁苦如此悲戚，眼看就到年底了，但我的归期却一次次地受阻，不能不让人空自悔恨。我眼眶噙泪，久久凝望着漫长遥远的汴京之路，暮色中，只听那孤雁哀鸣声声，渐飞渐远。

这是一首典型的慢词长调。柳永将自己乘兴泛舟南下时的旅途经历和沿途所见风情，用层层铺叙的写法表现出来。岸上江中，动态静态，人物风物，往复交织，互相辉映，构成了一幅生动的江南初冬图。词人也借此来表达自己的思乡之情，让人产生一种悲凉惆怅的感慨。

玉胡蝶

望处雨收云断，凭阑悄悄，目送秋光。晚景萧疏，堪动宋玉悲凉[1]。水风轻、蘋花[2]渐老；月露冷、梧叶飘黄。遣情伤，故人何在？烟水茫茫。

难忘，文期[3]酒会，几孤[4]风月，屡变星霜[5]。海阔山遥，未知何处是潇湘？念双燕、难凭音信；指暮天、空识归航。黯相望，断鸿声里，立尽斜阳。

※ 注释

1 宋玉悲凉：宋玉《九辩》中有“悲哉，秋之为气也”，表达了他对秋天肃杀之气的悲伤情绪。2 蘋花：一种开小白花的浮萍。此处喻暗词人对漂泊无定的生活及时光易逝的感慨。3 文期：与友人约定在一起吟诗作文的日期。4 几孤：几度辜负。孤，同“辜”，辜负。5 星霜：岁星一年一循环，寒霜一年一轮回。一星霜即指一年。

※ 新解

深秋的傍晚，雨住云散，我独自倚靠着栏杆，遥望远方，万分伤感。秋光萧索，一派肃杀凄凉的景象，难怪宋玉会触动悲秋的思绪。秋风轻轻吹拂着水面，花也渐渐枯萎了；在寒月冷露的侵袭下，梧桐叶也已枯黄飘落了。面对此情此景，我不禁产生了一种感伤之情。我的那些故朋旧友们现在都在哪里啊？眼前只有烟雾迷蒙、无边无际的一片秋水。

曾经与朋友们以文相聚、以酒相会的那段快乐的日子真是难以忘怀。分别之后，物换星移，转眼就是好几年的时光，我独自不知辜负了多少清风明月、美景良辰。如今山高水远，我与故人天各一方，不知道他们都散居在何处。双双飞燕，虽然按时南来北往，却难以靠它们向远方的故友传递音信。我站在天边，遥望着黄昏时分的天空，努力地辨认着一艘艘的归舟，可是仍然没有一条船载着故人归来。在孤雁凄厉的哀鸣声里，我呆呆地伫立在夕阳残照里，无限的悲伤惆怅之情涌上心头。

词人用花老、月霜冷、梧叶黄等一系列极富秋景特色的镜头，渲染出一种气象悲凉的意境。在此基础上，词人又化用典故和前人诗句，自然贴切而又淋漓尽致地表达了自己的怀友之思。柳永善写四时不同景色的词，其中又以秋景写得最多、最好。他能把秋景的凄清和个人内心的悲思巧妙地结合在一起，做到水乳交融。这首词即是其中的代表。

八声甘州

对潇潇[1]暮雨洒江天，一番洗清秋。渐霜风凄紧，关河冷落，残照当楼。是处红衰翠减，苒苒物华休[2]。惟有长江水，无语东流。

不忍登高临远，望故乡渺邈，归思[3]难收。叹年来踪迹，何事苦淹留[4]？想佳人、妆楼颙望[5]，误几回、天际识归舟？争知[6]我、倚阑干处，正恁[7]凝愁？

※ 注释

1 潇潇：形容雨势之急骤。2 苒苒物华休：美好的景物慢慢地凋残败落。3 归思：归家的心情。4 淹留：久留。5 颙（yóng）望：呆呆地凝望。6 争知：怎知。7 恁：如此。

※ 新解

独自伫立在江边楼头，潇潇暮雨笼罩江面，洗涤着清冷的残秋。秋风一阵紧似一阵，山河冷落，夕阳的余晖映照着江楼。放眼望去，花已谢了，叶也枯了，一片凄凉。那些美好的景色已渐渐消失，惟有楼下的江水依旧默默无语向东流去。

不忍登高遥望故乡，只见云烟渺茫，故乡更在千里之外，思归的心情难以抑制。这些年四处漂泊，不知究竟为何要长期滞留他乡？独守空闺的贤妻，想必天天登上江边的画楼，等待着我的归来，好几回都错将别人的船只当成了我的归舟。贤妻望眼欲穿，不见我的身影，心里一定充满了埋怨，但你可知我此时也正倚楼望乡，惆怅不已。

词人长年漂泊他乡，仕途失意。晚秋时节，夕阳残照，暮雨潇潇，霜风凄紧，独自凭楼。如此失意的人，如此恼人的天气，遥望乡关，只见到处花残叶落，满目凄凉。

此词深受词家称道，连苏轼也赞叹道：“人皆言柳耆卿词俗，然如‘霜风凄紧，关河冷落，残照当楼’，唐人佳处，不过如此。”

迷神引

一叶扁舟轻帆卷，暂泊楚江南岸。孤城暮角，引胡笳[1]怨。水茫茫，平沙雁，旋惊散。烟敛寒林簇，画屏展，天际遥山小，黛眉浅[2]。

旧赏[3]轻抛，到此成游宦。觉客程劳，年光晚。异乡风物，忍萧索，当愁眼。帝城赊[4]，秦楼阻，旅魂乱。芳草连空阔，残照满，佳人无消息，断云远。

※ 注释

1 胡笳：古代北方少数民族使用的管乐器。2 黛眉浅：远山颜色浅淡。黛眉，形容远山。3 旧赏：旧日的赏心乐事。4 帝城赊：京城遥远。赊，远。

※ 新解

我被一条小船载着进入了楚江。夜幕降临的时候，船夫收起了风帆。今夜，我们将暂且停泊在楚江南岸。远处孤零零的城楼上，传来了报昏的号角声，犹如胡笳发出的声音一样，悲凉凄怨。江水一望无际，歇息在沙滩上的鸿雁，听到号叫声，一时惊飞四散。烟雾慢慢散去，沿江到处都是一簇簇的树林，就像天然的画屏一样。天际边，遥遥的远山显得很小，就像佳人的弯眉，淡淡的。

自己竟然轻易地就将旧时的赏心乐事抛弃，而不辞万里地来到这里为官，真是鬼迷心窍了。旅途颠簸，困顿劳累，这时才发现自己已是年事衰晚。异土他乡，放眼望去，到处都是一派萧条景象。京城实在是太远了，又因自己已是朝廷命官，曾经经常前往歌楼舞榭与歌妓们游乐玩赏，如今也不能实现了，行旅中，思绪怎么如此愁乱？在夕阳的余晖下，水天空阔，芳草连天。好久没有旧日佳人的音信了，就像一片断云，飘然去远。

这首词反映了词人对现在的游宦生涯的厌倦和对早年生活的向往之情。“异乡”“帝城”“秦楼”等字眼都表达了他无奈的心情，“旅魂乱”则更是他精神状态的真实写照。

竹马子

登孤垒荒凉，危亭旷望，静临烟渚[1]。对雌霓[2]挂雨，雄风拂槛，微收残暑。渐觉一叶惊秋，残蝉噪晚，素商[3]时序。览景想前欢，指神京、非雾非烟深处。

向此成追感，新愁易积，故人难聚。凭高尽日凝伫，赢得[4]消魂无语。极目霁霭霏微[5]，暝鸦零乱，萧索江城暮。南楼画角，又送残阳去。

※ 注释

1 烟渚：烟雾笼罩着的水中沙洲。2 雌霓：彩虹双出，色彩鲜艳的为雄，暗淡的为雌。雄曰虹，雌曰霓。3 素商：指秋天。秋色尚白，即“素”，而五音中秋天属“商”，因此称秋天为“素商”。4 赢得：剩得。5 霁（jì）霭霏微：雨后初晴时烟雾迷蒙。霁霭，雨后初晴时的烟雾。霏微，朦胧、迷蒙。

※ 新解

我登上一座孤垒，那是古代战争所遗留下来的残壁废垒，站在那高高的亭子上极目远望，静静地俯视着被烟雾所笼罩的江中沙洲。天空中挂着淡淡的彩虹，天地间仍然有点点疏雨在飘落，一阵劲风吹过栏杆，稍稍带走了一些令人烦闷的暑气。发现树上有一片叶子凋落，我才猛然意识到，秋天就要来了。秋蝉在四处悲哀地嘶鸣着，仿佛在告诉人们，四季更换，是大自然永恒不变的规律。看到此情此景，我不禁想起昔日美酒佳人相伴的快乐生活。汴京在何处？顺着指点的方向，估计应该在那迷蒙的烟雾之外、在那遥不可及的远方。

面对此景，怀思往昔，感慨万千。新的离愁别绪很容易郁积，而故朋旧友却难以重聚。从早到晚我都默默地伫立在这里凭高远眺，结果只换来无尽的悲伤和愁苦之情，欲说无语。极目远望，雨过天晴，烟雾迷蒙，归林的乌鸦三三两两，时降时飞，江城的黄昏，肃杀而凄凉。南楼又传来了报昏的画角声，此时又是夕阳西下时分，又一天过去了。

此词是柳永晚年漫游江南时所作，格调苍凉，意境辽阔，属于柳词中的“雅词”。词人自觉现在的游宦生活太乏味了，与他以前那种偎红倚翠的生活简直形成鲜明的对比，心中不免产生愁绪，而眼前这一派肃杀的秋景更是让他倍感凄凉。通观全篇，词人表达的是一种凄怆的心境。

渔家傲

范仲淹

塞下[1]秋来风景异，衡阳[2]雁去无留意。四面边声[3]连角起。千嶂里，长烟落日孤城闭。

浊酒一杯家万里，燕然未勒[4]归无计。羌管悠悠霜满地。人不寐，将军白发征夫泪。

※ 注释

1 塞下：边界险要的地方，这里指西北边疆。2 衡阳：在今湖南省，旧城南有回雁峰，峰形似雁回旋，相传雁至此便不再南飞。3 边声：边地的悲凉之声，如马鸣、风号之类。4 燕然未勒：《后汉书·窦宪传》记载，窦宪追击北单于，“登燕然山去塞三千里，刻石勒功”而还。燕然山，即今杭爱山。勒，刻。

※ 新解

边关秋来，风景与中原迥然不同，格外凄凉，连大雁都毫不留恋这荒凉的西北边陲，全都飞去了衡阳。四周的羌笛声、胡笳声、风声、马嘶驼鸣声混合着军营的号角声回荡在重峦叠嶂之间。大漠里，夕阳西下，长烟袅袅，城门紧闭。

一碗米酒下肚，不禁让人想起远在万里的家乡，可是敌军未退，边境还不得安宁，仍不能回归故里。秋霜布满了塞外荒原，孤城里传出幽怨的羌笛声，戍边的将士思念家中的亲人，暗自垂泪，无法入眠。白发苍苍的将军伫立窗下，凝视着满天寒光，想起大功未成和士卒的艰难，也难以成眠。

宋仁宗时，西北面的西夏是中原的最大威胁。1040年，范仲淹任陕西经略副使（边防军事的副长官），这首词便是他在西北军中所作。这首词写征人怀乡，词境开阔，苍凉悲壮，慷慨生哀，表达了边地将士破敌立功的决心和思念故乡的矛盾心情。对于充斥着吟风弄月、男欢女爱情调的宋初词坛来说，这首词无疑是一股清流，成为后来苏轼、辛弃疾词派的先声。

苏幕遮　怀旧

碧云天，黄叶地，秋色连波，波上寒烟翠。山映斜阳天接水，芳草无情，更在斜阳外。

黯乡魂[1]，追旅思，夜夜除非，好梦留人睡。明月楼高休独倚，酒入愁肠，化作相思泪。

※ 注释

1 黯乡魂：因思乡而黯然销魂。江淹《别赋》云："黯然销魂者，惟别而矣。"黯然，心神沮丧的样子。

※ 新解

天空碧蓝，黄叶满地，一望无际的秋色绵延到江边，连江面上的水雾都呈现出翠绿色。夕阳映照着秋山，烟波浩渺，水天相接。只是芳草萋萋，绵延到落日的尽头，恰似游人无尽的乡愁。

思念故乡，羁旅的愁思纠缠着游子，令人黯然销魂，每个夜晚除非有好梦让人安睡，否则是无法成眠的。在月明之夜，切莫独自登上高楼凭栏远望，借酒浇愁，因为酒入愁肠会化作滴滴相思泪。

这首词是写乡思，把游子的思乡之情和羁旅之人的漂泊忧愁，描述得淋漓尽致。芳草"更在斜阳外"，是指故乡迢迢，乡愁无尽。"碧云天，黄叶地"是广为传诵的名句，王实甫在《西厢记》"长亭送别"一折就引用了这两句。

御街行　秋日怀旧

纷纷坠叶飘香砌[1]，夜寂静，寒声碎[2]。真珠[3]帘卷玉楼空，天淡银河垂地。年年今夜，月华如练[4]，长是人千里。

愁肠已断无由醉，酒未到，先成泪。残灯明灭枕头欹[5]，谙尽[6]孤眠滋味。都来[7]此事，眉间心上，无计相回避。

※ 注释

1 香砌：香阶。因台阶上有落花而散发出香味，故称。2 寒声碎：寒风吹着落叶发出的轻微、细碎的声音。3 真珠：珍珠。4 练：素绸。5 欹：倾斜。6 谙尽：尝尽。谙，熟悉。7 都来：即算来。王闿运《湘绮楼词选》："'都来'即'算来'，因此宜平，故用'都'字。"

※ 新解

夜阑人静，只听见树叶飘落在台阶上发出细碎的声音。玉楼上，珠帘高卷，早已人去楼空。天色清明，银河斜挂天际，像是垂到了大地上。年年岁岁的今夜，月光都像白色的绸缎，可惜你总在千里之外，纵有良辰美景，也无人与共。

饮酒也无法减轻相思之苦，端起酒杯还没有送到嘴边，我已泪流满面。灯光在晚风中摇曳，忽明忽暗，照着独自侧卧在床榻上的我。我已尝够了这孤枕难眠的滋味，这种刻骨相思，不是让人愁容满面，就是叫人胸口隐隐作痛，无论如何也无法避免。

长夜不眠，卧听叶落空阶；月华如练，佳人远在千里；灯照无眠，“此情无计可消除，才下眉头，却上心头”。“酒入愁肠，化作相思泪”，已让人觉得相思伤人心，而此词的“愁肠已断无由醉”更让人觉得相思之苦痛彻心扉。此词软中有骨，柔而不媚。

千秋岁

张先

数声鶗鴂[1]，又报芳菲歇[2]。惜春更把残红折，雨轻风色暴，梅子青时节。永丰柳[3]，无人尽日花飞雪。

莫把幺弦[4]拨，怨极弦能说。天不老[5]，情难绝，心似双丝网，中有千千结。夜过也，东窗未白凝残月。

※ 注释

1 鶗鴂：亦作“鹈”，即杜鹃鸟，其啼声悲切。2 芳菲歇：指百花凋零。芳菲，百花。3 永丰柳：泛指杨柳，比喻孤寂无靠的女子。白居易《杨柳枝词》云：“永丰西角荒园里，尽日无人属阿谁。”4 幺弦：琵琶的第四弦，因其音最细，故称幺弦。5 天不老：化用李贺《金铜仙人辞汉歌》中“天若有情天亦老”之句意。

※ 新解

杜鹃悲切的啼声表示春天即将结束，花儿就要凋谢。为了把握春光，于是就采撷了几枝残花想借此留住春天。梅子青时节，细雨轻抚着大地万物，初夏的风却无情地吹落了梅花。可叹永丰翠柳，无人欣赏，整日柳絮纷飞好似雪花飘飘。

不要随意弹拨幺弦，因为琴声会诉说着我内心的愁肠哀怨。苍天不老，此情难绝，我的心就像双丝网中有千万个结不能解开。熬过漫漫的长夜，东窗未见曙光，残月犹明。

春去花谢，秋来叶凋，四季变化本是自然规律，却惹来词人们无穷无尽的悲凄。张先生性风流，到了八十几岁还过着狎妓酣饮的生活。

本词中“心似双丝网，中有千千结”是写情愁的名句，全词写惜花伤春，同时寄寓词人相思之情。

菩萨蛮

哀筝一弄[1]《湘江曲》，声声写尽湘波绿。纤指十三弦[2]，细将幽恨传。
当筵秋水[3]慢，玉柱[4]斜飞雁。弹到断肠时，春山眉黛[5]低。

※ 注释

1 一弄：一曲。琴曲有《梅花三弄》。2 十三弦：筝有十三弦，十二弦拟十二个月，剩下一弦拟闰月。3 秋水：形容女子美目明澈如秋水。4 玉柱：谓筝瑟上所附玉质之柱。5 眉黛：古代女子用黛（青黑色颜料）画眉，故称眉为“眉黛”。

※ 新解

一曲哀怨的《湘江曲》，在悠扬的古筝声中，似乎看到了湘江碧绿的春波。歌伎纤细的手指在十三根琴弦上轻拢慢捻，筝声如泣如诉，慢慢地诉说着满腹的愁绪。

面对酒宴饮酒听曲的人，她明澈如秋水的眼眸含情脉脉，古筝上斜列的玉柱似一行斜飞的秋雁。当弹到令人心伤之处，她就柳眉微蹙，似有无限的幽怨，样子更加惹人怜爱。

这位歌女的确可爱，貌美而艺绝，“低眉信手续续弹，说尽心中无限事”，淡淡的哀怨，令人万般怜爱。内外兼具的歌女在眼前，似见细雨飞花，伊人长袖当风，幽怨的琴声如在耳边回响。该词语言清美婉丽，气格含蓄深沉，堪称佳作。

醉垂鞭

双蝶绣罗裙，东池宴初相见。朱粉不深匀[1]，闲花淡淡春。
细看诸处好。人人道，柳腰身。昨日乱山昏[2]，来时衣上云[3]。

※ 注释

1 深匀：浓妆。匀，搽抹。2 乱山昏：昏暗的群山。3 衣上云：衣染云霞，仙女装束。此处喻指所赠之妓。

※ 新解

在东池的宴席上，你我初次相见。当时你穿着漂亮的丝裙，裙上还绣着一对正在翩翩飞舞的蝴蝶。你并不像其他那些欢场女子一样浓妆艳抹，你那淡淡的妆容，就像春天里一朵淡雅的闲花，在万紫千红中显得那么独特和别致。

别人都说你身材姣好，婀娜多姿，而我细细观察之后，觉得你各个方面都很好。昨天你身着一件绣有云烟花纹的上衣，就像一位穿着云衣的仙女，从暮霭笼罩着的群山中徐徐而出，飘然来到人间。

这是一首酒筵中赠妓之作。唐宋之时，狎妓在士大夫中很流行，张先作此词以赠送某位歌妓。在今人看来，该词题材并无可取之处。但是，值得肯定的是作者的速写能力，仅用寥寥几笔，便如真似幻地勾勒出一个风尘女子的迷人风韵。

一丛花

伤高怀远几时穷[1]？无物似情浓。离愁正引千丝乱，更东陌、飞絮濛濛。嘶骑[2]渐遥，征尘[3]不断，何处认郎踪？

双鸳池沼水溶溶，南北小桡[4]通。梯横画阁黄昏后，又还是、斜月帘栊。沉恨细思，不如桃杏，犹解[5]嫁东风。

※ 注释

1 穷：了结。2 骑：名词，备有鞍辔的马，即坐骑。3 征尘：旅途的风尘。4 桡（náo）：船桨。此处代指船。5 解：了解。

※ 新解

登楼眺望，想念远方的夫君，这样的惆怅何时才能了结？还有什么比这相思之情更浓的呢？这离愁别恨就像随风飞舞的千万缕柳丝，更似那东边田间小路上一片迷蒙的柳絮。你骑着马渐渐远去，扬起漫天的尘土，使我看不见郎君的身影。

一对鸳鸯在波光摇曳的池水里嬉戏，南来北往的小船不断穿行。黄昏后，我登上阁楼，收起了楼梯，依然只有一窗清冷的月辉，压抑着心中的怨恨。细细地思量，我这样独守空房，忍受着日复一日的孤寂，还不如桃花、杏花，知道要嫁给如期而来的春风啊！

“早知潮有信，嫁与弄潮儿”，可见闺中少妇的幽怨。而“沉恨细思，不如桃杏，犹解嫁东风”一句，更有万般无奈，巧妙地表达了女主人细微的心思，可说是无理而妙，脍炙人口。

天仙子

时为嘉禾小倅[1]，以病眠，不赴府会。

《水调》[2]数声持酒听，午醉醒来愁未醒。送春春去几时回？临晚镜，伤流景[3]，往事后期[4]空记省[5]。

沙上并禽[6]池上暝，云破月来花弄影。重重帘幕密遮灯，风不定，人初静，明日落红应满径。

※ 注释

1 嘉禾：宋代郡名，今浙江省嘉兴县。小倅，判官。2 水调：曲调名，相传为隋炀帝所制。3 流景：似水年华。4 后期：已约定好之后相见的日期。5 记省：思念和醒悟。6 并禽：成对的鸟儿，此指成双的鸳鸯。

※ 新解

我一边饮酒，一边听着乐伎弹奏《水调》曲。因不胜酒力，竟昏睡过去，午睡醒来，依然满腹惆怅，闷闷不乐。春天又将匆匆归去，不知几时才能回到人间。傍晚照镜子时，见到镜中自己衰老的容颜，不禁感叹年华似水，韶光不再，与佳人欢愉的往事和以后的约期还依然铭记在心。

漫步庭院之中，见池边沙地上鸳鸯交颈双栖，月儿破云而出，洒下清冷的光华，晚风吹拂花枝，影子也随之摇曳。不胜晚来风急，步入室内，放下重重帘幕将一屋烛光密密遮掩。室外风声还不绝于耳，但我的内心已渐渐安静下来，一夜风声，明日早晨，我知道落花又会铺满整个庭院的小径。

此词还是惜时伤春，流连光景之作，甚无思想内容。然其语言精妙婉丽，尤其“云破月来花弄影”一句最为人所称道。张先因此得来“‘云破月来花弄影’郎中”的雅称。而另外两句写“影”的佳句“娇柔懒起，帘压卷花影；柳径无人，堕絮飞无影”，则为张先赢得“张三影”的美名。

青门引　春思

乍[1]暖还轻冷。风雨晚来方定。庭轩[2]寂寞近清明，残花中酒[3]，又是去年病。

楼头画角[4]风吹醒。入夜重门静。那堪更被明月，隔墙送过秋千影。

※ 注释

1 乍：刚、才。2 庭轩：庭院。3 中酒：醉酒。“中”读去声。4 画角：古乐器，用于军中以警昏晓、振士气。因外加彩绘，故称画角。

※ 新解

清明时节，乍暖还寒，凄风冷雨到了黄昏时分方才停歇。冷冷清清的庭院里，我独自对着枝头的残花酌饮，不觉又醉了。如同去年此时一样的惆怅，年年岁岁面对花落春去，心中总有无尽的感伤。

夜阑人静，重重门户都已紧闭，四周悄无声息。戍楼上阵阵凄厉的号角声伴着清冷的晚风将我吹醒。此时万籁俱静，万物都沉浸在酣眠之中，只有我还醒着，难以入眠，月光将矮墙那边秋千的影子拉得极长，还伸到院子里来。

此词内容单薄，不过在写伤春闲愁，但其含蓄和韵味值得称道。“隔墙送过秋千影”真乃“描神之笔”，在夜深寂寥，满腹闲愁，独自难眠之时，张先心中明明是惦记着那个荡秋千的少女，但在词中却只提秋千的影子。影子被明月送过了围墙，但张先心里期盼着那少女也能一块被月儿送过来。

生查子

含羞整翠鬟，得意频频顾。雁柱[1]十三弦，一一春莺语。

娇云容易飞，梦断知何处。深院锁黄昏，阵阵芭蕉雨。

※ 注释

1 雁柱：筝上整齐排列着的弦柱。

※ 新解

你娇羞怯怯地整理了一下头上的发髻，开始为我弹筝。弹到高潮的时候，你竟完全融入了筝声里，忘记了刚才的羞怯，不时地朝我回眸。你那纤巧的手指在筝上轻拢慢捻，弦上便发出了悦耳的曲调，就像那黄莺美妙的歌声一样。

然而，良辰美景为何那样轻易地就逝去了？分离为何来得那样迅速？你我的欢会怎么就像阳台一梦那样消失得无影无踪？黄昏时分，我独处深院，谛听阵阵急雨敲打芭蕉的声音。

本词以男子的口吻，写一女子弹筝，并结合爱情与离愁，写得声情并茂，是一首意味隽永的词中小品。词人巧妙地运用了哀乐对比，先写两人在一起时欢乐明快的场面，然后引出别后孤单寂寞的悲哀。以乐景反跌哀情，故哀情更为动人。

浣溪沙

晏殊

一曲新词酒一杯，去年天气旧亭台，夕阳西下几时回？
无可奈何花落去，似曾相识燕归来，小园香径[1]独徘徊。

※ 注释

1 香径：满是落花，散发香味的小路。

※ 新解

还是和去年此时一样的天气，一样的舞榭歌台。我品尝着美酒，聆听乐工演奏着才刚填上的一首新词。夕阳西下，不知几时才再东升。

春天又将归去，百花凋零，这本是自然规律，我也无可奈何。燕子飞来，好像是旧时相识，只是春花秋月又一年。小园里落花满径，惟有我独自徘徊。

这首词是晏殊的代表作，写悼惜春残，流连光景，感伤年华飞逝，但“哀而不伤”，并在感伤之中表现出一种旷达的怀抱。“无可奈何花落去，似曾相识燕归来。”对仗精工，经过了苦心经营，却无半点斧凿之痕，堪称绝对。

浣溪沙

一向[1]年光有限身，等闲[2]离别易销魂，酒筵歌席莫辞频[3]。
满目山河空念远[4]，落花风雨更伤春，不如怜[5]取眼前人。

※ 注释

1 一向：即“一晌”，片刻。2 等闲：平常。3 莫辞频：不要因为筵席频繁而推辞。辞，推辞、拒绝之意。4 念远：思念远方友人。5 怜：爱怜。

※ 新解

人生短暂，时光飞逝，即便是平时的别离，也令人黯然销魂。还是纵情地欢歌宴饮吧！不要嫌这样的宴会太频繁。

极目远眺，关山阻隔，空自怀念远人，花儿在凄风苦雨中飘零，更令人伤感。

怀念旧人还是徒然，不如怜爱眼前美丽如花的歌女，共享良辰美景。

叶梦得《避暑录话》中记载晏殊“未尝一日不宴饮”，“亦必以歌乐佐之”。此词无非是感慨人生短暂，及时行乐，无甚可取。“不如怜取眼前人”，可见晏殊感情上的浅薄。晏殊一生仕途得意，曾任大宋宰相，肩负社稷重任，却日日宴饮，醉生梦死，较之其门生范仲淹“先天下之忧而忧，后天下之乐而乐”的境界相去甚远。

清平乐

红笺[1]小字，说尽平生意，鸿雁[2]在云鱼在水，惆怅此情难寄。

斜阳独倚西楼，遥山恰对帘钩。人面不知何处[3]，绿波依旧东流。

※ 注释

1 红笺：用朱丝栏信笺写的信。一般代指情书。2 鸿雁：《汉书》载有大雁传书之事，后以鸿雁指书信。3 “人面”句：化自崔护《题都城南庄》“人面不知何处去，桃花依旧笑春风”句。此指不能见到自己心爱的人。

※ 新解

红格子的信笺密密麻麻地写满了小字，说尽了我平生对你的爱意。只可惜雁飞云端、鱼游水底，没有谁能将我的思念带给她。

夕阳西下，我独上西楼，凭栏远眺，远山正好对着我的窗口。绿水伴着青山，依旧东流，可是她的笑靥却不知何处去了。

佳人不至，锦书难托，只有凭栏怅望远山。“问君能有几多愁？恰似一江春水向东流”，“绿波依旧东流”正表达了诗人的相思之苦如流水不绝。古诗词中惯以“流水”比喻愁思无限，绵绵不绝。

清平乐

金风[1]细细，叶叶梧桐坠。绿酒[2]初尝人易醉，一枕小窗浓睡。

紫薇[3]朱槿[4]花残，斜阳却[5]照阑干。双燕欲归时节，银屏昨夜微寒。

※ 注释

1 金风：秋风。古代以阴阳五行解释季节变化，秋属金，故称秋风为金风。2 绿酒：新酿成的酒。3 紫薇：又称“百日红”。一种落叶小乔木，夏季时开白色或紫红色的花。4 朱槿：扶桑花。5 却：正对着。

※ 新解

梧桐叶在细细秋风中飘落，初饮新酿的酒更容易让人醉，醉后便在小窗下酣然入睡。

紫薇花、朱槿花已经凋谢，斜阳的余晖映照着高楼的栏杆。现在正是燕子南飞的时节，昨夜，居室内已开始有些寒意。

叶落花残、燕子归去、秋夜微寒，这首词十分含蓄地抒发了词人在初秋时节淡淡的哀怨，以及对流逝岁月的留恋与不舍，语极清婉。词中“一枕”“银屏昨夜微寒”似乎透露着对旧情人的怀念。

木兰花

燕鸿过后莺归去，细算浮生[1]千万绪。长于春梦几多时，散似秋云无觅处。

闻琴解佩[2]神仙侣，挽断罗衣留不住。劝君莫作独醒人，烂醉花间应有数[3]。

※ 注释

1 浮生：古人认为人生在世，虚浮不定，遂称人生为浮生。2 闻琴：系用卓文君与司马相如之事。据《史记·司马相如列传》载，文君新寡，司马相如以琴心挑之，文君当夜与相如私奔。解佩：据汉刘向《列仙传·江妃二女》载，江妃二女游于江滨，遇郑交甫。双方一见钟情，仙女以佩珠相赠。文甫怀之，向前走数十步，佩珠已不见，仙女亦无踪影。此处用“闻琴解佩”来比喻情投意合，两情相悦。3 数：气数，命运。

※ 新解

燕子和大雁南飞后，黄莺也随春天归去。细算起来，人的一生真是千愁万绪，人生短暂，恍如一梦，好像秋云倏忽即逝，无处可寻。

但愿佳人能像闻琴的卓文君和解佩相赠的神女一样，明白我的倾慕之意。可是，即使挽断她的罗衣，也留不住她。世人皆醉，劝君不要独醒，与其清醒的痛苦，不如烂醉于鲜花丛中。

这首词写浮生短暂，岁月易逝，如同佳人难以挽留，所以何不及时行乐，烂醉于花丛间？词中的“神仙侣”指的是晏殊已去世的两位爱妻，词的字里行间流露出晏殊对她们的不舍与无奈。此词一反词人含蓄委婉的风格，直抒胸臆，毫不隐晦。感叹岁月已逝，情人离去，言外之意颇为沉痛，思想却有些颓废。

木兰花

池塘水绿风微暖，记得玉真[1]初见面。重头[2]歌韵响琤琮[3]，入破[4]舞腰红乱旋。

玉钩阑下香阶畔，醉后不知斜日晚。当时共我赏花人，点检[5]如今无一半。

※ 注释

1 玉真：玉人，美貌的女子。2 重（chóng）头：词的上下阕声韵节拍完全相同时就称重头。3 琤琮（chēng cōng）：玉器相互碰击发出的悦耳的响声。4 入破：乐声骤变为繁碎之音。5 点检：检查，查看。

※ 新解

记得那是在池塘里碧波荡漾、水面上和风轻拂的暖春时节，我第一次见到了宛若天仙的她。赏花宴上，乐声琤琮，妙曲轻度。在乐曲由缓变急的时候，她便随着节拍翩翩起舞，柳腰轻扭，红袖翻飞。当时那种情景，真是让人永生难忘。

今天，我从酒醉中醒来的时候，早已是黄昏时分了。我再次来到当时那个充满了欢歌笑语的台阶边上。台阶上，仍然是佳人曾经倚靠过的那个栏杆，栏杆边上，仍然垂着那个精致的帘钩。但是，一切都已经是时过境迁、物是人非了。经过一番仔细查点，发现当时曾与我一起赏花游宴的人，现在竟然已经有半数以上不在这里了。

这是一首怀旧之作。词人将往昔“歌韵铮琮”“舞腰乱旋”的欢乐场面与今天“点检无一半”的凄清境况进行对比，抒发世事难料、人生无常的伤感之情。

木兰花

绿杨芳草长亭路，年少[1]抛人容易去。楼头残梦五更钟[2]，花底离愁三月雨。

无情不似多情苦，一寸[3]还成千万缕。天涯地角有穷时，只有相思无尽处。

※ 注释

1 年少：指年轻的情人。2 五更钟：指怀人之时。下句“三月雨”同。3 一寸：愁肠。

※ 新解

在那杨柳依依、芳草萋萋的暖春时节，我恋恋不舍地在长亭为他送别。可恨那薄情的少年郎不知离别之苦，竟那么轻易地就抛下我走了。五更的钟声把我从相思梦中惊醒，窗外正下着淅淅沥沥的小雨，那初春时节的花瓣，也承受不住这伤心分别的泪水，带着离愁落下枝头。

多愁善感的我，把寸寸愁肠化作了千万缕对他的相思，看来，薄情寡义反而比我这绵绵柔情要省却许多烦恼和痛苦。天地再宽广，也会有天涯海角，而我对他的这份相思之情却是没有边际，永无穷尽。

这是一首叙述相思之情的词。没有华丽的辞藻，没有深奥的典故，词人完全采用白描的手法，却真切生动地将主人公的内心世界展现出来。从最后两句可以看出，主人公虽然受到无情离别的折磨，但仍无怨恨之言。

踏莎行

祖席[1]离歌，长亭别宴，香尘[2]已隔犹回面。居人[3]匹马映林嘶，行人去棹依波转。

画阁魂消，高楼目断[4]，斜阳只送平波远。无穷无尽是离愁，天涯地角寻思遍。

※ 注释

1 祖席：祭祀路神以饯行的酒席。祖，古代出行时要祭祀路神。2 香尘：地上铺满了落花，使得尘土也带有了香气。3 居人：送行者。4 目断：极目远望，望断。

※ 新解

长亭送别，在饯行的酒席上，一曲曲的送行之歌也唱不尽我们恋恋不舍的心情。看着你渐行渐远，那飞扬的、带着落花芬芳的尘土已经模糊了我们彼此的视线，但你还是忍不住频频回头相顾。我的坐骑也通人性，在林木的掩映中，发出了一声长长的嘶鸣声，仿佛在为我此刻的寂寞孤单而哀鸣。你的小船似乎也能解人意，在江流中曲折回转好几次都不忍离去，仿佛在替你向我传达脉脉情意。

登上画阁，人去楼空，此情此景，让我黯然神伤。独自倚栏极目远望，只有一抹落日的余晖默默地护送着江水东流，早已不见了你的踪影。渺渺江水犹如无穷无尽的离愁，但是，无论你走到天涯海角，我的心都会追寻而去。

这是一首叙述离别之情的词。词人从长亭饯别写到依依相送，再写到别后怀思；在历历如画的描摹中，反复抒发着缠绵无尽的惜别相思之情。全词景真情挚，情景交融，催人泪下。

踏莎行

小泾红稀，芳郊绿遍，高台树色阴阴见[1]。春风不解禁杨花，濛濛[2]乱扑行人面。

翠叶藏莺，朱帘隔燕，炉香静逐游丝[3]转。一场愁梦酒醒时，斜阳却[4]照深深院。

※ 注释

1 阴阴见（xiàn）：隐隐显露，此处指树木葱郁茂密现出幽暗之色。见，同“现”。2 濛濛：微雨纷杂貌。此处形容乱扑之杨花如细雨般纷杂。3 游丝：蜘蛛、青虫所吐之细丝飘浮在空中。此处形容香烟缭绕如丝。4 却：正。

※ 新解

已是暮春时节，小路上的落花渐渐变少了，郊野到处都长满了青草，楼台周围的树木已经是枝叶繁茂、一片幽暗。春风不懂得制止杨花纷飞，反而将其吹散，如同纷纷落下的细雨，任其扑打在行人的脸上。

翠绿的树叶下，黄莺在鸣叫；窗帘外，春燕在飞舞。香炉升起像蜘蛛网一样的细丝，缭绕不断，好像在相互追逐。酒后做了一个令人惆怅的梦，等到醒来时，夕阳已照在深深的庭院里。

这首词写暮春闲愁，意有所指却又不着痕迹。其可取之处在于语言清丽幽雅，不事雕琢，句句含愁，耐人寻味。

踏莎行

碧海[1]无波，瑶台[2]有路，思量便合[3]双飞去。当时轻别意中人，山长水远知何处？

绮席凝尘，香闺掩雾，红笺小字凭谁附[4]？高楼目尽欲黄昏，梧桐叶上潇潇雨。

※ 注释

1 碧海：传说中的海名，为神仙的居处，在扶桑之东一万里。2 瑶台：传说中神仙居住的地方。在昆仑山上，台基为五色玉石砌成。3 合：应当。4 “红笺”句：化用唐韩偓《偶见》诗“小叠红笺书恨字，与奴方便寄卿卿。”附，带去。

※ 新解

不管是要去碧海仙境，还是要去瑶台神山，在两情相依之时，只要我们觉得合适，就会比翼双飞，踏访而去，不辞险阻。我当时怎会那么轻易地就辞别了心上人？如今山高水阔，毫无她的音信，不知她究竟身在何处，真是后悔莫及。

华丽的席具上早已积满了厚厚的一层灰尘，曾经弥漫着浓浓脂粉香的闺房如今也已是野雾弥漫，一片凄凉。我将无尽的相思之情密密麻麻地写满了朱红色的信笺，可是她在哪里呢？我想登楼远望，然而已是黄昏时分，只好听那愁苦的雨点，淅淅沥沥地敲击在梧桐叶上。

这是一首抒写对意中人的怀恋之情的词。从对“轻别”的懊悔，到“绮席凝尘”的凄清场景，无不婉转含蓄，情景交融。结句没有直接吐露离愁别恨，而是以景结情，与前词“斜阳却照深深院”句有异曲同工之妙。

蝶恋花

六曲阑干偎碧树，杨柳风轻，展尽黄金缕[1]。谁把钿筝[2]移玉柱，穿帘海燕双飞去。

满眼游丝[3]兼落絮，红杏开时，一霎清明雨。浓睡觉来莺乱语，惊残好梦无寻处。

※ 注释

1 黄金缕：比喻柳条。2 钿筝：装饰着金玉贝壳等宝物的筝。3 游丝：指柳枝。

※ 新解

庑廊上的栏杆蜿蜒曲折，好像是故意依偎在绿树上一样，春风轻轻吹拂着万物，无数条碧绿柔美的柳枝在阳光的映照下，披上了一层金色的光泽。远处传来的筝乐声是那么美妙悠扬，赏心悦耳，以至于梁上的燕子都被逗引得双双穿过门帘，扑向了温暖的春天的怀抱。

然而，好景易逝，才几天时间，迎风飘扬的柳丝便笼罩在漫天飞舞的落絮中；红艳艳的杏花，也在清明时节的纷纷细雨中萎谢凋零了。我本想在梦中排遣春愁，可黄莺的啼叫声把我从浓浓的睡意中惊醒，我那美丽的梦中幻境，一下子消失得无影无踪了。

这首词在画面的连接和时间的跨度上都有较大的跳跃性。先写早春三月的美景，格调清丽，色彩明快；之后写伤春归去。主人公的情绪变化从“游丝”“落絮”等形容暮春之景的词语中便能体现出来。

木兰花　春景

宋祁

东城渐觉风光好，縠皱[1]波纹迎客棹。绿杨烟外晓云轻，红杏枝头春意闹[2]。

浮生长恨欢娱少，肯爱千金轻一笑[3]？为君持酒劝斜阳，且向花间留晚照[4]。

※ 注释

1 縠（hú）皱：即绉纱，在此形容水之波纹。縠，绉纱，也可比喻波纹。2 闹：谓浓盛。3 “肯爱”句：南齐王僧孺《咏宠姬》诗云：“再顾连城易，一笑千金买。”此处化用其意。肯，岂肯。爱，吝惜。4 “且向”句：化用李商隐《写意》诗：“日向花间留返照，云从城上结层阴。”

※ 新解

城东的春色让人觉得越来越美，舟行碧波之上，湖面泛起绉纱似的波纹。春寒料峭，晨雾笼罩着绿杨垂柳，红艳的杏花枝头竞放，一派春意盎然。

人生短暂，常恨苦恼太多而欢愉太少，岂肯吝惜千金而错过佳人一笑？我拿起酒杯，为君劝说斜阳不要如此匆匆西下，且在花丛之间多留下一些夕阳的光辉。

“红杏枝头春意闹”一句化视觉印象为听觉，将绚丽的春色点染得十分生动，宋祈因此获得“红杏枝头春意闹尚书”的雅号。王国维《人间词话》云：“红杏枝头春意闹”，全靠“闹”字而带出其境界。

采桑子

欧阳修

群芳过后西湖[1]好，狼藉残红[2]，飞絮濛濛，垂柳阑干尽日风。

笙歌[3]散尽游人去，始觉春空，垂下帘栊[4]，双燕归来细雨中。

※ 注释

1 西湖：此指颍州西湖。颍州在今安徽阜阳。2 狼藉残红：谓落花纷乱貌。狼藉，散乱的样子。残红，落花。3 笙歌：奏乐唱歌。4 帘栊：窗帘。栊，窗棂木。

※ 新解

暮春时节，百花已谢，但西湖风景依然美丽如画，凋残的落花散落满地，漫天飞舞的柳絮迷蒙，整日都是吹面不寒的杨柳风，垂柳随风轻抚着栏杆。

喧闹的笙歌已经飘逝，熙熙攘攘的游人也已散去，这时我才发觉西湖之春的空静。垂下窗帘，一对燕子穿过蒙蒙细雨，双双归巢。

写暮春风物的词多数悲戚，见落花而垂泪、望柳絮而断肠。本词不落俗套，描写暮春西湖迷离之美，空灵淡远，不见满纸残红飞。

诉衷情

清晨帘幕卷轻霜，呵手[1]试梅妆[2]。

都缘自有离恨，故画作远山[3]长。

思往事，惜流芳，易成伤。拟歌先敛[4]，欲笑还颦[5]，最断人肠。

※ 注释

1 呵手：呵气暖手，使手变灵活。2 梅妆：即梅花妆。相传南朝宋武帝之女寿阳公主曾在额上作梅花妆，宫女争相仿效。3 远山：比喻女子秀丽的双眉。词中喻离恨的深长。4 敛：敛容，以表庄重。5 颦：皱眉，表示忧愁。

※ 新解

清晨卷起凝着薄霜的窗帘，呵暖双手后进行梳妆，试作梅花妆。全因离愁别恨积压心中，不得排遣，所以故意将双眉画得像远山一样又淡又长。

回忆起往昔的欢乐时光，怜惜如花的年华就像流水一去不返，眼前景致，无处不惹人伤感。打算一引歌喉，却先敛容含悲；想要强作欢颜，却又蹙眉凝愁。这情态最让人伤彻肺腑。

不知这位靠卖艺谋生的歌女心中惦记着何人。为了表达离愁，她故意将双眉画成远山模样。“拟歌先敛，欲笑还颦”，这八个字十分传神，语简而意深，透露出歌女不得不强颜欢笑的苦楚，也寄托了作者的怜惜之情。

踏莎行

候馆[1]梅残，溪桥柳细，草薰风暖摇征辔[2]。离愁渐远渐无穷，迢迢[3]不断如春水。

寸寸柔肠，盈盈[4]粉泪，楼高莫近危阑倚。平芜[5]尽处是春山，行人更在春山外。

※ 注释

1 候馆：可供登高观望的楼馆，此指接待行旅宾客的馆舍。2 征辔：行人的坐骑。辔，马缰绳，代指马匹。3 迢迢：原指路途遥远，此指愁思绵延不绝。4 盈盈：饱含泪水的样子。5 平芜：平阔的草地。

※ 新解

馆舍庭院里的梅花已经凋残，溪桥边新生的柳枝轻拂着春水。和煦的春风送来春草阵阵清香。我信马由缰，离家渐渐遥远，离愁也越来越浓，如奔流不息的春水绵延不断，无穷无尽。

这时你一定满怀悲伤，愁肠百结，粉泪满面。你可不要登上高楼凭栏远眺，因为那会使人更加伤怀。平坦草地的尽头是青山，而你的爱人还远在青山之外。

新柳抽条，春风和暖，本是两情缱绻、尽情欢乐的时候。然而，伊人却远行。“问君能有几多愁，恰似一江春水向东流。”女子独倚高楼，泪流满面，恐怕今后只能独对窗月，守着孤灯，垂泪到天明。

蝶恋花

庭院深深深几许[1]？杨柳堆烟，帘幕无重数。玉勒雕鞍[2]游冶处[3]，楼高不见章台路[4]。

雨横[5]风狂三月暮，门掩黄昏，无计留春住。泪眼问花花不语，乱红飞过秋千去。

※ 注释

1 几许：多少。2 玉勒雕鞍：镶玉的马笼头和雕花的马鞍，指华贵的车马。3 游冶处：寻欢作乐的地方，此指歌楼妓馆。游冶，恣情声色之事。4 章台路：汉长安章台下有章台街。后因妓女多居此处，遂以章台为歌妓聚居的代称。5 雨横：雨势很猛。横，狂暴。

※ 新解

这深深的庭院，有谁知道它究竟有多深？丛丛杨柳拢聚着团团烟雾，好似无数重帘幕挡住了我的视线，看不见伊人离去的身影。他骑着华贵的车马寻欢作乐去了，我登上高楼凭栏远望，也看不到他去的歌楼妓馆。

暮春三月，风急雨骤，夜幕初降，我关上房门，独守空闺。他去了，这春天也要归去，我是无法留住春光的。我饱含凄楚的眼泪，问花儿可知我心中的凄苦，花儿却默默不语。片片落花飞过秋千，也弃我而去。

此词读来颇令人感慨！词中少妇幽居深院，独自垂泪，而她的夫君却走马章台，冶游无度，害得她满怀凄苦，独守空房。此词如泣如诉，凄婉动人。连续用三个"深"更成功地营造出庭院深邃、少妇内心孤寂的情感意境。

蝶恋花

几日行云[1]何处去？忘了归来，不道[2]春将暮。百草千花[3]寒食[4]路，香车系在谁家树？

泪眼倚楼频独语，双燕来时，陌上相逢否？撩乱春愁如柳絮，依依[5]梦里无寻处。

※ 注释

1 行云：喻人行踪不定。此处指女主人公的丈夫。2 不道：不觉。3 百草千花：语意双关，既指寒食节踏青路上繁盛的芳草香花，也暗寓花街柳巷的妓女。4 寒食：节令名，在清明节前一或二日。5 依依：意同依稀，隐隐约约的样子。

※ 新解

郎君啊！你就像天上行云一样来去不定，这几日又飘向何处啊？一出家门便四处流连，竟忘了归家，你可知春暖花开的日子即将过去，我的花容月貌也将如同这春花日渐憔悴。又到了一年一度的寒食节，路旁奇花满目，异草无数，游人都成双成对外出踏青。郎君，你把马车系在谁家的树上？为何要留下我一人孤苦伶仃？

我独自登楼遥望，泪眼蒙眬、自言自语。燕子呀！你们在双双归来的路上，是否遇见我的郎君？我心头的春愁就像那漫天飞扬的柳絮。唉！就是在依稀的梦中，也找不到我的郎君啊！

古人惯以闺怨来寄托自己被君王所弃，遭贬外放，抑郁不得志的愁苦。

蝶恋花

谁道闲情[1]抛弃久？每到春来，惆怅还依旧。日日花前常病酒[2]，不辞镜里朱颜[3]瘦。

河畔青芜堤上柳，为问新愁，何事年年有？独立小桥风满袖，平林[4]新月人归后。

※ 注释

1 闲情：闲散的愁情。2 病酒：喻饮酒无度，醉酒。3 朱颜：青春红颜。4 平林：原野上的树林。

※ 新解

心头总萦绕着一股莫名其妙的惆怅，难以抛弃。每当春回大地之时，这种绵绵不绝的惆怅依然如故。我欲借酒浇除这种闲愁，天天花前月下饮酒无度，全然不顾镜中红颜渐渐憔悴。

河边芳草萋萋，堤上绿柳成荫。如此美景，我不由得暗问自己，为何年复一年都会有这种莫名其妙的感伤？我独自伫立在小桥之上，百思不得其解。清风吹来，长袖当风。独自惆怅的人归去后，树林漠漠，新月如钩。

本词所写的“愁”无边无际。“愁”是大多数词人乐于抒写的情感，但他们往往既非愁衣食，也不是愁江山社稷，而多半是思佳人、伤流芳，或是戚戚乎名利而已。

本词同属此类，但最后两句，语淡意远，颇值得玩味。

木兰花

别后不知君远近，触目凄凉多少闷！渐行渐远渐无书，水阔鱼沉[1]何处问？

夜深风竹敲秋韵[2]，万叶千声皆是恨。故攲[3]单枕梦中寻，梦又不成灯又烬[4]。

※ 注释

1 鱼沉：相传鱼能传书，鱼沉即是书信不传。2 秋韵：秋声。秋时西风作，草木零落，多肃杀之声，曰秋声。3 攲：斜倚。4 烬：灯芯烧尽后成炭质或灰质的部分。

※ 新解

与君分别后，不知你现在身在何处。心中烦闷，眼前是一派凄凉景象。你离我越来越远，书信也渐渐断了。水面宽阔，鱼儿潜底，不知该向何处打探你的音讯。

深夜里，肃杀的秋风吹动竹林，那竹子相击的声音和竹叶的沙沙声，都像在诉说着我心中无尽的离愁别苦。孤枕独宿，想在梦中与你相遇，可惜灯芯已化为灰烬，我还未能成眠！

此词写别后相思，独守空闺的日子难熬，灯芯都已经燃尽了，她却还难以成眠，原本还寄望在梦中与郎君相见。漫漫秋夜，枕冷衾寒，卧听风竹之音，“万叶千声皆是恨”，其恨之深，愁之浓，字字敲心，声声动魂。

浪淘沙

把酒祝东风，且共从容[1]。垂杨紫陌[2]洛城东，总是[3]当时携手处，游遍芳丛[4]。

聚散苦匆匆，此恨无穷。今年花胜去年红，可惜明年花更好，知与谁同？

※ 注释

1 “把酒”二句：化用五代司空图《酒泉子》词：“黄昏把酒祝东风，且从容。”2 紫陌：京都郊外的道路。3 总是：大多是，都是。4 芳丛：花丛。

※ 新解

我把酒临风，请求和煦的春风不要匆匆离去。洛阳城东那垂杨青青的京郊小路，正是你我当时携手游春之处，我俩曾在百花丛中欢歌笑语，纵情游览。

人生聚散匆匆，无尽的遗憾郁积心中。今年的花儿艳丽更胜往年，料想明年的花会开得比今年更美，只可惜不知会与谁一同欣赏那美好的春光。

人生苦短，聚散匆匆。独自赏春，怀念旧人，物是人非，好景不长。“人面不知何处去，桃花依旧笑春风。”多少事，已成空，徒然留心中。人生如花，忽而姹紫嫣红闹枝头，转眼又是“零落成泥碾作尘”。

临江仙

柳外轻雷池上雨，雨声滴碎荷声。小楼西角断虹明。阑干倚处，待得月华生。

燕子飞来窥画栋[1]，玉钩垂下帘旌[2]。凉波不动簟纹[3]平。水精[4]双枕，傍有堕钗横。

※ 注释

1 窥画栋：偷偷地看绘有彩色图案的栋梁，此处有期盼归巢之意。2 帘旌：帘幕。3 簟（diàn）纹：竹席的花纹。4 水精：即水晶。

※ 新解

夏日的傍晚，远处柳林外，传来了阵阵轻雷。硕大的雨点“啪哒啪哒”打在池中的荷叶上，仿佛要把那翠如玉盘的荷叶敲碎。雨过天晴的时候，小楼的西角出现了一抹残断的彩虹。我独自倚靠着小楼的栏杆遥望晴空，一轮皓月已悄悄地挂在天际。

外出了一天的燕子见天色已晚，期盼着尽快回到彩画栋梁上的巢穴。可是，门帘已经垂下来了，它无法飞进去，只能隔着门帘向里面偷偷张望：床上的竹席铺得整整齐齐，席纹如波纹般滑爽而细密。席上并列放着两个水晶枕头，枕边横着女主人失落的一只金钗。

这首词的独特之处在于其所取时节、景色和生活片断新颖，不同于一般作品中常见或类似的内容。“雨声滴碎荷声”，堪称用文字写声响的神来之笔，读此句，如见其雨，如闻其声。“画栋”“玉钩”“水精”等词语借精美华丽之物营造理想的人间境界。而最后的“钗横”又给读者留下了广阔的想象空间。

浣溪沙

堤上游人逐画船，拍堤春水四垂天，绿杨楼外出秋千。

白发戴花君莫笑，六幺[1]催拍[2]盏[3]频传，人生何处似尊[4]前。

※ 注释

1 六幺：曲调名，又名《绿腰》。2 催拍：乐曲的节拍急促。3 盏：酒杯。4 尊：同“樽”，酒杯。

※ 新解

堤岸上游人如织，熙熙攘攘的人群都不约而同地朝绘有彩饰的游船奔去。春波荡漾，远远望去，天幕四垂，水天一色。绿杨林外传来了盈盈笑语，原来是临水人家的少女在荡秋千，那娇美的身影随着高高的秋千时而飞上院墙。

请别嘲笑我这么大年纪还不知羞耻，像年轻人一样在头上戴花。就让我们在急管繁弦的《六幺》声中频频举杯，一醉方休吧！人生有多少时候能体会到现在这种沉醉于酒中的快慰之感呢?

这首词记叙作者春日载酒泛舟西湖时的所见所感，大约作于欧阳修任颍州知州时。作者用游人、画船、天光、水色、绿树以及似见似隐的秋千少女，描绘了一幅色调和谐、生机盎然的湖上游春图。之后着重抒情，表达自己宦海沉浮、屡经挫折后的苦闷之情。

青玉案

一年春事都[1]来几？早过了、三之二。绿暗红嫣浑[2]可事[3]，绿杨庭院，暖风帘幕，有个人憔悴。

买花载酒长安市，又争似[4]家山[5]见桃李？不枉[6]东风吹客泪，相思难表，梦魂无据，惟有归来是。

※ 注释

1 都：总共。2 浑：全，都。3 可事：小事，寻常之事。4 争似：即怎似、怎像。5 家山：家乡。6 不枉：不怪、难怪。

※ 新解

这一年的春色已经流逝多少了呢？三分春色算来已有两分付诸流水了。绿荫如盖，红花似火，全都是寻常景致。庭院中绿柳一片葱茏，和煦的东风吹拂着帘幕。春光如此明媚，却有一个人愁容满面，独自憔悴。

尽管可以在繁华的京城里买花载酒，但又怎比得上欣赏故乡桃红李白呢？不怪春风吹落游子的眼泪，是因为游子满怀的思乡之情无从倾诉。梦回故里，但醒来还是独在异乡。唉！看来只有回到故乡与家人团聚，才能享受到真正的幸福。

他乡虽然也是春光妩媚，却还是觉得家乡的桃花更红、李花更白。身为朝廷命官，虽然可以在京都买花载酒，富贵优柔，但心里却早已厌倦仕宦的生活，只想早日回到故里。

凤箫吟

韩缜

锁离愁连绵无际，来时陌上初熏，绣帏人[1]念远，暗垂珠露，泣送征轮[2]。长行长在眼，更重重、远水孤云。但望极楼高，尽日目断王孙[3]。

消魂，池塘别后，曾行处、绿妒轻裙。恁时[4]携素手[5]，乱花飞絮里，缓步香茵。朱颜空自改，向年年、芳意长新。遍绿野、嬉游醉眼，莫负青春。

※ 注释

1 绣帏人：指闺阁中人。绣帏，精美的帷帐，代指闺房。2 征轮：行旅之车轮，这里指载人远去的马车。3 王孙：泛指贵族子孙，古时也用来尊称一般青年男子。4 恁时：那时。5 素手：洁白的手，这里代指佳人。

※ 新解

田间小路上的春草刚开始散发出芳香，这连绵无际的春草仿佛紧锁住我漫漫的离愁。深闺绣帏里的我思念着远去的夫君，暗自垂泪。想当时流着眼泪目送着滚滚而去的车轮，他渐行渐远，只余下满目芳草萋萋，还有那流向远方的流水和天边的孤云。我独自登上高楼，终日凭栏远眺，盼望着他的归影。

回首前尘，令人黯然销魂。回忆起与你携手同游池塘边，漫步香气袭人的绿茵地，在落花飘舞、飞絮蒙蒙的春光里，两情相悦，其乐融融，连那芳草都妒忌你飞扬的绿罗裙。但如今你我天各一方，我红润的面容徒然憔悴，那萋萋芳草却依旧年复一年，春风吹又生。何时能与你再度重逢于春光万里、芳草遍野之时？届时我将与你纵情嬉戏，开怀畅饮，绝不辜负大好青春。

此词咏“草”，篇中却不着一个“草”字。以芳草喻离愁，漫漫无际，“更行更远还生”。上片写闺中少妇思念远去的夫君，终日登高远眺，却不见郎君的归影，“便纵有千种风情，更与何人说？”满目是青青的芳草，内心却是一片凄凉。下阕写离家远行的游子怀念家中的娇妻，“为伊消得人憔悴”。

桂枝香

王安石

登临送目，正故国[1]晚秋，天气初肃[2]。千里澄江似练，翠峰如簇[3]。归帆去棹残阳里，背西风，酒旗斜矗。彩舟云淡，星河[4]鹭起，画图难足。

念往昔、繁华竞逐。叹门外楼头[5]，悲恨相续[6]。千古凭高，对此漫嗟荣辱。六朝旧事如流水，但寒烟、衰草凝绿。至今商女[7]，时时犹唱，《后庭》[8]遗曲。

※ 注释

1 故国：指金陵，三国东吴、东晋、宋、齐、梁、陈六朝旧都，在今江苏南京。2 肃：高爽之意。指草木凋零，天气清阔高爽。3 簇：高挺直立貌，形容山峰峭拔。4 星河：银河，此指长江。5 门外楼头：唐杜牧《台城曲》有“门外韩擒虎，楼头张丽华”句，这里借隋将灭陈，泛指六朝的终结。门外，指朱雀门外。楼头，指张丽华住的结绮阁。6 悲恨相续：指南朝各个王朝的相继覆亡。7 商女：歌女。8《后庭》：指陈后主所做的《玉树后庭花》，后人将它称为亡国之曲。

※ 新解

我登上高处环顾金陵，这六朝古都正值深秋季节，天气开始变得寒冷，草木也开始凋落。澄澈明净的千里长江像条白丝带，青翠的山峰有如箭头。远行的船帆在斜阳中飘然离去，酒家门上斜插着高挺的旗子在西风中飘动。画船飘浮在江面淡淡的云影之上，白鹭正在天河里展翅飞翔，这秀美的景色实在难以用图画表现

想起这六朝古都往昔是何等繁华，人们竞相追逐富贵豪奢，可叹那陈后主正在楼头上欣赏美人歌舞，却不知门外已兵临城下，这种亡国的悲恨竟然连续相继。自古以来多少人登高凭吊，都为这历代的兴亡荣辱而嗟叹。六朝旧事已随着流水一去不返，只见寒雾如烟、草木衰枯，至今那茶楼酒肆的歌女，还常常吟唱陈后主的《玉

树后庭花》。

六朝古都金陵赢得不少文人骚客的笔墨，而此词堪称其中佳作，是宋代第一首成熟的怀古咏史词，在同类词中独占鳌头。上阕词人以如椽之笔勾勒出金陵古都“画图难足”的景致，下阕感叹历代的盛衰兴亡，最后一句用意极为深刻，借秦淮歌女至今还在唱被称为亡国之音的“《后庭》遗曲”这一现象，对当时不知励精图治的北宋王朝提出警告，盖因词人看到了当时“市列珠玑，户盈罗绮，竞豪奢”的繁华背后的危机。

千秋岁引

别馆[1]寒砧[2]，孤城画角，一派秋声入寥廓[3]。东归燕从海上去，南来雁向沙头落。楚台风[4]，庾楼月[5]，宛如昨。

无奈被些名利缚，无奈被他情担阁[6]，可惜风流总闲却。当初漫[7]留华表语[8]，而今误我秦楼约[9]。梦阑[10]时，酒醒后，思量著。

※ 注释

1 别馆：馆舍、客馆。2 寒砧 (zhēn)：指寒秋时的捣衣声。诗词中常以此形容寒秋景象的萧索冷落。砧，捣衣石。3 寥廓：即辽阔。这里指天空。4 楚台风：泛指清爽凉风。宋玉《风赋》：“楚王游于兰台，有风飒至，王乃被襟以当之曰：‘快哉！此风。’”5 庾楼月：晋庾亮曾与众僚佐登武昌城南楼赏月。此处泛指秋月。6 担阁：即耽搁。7 漫：徒然，白白地。8 华表语：《搜神后记》载，辽东人丁令威学道成仙，化鹤归来，落在城门华表柱上，作人言曰：“有鸟有鸟丁令威，去家千年今来归。城中如故人民非，何不学仙冢累累。”9 秦楼约：指男女恋人间的约会。10 阑：残尽。

※ 新解

在馆舍里听到一阵阵捣衣声，从孤寂的城头传来凄凉悲鸣的画角声，一派萧条的秋声萦绕在夜空中。东归的燕子飞向苍茫的大海，南来的大雁栖息在沙洲之上。此时的风如同楚王的兰台之风，此时的月好似庾亮的南楼之月，眼前之景宛然如旧。

无奈我被名利所束缚、无奈我被世情所耽搁，可惜那些风流俊雅、吟诗作对之事我已全都放在一边。当初意气风发，随意指点朝政，而今却误了我与心爱的人之间的誓约。梦醒之时，酒醒之后，我又陷入了沉思。

词人自责缚于名利，拘于世情，耽误了风流时光、美人之约。这岂不陷入了柳永的论调："忍把浮名，换了浅斟低唱"？词人的后悔不仅表达了政治上失意的牢骚，也蕴含对官场的厌倦之情。

清平乐　春晚

王安国

留春不住，费尽莺儿语。满地残红宫锦[1]污，昨夜南园风雨。

小怜[2]初上琵琶，晓来思绕天涯。不肯画堂朱户[3]，春风自在杨花。

※ 注释

1 宫锦：宫里用的锦缎，在此比喻落花铺地。2 小怜：北齐后主高纬宠妃冯淑妃之名，善弹琵琶。此处指歌女。3 画堂朱户：指富贵人家。

※ 新解

春天匆匆归去，黄莺儿费尽口舌也留它不住。南园繁花似锦，昨夜风雨侵袭，落花满地，一片狼藉。

当此春宵，歌女抱着琵琶开始弄弦，直到天明破晓，无限伤春之情依旧萦绕于指尖。杨花在春风中自由自在地漫天飞舞，却不肯飞入画堂朱户的权贵之家。

杨花自在春风，不肯飞入画堂朱户之家，喻琵琶女的品格之高，词人借以自喻。

水调歌头[1]

苏轼

丙辰中秋，欢饮达旦，大醉。作此篇兼怀子由。

明月几时有，把酒问青天。不知天上宫阙，今夕是何年。我欲乘风归去，惟恐琼楼玉宇，高处不胜[2]寒。起舞弄清影，何似[3]在人间。

转朱阁，低绮户，照无眠。不应有恨[4]，何事长向别时圆[5]？人有悲欢离合，月有阴晴圆缺，此事古难全。但愿人长久，千里共婵娟[6]。

※ 注释

1 水调歌头：《水调歌》的首段，故曰"歌头"。2 不胜：忍受不住。3 何似：哪像。4 恨：遗憾，怨恨。5 何事长向别时圆：引自司马光《温公诗话》记石曼卿诗："月如无恨月长圆。"长，经常。6 婵娟：本指形态美好的样子，这里指美好的月色。

※ 新解

我举起酒杯问苍天，什么时候才会有明亮的月儿？不知天上的宫殿，今晚是属于哪一年？我想乘风飞回天上去，又担心仙宫玉楼太高，不能忍受天上凛冽的风寒。我在明月下舞蹈，我的影子也随着我翩翩起舞，凡间生活可要比天上美好得多啊！

月儿转过华美的楼阁，月华低低穿过雕花的门窗，照着那还没有入睡的人。月儿啊，你大概不会有什么怨恨吧！为什么你总是在人生离愁的时候才如此圆满呢？也许人生一世，总会有悲欢离合，月亮每月也会有圆缺明暗，从古至今都是如此，不会有月常圆、人常聚。但愿你我兄弟都健康长寿、情谊永存，虽相隔千里，大家也可以一同观赏这美好的月色啊！

苏轼兄弟情谊甚笃。苏轼与苏辙自熙宁四年（1071）于颍州分别后已有六年未见。苏轼原任杭州通判，因苏辙在济南掌书记，特地请求北徙，但到了密州还是无缘相会。

人间胜于天上，此暗示了作者在出世与入世之间，还是选择入世。苏轼是一个比较豁达的人，虽然在仕途上遭遇了不少坎坷，但还是难忘“致君尧舜”的理想。这首词九百年来传诵不衰，为后世所盛赞，有“中秋词自东坡《水调歌头》一出，余词尽废”之说（胡仔《苕溪渔隐丛话》）。

水龙吟　次韵[1]章质夫[2]《杨花词》

似花还似非花，也无人惜从教坠[3]。抛家傍路，思量却是，无情有思[4]。萦损柔肠[5]，困酣娇眼，欲开还闭。梦随风万里，寻郎去处，又还被莺呼起[6]。

不恨此花飞尽，恨西园、落红难缀。晓来雨过，遗踪何在，一池萍碎[7]。春色三分，二分尘土，一分流水。细看来不是杨花，点点是离人泪。

※ 注释

1 次韵：依照一首诗词原韵所和之诗词。2 章质夫：与苏轼同官京师。《杨花词》是章质夫咏物之名作，杨花系指柳絮。3 从教坠：任杨花飘落。4 无情有思：看似无情，实有情。5 萦损柔肠：思念之情愁坏了肚肠。萦，缠绕。6 “梦随”三句：杨花随风飘荡，有如思妇在梦中寻找丈夫，又忽被黄莺惊醒。化用唐金昌绪《春怨》：“打起黄莺儿，莫教枝上啼。啼时惊妾梦，不得到辽西。”7 萍碎：杨花落水为浮萍。

※ 新解

它像花，又不像花，也没有人怜惜它，任其飘落。杨花离开枝头，落在路旁，看似无情，思量起来，却也有它的深意。杨柳柔而细的枝条就好像她的柔肠，受尽了离愁的折磨。柳叶飘扬飞舞的媚态就像她困极时欲开还闭的娇眼。她的梦随风飘游万里，去寻找她的郎君，可惜被那黄莺惊醒。

她不恨杨花飞尽，只恨西园里，满地的落花无从收拾。早晨下过一场骤雨，地上已经不见杨花的踪迹，只剩下一池浮萍，可怜这春色满园，杨花大部分已化为尘土，小部分则随流水而逝。仔细看，这空中纷纷扬扬的原来不是杨花，而是她点点滴滴的泪珠。

这首词以杨花喻思妇，遗貌而取神，杨花与人浑然一体，若即若离，出神入化，极尽幽怨缠绵，堪称咏物词的极品。按理说，次韵在格律上多受一层限制，但苏轼才气大，反而超出了原词的意境，张炎称之为“真是压倒今古”的和韵词。

念奴娇　赤壁[1]怀古

大江东去，浪淘尽、千古风流人物。故垒西边，人道是、三国周郎赤壁。乱石穿空，惊涛拍岸，卷起千堆雪[2]。江山如画，一时多少豪杰。

遥想公瑾[3]当年，小乔[4]初嫁了，雄姿英发。羽扇纶巾[5]，谈笑间、强橹灰飞烟灭。故国神游，多情应笑我，早生华发。人生如梦，一樽还酹[6]江月。

※ 注释

1 赤壁：苏轼所游为黄州赤壁，又名赤鼻矶；而周瑜破曹操的赤壁在今湖北浦圻县。2 千堆雪：指无数翻卷的浪花。3 公瑾：即周瑜，字公瑾，二十四岁为东吴中郎将，人称周郎。4 小乔：乔玄次女，在建安三年（198）其嫁周瑜（大乔嫁孙策），为赤壁之战十年前事。言“初嫁了”，是有意渲染周瑜年少有为，英雄美人，相得益彰。5 纶巾：用青丝带做的头巾。6 酹（lèi）：把酒洒在地上，用以祭奠。

※ 新解

长江滚滚东流去，千古的风流人物如同这东逝水，成为历史的回忆。人们传说那座破旧的营垒西边，就是三国时周瑜指挥赤壁之战的地方。参差而陡峭的石崖高耸入天，汹涌的波涛不断地拍打着江岸，卷起无数雪白的巨浪。江山就像画一样壮丽，不知当时有多少英雄豪杰为之斗智斗勇。

遥想当年，周瑜刚娶了貌美如花的小乔为妻，满怀雄才大略，英姿飒爽。他头戴青丝巾，手摇羽毛扇，谈笑之间就把曹操的战船烧得精光。如今，我面对这古战场，凭吊少年有为的周公瑾，可笑我虽时值壮年，却已两鬓斑白。唉！人世间的事就像在做梦一样，还是让我洒一杯酒在江水里，祭奠江上的明月吧！

这首词是元丰五年（1082）七月苏轼因“乌台诗案”谪居黄州时作，他时年四十七岁，不但功业未成，反而戴罪黄州，同三十左右就功成名就的周瑜相比，不禁深感惭愧。壮丽江山，英雄业绩，激起苏轼豪迈奋发的感情，也加深了他内心的苦闷。《念奴娇》历来被看作是苏轼豪放词的代表作。与原来只宜于红牙拍板、女儿歌喉的传统词相比，此词需要铜琵琶、铁绰板来伴唱。

永遇乐

彭城夜宿燕子楼，梦盼盼，因作此词[1]。

明月如霜，好风如水，清景无限。曲港跳鱼，圆荷泻露，寂寞无人见。紞如三鼓[2]，铿然[3]一叶，黯黯梦云惊断[4]。夜茫茫、重寻无处，觉来小园行遍。

天涯倦客，山中归路，望断故园心眼。燕子楼空，佳人何在？空锁楼中燕。古今如梦，何曾梦觉，但有旧欢新怨。异时对、黄楼[5]夜景，为余浩叹。

※ 注释

1 “彭城”句：白居易《燕子楼诗序》：“徐州故尚书张建封有爱妓曰盼盼，善歌舞，雅多风态。尚书既没，彭城有旧第，第中有小楼名燕子。盼盼念旧爱而不嫁，居是楼十余年。”彭城，今江苏徐州。2 紞（dǎn）如三鼓：三更鼓响了。，打鼓声。3 铿然：形容声音之清脆，如金石、琴瑟。此处指落叶声。4 黯黯梦云惊断：梦中惊醒，觉得黯然心伤。5 黄楼：彭城东门上的大楼，苏轼在徐州时所建造。

※ 新解

明亮的月色皎洁如霜，柔和的秋风清凉如水，眼前是无限清幽的深秋景致。曲折的池塘里时而有游鱼跳出水面，微风中，圆圆的荷叶上滚动着晶莹的露珠，夜阑人静，没有人欣赏到这秋夜的清幽。三更鼓响了，在夜深人静时，即使一片落叶的声音听起来也是那么的清脆。我正与盼盼在梦中相会，但好梦突然被惊醒，顿觉黯然销魂，满怀惆怅。夜色茫茫，再也无从找寻梦中美景。我已了无睡意，怅然地徘徊在小园里。

我早已厌倦浪迹天涯，宦游远方，很想踏上归途，去山中过清静自在的田园生活，可是故乡邈远，徒然望眼欲穿。燕子楼已是人去楼空，盼盼只能在梦中相遇，早已不见佳人踪影，燕子楼也只是空锁楼中梁上燕。物是人非，古往今来恍如一梦，只因欢怨之情不能了断，人生的梦也不曾醒来。后世的人面对我所筑黄楼的夜景，或许也会像我今天面对燕子楼一样，发出物是人非的喟叹。

苏轼的怀古之作受道家虚无思想的影响较多，难免带有虚无主义的倾向，常会发出意志消沉的感叹，即便是气势磅礴的“大江东去”，最后也有“人生如梦，一樽还酹江月”的喟叹。本词也是如此，“古今如梦”，令人读罢也是迷迷蒙蒙，如坠梦境。天地悠悠、岁月沧桑、美人如花，已随流水而去，今人何来怅然若失？

洞仙歌

余七岁时，见眉州老尼，姓朱，忘其名，年九十岁。自言尝随其师入蜀主孟昶[1]宫中，一日大热，蜀主与花蕊夫人[2]夜起纳凉摩诃池上，作一词，朱具能记之。今四十年，朱已死久矣，人无知此词者，但记其首两句，暇日寻味，岂“洞仙歌”令乎？乃为足之云。

冰肌玉骨，自清凉无汗。水殿[3]风来暗香满。绣帘开、一点明月窥人，人未寝、攲[4]枕钗横鬓乱。

起来携素手，庭户无声，时见疏星度河汉。试问夜如何？夜已三更，金波淡[5]、玉绳低转[6]。但屈指、西风几时来，又不道流年、暗中偷换。

※ 注释

1 孟昶（chǎng）：五代时后蜀君主。他生活奢华，喜爱文学，工声曲，后兵败降宋。2 花蕊夫人：孟昶的贵妃。3 水殿：筑在成都摩诃池上的宫殿。4 攲（yǐ）：倚靠。5 金波淡：月光淡明。6 玉绳低转：表示夜深。玉绳，两星名，在北斗第五星玉衡的北面。

※ 新解

盛夏时节，她的肌肤像冰雪一样清凉，没有一点儿汗迹。摩诃池上，一阵微风吹来，宫殿里弥漫着一阵幽香。绣帘忽然被吹开，空中明月好像在偷窥她，只见她斜靠在枕上，钗簪横斜，鬓发蓬乱，还没有入眠。

她下了床，与蜀主携手同行，庭院悄然无声，偶尔望见流星掠过银河。现在是夜里什么时候了？都已三更时分了，月光渐渐暗了下来，玉绳星也已经西下。她屈指计算着西风几时才能送来凉爽，却没有想到暑去凉至也正是大好的时光偷偷流逝之际。

这首词是写花蕊夫人在摩诃池上纳凉的情景。盛夏时节，她依然冰肌玉骨、清凉无汗，真是人间尤物。盼望酷热的夏日快快过去，却不知年华似水就这样悄然流逝。后蜀早已灭亡，美人也早已逝去，只留给今人“好花不常开，好景不常在”的感叹。

卜算子

黄州[1]定惠院寓居作。

缺月挂疏桐，漏[2]断人初静。谁见幽人[3]独往来，飘渺[4]孤鸿影。

惊起却回头，有恨无人省[5]。拣尽寒枝不肯栖，寂寞沙洲冷。

※ 注释

1 黄州：今湖北黄冈东南。2 漏：古人计时之器。漏断即漏壶中的水滴尽，意即夜深了。3 幽人：深居简出之人，此处指作者。幽，此处有幽怨、幽寂、幽思之意。4 飘渺：隐隐约约，若有若无。5 省（xǐng）：明白，理解。

※ 新解

夜已经深了，人们才渐渐安静下来，残月挂在叶子稀疏的梧桐树上。谁见你独自徘徊在月色中？惟有在朦胧夜色中飞翔的孤雁。大雁突然惊飞，却又匆匆回首，有谁知道它满怀惆怅？它捡遍了所有瑟缩在寒风中的树枝，不肯栖息，却停歇在寂寞的沙洲，甘愿忍受清冷。

幽人好像是孤鸿，孤鸿好像是幽人。这首词写作的技法和诗人的《水龙吟·次韵章质夫杨花词》相似。非鸿非人，亦鸿亦人，托鸿而见人，自标清高，寄意深远，可意会而不可言传。

青玉案

和贺方回韵，送伯固归吴中故居[1]。

三年枕上吴中路，遣黄犬[2]、随君去。若到松江呼小渡，莫惊鸳鹭，四桥尽是、老子[3]经行处。

《辋川图》[4]上看春暮，常记高人右丞[5]句。作个归期天定许，春衫犹是，小蛮[6]针线，曾湿西湖雨。

※ 注释

1 贺方回：即词人贺铸。伯固：苏坚，字伯固，苏轼族人，博学工诗，与苏轼交厚。2 黄犬：据《晋书·陆机传》载，陆机有犬名黄耳，机在洛阳时，曾把书信系在它的脖子上，送至松江家中，并得回信。此处意为希望苏坚归去后常通音讯。3 老子：宋代年老者自称。此处是苏轼自称。4 《辋川图》：唐代诗人王维隐居辋川（今陕西蓝田）时，曾在清凉寺绘《辋川图》。此指作者有归隐之意。5 高人右丞：高人，隐士。右丞，指王维，王维曾任尚书右丞。6 小蛮：唐代诗人白居易的侍妾名。这里指苏轼的爱妾朝云。

※ 新解

你已经离乡三年了，想必做梦都想着早日踏上回到吴中故里的归途吧？真希望能有一只灵犬随你一同归去，就像陆机的那只犬黄耳一样，这样，我们就能够在别后经常互通音信了。吴中水乡是那么宁静秀丽，当你返回吴中，呼船渡河的时候，千万不要惊动了那些在水上游弋的水鸟。那里的每一处名胜，都有我曾经走过的足迹，想起来，顿生无限怀恋之情。

如今，我最向往的是先贤王维的隐居生活。他画的那幅著名的《辋川图》中所描绘的暮春景色，充满了诗情画意。我也经常记颂他的那些宁静悠闲的诗句，那是真正的高人隐士才能有的情调。我要是想择个日期回家的话，相信天公会准许的。西湖的蒙蒙细雨打湿了我身上的这件春衫，它是“小蛮”细针密线为我精心缝制的，看来，我该回去换洗换洗了。

苏轼的这首《青玉案》与众多的送别词相比，可谓别具一格。这首词可以说是“客”中送客之作。读此词，我们可以深切地体会到作者对苏坚归吴中的羡慕之情，悲叹自己归梦难圆。

临江仙　夜归临皋

夜饮东坡醒复醉，归来仿佛三更。家童鼻息已雷鸣，敲门都不应，倚杖听江声。

长恨此身非我有[1]，何时忘却营营[2]。夜阑风静縠纹平，小舟从此逝，江海寄余生。

※ 注释

1 此身非我有：这里是不能掌握自己的命运之意。2 营营：为功名利禄而劳碌费神。

※ 新解

夜饮东坡雪堂，酒醒后又喝醉，回到家时，好像已经三更了。家童已经睡得鼾声如雷，怎么敲门都没有反应，我只好倚着手杖倾听长江的波涛声。

经常怨恨不能把握自己的命运，何时才能忘却追求功名利禄？夜已经深了，风也停了，江面也没有一点儿波纹。我多想乘一叶轻舟飘然而去，在浩渺的江湖上了度余生。

传说这首词曾让当时黄州郡守徐君猷虚惊一场。因为诗人夜饮后作此词，次日盛传苏轼昨夜驾舟而去。徐以为罪人苏轼逃走，吓得连忙赶到苏轼住处查看，然而，苏轼却正睡得鼾声如雷。我们也可以据此了解苏轼当时的处境，他写这首词其实是在追求精神上的自由。

定风波

三月七日沙湖[1]道中遇雨，雨具先去[2]，同行皆狼狈[3]，余独不觉[4]。已而遂晴，故作此。

莫听穿林打叶声，何妨吟啸[5]且徐行。竹杖芒鞋[6]轻胜马，谁怕？一蓑烟雨任平生。

料峭春风[7]吹酒醒，微冷，山头斜照却相迎。回首向来[8]萧瑟处，归去，也无风雨也无晴。

※ 注释

1 沙湖：在今湖北省黄冈东南三十里处。2 雨具先去：雨鞋、雨伞早已被带走了。3 狼狈：窘迫的样子。4 不觉：不在乎，不放在心上。5 吟啸：朗诵诗歌，形容意态潇洒。6 芒鞋：草鞋。7 料峭春风：带有寒意的春风。8 向来：刚才。

※ 新解

别去理会那些穿过树林打在树叶上的雨声，不妨一边吟诵歌诗，一边缓步前行。拄着竹杖、穿着草鞋比骑马还觉得轻快，下雨有什么可怕的呢？我披一件蓑衣，任凭风吹雨打，一生随遇而安。

带有寒意的春风吹去了我的醉意，微微感到有些寒冷，山头的夕阳正迎照着我们。回头看了看刚才遇雨的地方，没有了风雨，也没有阳光，而我们正迎着无限美好的夕阳归去。

这首词是诗人被贬黄冈时所作。路上遇雨，本是平常小事，诗人借题发挥，表明自己不怕人生的“风雨”—“一蓑烟雨任平生”，表达了诗人“平常心是道”的观念和对待不幸遭遇时的旷达情怀，而没有历代诗人遇到类似遭遇的满腹委屈、大发牢骚，或是汲汲名利的患得患失。

江城子

乙卯正月二十日夜记梦

十年生死[1]两茫茫，不思量，自难忘。千里孤坟[2]，无处话凄凉。纵使相逢应不识，尘满面、鬓如霜。

夜来幽梦忽还乡，小轩窗，正梳妆。相顾无言，惟有泪千行。料得年年肠断处，明月夜、短松冈[3]。

※ 注释

1 十年生死：指苏轼之妻王弗去世刚好十年了。2 千里孤坟：王弗去世后葬于四川彭山苏轼故里，而苏轼当时所在地为密州（今山东诸城），两地相距数千里。3 短松冈：长满松树的小山冈，此指苏妻的墓地。

※ 新解

十年生死相隔，早已音容渺茫，不用刻意地去怀念你，我也难以将你忘怀。你孤零零的坟墓远在千里之外。此刻，我到哪里去倾诉心中无限的凄凉？即便你我再次相逢，你恐怕也认不出我了。因为这些年我四处飘零，已是满面尘土，两鬓也已经染上了秋霜。

夜里做梦忽然回到了故乡，在你闺房的小窗前，我看见你正在梳妆。你我凝望着对方，默默无语，只有泪流满面。估计我年年此时，那惨淡的月光下，长着小松树的山冈都会是令我极度悲伤的地方。

苏轼十九岁与同郡的王弗结婚，嗣后出蜀入仕，夫妻琴瑟调和，甘苦与共。十年后王弗亡故，归葬于家乡的祖茔。这首词是苏轼在密州一次梦见王弗后写的，距王弗之卒已是十年了。读此词，常使人泪流满面，痛彻肺腑，人生短暂，岁月无情，惟有真情永恒。

木兰花　次欧公西湖韵[1]

霜余已失长淮阔，空听潺潺清颍[2]咽[3]。佳人犹唱醉翁词，四十三年[4]

如电抹。

草头秋露如珠滑，三五盈盈还二八[5]。与余同是识翁人，惟有西湖波底月。

※ 注释

1 欧公：指宋代文学家欧阳修。西湖韵：指欧阳修曾作《木兰花令》一词咏颍州西湖。次：苏轼用欧阳修原韵作此词，故曰“次”。2 清颍：颍水，淮河支流。3 咽：指颍水流速缓慢。4 四十三年：从欧阳修当年作《木兰花令》一词，到苏轼作此词，已经相隔四十三年。5 三五：指农历每月十五日。二八：指农历每月十六日。

※ 新解

已是深秋时节，遍地白霜，淮河水盛时的那种汹涌宽阔的气势也早已消失殆尽。清浅的颍河水在缓缓地流动，仿佛随时都会停歇下来。欧阳修曾经在这里泛舟悠游，至今那些歌女们还在唱着欧公当年所写的优美雅丽的词作。岁月犹如闪电般一闪而过，从欧公皇祐元年知颍州至今，弹指一挥间，已经四十三年过去了。

秋草上的露水像珍珠一样明澈滑润，一眨眼的工夫就不见了。十五的月亮皎洁圆满，但到十六日，便会亏缺一分。世间万物，就是如此悠忽而逝。眼前认识欧公的人，除了我之外，就只有西湖波底的那一轮明月了。

这首词是依欧阳修《木兰花》原韵所作的和词，与欧词写的是相同的地点。宋仁宗嘉祐二年（1057），苏轼参加进士考试，得到主考官欧阳修的慧眼识拔。宋哲宗元祐六年（1091），苏轼任颍州知州，当时距离欧阳修在任颍州已经四十三年了。于是苏轼泛舟颍河，凭吊遗踪，触景生情，感慨万千。全词怀念气氛浓郁，结句显得哀沉情深，意味隽永。

贺新郎

乳燕[1]飞华屋，悄无人、槐阴转午[2]，晚凉新浴。手弄生绡白团扇，扇手一时似玉。渐困倚[3]、孤眠清熟，帘外谁来推绣户？枉教人、梦断《瑶台[4]曲》，又却是、风敲竹。

石榴半吐红巾蹙[5]。待浮花、浪蕊都尽，伴君幽独。秾艳[6]一枝细看取，芳心千重似束。又恐被西风惊绿，若待得君来向此，花前对酒不忍触。共粉泪、两簌簌[7]。

※ 注释

1 乳燕：小燕子，雏燕。2 转午：天已到午后。3 倚：倚枕侧卧。4 瑶台：玉石砌成的楼台，指仙境。5 “石榴”句：石榴半开的时候，样子就像褶皱的红色丝巾。蹙，皱缩，褶皱。6 秾艳：茂盛，美丽。秾，花木繁盛的样子。7 两簌簌：花瓣与眼泪同时下落。

※ 新解

小燕子飞入华美的房屋，屋里悄无人语，槐树荫影转移，指向了午后。清凉的傍晚，美人刚刚出浴，她手里拿着白色生丝制的团扇，纤纤素手和团扇都像白玉一样白皙柔嫩。过了一会儿，她感到有些困倦，便独自倚枕侧卧榻上，不久就进入了梦乡。忽然，好像听见有人撩起窗帘、推开绣户，醒来发现，原来是西风在敲打翠竹，害得她的梦断于瑶台仙境的幽深之处。

半开的石榴花好像折皱的红巾，等那轻浮争艳的春花都凋谢了，石榴花才蓓蕾初绽，来陪伴孤寂的她。她凝视那秾艳的石榴花，紧紧收束的层层花瓣好像她不曾开启的芳心。她心里很担心娇嫩的石榴花会被西风吹落，只剩下枝头的一片绿叶。若她来此与残花对饮，她真不敢举杯，只怕酒入愁肠化成清泪，伴着花瓣簌簌下落。

这首词写一个与石榴花一样处在失时边缘的孤寂美人，她高洁绝尘，不肯与“浮花浪蕊”为伍，这显然是寄寓了诗人怀才不遇的抑郁之情。以香花、美人自喻，是诗人惯用来抒写胸臆的手法，本词其实是暗指自己才高行洁，却见弃于君王，不为所用。

临江仙

晏几道

梦后楼台高锁，酒醒帘幕低垂。去年春恨却来[1]时，落花人独立，微雨燕双飞[2]。

记得小[3]初见，两重心字罗衣[4]。琵琶弦上说相思，当时明月在，曾照彩云[5]归。

※ 注释

1 却来：又来。2 “落花”二句：五代楚诗人翁宏《春残》云：“又是春残也，如何出翠帏？落花人独立，微雨燕双飞。”这里虽完全套用原句，用来却有新意，如同己出，故成隽语。3 小：歌女名。作者旧日情人。4 心字罗衣：一说衣襟上有两重心字形的图纹；一说指用一种心字香熏过的罗衣。“两重心字”还含有“深情蜜意、心心相印”的双关义。5 彩云：美女，此指小。

※ 新解

酒醒后，梦中的欢情也消失了，映入眼帘的仍旧是楼台紧锁、帘幕虚掩、人去楼空的凄凉景象。去年的离愁别恨此时又涌上心头。空中细雨霏霏，花瓣纷飞、零落成泥，我独自站在花丛中，徒然望着雨中比翼齐飞的双燕。

记得与小初次见面时，她穿着衣襟上有两心字图纹的罗衣。她弹奏琵琶，其声哀怨，似在倾诉自己的衷肠。我望着当时照着她回去的明月，却听不到她幽怨的琴声。

晏几道曾在友人沈廉叔、陈君龙家与其歌女莲、鸿、、云等共处，那是一段让晏几道无法忘怀的美好时光。然而随着陈病沈亡，歌女易主，那段日子就成了美好的过去。词中“楼台高锁”“帘幕低垂”，则是他想象中两家衰落的情境。这首词便是怀念小之作，昔日的红粉知己，如今却人去楼空。

蝶恋花

梦入江南烟水路，行尽江南，不与离人遇。睡里消魂无说处，觉来惆怅消魂误。

欲尽此情书尺素[1]，浮雁沉鱼[2]，终了无凭据。却倚缓弦歌别绪，断肠移破[3]秦筝[4]柱。

※ 注释

1 尺素：古人写书信用长一尺左右的素绢，故称书信为尺素。素，生绢。2 浮雁沉鱼：古人认为鱼、雁能够传书，雁浮鱼沉，书信便无从传递。3 移破：移遍。4 秦筝：似瑟的弦乐器，相传为秦时蒙恬所造。

※ 新解

梦里走在江南烟水迷茫的路上，寻遍了整个江南，也没有见到她的倩影。梦里寻她千百度，不见伊人，我黯然神伤，可我能向谁去诉说呢？醒来更觉相思之苦，无以排解、失魂落魄想写一封书信向她倾诉衷肠，可是大雁高飞在天空，鱼儿潜游在水底，书信终难以投寄。我只有和着舒缓的琴音，唱着凄婉的曲调，抒发心中的离情别绪。为了弹奏出凄绝的曲子，发泄内心的悲伤，我将秦筝的弦柱都弹遍了。

梦里销魂未平，醒来惆怅更生。欲寄书信遣怀，却又无法送达，只得借秦筝抒发断肠相思。全词语言浅淡，却情意深长。

蝶恋花

醉别西楼醒不记，春梦秋云[1]，聚散真容易。斜月半窗还少睡，画屏闲展吴山[2]翠。

衣上酒痕诗里字，点点行行，总是凄凉意。红烛自怜无好计，夜寒空替人垂泪[3]。

※ 注释

1 春梦秋云：指美好但不能长久的事情。2 吴山：泛指江南的山水。3 “红烛”二句：此处化用杜牧《赠别》中“蜡烛有心还惜别，替人垂泪到天明”之意。

※ 新解

醉里辞别西楼，醒来什么都不记得了，人生聚散无常，宛如春梦秋云来去不定，转瞬即逝。月亮已经落至半窗，我还是没有睡意，双目呆滞地凝望着画屏上平静悠闲的青翠吴山。

衣服上残留着饯别宴会时的酒痕，还有宴会上即席所赋的诗句，如今看来，都透露出凄凉的离情别意。摇曳在长夜里的红烛也没有为我解脱孤苦凄凉的好计，只能在漫漫寒夜里独自为我垂泪。

这首词写别后的凄凉孤寂。回首西楼欢宴，恍如隔世；斜月半窗，难以成眠。“衣上酒痕诗里字”本是欢乐生活的标记，而今却引人神伤。蜡烛似乎也同情于人，却又无计消除主人心头的凄凉，只能在寒夜里替人垂泪。

鹧鸪天

彩袖[1]殷勤捧玉钟[2]，当年拼却[3]醉颜红。舞低杨柳楼心月，歌尽桃花扇底风。

从别后，忆相逢。几回魂梦与君同。今宵剩[4]把银釭[5]照，犹恐相逢是梦中。

※ 注释

1 彩袖：穿彩衣的歌女。2 玉钟：珍贵的酒杯。3 拼却：甘愿，不惜。4 剩：频频。5 银釭（gāng）：银色的烛台。

※ 新解

遥想当年，你殷勤举杯劝我饮酒，我为博美人一笑，尽情畅饮，醉得满脸通红。与你彻夜歌舞，直到月落柳梢头，无力挥舞桃花扇，方才罢休自从与你分别后，常常回忆起与你共度的良宵，几回梦中与你形同影共，如胶似漆。今宵我频频举灯照你，因担心这只是与你相逢在梦中。

这首诗写情人久别重逢，欢愉的心情溢于言表。佳人敬酒，词人自然不惜一醉，佳人以彻夜莺歌燕舞相报。梦里几回缠绵，今宵终于相聚，还频频举灯相照，犹疑相逢梦中。

鹧鸪天

醉拍春衫惜旧香[1]，天将离恨恼疏狂。年年陌上生秋草，日日楼中到夕阳。

云渺渺，水茫茫。征人[2]归路许多长。相思本是无凭语，莫向花笺[3]费泪行。

※ 注释

1 旧香：这里指歌女留下的香气。2 征人：游子。3 花笺：彩色的信笺。

※ 新解

我喝醉了酒，轻轻拍打着衣衫，曾经的欢声笑语都已经一去不复返了。闻到了衣衫上留下的歌女的香气，我不禁想起了那已经不知去向的佳人。这或许是天公因为我的狂放无拘感到生气，故意生出这么多的离愁别恨来惩罚我吧。田间小路上的秋草年复一年地生长，岁岁荣枯；渐渐西下的夕阳，日日照到楼中，天天都会迟暮。物是人非，而我只是徒留万千感慨。

云雾渺渺，江水茫茫。还在外漂泊着的游子的归途还有多长？相思之深，离恨之长，本来就无法用书信来表达，还是别向花笺空洒泪水了。

这是一首写与欢乐场中相悦女子的离别之情的词。作者睹物思人，表达了对旧情的深切怀念，以及现在无法排遣的愁思。

生查子

金鞍美少年，去跃青骢马[1]。牵系玉楼人[2]，绣被春寒夜。

消息未归来，寒食梨花谢。无处说相思，背面秋千下。

※ 注释

1 青骢（cōng）马：毛色青白相间的骏马。2 玉楼人：这里指意中人。

※ 新解

那英俊的少年郎手扶金鞍，跨上骏马，是那么威武挺拔、意气风发、英姿飒爽。虽然少年郎走了，但是玉楼中，还有一个佳人在时时牵挂着他。夜深时分，她寂寞独眠，孤灯相对，那一层薄薄的绣被，怎能抵挡得住春夜的寒气？

寒食节过去了，梨花也开了又谢了，但是少年郎却始终没有任何音信。她的万般相思无处诉说，只能背对着他们曾经一起游乐过的秋千架，黯然神伤。

这是一首描写闺思的词。少年走时跃马扬鞭、英俊潇洒的形象深深地印在了思妇的脑海中，但是，少年走后却杳无音讯。寒春之夜，只剩思妇一人孤灯独对，辗转难眠。最后一句可谓是神来之笔：秋千架下，一个佳人背面而立，若痴若呆，满地都是凋落的梨花。一切尽在不言中。

生查子

关山[1]魂梦长，塞雁音书少。两鬓可怜青，只为相思老。

归傍碧纱窗，说与人人[2]道：“真个[3]别离难，不似相逢好。”

※ 注释

1 关山：关隘山川，形容路途遥远。2 人人：宋时口语，对所爱之人的昵称。3 真个：真正，的确。

※ 新解

夫君远在关山重重的塞外，塞外南来的大雁飞来却没有带回你的书信，害得我的梦魂长途跋涉。当年我可爱的满头青丝，如今因为断肠相思而生白发。

梦见你回家，与我依偎在碧纱窗前，我对你说：“你我天各一方，这日子真叫人难熬，这怎比得过你我厮守在一起！”

以口语入词，平淡之中见深情。写相见时千言万语凝结成一句再平淡不过的话：离别之苦实在令人难熬，还是在一起的时光让人感觉甜蜜。

木兰花

东风又作无情计，艳粉娇红[1]吹满地。碧楼帘影不遮愁，还似去年今日意。

谁知错管春残事，到处登临曾费泪。此时金盏[2]直须[3]深，看尽落花能几醉。

※ 注释

1 艳粉娇红：红粉、胭脂和铅粉，女子的化妆品，代指美人。此处指落花。2 金盏：酒杯的美称。3 直须：宋时口语，就应该。

※ 新解

东风无情，一夜之间百花凋零。不忍见满地落红，独自躲进碧楼，垂下帘幕，却仍无法掩饰与去年此时心里相同的惆怅。

其实，春归花谢与自己何干？何苦每次登高都为惜春怜花而落泪。这时就应该大杯饮酒，看在这落花时节自己能有几回醉。

春残花落与我何干？看似悔悟，其实是暗示惜春的惆怅难以排遣。后两句写要醉在落花时节，更见伤春的沉痛。时光如水，岁月无情，四季轮替，这本是自然法则，但竟会惹来词人如此伤怀，暮春要断肠，晚秋又要断肠，满腹闲愁要向谁诉？

木兰花

秋千院落重帘暮，彩笔[1]闲来题绣户。墙头丹杏雨余花，门外绿杨风后絮。

朝云[2]信断知何处？应作襄王春梦去。紫骝[3]认得旧游踪，嘶过画桥东畔路。

※ 注释

1 彩笔：这里指有文采的诗笔。2 朝云：这里指所思念的人。3 紫骝：黑鬃黑尾红身的骏马。

※ 新解

傍晚时分，我独自来到那座曾经万分熟悉的院落。院子里，秋千架空荡荡地矗立在那里，窗户上垂挂着重重帘幕。有一位才华横溢的少女曾经住在这里，闲暇的时候，她经常在绣阁里当窗题诗。现在已经是暮春时节，院墙上的红杏花也经不住风雨的摧残，开始凋零了。门外的绿杨吐出朵朵飞絮，四处飘散。

我所思念的佳人已经像朝云一样飞逝，毫无音讯。或许我应该像楚襄王那样，在梦中与她相见。或者跨上我的紫骝骏马，让马儿带着我去寻找她的芳迹。骏马认得我们旧日的游踪，长嘶一声，便来到了画桥东面的那条幽静小路。

这首词向读者展示了一则美丽哀婉的爱情故事。主人公重游旧地，已是物是人非，人去院空，不免心生感慨。

清平乐

留人不住，醉解兰舟去。一棹碧涛春水路，过尽晓莺啼处。

渡头杨柳青青，枝枝叶叶[1]离情。此后锦书[2]休寄，画楼云雨无凭[3]。

※ 注释

1 枝枝叶叶：古人送别时有折柳枝相送的习俗。此处含有“离情”之意。2 锦书：锦字书。多代称情人间的书信。3 无凭：靠不住。

※ 新解

任凭我怎样苦苦相留也留不住你，只能忍痛相送。你已经醉了，但仍然毫无留恋之意。我痴痴地看着你解开船缆，毫无牵挂地走了。碧波荡漾的春水中，那叶孤帆越走越远，想来这一路上晨风轻拂，莺啼燕舞，春光一定无限美好。

我呆呆地独自站立在渡口，身旁只有青青的杨柳。这杨柳，一枝一叶都饱含了我深深的离愁别绪，可是你为什么还是那么绝情地走了呢？既然你丝毫不顾惜我们往日的恩爱情意，以后就不必给我写信了！

这是一首托妓女之口来描写离情的词。词中多处运用了对比手法。主人公苦苦挽留，而对方却“醉解兰舟”；主人公独立津渡、满怀离情，而对方却“一棹碧涛”、晓莺轻啼；主人公情深似海，而对方却薄情寡义。对方的这一系列行为，引起了主人公的怨恨，致使主人公说出“此后锦书休寄，画楼云雨无凭”的话。但是，这一切皆是因为主人公爱得执着造成的，反衬出主人公的一片痴情。

阮郎归

旧香残粉似当初，人情恨不如。一春犹有数行书，秋来书更疏。

衾凤[1]冷，枕鸳[2]孤，愁肠待酒舒。梦魂纵有也成虚，那堪和梦无[3]。

※ 注释

1 衾凤：被子上绣着的凤凰。2 枕鸳：枕头上绣着的鸳鸯。3 和梦无：连梦也没有。

※ 新解

与你相会时用的脂粉香气还未消散，可是你的情意早已不似当初了。春天的时候，你还不时地给我寄来一两封信，虽然信中只有短短的几行字，但已经足够让我感到欣慰。入秋以来，你竟然连这种短短的书信也很少寄来了。

没有了你，被子上绣着的凤凰看起来是那么的清冷，枕头上绣着的鸳鸯看起来也格外孤独。我愁肠百结，只能用酒来舒解了。即使能够与你在梦中相会，但是一觉醒来，还是一场虚幻，更何况现在就连这种短暂而虚幻的美梦也做不成了，这让我怎能忍受得了！

这首词的主题是追思旧日的恋情，慨叹人情寡薄。薄情人人去情断，令主人公难以释怀。整首词的基调可以说是怨而不怒。

阮郎归

天边金掌[1]露成霜，云随雁字[2]长。绿杯红袖[3]趁重阳，人情似故乡。

兰佩紫[4]，菊簪黄[5]，殷勤理旧狂。欲将沉醉换悲凉，清歌莫断肠。

※ 注释

1 金掌：铜制的仙人承露的金掌。据《三辅故事》载，汉武帝时铸金铜仙人，手捧铜盘，以承接汉武帝想要饮用的长生不老的仙露水。2 雁字：雁飞行时常排列成“一”字或“人”字形，故称为雁字。3 绿杯红袖：代指美酒佳人。4 兰佩紫：即佩戴紫兰。5 菊簪黄：即簪黄菊。

※ 新解

那金掌承露的铜铸仙人高高地矗立在天边，清秋时节，承接在露盘里的露水早已经变成白霜了。朵朵云彩也随着雁阵排成长列，显得云影也变长了。今天是九九重阳佳节，我与朋友们趁着今天这美好时光，带着美酒佳人到郊外赏秋，尽情欢乐。这情景，仿佛就像在故乡时一样。

和大家一样，我在身上也佩戴着紫兰，在头上也插上金黄色的菊花。此时，我努力调整自己的情绪，唤醒久久压抑在心底的昔日豪情狂兴。我多么希望醉酒能排遣我心中那无处倾诉的悲凉，沉浸于眼前爽心荡怀的美妙清歌，再不要回到以前那愁肠寸断的痛苦中去。

这首词应该是词人晚年时的作品。这首词虽然还是写“绿杯红袖”、良辰佳节之类的题材，但其感情已经和早年单纯看待欢乐完全不同了，显得深沉悲凉。这与词人家庭变故有关。词人本是秉性风流的贵公子，但在其父死后，家道中落，生活陷于困顿，因此对于人情世故、悲欢离合，要比别人有更深刻的体验。

六幺令

绿阴春尽，飞絮绕香阁。晚来翠眉宫样[1]，巧把远山[2]学。一寸狂心[3]未说，已向横波[4]觉。画帘遮匝[5]，新翻[6]曲妙，暗许闲人带偷掐[7]。

前度书多隐语，意浅愁难答。昨夜诗有回文[8]，韵险还慵押。都待笙歌散了，记取来时霎。不消红蜡，闲云归后，月在庭花旧阑角。

※ 注释

1 宫样：皇宫内的化妆式样，泛指上流社会贵妇人流行的化妆式样。2 远山：远山眉，一种又细又长的描眉款式。3 狂心：春心，男女相悦之心。4 横波：眼波，形容眼神流动。5 遮匝：周围都被围住。匝，环绕。6 翻：谱写。7 掐：掐记。用手指叩弦而记其声调。8 回文：一种字句回旋往复都能成文的诗。

※ 新解

树木已经长得郁郁葱葱了，春天快要过去了，柳絮在住所周围随风飘舞。今晚我要去参加一个宴会，为客人歌舞助兴，所以我学着宫中流行的远山眉的样子精心描画。筵席上，我还没来得及表达我那热切之心，可是他已经察觉到了我偷偷流动的眼神。宴会大厅的四周遮挂着华贵的窗帘，我向大家悉心演奏了一段优美动人的新曲。这首曲子寄托了我的感情，因此，我非常希望有人偷偷将我的曲谱记去。

前些时候，你接连给我写了好几封信，可是上面的文字实在是太含蓄了，我一时没能完全理解，因此无法给你答复。昨天晚上想出几句回文诗，可是弄了个险韵，我又懒得搜肠刮肚地拼凑韵字，所以只好作罢。待会儿笙歌散了之后，希望你能稍留片刻。不是在这红蜡高照的宴会大厅，而是在那个老地方—云彩散后、月光笼罩的后花园的一角。

这首词十分细腻地描写了一个歌女与情人约会之前的心理活动。“巧把远山学”，“新翻曲妙”，层层递进地表达了她想在情郎面前展现自己最美的一面以及最有才华的一面，以此来取悦情郎。“闲云归后，月在庭花旧阑角”，与情郎再次确认约会地点，给作品增添了诗情画意。

御街行

街南绿树春饶絮[1]，雪[2]满游春路。树头花艳杂娇云[3]，树底人家朱户。北楼闲上[4]，疏帘高卷，直见街南树。

阑干倚尽犹慵去，几度黄昏雨。晚春盘马[5]踏青苔，曾傍绿阴深驻[6]。落花犹在，香屏空掩，人面知何处？

※ 注释

1 春饶絮：春天柳絮纷飞。饶，丰富、多。2 雪：比喻柳絮洁白如雪。3 娇云：彩云。4 闲上：慢慢地一步一步地走上去。5 盘马：驰马盘旋。6 深驻：长久地停留。

※ 新解

阳春时节，道路两旁的树木绿油油的，柳絮随风飘舞，雪花般地洒满了游春的大路。街头有一棵树，树上开满了娇艳的花朵，姹紫嫣红，煞是好看，就像五彩缤纷的灿烂云霞，树下住着一户人家，朱门大户，他家那美丽的小姐令我心驰神往。我慢慢地走上了位于街对面的北楼，将窗帘高高地卷起，这样，我就能看到对面的那棵树以及树下的朱门大户。

我倚栏南望，希望能够看到她的倩影，从早到晚，不知有多少次，甚至下起了绵绵春雨，可是我还是不想离去。到了晚春时节，我不堪忍受每天倚楼翘盼的痛苦，终于跨上骏马，踏着青苔，街南街北不停地盘旋着，也曾在那棵浓密的花树下久久驻马，希望能够有幸见她一面。如今，满地的落花还是像往年一样，可是那扇朱门深闭，已经人去楼空了，我所思念的美人，到底会到哪里去了呢？

这首词写旧地重游、寻人不遇的惆怅心情。整首词几乎没有一句直接的言情之语，而是通过一幅幅特写镜头般的画面来传达那份情意的。绿树春絮、艳花娇云、朱楼秀户、倚楼遥看，盘马青苔、绿阴深驻，故地重游时的落红满地、香屏空掩，我们完全可以从这一幅幅充满浪漫色彩的画面中体会到词人的缱绻之情。

虞美人

曲阑干外天如水[1]，昨夜还曾倚。初将[2]明月比佳期，长向月圆时候、望人归。

罗衣著破前香在，旧意谁教改。一春离恨懒调弦，犹有两行闲泪、宝筝前。

※ 注释

1 天如水：语本柳永《二郎神》词："乍露冷风清庭户，爽天如水，玉钩遥挂"。2 初将：本将，原将。

※ 新解

昨天晚上，我也是这样呆呆地倚靠着弯弯曲曲的栏杆，向远处眺望。当时，夜空清澈如水，月光皎洁似玉。以前我一直相信，月圆之时，就是人间团聚的佳期，因此，每当月圆之夜，我就会凭栏远眺，期盼着他的归来他离家出走已经很长时间了，我身上的这件丝绸衣服都已经穿得破旧了，但是仍然看不到他回家的踪影。难以忘却旧日在一起时的欢情，就连当时遗留在衣服上的香味，我现在还能隐隐约约地闻到，可是为什么他的情意这么快就改变了呢？春思愁苦，离恨绵绵，静坐筝前，却连调弦弹筝、倾诉幽怀的情绪也没有，只有两行热泪，悄悄地滴洒在筝前。

没有华丽的辞藻，没有奇特的结构和想象，但是整首词显得无比的深沉哀婉。从倚栏望月到对筝弹泪，一个痴情的思妇形象鲜明地出现在读者眼前。

留春令

画屏天畔[1]，梦回依约[2]，十洲[3]云水。手捻红笺寄人书，写无限、伤春事。

别浦[4]高楼曾漫倚，对江南千里。楼下分流水声中，有当日、凭高泪。

※ 注释

1 天畔：指画屏上部。2 依约：隐隐约约，不分明。3 十洲：传说中神仙居住的地方。4 别浦：送别的水边。

※ 新解

画屏中的风景，仿佛就是我在梦中所看见的天边的山水。醒来之后，隐隐约约还可以记得梦境中那虚幻缥缈的十洲仙界的行云流水。我两手反复搓捻着准备寄给她的红笺，上面写满了我无尽的情思。

她走后，我不知多少次独自倚靠着当初送别她时那座高楼的栏杆，遥想她在千里之外的江南的归宿。楼下两向分流的潺潺溪水中，还流淌着我当日凭高望远时洒下的伤心泪。

这首词写对旧日情人的怀思。主人公残梦初回，神思恍惚，一心牵挂着梦中之人，以至于见实为虚、视真若梦。回到现实，才想起她已经在千里之外的江南了。

思远人

红叶黄花[1]秋意晚，千里念行客。飞云过尽，归鸿无信，何处寄书得？泪弹不尽临窗滴，就砚旋研墨[2]。渐写到别来[3]，此情深处，红笺为无色。

※ 注释

1 红叶黄花：枫叶和菊花。2 就砚旋研墨：泪滴到砚台里面，以泪研墨。3 别来：别后。

※ 新解

秋霜将林叶染红，晚菊争相吐出金蕊，我被这深秋特有的美丽景色所触动，想起了远在千里之外的亲人。天空中飘过朵朵白云，一群群鸿雁结队南飞，可是，还是没有捎回他的信。我想写信给他，可是又不知道该寄往哪里。

站在窗前，遥望南天，我止不住泪流满面，就连书桌上的砚台，也积满了我的滚滚热泪。就让我用这伤心的相思之泪来研墨润笔，寄托情思吧。我从我们初次相识的时候写起，由于情深意切，所以写到分别以后的时候，已经泪眼模糊，连鲜红的信笺也为之黯然失色。

这首词中写相思情苦，以泪洗面，都算是常事，但是和泪研墨，就是痴态了，而以泪和墨、润笔作书，则更属痴绝。因此，这首词被后人评为“痴人痴事”。本来是红笺因泪而褪色，但却说是情深使红笺无色，结句看似无理，却是词人的慧心妙语，令人称绝。

卜算子　送鲍浩然之浙东

王观

水是眼波横，山是眉峰聚[1]。欲问行人去哪边？眉眼盈盈处[2]。

才始送春归，又送君归去。若到江南赶上春，千万和春住。

※ 注释

1 “水是”二句：古代将美人的眼比作水波，故云“眼波”；把美人的眉比成山峰，所以说“眉峰”。2 眉眼盈盈处：比喻山水秀丽的地方。眉眼，山水。盈盈，美好的样子。

※ 新解

这水是我横流的眼泪，这山是我攒聚的愁眉。请问友人要去哪儿？是到青山秀水的地方去吧！

才刚送走春天，现在又要送友人返乡。友人回到江南，如能赶上春天，千万不要错过了尽情观赏春景的时机。

古代通常将美人的眼比作秋水，将美人的眉比作春山。作者却反用来比喻自己，令人耳目一新。刚送走了春天，又要送别友人，的确令人伤怀，但作者却没有表现得凄凄惨惨。送春没什么愁，江南还留得一段春；送人也不用悲，友人或许赶得上江南之春，不如叮咛友人“千万和春住”。

谢池春

李之仪

残寒消尽，疏雨过、清明后。花径款余红[1]，风沼[2]萦新皱。乳燕穿庭户，飞絮沾襟袖。正佳时仍晚昼，著人[3]滋味，真个浓如酒。

频移带眼[4]，空只恁[5]厌厌瘦。不见又思量，见了还依旧，为问频相见，何似长相守。天不老，人未偶，且将此恨，分付[6]庭前柳。

※ 注释

1 款余红：留有落花。2 沼：池塘。3 著人：迷人。4 带眼：腰带上的孔眼。5 空只恁：只能如此，无可奈何。恁，如此。6 分付：交付，托付。

※ 新解

清明过后，天气渐渐回暖，一场春雨过后，严冬残剩的寒气已经完全消散了。花园的小路上洒落着点点落花，微风轻轻拂过平静的湖面，泛起了阵阵涟漪，就像一层层新起的皱纹。小燕子在庭院和门户之间来回穿梭飞行，柳絮漫天飞舞，把人们的衣襟袖口上粘得到处都是。春季，一天中最好的时候其实是在黄昏，仔细品赏，那滋味简直就像醇厚的美酒。

近来，人一天比一天消瘦，频频向里面移动腰带的眼孔，对此真是无可奈何。见不到她，心中不免万分思念；而见了面之后，还是要分离，还是要思念。这样不断地分别又相见，相见又分别，恨情满怀，哪能比得上长年厮守？老天无情，不让我们成双成对地相聚在一处。这说不清、道不完的离愁别恨，只能拜请庭前的柳树为我转达了。

这首词写的是春日相思之情。词人通过通俗浅近的语言，层层深入地摹写相思之情，十分细腻委婉，给读者留下了许多思考生活哲理的空间。

卜算子

我住长江头[1]，君住长江尾[2]；日日思君不见君，共饮长江水。

此水几时休？此恨何时已[3]？只愿君心似我心，定不负相思意。

※ 注释

1 长江头：指长江上游，四川一带。2 长江尾：指长江下游，江苏一带。3 已：停止。

※ 新解

我住在长江上游，你住在长江下游。虽然你我同饮长江水，而我天天想你，却不能与你相见。

这滚滚江水几时才能干涸？我心中的遗憾几时才能有个了结？但愿你的心像我的心一样，不要辜负了我的一片相思。

读此词令人想起汉乐府《上邪》：“上邪！我欲与君相知，长命无绝衰。山无棱，江水为竭，冬雷震震，夏雨雪，天地合，乃敢与君绝！”一样执着的爱情，海枯石烂，九死不悔。情如滔滔江长，恨亦同滔滔江水，日日相思而不得相见，只是希望你—我梦中的情人像我爱你这般爱我。

虞美人

舒亶

芙蓉[1]落尽天涵水[2]，日暮沧波起。背飞双燕[3]贴云寒，独向小楼东畔倚阑看。

浮生只合[4]尊[5]前老，雪满长安道。故人[6]早晚上高台，赠我江南春色一枝梅。

※ 注释

1 芙蓉：即荷花，又名菡萏、莲花等。2 天涵水：水天相接。3 背飞双燕：双燕相背而飞。此处有劳燕分飞、朋友离别之意。4 合：应该。5 尊：同“樽”，酒杯。6 故人：指作者的友人公度。

※ 新解

荷花已经落尽，暮色中，水天相连，晚风吹起阵阵绿波。一对各奔东西的燕子贴着秋云飞向天际。我独自一人在小楼东畔，倚靠着栏杆远望。

浮生如梦，只有一樽清酒伴我聊度残年。纷纷扬扬的大雪堆满了京城的大道，我的老朋友也许天天登高望远，思念远在他乡的我，他也一定会为我寄来一枝江南早梅。

这首词是怀友之作。全词从夏秋写到冬春，暗寓了一年四季的长相思念。双燕背飞象征作者与友人天各一方，不得相聚。作者料想友人也必早晚登高思念自己，并会寄来江南早梅，可见其友谊笃深。

鹧鸪天

黄庭坚

坐中有眉山隐客史应之和前韵，即席答之。

黄菊枝头破晓寒，人生莫放酒杯干。风前横笛斜吹雨，醉里簪花倒著冠。

身健在，且加餐。舞裙歌板尽清欢。黄花白发[1]相牵挽，付与时人冷眼[2]看。

※ 注释

1 黄花白发：黄花，指菊花，菊花傲霜而开，常用以此比喻人老而弥坚，故有黄花晚节之称。白发，指老年人，这里是作者自指。2 冷眼：轻蔑的眼光。

※ 新解

重阳时节，金灿灿的黄菊枝头已经透出了一丝寒意。时光易逝，人生易老，举杯当歌能几何？千万别放过杯中的美酒，应让它杯杯见底，点滴不剩。酣醉中，我头插金菊，倒戴头冠，任凭狂风四起，暴雨斜打，我仍然迎着风雨，吹奏一曲激昂的横笛，那是何等痛快和舒畅！

只要还健健康康地活着，就要努力加餐饭，还要在美女歌舞的陪伴中，尽情欢乐。白发上插戴着黄花，“老夫聊发少年狂”，对此，世俗之人不能理解，那就让他们冷眼相对吧。

黄庭坚因修《神宗实录》不实之罪，于宋哲宗绍圣二年（1095）被贬涪州，当时，他胸中充满抑郁愤嫉之气。这首词写出了词人久抑心中的愤懑不平之气。风中吹笛、酒后发狂、颠三倒四、惊世骇俗，词人用这样一个狂人的形象来发泄对世俗社会的抗争和抵触情绪。

定风波　次高左藏使君韵

万里黔中[1]一漏天[2]，屋居终日似乘船。及至重阳天也霁[3]，催醉，鬼门关[4]外蜀江前。

莫笑老翁犹气岸[5]，君看，几人黄菊上华颠[6]？戏马台南追两谢[7]，驰射，风流犹拍古人肩[8]。

※ 注释

1 黔中：唐置郡名，宋升为绍庆府，治所在今四川彭水。2 漏天：阴雨连绵，好像天漏了。比喻雨水多。3 霁：雨后或雪后天晴。4 鬼门关：古代关名，在四川奉节东。5 气岸：气概傲岸。6 华颠：花白的头顶。7 戏马台：相传为项羽所筑，在今江苏铜山县南。两谢：谢瞻和谢灵运。8 拍古人肩：与古人并驾齐驱，此处指可与“两谢”相媲美。

※ 新解

荒蛮偏远的黔中，天空大概是漏了吧，否则为何入秋以来总是连连暴雨，遍地积水？房屋好像是漂浮在水上的船只，我只能整天被困在这条“船”上。重阳节那天，天终于放晴了，这真是让人喜出望外啊！看来老天爷是想让我们趁今天纵酒一醉吧？为了不辜负老天爷的这番美意，我苦中作乐，携酒泛舟于蜀江，一览地势险峻的鬼门关风景。

请别笑话我这么大年纪了还逞少年的豪气。您看看，我还学着年轻人的佩饰，在已经花白的头上簪插菊花，现在还有几个人能像我这样？不仅如此，我还要直追当年在戏马台前赋诗留芳的谢瞻和谢灵运二人，吟诗填词，骑马射箭，一展才华。这样的风流气概，足以与古人并驾齐驱。

这首词为作者在黔州贬所时所作。作者被贬后的那段时光，生活非常艰难困苦，但是作者仍能苦中寻乐，用豁达傲岸的态度面对生活，因此才会在重阳天晴之时，放舟蜀江，催醉鬼门，表现出了穷且弥坚、老当益壮的豪迈情怀。

绿头鸭

晁端礼

晚云收，淡天一片琉璃[1]。烂银盘[2]、来从海底，皓色千里澄辉。莹无尘、素娥[3]淡伫，静可数、丹桂[4]参差。玉露初零[5]，金风未凛，一年无似此佳时。露坐久、疏萤时度，乌鹊正南飞。瑶台冷，阑干凭暖，欲下迟迟。

念佳人、音尘别后，对此应解相思。最关情、漏声正永，暗断肠、花影偷移。料得来宵，清光未减，阴晴天气又争知。共凝恋[6]、如今别后，还是隔年期。人强健，清尊素影[7]，长愿相随。

※ 注释

1 琉璃：此处比喻夜空清碧如琉璃色。2 烂银盘：此指月影。唐卢仝《月蚀》中有“烂银盘从海底出”句。烂，明亮、光明。3 素娥：嫦娥的别称，也用作月的代称。4 丹桂：传说的月中桂树。5 零：指雨露及泪水等降落掉下，滴落。6 凝恋：深切思念。7 素影：月影。

※ 新解

傍晚的浮云逐渐消散，浅蓝的天空宛如碧澄的琉璃。一轮圆月好像灿烂的银盘从海底升起，大地沐浴在纤尘不染、晶莹明澈的月色之中。月中的嫦娥仙子素装伫立，丹桂参差错落的树枝历历可数。露水初降，秋风送爽，一年中没有比这更美好的时节了。我久坐屋外仰望夜空，只见夜空中不时有萤火虫发出点点光亮，还有要往南飞的乌鹊。久久倚靠在瑶台冰冷的栏杆上，将栏杆都倚暖了。想离去，却又舍不得那明媚的月色而迟迟不肯归去。

我不禁想起远方的佳人，自从分别后，杳无音信。今夜面对这一轮明月，总可以寄托我满腹的思念吧！想她此时一定也在登高望月，思念远人。那漏壶连续不断的滴水声一定牵动着她无限的柔情。月亮西下、花影移动，夜已阑珊，一定害得她暗自断肠心碎。想来明天晚上，月光应是皎洁依旧。可是，明天天气是阴是晴，又怎能得知？不如今宵千里共月，共寄相思。错过了今年中秋之月，又要等到明年今日才能相见。但愿我们身强体健，但愿杯中美酒、长空皓月永远与我们相随。

中秋之夜，露水初降，秋风送爽，月色如银，只可惜月圆人不圆。词人登高怀远，相思难解，佳人此刻也一定在月色之下滴漏声里，愁肠百结，欲哭无泪。“一种相思，两处闲愁”“但愿人长久，千里共婵娟”，难道两情相依，就要这样岁岁年年托明月传达相思吗？“花自飘零水自流”“宝帘闲挂小银钩”，人间凄恻无奈的事何其多啊！

洞仙歌

李元膺

一年春物，惟梅柳间意味最深。至莺花烂漫时，则春已衰迟，使人无复新意。余作《洞仙歌》，使探春者歌之，无后时之悔。

雪云散尽，放晓晴庭院。杨柳于人便青眼[1]。更风流多处，一点梅心，相映远，约略颦轻笑浅[2]。

一年春好处，不在浓芳，小艳疏香[3]最娇软。到清明时候，百紫千红花正乱，已失春风一半。早占取、韶光共追游，但莫管春寒，醉红[4]自暖。

※ 注释

1 青眼：柳叶开始发芽，就像对人们睁开了青眼一样。2 颦轻笑浅：即轻颦浅笑。这里用美人的神貌喻指梅花。颦，皱眉。3 小艳疏香：轻浅的花姿和疏淡的清香。这里指早春时节的柳眼和梅花。4 醉红：酒醉颜红。

※ 新解

春天来了，冬季深深的积雪和浓厚的寒云都已经消散了。院子里，春光明媚，春色灿烂。柳树纷纷吐出了新芽，好像对欣赏早春美景的人们报以欢欣的青眼。梅花显得更加婀娜多姿，就像新妆的美貌少女，尽情地向人们展示着额头上的一点梅心，它们彼此之间远远地互相辉映，浅浅的微笑中又仿佛带了一丝淡淡的哀愁。

一年中春光最好的时候并不在繁花浓艳之时，而在初春时节，这个时候，疏落的花姿和浅淡的清香真是姣好迷人。清明时节，虽然百花盛开，看起来姹紫嫣红，煞是好看，但是那个时候，春天已经过去一半了。我们应该及早抓住时机，共同欣赏这美好的春光。虽然早春还有些微寒意，但是请不要计较这些，只要能陶醉于红梅绿柳的绮丽春色中，自然就会感到融融暖意。

词人认为，春天的众多景物中，只有梅花和杨柳最有新意。因此，要及早探春，才不会因春色衰败而后悔。读此词，我们可以体悟到词人要传达的哲理：真正的美不在于浓妆艳抹，清淡旷远、勇于迎新才是美的更高境界。

渔家傲

朱服

小雨纤纤[1]风细细，万家杨柳青烟里。恋树湿花飞不起，愁无际，和春付与东流水。

九十光阴[2]能有几？金龟解尽[3]留无计。寄语东阳沽酒市，拚一醉，而今乐事他年泪。

※ 注释

1 纤纤：细微。2 九十光阴：指春天。3 金龟解尽：解下金龟佩饰换酒酣饮。这里用贺知章曾解下金龟换酒以酬李白的典故。

※ 新解

天空中下着毛毛细雨，轻柔的春风吹拂着大地，东阳城里，杨柳新绿，万家屋舍都掩映在一片青烟翠雾之中。杨花被微雨打湿，粘滞在树枝上无法飞起来，好像是杨花恋恋不忍离去一样。眼看春天将尽，我心中顿生无限的惜春愁绪，看来只能和春天一起付诸东逝的流水了。

春天的美好时光只有九十天，实在是太短暂了，纵使我用象征着我一生功名的金龟来换酒挽留春天逝去的脚步，也无能为力。既然这样，不如及时行乐。请转告东阳城里的酒店，就说我今天要痛饮美酒，一醉方休，纵情欢乐。唉！就算我今天在酒中寻得了暂时的欢乐，但是来年回忆起此时，恐怕仍会流下悲伤的泪水。

这首词是在借春愁感慨人生，大约作于作者做东阳郡时。结句“而今乐事他年泪”，寄意深远，与后来姜夔《鹧鸪天》中“少年情事老来悲”句有异曲同工之妙。

青门饮

时彦

胡马嘶风，汉旗翻雪，彤云又吐，一竿残照[1]。古木连空，乱山无数，行尽暮沙衰草。星斗横幽馆，夜无眠灯花空老[2]。雾浓香鸭[3]，冰凝泪烛，霜天难晓。

长记小妆[4]才老，一杯未尽，离怀多少。醉里秋波，梦中朝雨，都是醒时烦恼。料有牵情处，忍思量耳边曾道。甚时跃马归来，认得迎门轻笑。

※ 注释

1 一竿残照：形容残阳离地面很近。2 老：尽。3 香鸭：鸭形的香炉。4 小妆：素妆。

※ 新解

胡马迎着呼啸的北风长嘶，车马行进在纷飞的大雪之中，北宋的大旗迎风翻飞。风雪停歇，夕阳西下，天边出现一抹彩霞。遥望天际，夕阳离地平线看起来仅一竿之遥。征途中暮色苍茫，到处是古木苍天、层峦叠嶂、平沙衰草。客舍幽静，夜空中星斗横斜。漫漫长夜，难以入眠，如花的灯芯在寂寞中空自燃烧，像鸭子形状的熏炉散发出浓浓的香雾。蜡烛独自垂泪，下滴的烛泪很快凝结。寒夜漫长，真让人难熬。

常记得她浅施粉黛、装束淡雅，在别宴上一杯酒还没喝完，心头已涌起如潮的离情别绪。她醉后频频向我递送秋波，满目依恋，实在令人心酸。梦里的两情缠绵缱绻，都成了梦醒后的烦恼。临行时，她上前附耳低语：什么时候跃马归来，到时我一定在门口笑迎。这最令人动情的一幕，如今教人不忍回首。

这是一首远役怀人之作，作于作者出使辽国之时。上阕写边塞的寥廓荒凉，长夜怀人不眠；下阕回忆与佳人依依惜别的情景，结尾设想重逢的喜悦，颇具新意，不同于一般的言愁。

望海潮

秦观

梅英[1]疏淡，冰澌[2]溶泄，东风暗换年华。金谷[3]俊游，铜驼[4]巷陌，新晴细履平沙[5]。长记误随车，正絮翻蝶舞，芳思交加。柳下桃蹊，乱分春色到人家。

西园夜饮鸣笳，有华灯碍月，飞盖妨花[6]。兰苑[7]未空，行人渐老，重来是事堪嗟。烟暝[8]酒旗斜，但倚楼极目，时见栖鸦。无奈归心，暗随流水到天涯。

※ 注释

1 梅英：梅花。2 冰澌：冰块流融。3 金谷：金谷园。在今河南洛阳市西北，西晋石崇所建。4 铜驼：铜驼街，因汉代洛阳王宫门外设铜铸骆驼两座而得名。5 细履平沙：在沙地上慢步行走。6 飞盖妨花：飞驰的车辆的篷盖妨碍了人们赏花。7 兰苑：美丽的园林，亦指西园。8 烟暝：烟霭弥漫的黄昏。

※ 新解

梅花渐渐稀疏，冰雪渐渐消融，东风悄然而至，暗暗换了年华。想昔日游赏金谷园优美的园景，漫步于繁华的铜驼街巷。雨后初晴，在平坦的沙地上散步。常常回忆起柳絮纷飞、蝴蝶飞舞，勾起人春思缭乱的时节，曾误随人家姑娘的香车。那时柳荫下、桃蹊边，春色令人眼花缭乱，降临在千家万户。

想当时，与酒朋诗侣们雅集于西园夜饮，听人吹奏胡笳，华灯齐上，使明月无光。来往的车马飞驰，妨碍了游人观花，好不热闹。如今，花园并没冷落，但路人却已经衰老了。故地重游，事事都令人感慨嗟叹。在烟雾弥漫的暮色中，依稀看见一面斜挂的酒旗。我独自倚楼远眺，只见灰蒙蒙的空中不时有几只寻巢的归鸦。鸟倦知还，我这浪迹他乡的游子的归心，早已不知不觉随流水奔流到天涯。

梅花渐稀，冰河解冻，年华暗换，又到了早春时节，故地重游，“往事后期空记省”，可怜华发早生，皱纹满额，“物是人非事事休”，满目暮霭蒙蒙，归心已随流水而去。记忆之景越是美好，越是富于情趣，眼前之景就越是难堪。

八六子

倚危亭、恨如芳草，萋萋刬[1]尽还生。念柳外青骢别后，水边红袂[2]分时，怆然暗惊。

无端天与娉婷，夜月一帘幽梦，春风十里[3]柔情。怎奈向、欢娱渐随流水，素弦声断[4]，翠绡[5]香减，那堪片片飞花弄晚，濛濛残雨笼晴。正销凝[6]，黄鹂又啼数声。

※ 注释

1 刬（chǎn）：即“铲”。2 红袂：红袖，代指女子。3 春风十里：化用杜牧《赠别》“春风十里扬州路”诗意。4 素弦声断：此处指分别之后没有心思弹琴。5 翠绡：碧丝纱巾。6 销凝：销魂凝魄，极度伤神之意。

※ 新解

我独倚高亭，望着那绵绵芳草，恰似我的离恨别苦，即使将它铲除，它还会再生。回忆起与她在柳树外小溪边匆匆离别，悲凉不禁袭上心来。

她风姿绰约，天生丽质。帘帷透过洁白的月光，笼罩着两情欢娱，缠绵缱绻，如沐浴十里春风。怎奈何，欢娱渐渐随着流水一去不回，再也听不到她的琴音，闻不到她那碧纱巾沁人心脾的芳香。夜幕初降，一个人还呆望着蒙蒙细雨中飘零的片片落花。正当黯然神伤之时，忽又听到黄莺儿的啼叫。

宋神宗元丰年间（1078－1085），秦观在扬州意外遇上一位多情女子。一帘幽梦，十里柔情，从此时时萦绕心头。归来途中，独倚危亭，蓦然回望，芳草连天，好似无边的离恨。往日的欢娱成空，面对片片飞花，蒙蒙夜雨，词人几乎失魂落魄。正在此时，恼人的黄莺儿又在耳边叫起。

满庭芳

山抹微云，天黏衰草，画角声断谯门[1]。暂停征棹[2]，聊共引离尊[3]。多少蓬莱旧事[4]，空回首、烟霭纷纷。斜阳外，寒鸦万点，流水绕孤村。

消魂，当此际，香囊暗解[5]，罗带轻分[6]。漫[7]赢得青楼，薄幸[8]名存。此去何时见也？襟袖上、空惹啼痕。伤情处，高城望断，灯火已黄昏。

※ 注释

1 谯（qiáo）门：设有瞭望楼的城门。谯，城门上的望楼。2 征棹（zhào）：远行的船。棹，船的大桨，借指船。3 引离尊：端起离别时的酒杯。引，举起、端起。4 蓬莱旧事：这里指男欢女爱的往事。5 香囊暗解：悄悄解下香囊，以此作为临别时的纪念品，谓男女情连。6 罗带轻分：古人结罗带以象征相爱。罗带轻分表示离别。7 漫：空、徒然。8 薄幸：薄情。

※ 新解

远山缭绕着一抹淡淡的浮云，枯黄的野草和天边相连，城楼上的号角声渐渐消失在晚风之中。我暂时将船停靠码头，与你饮酒话别。你我昔日的缠绵已转眼成空，如今只能空自回首。夕阳西下，天空中弥漫着云烟，夜空里乌鸦哀鸣，流水呜咽地绕过孤寂的小村。

就在这难分难舍之际，我满怀悲伤，暗暗解下香囊送给你留作纪念。你我从此各自飘零，两地相思，罗带的同心结就这样轻易解散了。我知道自己的薄情从此流传青楼。此地一别，不知何时才能相见。我衣袖上空染着点点泪痕，悲伤欲绝地看着那高高的城墙从视线中消失，夜幕下，只见一片灯火闪烁。

秦观作此词的时候已经在文坛上崭露头角，但是在科举上却一无所成。他曾与一位在宴会上偶然结识的歌女热恋，但最后还是不得不分手。因此，他写下了这首婉约风格的词作。该词上片首尾处的景色描写最具特色，其中，“山抹微云，天连衰草”曾被历代词人看作千古佳句。

满庭芳

晓色云开，春随人意，骤雨才过还晴。古台芳榭[1]，飞燕蹴[2]红英。舞困榆钱自落，秋千外、绿水桥平。东风里，朱门映柳，低按小秦筝。

多情，行乐处，珠钿翠盖，玉辔红缨。渐酒空金榼[3]，花困蓬瀛[4]。豆蔻梢头旧恨，十年梦、屈指堪惊[5]。凭阑久，疏烟淡日，寂寞下芜城[6]。

※ 注释

1 芳榭：华丽的水边楼台。2 蹴（cù）：踢，蹬踏。3 金榼（kē）：金制的饮酒器。榼，古代的一种盛酒器。4 蓬瀛：即蓬莱、瀛洲，传说中的海上仙境，此指冶游胜地。5 “豆蔻”二句：化用杜牧《赠别》诗：“娉娉袅袅十三余，豆蔻梢头二月初。”豆蔻，一名草果，多年生草本植物，诗文中常以之喻十三四岁的少女。6 芜城：指扬州城。

※ 新解

云开日出，雨过天晴，春色宜人，歌台舞榭之旁，飞燕穿过花丛，踩落了片片落花。榆钱儿在空中飘舞，像是飞舞倦了，自然地缓缓飘落。邻家秋千摇荡的院墙之外，春水已涨到与桥相平。在和煦的春风里，杨柳掩映朱门里，听到有人在轻轻地弹奏小秦筝。

那充满柔情的乐事又袭上心头，往日你我一同出游，你乘坐华贵的车子，我骑着骏马。杯中的美酒渐渐喝干，你醉颜如花，飘飘然如升仙境。想起你—我可爱的青春少女，心中好不惆怅。十年间恍然如梦，屈指一算，真令人感到心惊。我独自凭栏，久久地怅望远方，但见烟雾稀疏，扬州城墙外，昏蒙蒙的落日寂寞西下。

“真个别离难，不似相逢好”！想当时香车宝马，与她一同出游，酒酣人畅，共游太虚，其乐融融。而如今独自倚栏，眼前一片迷茫，惟有城头落日。世间多少无奈事，为逐浮名弃红颜，当日不知真情好，如今遗恨空嗟叹！

减字木兰花

天涯旧恨，独自凄凉人不问。欲见回肠[1]，断尽金炉小篆香[2]。

黛蛾[3]长敛，任是春风吹不展。困倚危楼，过尽飞鸿字字[4]愁。

※ 注释

1 回肠：形容心中忧愁不安，仿佛肠子被牵转一样。2 篆香：比喻盘香或缭绕的香烟。此处指香烟。3 黛蛾：指女子黑而细长的眉毛。4 飞鸿字字：即雁群飞行时排列成“一”字或“人”字形。

※ 新解

你我远隔天涯，我满怀离恨已久，独自一人，孤苦凄凉，无人过问。郎君可想要看我九曲回肠，就请看那铜香炉里烧断的寸寸小篆香。

即使是温煦的春风也吹不开我紧锁的双眉。一个人无精打采，独倚高楼，望着那飞过的大雁，行行字字都是愁。

这首小词写的是闺中思妇念远怀人的忧郁愁情。“过尽飞鸿字字愁”，状物写情，形象而深刻。古诗词惯以鸿雁寄托愁情，是因传说鸿雁传书，而飞鸿过尽，却无捎来只字片词，那雁字便成了她心上的“愁”字。这独自倚栏，望断南飞雁的日子真是难熬啊！

踏莎行　郴州旅舍

雾失楼台，月迷津渡[1]，桃源望断无寻处。可堪[2]孤馆闭春寒，杜鹃声里斜阳暮。

驿寄梅花[3]，鱼传尺素[4]，砌成此恨无重数。郴江幸自[5]绕郴山，为谁[6]流下潇湘去。

※ 注释

1 津渡：渡口。2 可堪：哪堪，无法忍受。3 驿寄梅花：远方亲友的寄赠。南朝陆凯在江南时曾经托驿使给其远在长安的友人范晔带去梅花，并赠诗。这里用来表示作者对友人的思念之情。4 鱼传尺素：指远方的来信。5 郴（chēn）江：在郴州东，最后流入湘江。幸自：本来是。6 为谁：为什么。

※ 新解

天地间弥漫着浓浓的晨雾，将重重楼台都淹没在其中。月色朦胧，江边的渡口显得模模糊糊。我望眼欲穿，还是无处寻找理想中的桃花源。春寒料峭时分，寒气逼人，实在难以忍受独居馆舍的寂寞。杜鹃在不住地啼鸣，声音凄切，夕阳就在这个时候渐渐西沉，又一个难熬的长夜即将来临。

驿使捎来了远方亲朋好友的书信和问候，然而，我心中却顿时产生了数不清的乡思，这种乡思在我心中堆砌如山，让我愁苦万分。郴江啊郴江，你本来应该好好在家乡绕着郴山流淌，为什么偏偏要背井离乡，流到潇水和湘水中去呢？

秦观曾经因新旧党争之事，于宋哲宗绍圣元年（1094）先后被贬杭州通判、监处州酒税，最后被流放到郴州。绍圣四年，政治上的失意，加之生活上的颠簸，使秦观越来越感到悲苦绝望，于是他在郴州驿馆写下了这首词。全词用委婉曲折的笔法抒写了谪居之恨，首句用象征性的表现手法体现了作者对人生的怅惘之情和对前途的迷惘之感，结尾两句则很好地渲染了作者的哀伤之感。

浣溪沙

漠漠[1]轻寒上小楼，晓阴无赖[2]似穷秋[3]，淡烟流水画屏幽。

自在飞花轻似梦，无边丝雨细如愁，宝帘闲挂小银钩。

※ 注释

1 漠漠：朦胧弥漫的样子。2 无赖：无心思、无意趣。3 穷秋：深秋。

※ 新解

拂晓时，小楼上弥漫着阵阵春寒，天空中阴云惨淡，好像是荒凉的晚秋。回望屏风上的淡烟流水图，也是一片迷蒙幽暗。

杨花随着微风，自在飘舞，宛如梦幻；细雨如丝，如同我难以排遣的忧愁。惟有珠帘无言，悠闲地挂在窗边小银钩上。

暮春三月，人在小楼。一早起来，阴霾不开，春寒料峭。这首词以清丽优美的语言描绘了一位女子淡淡的春愁。飞花似梦，丝雨如愁，比喻精妙，空灵缥缈，妙不可言。最后一句意境悠闲，令人玩味。

阮郎归

湘天风雨破寒[1]初，深沉庭院虚[2]，丽谯[3]吹罢小单于[4]，迢迢清夜徂[5]。

乡梦断，旅魂孤，峥嵘岁又除。衡阳犹有雁传书，郴阳和[6]雁无。

※ 注释

1 破寒：驱寒，消寒。2 虚：空寂。3 丽谯：谯楼，华丽的城楼门。4 小单于：唐代大角曲名。5 徂（cú）：消逝，逝去。6 和：连。

※ 新解

湘天满地的寒气被这岁暮的风雨驱散了，独居异乡，偌大的庭院空空荡荡，不免使人产生孤寂冷落之感。百无聊赖之中，我忽然听到远处城楼上传来了呜咽的《小单于》曲，这更加使我感到无限郁闷。一年中的最后一个夜晚，对于我来说，竟是这般孤寂凄凉，漫长难耐。

我只身在异乡漂泊，孤苦伶仃，曾经无数次地在梦中与亲人团聚，可是今天就连这种回家的美梦都做不成了。风风雨雨，坎坎坷坷之间，又迎来了一年一度的除夕之夜。如果是在衡阳，还会有鸿雁传信，可是现在是在郴阳，这里连雁儿也飞不到。

这首词是作者岁暮时在郴州贬所所作。除夕之夜，本该是与家人团聚、辞旧迎新的时候，可是作者此时却被贬谪他乡，无法回到家乡，因此倍感孤独凄凉。全词格调低沉，饱含了作者多年的痛苦和磨难。

鹧鸪天

枝上流莺和泪闻，新啼痕间[1]旧啼痕。一春鱼雁无消息，千里关山劳梦魂。

无一语，对芳尊，安排[2]肠断到黄昏。甫[3]能炙[4]得灯儿了，雨打梨花深闭门。

※ 注释

1 间：夹杂，间杂。2 安排：排遣，打发。3 甫：刚才，刚刚。4 炙：烧，烤。

※ 新解

我含着热泪，听着黄莺在枝头一声声啼鸣，思念之情顿时涌上心头。旧的泪痕还未干，新的泪水就又涌出来了，新旧泪痕交杂在一起，将我的衣袖都浸湿了。等了整整一个春天了，还是没有得到关于他的任何音信。我们彼此之间相距千里，山水阻隔，我也只能在梦中才能见他一面。

我默默无语，独自对着酒杯发呆，想借酒浇愁，希望让这杯杯苦酒陪伴我挨到黄昏。夜深人静之时，我辗转难眠，好不容易挨到灯油燃尽了，可屋外又传来了淅淅沥沥的雨打梨花的声音，为了赶走这令人烦恼的雨声，我只好紧紧地闭上了房门。

这是一首写闺怨的词。其中“炙”字用得非常妙，既言灯油将干，又暗示思妇心血将尽，一语双关。结句“雨打梨花深闭门”，将词人无可奈何的心情巧妙地表达了出来。

帝台春

李甲

芳草碧色，萋萋遍南陌。暖絮乱红，也似知人，春愁无力。忆得盈盈拾翠[1]侣，共携赏、凤城[2]寒食。到今来，海角逢春，天涯为客。

愁旋释，还似织；泪暗拭，又偷滴。谩[3]倚遍危阑，尽黄昏也，只是暮云凝碧。拚[4]则而今已拚了，忘则怎生便忘得。又还问鳞鸿[5]，试重寻消息。

※ 注释

1 拾翠：拾取翠鸟的羽毛作为首饰，后泛指女子踏青游春。2 凤城：指京城。3 谩：徒然，白白地。4 拚：舍弃，放开。5 鳞鸿：指鱼雁。

※ 新解

春光明媚，城南的小路上，芳草茵茵。柳絮随风飘舞，落花满地都是，它们都飘然坠落，显得格外有气无力，是不是它们也知道这样的景色很容易引起人们的春愁呢？还记得那次与她一起踏青拾翠，风姿俏丽的她步履轻盈，我们在寒食节一起携手游赏京城美丽的春色，当时那情景真是太令人销魂了。然而现在的我却客居天涯海角，只能孤零零地面对同样的春色，回想那些往事，真是让人伤心。

好不容易才将万般愁情排释出去，可是它一会儿就又像乱麻一样在心中重新织起。暗暗将那伤心的泪水拭去，可它马上就又偷偷地涌了出来。我独自在栏杆旁徘徊，凝视远方，直到黄昏，云雾苍茫，也没能盼到她的踪影。能拼命舍弃的都已经拼命舍弃了，但是，想要忘却的却怎么都忘却不了。我只好再次托鱼雁来传递书信，试着重新寻觅她的消息。

这首词写出了一个天涯倦客春日倚栏怀人的愁思。烂漫的春色勾起了词人对曾经美好时光的回忆。全词感情细腻真挚，意味隽永。

蝶恋花

赵令畤

欲减罗衣寒未去，不卷珠帘，人在深深处。红杏枝头花几许？啼痕止[1]恨清明雨。

尽日沉烟香[2]一缕，宿酒[3]醒迟，恼[4]破春情绪。飞燕又将归信误，小屏风上西江路[5]。

※ 注释

1 止：同“只”。2 沉烟香：点燃的沉香。3 宿酒：隔夜残存之酒。4 恼：撩惹，恼怒。5 西江路：离人所去之路。西江，古诗词中常泛称江河为西江

※ 新解

春寒料峭，想要脱去罗衣还不成。一个人独守深闺，珠帘也懒得卷起，不知红杏枝头还剩下几朵残花？我憔悴的脸上还留着泪痕，只怨恨这清明时节没完没了的春雨。

终日百无聊赖，只有看着那一缕沉香的轻烟出神。昨夜饮酒过量，今天很晚才醒来。眼看春天就要匆匆归去，我心中满是惆怅。飞回的燕子又没有带回远人的书信，我只有呆望着小屏风上画着的遥远的西江水路。

清明时节雨纷纷，闺中少妇欲断肠。杏花凋零，春将归去，这深闺中的少妇借酒浇愁，整日望着沉香的轻烟出神，可那夫君却无只字片语捎回。望着屏风上夫君远去的西江路，她的心也许早已追寻夫君而去。这最末一句，意在言外，余韵不尽，令人回味，也让人叹惋。

蝶恋花

卷絮风头寒欲尽，坠粉飘香[1]，日日红成阵[2]。新酒又添残酒困，今春不减前春恨。

蝶去莺飞无处问，隔水高楼，望断双鱼信。恼乱横波[3]秋一寸，斜阳只与黄昏近。

※ 注释

1 坠粉飘香：春花坠落，传来阵阵香气。2 红成阵：落花飘落成阵，形容落花之多。3 横波：眼波。

※ 新解

柳絮被春风卷起，漫天飞舞，这意味着春寒就要结束了。每天都会有大片大片的红花凋落，落得满地都是，微风吹过，传来阵阵香气，沁人心脾。难以排遣内心的愁思，因此借酒浇愁，结果借酒浇愁愁更愁。旧的酒意还没有消去，新的酒醉又使我倍感困倦。他离去已经很久了，可是我今春的忧愁别恨，并不因为时间的流逝而比去年稍有退减。

在这鸟语花香、莺飞蝶舞的季节里，我想问问蝴蝶和黄莺知不知道他的行踪，可是，偏偏就在这个时候，连蝴蝶和黄莺都不知道飞到哪里去了。站在高楼上远望碧水，想象着池水中会有鲤鱼双双腾起，为我送来他的书信。但是，任凭我望断春水，也见不到有信使的踪影。真让人烦恼！我睁大双眼四处寻找，幻想着能意外看到他的身影，可是眼前只有一轮惨淡的斜阳，它在告诉我，黄昏又来临了。

这首词是伤春怀人之作。其题材非常常见，但是该词以清丽婉转见长，读来清新别致，饶有韵味。

清平乐

春风依旧，着意[1]隋堤柳[2]。搓得鹅儿黄[3]欲就，天气清明时候。

去年紫陌青门[4]，今宵雨魄云魂[5]。断送一生憔悴，只消几个黄昏？

※ 注释

1 着意：有意于，用心于。2 隋堤柳：隋炀帝开凿运河，随河筑堤，沿堤植柳，此处泛指柳树。3 鹅儿黄：幼鹅毛色黄嫩，此处用以比喻娇嫩淡黄的柳叶。4 紫陌青门：此处泛指京城游冶之地。紫陌，旧指京师道路。青门，汉长安城东南门。5 雨魄云魂：化用宋玉《高唐赋序》襄王遇巫山神女事。此处指与佳人别后，只能在梦中相见。

※ 新解

天气清和明丽，春风如同往年，吹拂着柳枝，像一双温柔的手搓揉得柳条儿长出了鹅黄的嫩叶。

去年此时京城青门游春，与她邂逅花间，“人面桃花相映红”，而今却不见伊人，只能幽会梦中。不知要消磨多少寂寞的黄昏，才能了却一生的憔悴。

“断送一生憔悴，只消几个黄昏”与晏几道的“此时金盏直须深，看尽落花能几醉”有异曲同工之妙，其悲切令人心惊。

更漏子

贺铸

上东门[1]，门外柳，赠别每烦纤手。一叶落，几番秋，江南独倚楼。
曲阑干，凝伫久，薄暮更堪搔首。无际恨，见闲愁，侵寻[2]天尽头。

※ 注释

1 东门：指京城东门。2 侵寻：渐进，渐渐扩展。

※ 新解

京城东门外有一棵柳树长得郁郁葱葱，每次我要离开京城的时候，她都会多情地为我折下一枝柳条来送别。我独自在江南的小楼上，倚靠着栏杆，望着满地被初秋的风吹落的树叶，往事一幕幕地浮现在脑海中。

我久久地站立在栏杆的拐角处，眺望着远方，希望能看到她的身影。夜幕降临，我不由得开始心绪烦乱，不住地挠头。无穷无尽的幽恨闲愁，仿佛一直延伸到了天的尽头。

这首词写幽居怀人的愁思。“一叶落，几番秋”，没有华丽的辞藻，却将词人失意的情绪、落寞的感受淋漓尽致地表达了出来。

青玉案

凌波[1]不过横塘路，但目送、芳尘[2]去。锦瑟华年[3]谁与度？月桥花院，琐窗[4]朱户，只有春知处。

飞云冉冉[5]蘅皋[6]暮，彩笔新题断肠句。试问闲愁都几许？一川烟草，满城风絮，梅子黄时雨。

※ 注释

1 凌波：喻美人轻盈之步履。2 芳尘：指美人经过的时候扬起的尘土。这里指美人的身影。3 锦瑟华年：指美好的青春年华。4 琐窗：雕有花纹的窗子。5 冉冉：缓慢行进的样子。6 蘅皋：长着杜蘅的水边高地。蘅，杜蘅，香草名。

※ 新解

佳人轻盈的步履偏偏不肯踏上我这横塘路，我只有目送你芳尘远去。你的青春年华将与谁共度？那花团锦簇的庭院中的偃月桥上，那朱红色门中的雕花窗里，该是你的芳踪所在吧！恐怕只有春风才知你的去处。

直到暮霭沉沉，我还踯躅在蘅皋之上。不见你的倩影，我提起彩笔，写下了断肠的诗句。你若问我心中有多少相思的惆怅，那多得像烟雾笼罩下的一川青草、满城铺天盖地随风飘舞的柳絮、黄梅时节连绵不绝的霏霏细雨。

姑苏河上，词人偶遇一位绰约如仙的少女，他极目远送、望断芳尘；他猜想她一定深锁庭院、独自伤春；夜幕降临，他依然呆立在杜蘅丛生的水曲。不见伊人，满怀忧愁，问君能有几多愁，“一川烟草，满城风絮，梅子黄时雨”，贺铸因此获得“贺梅子”的雅称。

感皇恩

兰芷[1]满汀洲，游丝[2]横路。罗袜[3]尘生步迎顾。整鬟颦黛[4]，脉脉两情难语。细风吹柳絮、人南渡。

回首旧游，山无重数。花底深、朱户何处？半黄梅子，向晚一帘疏雨。断魂分付与、春将去[5]。

※ 注释

1 兰芷：兰草和白芷，泛指香草。2 游丝：指柳丝。3 罗袜：丝绸袜子。这里指美人的脚步。4 颦黛：皱眉。5 将去：携去，带去。

※ 新解

江边的小洲上长满了青青芳草，柔嫩的柳丝在微风的吹拂下轻轻摇曳，不时随风飘荡到路中。她迈着轻盈的脚步款款地向我走来，带起了一缕淡淡的芳尘。她向我走来的时候，一直在深情地注视着我，她那双犹如秋水般明亮的眼睛勾人心魄。走到我身旁的时候，她举手整理了一下云鬟，但是却轻轻地皱了一下秀眉，好像有什么哀伤的事情。我俩脉脉深情地互相看着对方，千言万语，一时竟不知从何说起。微风吹起柳絮，漫天飞舞，好像在诉说着无尽的离愁。最终，她还是解舟飘然南渡而去。

回首我俩曾经一起携手游玩过的踪迹，青山重叠，云水无数。此时此刻，她身在何处呢？或许是在一个百花深掩的朱门大户里吧。但是，那又在什么地方呢？梅子已经半黄，傍晚时分，绵绵细雨轻轻地滴落在门帘上，好似我满腹无法排解的愁绪。眼看着春光也要离去了，那么，就让我把这深深的离愁托付给春光一起带走吧。

这首词写送别恋人时难舍难分的情形。全篇没有什么警句妙语，但是耐人寻味，可以说是语浅情深，清疏淡雅，意蕴隽永，别有一番风味。

薄　幸

淡妆多态，更的的[1]、频回眄睐[2]。便认得琴心先许，欲绾合欢双带。记画堂、风月逢迎，轻颦浅笑娇无奈。向睡鸭炉边，翔鸳屏里，羞把香罗暗解。

自过了烧灯[3]后，都不见踏青挑菜[4]。几回凭双燕，丁宁[5]深意，往来却恨重帘碍。约何时再，正春浓酒困，人闲昼永无聊赖。厌厌[6]睡起，犹有花梢日在。

※ 注释

1 的的：明亮，明媚的样子。2 眄睐（miǎn lài）：斜眼相视。3 烧灯：唐代有元宵节“烧灯”（点花灯）三日的风俗。4 踏青挑菜：踏青节和挑菜节。过了元宵节，女子可以在踏青节、挑菜节的时候到郊外踏青赏春。5 丁宁：叮嘱。6 厌厌：同“恹恹”，形容精神压抑，萎靡不振。

※ 新解

她并没有浓妆艳抹，但那脸庞姣好白皙，仍然显得妩媚动人。一袭素雅的衣服，更将她轻盈的体态衬托得风姿绰约。她那双明亮的眼睛频频斜顾，仿佛就是卓文君心许司马相如时的目光，想把两人的衣带挽成表示相爱的合欢结。记得那天晚上，月明风清，在那华丽的堂屋廊下，她秀眉微蹙，朝我露出浅浅的微笑，当时的她是那么的妩媚娇柔。我们携手走到画有双飞鸳鸯的屏风后面，她悄悄地解下随身带着的丝罗香带，羞答答地塞到我的手中，将它作为定情的信物。

过了元宵节之后，我一直期盼着和她见面，但是在踏青节和挑菜节那熙熙攘攘游春的人群中，我还是没能见到她的身影。有好几次我都深切地叮嘱那双双春燕，希望它们能为我捎信，但是每次都因为门深帘重而不能自由出入她家。唉！什么时候才能再次约她出来呢？如此良辰美景，要是能与她携酒同游，一同享受这明媚的春光，该多好啊！可惜现在只剩我一人闲散无聊，无从打发时间。昏昏沉沉地睡了一天，到醒来的时候，太阳居然还挂在花梢上。

这首词叙述了一个痴情的年轻男子与一位美丽女子相识、相爱，以及离别后不得相见的刻骨铭心的相思之苦，读后能让人感受到主人公爱情之热烈奔放、缠绵悱恻。

浣溪沙

不信芳春厌老人，老人几度送余春，惜春行乐莫辞频。

巧笑艳歌皆我意，恼花颠酒[1]拼君瞋[2]，物情[3]惟有醉中真。

※ 注释

1 颠酒：不拘礼节，疯狂饮酒。2 瞋：怒目而视。3 物情：世情。

※ 新解

我就不相信这美好的春天会厌烦老人。老人虽然不像年轻人那样朝气蓬勃，但是他们同样也恋恋不舍地送走有限的余春，而不应一再推辞每一个珍惜春天、及时行乐的机会。

酒宴上美人的欢歌笑语、翩翩舞姿，都会使我感到赏心惬意。别人也许会说我这么大年纪了还不知羞耻，但是我不在乎这些，我确实会像年轻人一样为花落春去而烦恼。我也经常开怀畅饮到酩酊大醉，其实只有在醉乡里，才能显示出一个人的率真情意。

贺铸平时喜欢议政，而且从不媚上，因此虽身为皇亲（孝惠皇后族孙），还要了宗室之女为妻，但他在政治上却抑郁不得志，因此隐居于苏州横塘。这首词是词人年老之时的惜春感怀之作，在无可奈何的惜春心绪中，寄寓着无尽的壮志难酬之情。

浣溪沙

楼角初消一缕霞，淡黄杨柳暗栖鸦[1]，玉人和月摘梅花。
笑捻粉香归洞户[2]，更垂帘幕护窗纱，东风寒似夜来些[3]。

※ 注释

1 杨柳暗栖鸦：杨柳深处，栖息着归林的乌鸦。化用古乐府《杨叛儿》“杨柳可藏鸦”句，这里指春色已浓。2 洞户：使得两个居室之间互相通达的门户。3 些（sā）：宋元时期的语尾助词。无义。

※ 新解

夜幕降临，夕阳西下，楼角上那一抹晚霞正在慢慢消失。初春时节，杨柳刚刚抽出嫩黄的枝条，在杨柳深处，悄悄地栖息着归林的乌鸦。朦胧的月色中，一个冰清玉洁的美人正在采摘清雅绝俗的梅花。

美人手中捻着刚刚采摘的花枝，笑盈盈地穿过重重门户，回到她的闺房，拉下窗纱外面的帘幕。在这明月初上的时候，初春的东风一吹，感觉就像深夜一样寒气逼人。

这首词通过写景赞美一个冰清玉洁的少女。词人创造了一种近似孤芳自赏、超凡绝俗的意境，给读者留下了无限的想象空间。

石州慢

薄雨初寒，斜照弄晴，春意空阔。长亭柳色才黄，倚马何人先折？烟横水漫，映带几点归鸿，东风消尽龙荒[1]雪。犹记出关来，恰如今时节。

将发，画楼芳酒，红泪[2]清歌，便成轻别。回首经年，杳杳音尘都绝。欲知方寸[3]，共有几许新愁？芭蕉不展丁香结[4]。憔悴一天涯，两厌厌风月。

※ 注释

1 龙荒：即龙沙，这里借指漠北。2 红泪：这里指女子悲伤的眼泪。3 方寸：指心。4 “芭蕉”句：形容人的愁结不解。化用李商隐《代赠》“芭蕉不展丁香结，同向春风各自愁。”

※ 新解

蒙蒙细雨将初春的寒气驱散，雨过天晴，斜晖洒满大地，为人间带来了无限春意。送别的长亭旁，柳树刚刚吐出淡黄色的嫩芽，远行之人马上就要启程了。不知道是谁已经迫不及待地折下一枝柳枝相送。暮霭茫茫，水波漫漫，映衬着长空中几只回飞的大雁。放眼望去，塞外广袤的沙地上，和煦的春风已经将积雪融化。还记得去年出关远赴边疆的时候，也是在这样一个春回大地的时节。

临行前，你在豪华酒楼为我饯行，面对芬芳的美酒，我却没有心情品尝。你眼中噙着悲伤的泪水，为我唱了一首凄婉的歌曲，然后我们就这样轻易地离别了。回想这一年多来，山重水远，没有你的一点消息。要问从那之后，我心中新添了多少忧愁，我天天愁眉不展，就像芭蕉新叶，卷曲难舒；愁苦之情，就像还没开放的丁香花结，抑郁难解。漂泊天涯，相思愁苦，使我变得憔悴不堪。你我天各一方，虽然风月不同，但是两心相连，却是一样的凄凉忧伤。

据说贺铸曾与一女子相爱，两人分别之后，那女子曾给贺铸寄来一首表达思念之情的诗："独倚危阑泪满襟，小园春色懒追寻。深恩纵似丁香结，难展芭蕉一寸心。"贺铸见诗有感而作此词。"芭蕉不展丁香结"一句既巧借了李商隐的诗句，又化用了情人所赠诗句，在感情的表述上，既回答了前句所问的愁之深，又表达了对情人的理解和怜爱之意，堪称妙笔。

蝶恋花

几许伤春春复暮，杨柳清阴，偏碍游丝度。天际小山桃叶步，白花满湔裙[1]处。

竟日微吟长短句，帘影灯昏，心寄胡琴语。数点雨声风约住[2]，朦胧淡月云来去。

※ 注释

1 湔（jiān）裙：古时风俗，每年旧历正月初一至月末，要在水边洗涤衣裙，驱除不祥之气。2 风约住：被风约束住，这里指雨被风吹散。

※ 新解

一个人的美好年华会在明媚的春光中不知不觉地消逝，当人们因此而伤春惜春的时候，春天已经悄悄地过去了。这个时候的杨柳已经郁郁葱葱，绿叶成荫了。初春时，柳枝还是柔嫩摇曳、婀娜多姿，而此时已经逐渐长得粗壮坚实了。遥远的天边有一座小山，她款款来到河边洗衣，水面上飘满了浮游不定的白花，可是她又能把花赠给谁呢？

她整日独自吟诵着当年欢会时他写给她的歌词，细细品味其中无尽的情意。夜深人静的时候，一盏孤寒的灯光映射着窗帘，她按捺不住寂寞的芳心，轻轻拨动琵琶，让那哀婉的琴声来寄托自己的相思。微风轻轻地吹拂，那淅淅沥沥的小雨也已停住，朦胧夜色中，一弯淡月静悄悄地悬挂在空中，云彩在悠悠地飘荡。

这是一首传统的伤春怀人题材的词。词人借晚春之景抒写男女相思情怀。万种相思，惟有寄之于彩笔、琴弦；“帘影灯昏”，更觉愁苦。末二句以景结情，竟境淡雅，堪称名句。

天门谣

牛渚天门险，限南北、七雄豪占[1]。清雾敛，与闲人登览。

待月上潮平波滟滟[2]，塞管[3]轻吹新《阿滥》[4]。风满槛，历历[5]数、西州更点。

※ 注释

1 七雄豪占：天门山险要，为兵家必争之地。七雄指“六朝”加上南唐。2 滟滟：水波闪闪发光。3 塞管：泛指塞外民族的管乐器，如羌笛、胡笳之类。4 《阿滥》：曲词名。5 历历：分明可数。

※ 新解

天门山附近江面狭窄，地势险要，有如一道天堑分割南北。它不仅是长江的咽喉重地，也是当时六朝和南唐的必争之地。昔日的群雄争霸已如同清冷的晨雾消散，如今只有我这悠闲的人登临游览。

明月当空，江面波澜不起，水光潋滟，江风满亭，羌笛轻轻吹奏着新曲《阿滥》，从西州城传来的打更鼓声清晰可数。

本词临江抒情，与苏东坡的《念奴娇·赤壁怀古》颇有同感。历史上的英雄伟业已如同晨雾消失，正所谓“浪淘尽，千古风流人物”。这个在当时充满血腥厮杀的兵家必争之地，在作者笔下却写得如此诗情画意：明月皎皎笛音轻，更声历历风满袖。当时大宋王朝内外交困，词人借七雄偏安江左，似乎是影射大宋将厄运难逃，最终也得偏安一隅。

天　香

烟络横林，山沉远照，迤逦[1]黄昏钟鼓。烛映帘栊，蛩[2]催机杼，共苦清秋风露。不眠思妇，齐应和、几声砧杵。惊动天涯倦宦[3]，骎骎[4]岁华行暮。

当年酒狂自负，谓东君[5]、以春相付。流浪征骖[6]北道，客樯南浦[7]，幽恨无人晤语。赖明月曾知旧游处，好伴云来，还将梦去。

※ 注释

1 迤逦（yǐ lǐ）：曲折绵延。2 蛩（qióng）：蟋蟀，又名促织。3 倦宦：这里是作者自指。4 骎（qīn）骎：马奔驰的样子。形容岁月急速逝去。5 东君：司春之神。6 征骖（cān）：指所乘的马。7 南浦：南方的水路。

※ 新解

暮霭沉沉，烟雾笼罩着广阔无边的树林，夕阳西下，落日的余晖渐渐消失在蜿蜒起伏的群山之后，远处隐隐约约传来断断续续的报时钟鼓声。摇曳的烛光映照着窗帘，催人机织的蟋蟀声声哀鸣，好像在与人一起为寒秋的风露而悲苦。就这样，那些彻夜不眠的思妇们齐声应和，在夜以继日的捣衣声中为远方的亲人缝制寒衣。这一切，使一个已经厌倦了游宦生活的天涯浪子受到了强烈震撼，美好的时光就像骏马奔驰一样，青春年华就这样悄悄地逝去了。

想当年，酒酣气壮，意气风发，壮志凌云，总以为春神会将播洒人间春光的重任托付给我。结果，多年来南北奔波，仕途坎坷，马上征尘，水上漂泊，任岁月蹉跎，而我却一事无成。满腔的幽恨无处诉说，幸亏还有明月曾经知道我昔日的欢游之处。那么，就请你陪伴她化作彩云飞到我的梦中，同时，也将我的梦带给她吧。

这首词表达游宦江湖之人悲秋怀人的落寞情怀。起首三句气象苍茫、字字精炼，壮美中透出一缕悲凉。结尾三句以健笔抒柔情，构想奇特，意境微妙。通篇儿女、英雄之气兼备，让人叫绝。

望湘人

厌莺声到枕，花气动帘，醉魂愁梦相半。被惜余薰，带惊剩眼[1]，几许伤春春晚。泪竹[2]痕鲜，佩兰香老，湘天浓暖。记小江风月佳时，屡约非烟[3]游伴。

须信鸾弦易断[4]，奈云和再鼓，曲中人远。认罗袜无踪，旧处弄波清浅。青翰[5]棹舣[6]，白洲畔，尽目临皋飞观[7]。不解寄、一字相思，幸有归来双燕。

※ 注释

1 带惊剩眼：因日渐消瘦而感到吃惊。剩眼，人变瘦后，腰带上空出来的孔眼越来越多。2 泪竹：尧有二女，同为舜妃。舜死后，二妃悲伤欲绝，泪洒竹上，留下斑斑泪痕，称斑竹，也称泪竹或湘妃竹。3 非烟：唐武公业爱妾名。这里指作者的情人。4 鸾弦易断：形容恩爱断绝。5 青翰：这里指船。6 舣（yǐ）：使船靠岸。7 飞观：高耸的楼观。

※ 新解

清晨，黄莺婉转的啼鸣声传到了枕头边，浓郁的花香仿佛要掀起门帘往屋里扑一样。外面春光明媚，景色怡人，但我却对此有点厌烦。我还没有完全从酒醉中清醒过来，愁梦萦绕，醉愁交加。被子里还留有昔日欢会时的余香，可我却相思成疾，日渐憔悴，腰带上空出了越来越多的孔眼，这不禁让我大吃一惊。春天悄然逝去，我不知有多少次为此而悲哀，但今年的春天也眼看就要过去了。斑竹上的泪痕还是那么清晰可见，美人佩饰过的兰花香气犹存，楚国湘天，春意盎然，暖风袭人，让人触景生情啊！记得当初也是在这样一个春天，也是在这样一个美好的春色里，我多少次地与她相约，在小河边上游春。

到现在，我才终于相信，人间的情事就像那琴瑟上的弦一样，脆弱易断，即使重新弹奏一曲，但乐曲终了后，伊人仍然是遥不可见，真是让人无奈。我努力寻找她的踪迹，可是当初我们一同戏水的清浅河边，再也看不到她的身影。站在高高的临皋亭上向远处眺望，白萋萋的江畔，零零落落地停靠着几只饰有青鸟的画船，当初送她离去时，景色也是这样，一点都没有变。她走后，杳无音信，连一封信都没有给我寄来。忽然间，双双归燕向我飞来，难道是它们已经帮我带来了她的消息了？果真是这样的话就太幸运了。

这是一首伤春怀人之作。“被惜余薰，带惊剩眼”，将因离别而产生的朝思暮愁，以致形神憔悴的沉痛淋漓尽致地表达了出来。“幸有归来双燕”，饱含了无限的伤感。燕归人去，燕双人孤，强自欢颜，更见凄凉。

绿头鸭

玉人家，画楼珠箔[1]临津。托微风彩箫流怨，断肠马上曾闻。宴堂开、艳妆丛里，调琴思、认歌颦。麝蜡烟浓，玉莲漏[2]短，更衣不待酒初醺[3]。绣屏掩、枕鸳相就，香气渐暾暾[4]。回廊影、疏钟淡月，几许消魂？

翠钗分、银笺封泪，舞鞋从此生尘。任兰舟、载将离恨，转南浦、背西曛[5]。记取明年，蔷薇谢后，佳期应未误行云[6]。凤城远、楚梅香嫩，先寄一枝春。青门外，只凭芳草，寻访郎君。

※ 注释

1 珠箔：用珠子串成的帘子。2 玉莲漏：形同莲花的玉制漏刻，为古代的计时器。3 “更衣”句：据《汉书》载，孝武卫皇后字子夫，本为平阳主之歌女。武帝过平阳主，宴会间独悦子夫。帝起更衣，子夫侍奉于尚衣轩中，遂得宠幸。这里借指情人欢会。4 暾（tūn）暾：这里指香气浓郁。5 西曛：指落日的余晖。6 行云：指男女欢会。

※ 新解

临近渡口的那座漂亮的画楼里，住着的是一个冰清玉洁的美人，窗户上挂着用珠子串成的帘子。微风中，传来了她哀怨的箫声，我正好骑马经过那里，听见那箫声，简直让人肠断欲绝。在那宽敞的宴会大厅里，正举行盛大的宴会，那里美女如云，可我还是一下子就看到了她。当时她正一边凝思抚琴，一边柳眉微蹙，缓缓地唱着一支动人的歌。屋里点着麝香蜡烛，烟雾缭绕，时间在这欢歌笑语中悄然逝去，玉莲漏壶的水眼看就要滴完了。我还没有喝醉，但已经按捺不住想马上与她欢会的心情了。轻轻掩上美丽的屏风，我们相拥躺在鸳鸯枕上，她身上散发出越来越浓的香气，简直让我陶醉。廊庑在淡淡的月光下照出了弯弯曲曲的影子，远处隐隐约约传来了断断续续的报晓的钟声，这良辰美景，真是让人销魂。

到分别的时刻了。临行前，她将一支翡翠首饰分成两半，给了我其中的一半作为信物，同时还交给我一封洒满玉泪的信，向我保证从此以后她再也不会出去卖歌献舞了，只会一心等待我回来。夕阳西下的时候，一叶兰舟载着我以及我无尽的离愁别恨，离开了南浦，驶向远方。她还对我说，一定要记住在明年蔷薇花谢之后，就回来接她，别耽误了我们纵情欢会的大好时光。楚地与京城之间相隔遥远，明年梅花初开的时候，她会先寄一枝幽香的楚梅给我，向我报春。如果我不回来，她就会到京城的青门外，顺着萋萋芳草来寻找她的郎君。

贺铸既有沉郁挺拔、豪爽峻迈的“豪放词”，也有哀婉缠绵、典雅工丽的“婉约词”。这首词属于“婉约词”，语言清新，明白流畅，而且结构严谨、动荡开合、往返交织。但是，不足之处在于其遣词用语上稍嫌粗俗浅露。

风流子

张耒

亭皋木叶下，重阳近、又是捣衣秋[1]。奈愁入庾肠[2]，老侵潘鬓[3]，谩簪黄菊，花也应羞。楚天晚、白蘋烟尽处，红蓼[4]水边头。芳草有情，夕阳无语，雁横南浦，人倚西楼。

玉容知安否？香笺共锦字，两处悠悠。空恨碧云离合，青鸟沉浮。向风前懊恼，芳心一点，寸眉两叶，禁甚闲愁。情到不堪言处，分付东流。

※ 注释

1 捣衣秋：古人有秋天捣衣的习俗，诗词中常用以象征妻子对远行在外的丈夫的思念之情。2 庾肠：庾信思乡的愁肠。北周庾信本是南人，出使西魏时被留北地，不得南返，他因此而作《哀江南赋》，诉说自己的愁苦之情。后以此典指思乡的愁肠。3 潘鬓：西晋文学家潘岳说自己32岁时头发就已变白了。后以此典指中年鬓发初白。4 红廖：一种水草，古称辛菜。据说能使人想起离家之苦。

※ 新解

又是一年重阳节即将来临之时，秋风瑟瑟，水边的平地上铺满了纷纷飘落的树叶，已是深秋，妇女们又开始为亲人捶打布帛、缝制寒衣了。我浓浓的思乡愁绪久久地萦绕在心中，以致未老先衰，鬓发早早地就已发白了，对此我也无可奈何。现在的我已经是一大把年纪了，如果还像年轻人一样在头上簪花，那么，即使我自己觉得无所谓，恐怕连花儿也要为我感到害羞了吧，所以就免了吧。遥望故乡楚天的晚空，烟雾尽处，白接天，茫茫水边，红廖连片，我不禁感叹现在的背井离乡之苦。萋萋芳草也有情，好像对远人有无限的思念；默默西下的夕阳也有情，好像在为游子传达来自故乡的问候。一群大雁横穿南浦，按时回归，而我却只能独上西楼，望断天涯。

远方的佳人现在不知是否安好。相思的情书将我们彼此的心紧紧牵系，但是怎奈山高水远，时常无法寄达。天空中的云彩悠悠飘过，信使青鸟也不知隐于何处，让我徒然感叹怨恨。或许她此时此刻正站在簌簌秋风中，为没有收到我的音信而感到苦恼吧？她那芳心因思念而变得愁苦，她那双眉因愁苦而深深紧蹙，那无穷的离愁别绪怎能深藏于心？深深的相思之情已经无法用言语来表达，越说心里越愁苦，还是分一部分给那东逝的流水吧，让它为我转达。

这是一首描写在外的游子思乡怀人之情的词。深秋撩起作者的迟暮之感，捣衣引发作者的思乡之愁，“情到不堪言处，分付东流”二句，欲说还休，意犹未尽，余韵无穷。

金明池

仲殊

天阔云高，溪横水远，晚日寒生轻晕。闲阶静，杨花渐少，朱门掩，莺声犹嫩。悔匆匆、过却清明，旋占得、余芳已成幽恨。却几日阴沉，连宵慵困，起来韶华都尽。

怨入双眉闲斗损[1]，乍品得情怀，看承全近[2]。深深态，无非自许，厌厌意，终羞人问。争知道、梦里蓬莱，待忘了余香，时传音信。纵留得莺花，东风不住，也则[3]眼前愁闷。

※ 注释

1 双眉闲斗损：指容颜因双眉紧蹙而受到损害。双眉闲斗，双眉紧蹙。2 看承全近：极其亲近地对待。看承，对待、看待。全近，极其亲近。3 也则：也便，依然。

※ 新解

淡淡的云彩在广袤的天空中高高飘荡，清澈的小溪在大地上潺潺流动，蜿蜒伸向远方。傍晚时感到阵阵寒意，夕阳散射着淡淡的光晕。庭院中，台阶闲静无声，杨花渐渐稀少。轻轻掩上红漆大门，但那一声声稚嫩的莺啼声还能穿过大门，传入耳中。还没来得及尽情地享受美好的春光，转眼间，清明已经匆匆而过，真是让人悔恨莫及。即使比较幸运地看到几朵残留的春花，也都带着将要随春归去的幽恨。不巧赶上连续几日的阴天，整夜慵懒困倦，起来时，美好的时光都已经过去了。

她满目幽怨，双眉紧蹙，使那娇好的容颜看起来有几分凄然。我忽然领悟过来她的情怀，原来是希望我全身心地亲近她。忸怩的姿态，无非是故作矜持；一副恹恹无神的样子，还不好意思让人家问她。可谁知这一切，居然只是在梦中与她幽会。我想彻底将梦中的欢乐忘却，但是她身上散发的余香又时时向我传递着蓬莱的音信。纵使能够留住黄莺和春花，可是东风却不肯长久留驻人间，眼前依然还是暮春的令人烦闷的景色。

这是一首伤春的词作。杨花和莺啼都是春天的典型景色，但是在作者看来，“余芳已成幽恨”。作者怀念情人，似梦还似非梦，带有浓浓的惜春情绪。

水龙吟 次韵林圣予《惜春》

晁补之

问春何苦匆匆，带风伴雨如驰骤。幽葩细萼[1]，小园低槛，壅培[2]未就。吹尽繁红，占春长久，不如垂柳。算春长不老，人愁春老，愁只是、人间有。

春恨十常八九，忍轻孤[3]、芳醪[4]经口。那知自是、桃花结子，不因春瘦。世上功名，老来风味，春归时候。最多情犹有，尊前青眼，相逢依旧。

※ 注释

1 幽葩细萼：指各种娇嫩的花朵和细小的花蕾。2 壅（yōng）培：培土，用土或肥料培在植物的根部。3 忍轻孤：怎么忍心轻易辜负。孤，同“辜”，辜负。4 芳醪（láo）：美酒。

※ 新解

春天啊，你为何要如此来去匆匆，而且总是这样携风带雨，疾速而逝。在用低矮的栏杆悉心围起来的小花园里，花蕾初绽，人们还没有来得及在花草的根部培好土、上足肥，春天就已经消逝了。繁盛的百花经不住风吹雨打，才经历了几番风雨，就纷纷凋零坠落了。它们没怎么享受美好的春光，还不如生长在水边陌头的垂柳享受春光的时间长呢。仔细论说的话，四季更替，春去春又回，其实春天本身并不会衰老，只是在那些多愁善感的人们眼中，春天仿佛老了。这种愁绪只会在人间才有，大自然是不会有这种感情的。

暮春时节，风雨摧花，落红满地，十天中常有七八天让人心怀幽恨，发出好景不长的感叹。绵绵春恨，怎能轻易辜负用以排忧解愁的美酒呢？人们经常会在看到花谢红落的时候产生悲伤怨恨之情，哪知这其实只是一种误会。桃树是出于结果实的需要才使花凋谢的，而并不是春风故意将桃花吹落的。人们年轻的时候，大都热衷于建功立业，很少有人会想到，人的一生总是由少年及壮年再到老年，总会有豪情不再的时候，与春天终归要离去，都是一样的道理。最让我感动的是，人间尚有真情在。在我失意决心归隐的时候，还有朋友像久别重逢一样，依旧以友好的态度对待我，一起饮酒谈笑。

这是一首惜春词。该词个别语句颇有几番哲理耐人寻味。“占春长久，不如垂柳”二句，包含富贵不能长保，贫贱才能长久的人生哲理。“世上功名，老来风味，春归时候”三句，点明世间的功名富贵都是极其短暂的，人都有老去的时候，就像美好的春光总是要过去一样。

盐角儿 亳社[1]观梅

开时似雪，谢时似雪，花中奇绝。香非在蕊，香非在萼，骨中香彻。占溪风，留溪月，堪羞损[2]、山桃如血。直饶更[3]、疏疏淡淡，终有一般情别。

※ 注释

1 亳社：殷社。古时建国时要祭土地神，因此要先立社。殷商的首都为亳，因此叫亳社。2 堪羞损：简直能使人感到羞耻。损，煞、很。3 直饶更：即使是，就算是。

※ 新解

梅花开放的时候就像雪花一朵朵地点缀在枝头一样，洁白无瑕；凋谢的时候就像雪花铺满了整个大地一样，晶莹洁净。这实在是百花中一种很奇特的花卉。梅花那种淡淡的幽香，不在花蕊，不在花萼，而是一种发自内里的彻骨的香。

寒冬时节，百花凋谢，只有梅花一枝独秀，占尽了溪边风光。溪上的明月洒下一片清辉，照在梅花上，二者互相辉映，构成一幅美妙绝伦的月夜白梅图。清雅高洁的梅花，足以使那些鲜红如血、争奇斗艳的山桃自惭形秽，羞得无地自容。超凡脱俗的寒梅，即便是只有几根疏枝，只有几朵淡淡的小花，也是别有一番情调的。

该词用明白晓畅的语言歌咏梅花，写出了梅花特有的凛然傲气。梅花高洁清雅，洁白无瑕，骨中含香，怎能不让其他花自惭形秽？词人也是借咏梅来叹咏人的高洁品质。

忆少年 别历下[1]

无穷官柳[2]，无情画舸[3]，无根行客[4]。南山尚相送，只高城人隔。

罨画[5]园林溪绀碧[6]，算重来、尽成陈迹。刘郎[7]鬓如此，况桃花颜色。

※ 注释

1 历下：古代城名，在今山东历城西。2 官柳：古代官府在河岸或大路两边种植柳树，因此称为官柳。3 画舸：彩船。4 行客：出门远行的人。这里是作者自指。5 罨（yǎn）画：各种色彩混杂在一起绘饰的画。这里用来形容园林色彩斑斓。6 绀（gàn）

碧红：红青色。7 刘郎：指唐朝诗人刘禹锡。

※ 新解

垂柳齐刷刷地站在堤边，摇曳着千万条柔嫩的细枝，以此来为我送别。而那些装饰华丽的彩船却毫无情意，丝毫不理会柳树对我的依恋，只顾顺风疾驰。这时，我突然间感觉自己就像那无根的浮萍一样，随船漂向远方。绵延起伏的南山也有情有义，含情脉脉地一路为我送行，可是那薄情之人却在高高的城墙之内，与我相隔，不能相见。

历下城中有色彩绚丽、美如图画般的园林，有碧绿青翠的潺潺溪水，但是，景色虽美，到我以后故地重游之时，或许就只剩遗迹了。经过多年的曲折辗转，曾经乐观豁达的刘郎也不免两鬓苍苍，何况那些曾经娇艳一时的桃花！

这首词写作者离开历下城时的感受。词人通过“无穷官柳，无情画舸，无根行客”这三个排比句，将自己对世态炎凉的感慨和自己漂泊不定的生活境况，含蓄而曲折地表达了出来。词人将自己比作刘郎，既有悲凉凄楚的心情，更有冷眼官场的感悟。

洞仙歌

泗州[1]中秋作。

青烟幂[2]处，碧海飞金镜。永夜[3]闲阶卧桂影。露凉时、零乱多少寒螿[4]。神京远，惟有蓝桥[5]路近。

水晶帘不下，云母屏开，冷浸佳人淡脂粉。待都将许多明，付与金尊，投晓共、流霞[6]倾尽。更携取、胡床[7]上南楼，看玉做人间，素秋千顷。

※ 注释

1 泗州：在今安徽泗县。2 幂（mì）：遮掩、覆盖。3 永夜：长夜。4 寒螿：秋蝉。5 蓝桥：在今陕西蓝田县东南。唐《传奇·裴航》记载，书生裴航经蓝桥驿口渴求浆，遇仙人云英，寻得玉杵臼捣花百日，结为仙侣。此词以蓝桥神仙窟代指嫦娥月宫。6 流霞：仙酒，兼指朝霞。7 胡床：一种可折叠的坐具，又称交椅、绳床。

※ 新解

一轮明月穿破迷茫的烟霭，飞上碧海一般的天空，好像一面金镜。长夜里，桂树的影子倒映在台阶。已是露水沾衣、寒意袭人的时候，忽听得一阵零乱的蝉鸣。身处泗州，离京城实在太远了，此时感到，惟有这月儿离我最近。

将水晶帘高高卷起，打开云母屏风，让清冷的月光照进来，倾泻在娴静、淡敷脂粉的佳人身上。我要将这浓浓的月色全都集中在酒杯之中，等到天明时和着朝霞一饮而尽。我带上交椅登上南楼，观赏月光下如白玉打造的人间，领略这无边无际素白澄澈的秋景。

此词是作者任泗州知州时，中秋观月之作。词人奇思妙想，要将无形的月光化作有形之物倾入金樽，待到天晓和朝霞一同饮尽。词尾更将天上人间打成一片，把月光笼罩的大地想象为白玉制造的晶莹世界，真是“冰魂玉魄，气象万千”（语出黄蓼园《蓼园词选》）。

临江仙

晁冲之

忆昔西池[1]池上饮，年年多少欢娱。别来不寄一行书，寻常相见了，犹道不如初。

安稳[2]锦衾今夜梦，月明好渡江湖。相思休问定何如？情知[3]春去后，管得落花无[4]？

※ 注释

1 西池：即金明池，在汴京，为五代周世宗所建。2 安稳：布置妥当。3 情知：深知，明知。4 无：用于句末，表示疑问。白居易《问刘十九》诗有：“晚来天欲雪，能饮一杯无？”

※ 新解

遥想当年与朋友们在西池漫游胜地时的纵情豪饮、欢歌笑语，年复一年，大家在一起真不知道有多开心。自从分别后，彼此音信断绝，没有一封书信往来。如今即使大家像往常一样相见了，也不再亲密如初，开怀畅谈。

今夜我在锦衾围绕的卧榻上酣然入梦，忽见友人在月光之下渡过江湖来到我的梦里。尽管彼此都关心对方的境遇，但请不要提起那些往事。既然明知道大好的春光都已经过去了，再打听落花的命运又有何意义呢？

追忆往昔欢娱，抒发自己失落孤寂的情怀，寄托了作者在政治上的失意。结尾两句词语清淡，而哀思无穷，令人戚然，摧人心魄。

瑞龙吟

周邦彦

章台路[1]，还见褪粉梅梢，试花桃树。愔愔[2]坊陌[3]人家，定巢燕子，归来旧处。

黯凝伫，因念个人痴小，乍窥门户[4]。侵晨浅约宫黄[5]，障风映袖[6]，盈盈笑语。

前度刘郎重到[7]，访邻寻里，同时歌舞，惟有旧家秋娘[8]，声价如故。吟笺赋笔，犹记燕台句。知谁伴，名园露饮[9]，东城闲步？事与孤鸿去[10]，探春尽是，伤离意绪。官柳低金缕，归骑晚、纤纤池塘飞雨。断肠院落，一帘风絮。

※ 注释

1 章台路：指歌妓聚居的地方。2 愔（yī）愔：安静的样子。3 坊陌：又作坊曲，唐时指歌妓所居的教坊。4 乍窥门户：指姑娘刚开始倚门卖笑。5 宫黄：宫女用来涂抹的黄粉。6 障风映袖：用袖挡风掩脸。7 “前度”句：语出唐刘禹锡《再游玄都观》诗：“种桃道士知何处，前度刘郎今独来。”这里借喻重寻旧情。8 秋娘：唐代名妓杜秋娘。这里代指作者旧相识的歌妓。9 露饮：脱帽饮酒，表示豪放不羁。10 事与孤鸿去：此句化用杜牧诗句：“恨如春草多，事逐孤鸿去。”

※ 新解

重游京城繁华之地，又见梅花凋零，桃花初开，燕子又飞回到旧巢居住，可是舞榭歌台聚集的里巷却变得冷冷清清。我黯然凝神伫立，不禁想起那个天真活泼、刚开始倚门卖笑的少女。清晨时，她在鬓角抹些淡淡的黄粉。风自门吹进，她举起衣袖挡风，阳光就在因风吹拂而飘舞的袖子上闪耀发光，而她的笑语如同清泉滴水、娇莺啼谷。

如今我又到此寻访邻里，却没有她的消息，只有当时与她一样能歌善舞的姑娘依旧当红。当时她常常唱我填的词句，至今我还记得那些佳句。如今有谁陪我在名园开怀畅饮，到东城悠闲漫步。往事如烟，一切都已随着孤鸿飘然而去。怎料我今日探寻春色，只因眼前物是人非，心头竟涌上离愁别绪。杨柳纷纷垂下金色的丝条。我骑着马迟迟不忍踏上归途，池塘上飞舞着蒙蒙细雨。我面对空寂的院落，不禁黯然神伤，不见旧人，只见东风过处，柳絮如雨，撒在窗帘上。

“去年今日此门中，人面桃花相映红。人面不知何处去，桃花依旧笑春风”，此词也不过是“桃花人面，旧曲翻新”（语出周济《宋四家词选》）罢了！寻访旧妓，而伊人已杳，不禁为之怅然，这是宋词中常见之题材。

风流子

新绿小池塘，风帘动、碎影舞斜阳。羡金屋[1]去来，旧时巢燕；土花[2]缭绕，前度莓墙[3]。绣阁里、凤帏深几许？听得理丝簧。欲说又休，虑乖[4]芳信[5]；未歌先噎，愁近清觞。

遥知新妆了，开朱户、应自待月西厢[6]。最苦梦魂，今宵不到伊行[7]。问甚时说与，佳音密耗，寄将秦镜[8]，偷换韩香[9]？天便教人，霎时厮见何妨！

※ 注释

1 金屋：原指金屋藏娇之金屋，这里指闺阁。2 土花：苔藓。3 莓墙：长满青苔的墙。莓，莓苔、青苔。4 乖：违背。5 芳信：佳音。6 待月西厢：语本元稹《会真记》中诗：“待月西厢下，迎风户半开。”暗指等待情人。7 伊行：她那里。8 秦镜：东汉秦嘉赴京城，未能与其妻道别，于是留赠诗三首和宝钗、明镜以表情。9 韩香：据《晋书·贾充传》记载，贾充的女儿与韩寿私通，偷武帝赐给其父的西域异香送给韩寿。贾充发现后，便将女儿嫁给韩寿。后指男女私通。

※ 新解

小池塘绿波荡漾，一阵微风吹动风帘，水中破碎的帘影在夕阳金色的波光中摇动。我真羡慕佳人房中又飞回旧巢的燕子，真羡慕佳人房后又长满苔藓的围墙。你的闺阁被绣有凤凰的罗帏隔着，显得多么幽深。我听见你在拨弄琴弦，琴音好像充满幽怨，是生怕误了佳期芳信吧！多少心事欲语还休。朱唇刚启，歌调未成，声音就已经哽咽，好似酒入愁肠。

虽知你刚上好晚妆，将房门半开，在西厢等待着月上中天，但是今晚我却到不了你身旁，真令人痛苦。不知何时，我才能与你互诉衷肠，才能像秦嘉那样寄明镜给你，像韩寿那样收到你赠送的异香。天啊！让我俩匆匆相聚一下吧！这又何妨呢？

南宋王明清《挥麈余话》记载，说周邦彦在江宁府做溧水（今属江苏）令的时候，主簿的妻子（一说是小妾）长得漂亮又聪慧，周邦彦曾在酒宴之间对她一见钟情，便作此词寄寓。

兰陵王

柳阴直，烟里丝丝弄碧。隋堤[1]上、曾见几番，拂水飘绵送行色。登临望故国，谁识、京华倦客。长亭路、年去岁来，应折柔条过千尺[2]。

闲寻旧踪迹，又酒趁哀弦，灯照离席，梨花榆火催寒食[3]。愁一箭风快，半篙波暖，回头迢递便数驿，望人在天北。

凄恻，恨堆积。渐别浦萦回[4]，津堠岑寂[5]，斜阳冉冉春无极。念月榭携手，露桥闻笛，沉思前事，似梦里、泪暗滴。

※ 注释

1 隋堤：指汴京附近汴河一带的堤。隋炀帝曾开通济渠，沿渠筑堤，故称隋堤。2 “应折”句：古人送行，多折柳赠别，柳谐音“留”，表示留恋之情。3 “梨花”句：旧历清明前二日为寒食节，有禁火的风俗，节后另取新火。唐宋时，朝廷于清明日取榆柳的火以赐百官。这句指饯别的时令正是梨花盛开的寒食节前。4 别浦萦回：船开棹了，水波在回旋着。5 津堠（hòu）岑寂：码头上冷冷清清。津堠，码头上可供守望、住宿的处所。

※ 新解

长堤上的柳树，行列整齐，柳树的阴影也连缀成一条直线。笼罩在烟气中的杨柳丝丝飞舞，像是在卖弄它嫩绿的姿色。隋堤之上柳枝拂水、柳絮飘飞，不知送别过多少行人。登高望乡，有谁理解我这个久居京城的游子内心的苦闷？在驿道的长亭旁，我年复一年送别亲友，折下的柳枝应该超过百丈了吧！

现在正是梨花盛开的寒食节，我又来到这熟悉的河堤，又是在悲凉的乐曲声中举杯为友人饯行，昏黄的灯光照着饯别酒席。竹篙半插在暖和的河水中，顺风而行的船只如箭一样飞快，回头一看就已经过了几个驿站，送行的亲友已远在天的北方。

满怀凄凉，重重离恨别苦积压心头。我徘徊在送别的河岸，这时夕阳西下，暮色苍茫，码头已悄然无声。你我曾携手在水榭中赏月，在露桥上倾听悠扬的笛声。默默想起这些恍然如梦的欢乐往事，眼泪忍不住掉了下来

传说周邦彦与宋徽宗一同爱上了名妓李师师，因而被贬出京，后又因李师师演唱这首词取悦了皇上，所以又被召回。但这不过是传说而已，不足采信。细细玩味原词，倒更像是作者为友人送行。作者久居京城，远离故乡，这次应是“客中送客”。周邦彦之所以被誉为“结北开南”的集大成者，主要是其艺术技巧上的成就。

琐窗寒

暗柳啼鸦，单衣伫立，小帘朱户。桐花半亩，静锁一庭愁雨。洒空阶、夜阑未休，故人剪烛西窗[1]语。似楚江暝宿[2]，风灯零乱，少年羁旅。

迟暮，嬉游处，正店舍无烟，禁城百五[3]。旗亭唤酒，付与高阳俦侣[4]。想东园、桃李自春，小唇秀靥[5]今在否？到归时、定有残英，待客携尊俎[6]。

※ 注释

1 剪烛西窗：化用唐李商隐《夜雨寄北》诗："何当共剪西窗烛，却话巴山夜雨时"。2 暝宿：夜宿。3 禁城百五：正是京城寒食节的时候。禁城，京城。百五，冬至后一百零五日，指寒食节。4 高阳俦侣：指酒友。据《史记》载，汉郦食其自称高阳酒徒，才得以谒见刘邦。5 小唇秀靥：既指桃李之花，又指美人。靥，酒窝。6 尊俎：古代用来盛放酒、肉的器具。尊为酒器，俎为载肉之具。这里指酒席。

※ 新解

夜幕降临的时候，初绿的柳色显得暗淡沉郁。几只即将归巢的乌鸦在天空中盘旋聒噪。我穿着单衣，独自站立在窗后，卷起窗帘，久久地向外眺望。正是梧桐树开花的时候，庭院里那半亩大的一片梧桐树开满了朵朵小花。雨点打在梧桐叶上，"吧嗒、吧嗒"作响，听起来单调而又愁苦，好像把所有的孤寂都静静地锁在了这寂寞的庭院里。空寂的台阶上，淅淅沥沥的小雨还在不停地下，已是夜深人静了，因此听起来让人倍感烦闷。如果这个时候能有故友来与我一同剪烛谈心、话旧叙故，该有多好。等以后真与故友相聚之时，我一定要把自己少年漂泊、作客荆州、夜宿长江、风吹灯乱的艰难行旅向他尽情述说。

如今我已到迟暮之年，对旧日嬉戏游玩的地方已经不再感兴趣了。又到了寒食节，京城的店舍都不见了炊烟，显得一片落寞。年轻时经常乘寒食节之机，到酒店饮酒取乐，如今也不再想这些事了，还是让那些嗜酒如命的高阳酒徒们去纵情欢乐吧。家乡东园，过去我经常在那里踏青赏春，现在估计又是桃李盛开、繁花似锦了吧，但是花开得即使再漂亮，如果没人欣赏，也是徒然，只能自开自落。少年时暗恋过的那个秀美的姑娘现在不知是否还在。等我回到家乡的时候，枝头肯定还留有残花，到时候我一定要携上美酒佳肴与亲人们同赏剩留的春色。

词人晚年时于寒食节对雨思乡，作此词。读此词，仿佛可以看到词人描述的六景：单衣伫立，暮雨锁庭；客馆孤灯，愁思难遣；楚江暝宿，风灯零乱；暮年感旧，店舍无烟；东园春色，桃李争艳；故乡残春，客携樽俎。词人巧妙地将眼前之景、回忆之景、想象之景融为一体，将思乡之情、怀念故人之情、眷恋美人之情融为一体。全词一气呵成，景与情浑然一体，妙合天成，实属佳作。

六　丑

蔷薇谢后作。

正单衣试酒[1]，怅客里、光阴虚掷。愿春暂留，春归如过翼[2]，一去无迹。为问家何在？夜来风雨，葬楚宫倾国[3]。钗钿堕处遗香泽，乱点桃蹊，轻翻柳陌。多情为谁追惜？但蜂媒蝶使，时叩窗槅。

东园岑寂，渐蒙笼暗碧，静绕珍丛底。成叹息：长条故惹行客，似牵衣待话，别情无极。残英小、强簪巾帻[4]，终不似、一朵钗头颤袅，向人攲侧[5]。漂流处、莫趁潮汐，恐断红、尚有相思字，何由见得[6]？

※ 注释

1 正单衣试酒：正是换穿单衣、品尝新酒的时候。2 过翼：飞鸟，形容时光飞逝。3 倾国：指容颜绝代的佳人，这里比喻蔷薇花。4 巾帻：布帽。汉以来，流行以整块布幅包头，称之为巾帻。5 攲侧：倾斜，倚靠。6 “恐断红”句：恐怕零落的花瓣上还有人题了相思的诗句。传说，唐卢渥应举，在御沟边见一红叶，上题诗：“流水何太急，深宫竟日闲。殷勤谢红叶，好去到人间。”这里便是化用“红叶题诗”的故事。断红，落花。

※ 新解

正是开始穿单衣、试饮新酒的时候，我独自在异乡虚度光阴，满腹惆怅。多希望春天能再停留一会，可是，它却像小鸟一样匆匆飞掠而逝、了无踪迹。美丽的蔷薇花早已凋谢，不知去处。只怨昨夜一场可恶的风雨，把你这楚宫倾国倾城的美人葬送。花瓣飘落的地方还残留着花的芬芳，散乱的落花飘过桃树下的小径，又轻飞过柳荫下的小道。有谁会为你可悲的命运怜惜咏叹呢？惟有多情的蜜蜂和蝴蝶，飞舞在落花之中，不时撞在窗槅上。

绚烂多彩的东园已经变得冷冷清清，到处绿树成阴，变得朦胧幽暗。我徘徊在花丛之中，默默无语，惟有阵阵叹息。蔷薇长长的枝条似乎有意挽留，牵着我的衣裳，像是有话要对我说，它似乎满怀惜别之情，依依不舍，无限缠绵。我弯腰拾起一朵落花，将它插到头巾上。它在美人的发钗上轻轻地摇曳，倾斜的姿影也惹人怜爱，但毕竟不如盛开的花儿。那点点落花啊，你们顺水飘流可要小心避开潮汐，以免被冲走了，恐怕那飘零的红叶上还题有相思的字句，要是被潮水冲走了，有情人又怎能看见？

虽然周邦彦的词极缺乏思想内容，但其在艺术上的技艺的确独步一时。“惜花伤春”是宋词极为普遍的主题，正如王国维《人间词话》评价周邦彦所说：“创调之才多，创意之才少。”但此词字句缠绵婉转、华美精深，后世词人难有企及者。周邦彦是一个音乐家，此词是词人的自度名曲，传说声调非常优美，只可惜未能流传后世。

夜飞鹊

河桥送人处，凉夜何其[1]。斜月远、坠余辉。铜盘烛泪已流尽，霏霏凉露沾衣。相将散离会，探风前津鼓[2]，树杪[3]参旗[4]。花骢会意，纵扬鞭、亦自行迟。

迢递路回清野，人语渐无闻，空带愁归。何意重经前地，遗钿[5]不见，斜径都迷。兔葵燕麦[6]，向斜阳欲与人齐。但徘徊班草[7]，欷歔[8]酹酒，极望天西。

※ 注释

1 何其：如何。其，语助词。2 津鼓：古时在渡口处设置的信号鼓，通知开船的鼓声。3 树杪（miǎo）：树梢。4 参（shēn）旗：星宿名，又名天旗、天弓，属猎户座。初秋时黎明前出现于东方天际。5 遗钿：指落花。6 兔葵燕麦：泛指各种野草。兔葵，一种可以食用的野菜。7 班草：布草而坐。8 欷歔（xī xū）：抽泣、叹息声。

※ 新解

记得在汴河桥边为她送行的那天晚上，夜色温馨而美丽。月亮洒下一片皎洁清冷的余晖，笼罩着茫茫大地。铜盘上的蜡烛已经燃烧尽了，好像是流完了最后一滴眼泪。衣服被浓密的露水沾湿，让人感觉到了丝丝凉意。饯别的筵席就要结束了，我们仔细辨听着从渡口处传来的通知开船的鼓声。天旗星已经挂在了树梢上，天马上就要亮了，马上就该离别了。我恋恋不舍地骑马又送了她一程，我那花骢马非常善解人意，它能理解我们的惜别之意，我不断地扬鞭催它快走，可它就是不听指挥。

一个人离愁满怀，踏上归途，顿觉路途遥远，四野清旷，就连行人的说话声也渐渐地听不到了。路过当时为她饯别的地方，百感交集的我急于寻找当时留下的蛛丝马迹，可此时已经找不到她当时留下来的任何痕迹了，甚至连当时的路径也都已经模糊难辨了。夕阳用它的余晖斜照着大地，新生的兔葵和燕麦，已经长得有人那么高了。我扒开草丛，在曾经与她并肩坐过的草地上坐下来，流连徘徊。我饱含热泪遥望西天，在当年她远去的方向轻轻洒上一杯酒，以此来纪念我们之间这段刻骨铭心的深情吧！

周邦彦的词一个很明显的特点就是在时空的转接上处理得相当灵活，其变化痕迹往往需要仔细寻觅才能做出合理解释。该词上阕回忆他与情人离别时的场景，下阕可做两种理解：一是全写送别归途，二是前三句写归途，其后则为故地重游时的感受。仔细揣摩，后者更为合理。全词寓情于事、寓情于景，哀怨浑雅、委婉曲折，读者可以从此词中深刻地体会到周邦彦词的魅力所在。

满庭芳

夏日溧水无想山作。

风老莺雏[1]，雨肥梅子，午阴嘉树清圆。地卑[2]山近，衣润费炉烟。人静乌鸢[3]自乐，小桥外、新绿溅溅[4]。凭阑久，黄芦苦竹，疑泛九江船[5]。

年年，如社燕[6]，飘流瀚海，来寄修椽[7]。且莫思身外，长近尊前。憔悴江南倦客，不堪听、急管繁弦。歌筵畔，先安枕簟[8]，容我醉时眠。

※ 注释

1 风老莺雏：小莺在暖风中长大了。化用杜牧《赴京初入汴口》“风蒲燕雏老”句意。2 地卑：地势低洼。3 乌鸢：乌鸦和鹰之类的鸟。4 新绿溅溅：春天清澈的山涧发出溅溅的流水声。5 疑泛九江船：好像白居易泛舟于九江。这里作者以白居易贬谪江州时的处境和心情自比。6 社燕：燕子在春社日（立春后第五个戊日）从南方飞来，在秋社日（立秋后第五个戊日）飞回南方，因此称为社燕。7 修椽：承托屋瓦的长椽子，这里形容屋檐高大而修长。8 簟（diàn）：竹席。

※ 新解

小莺在和煦的春风中渐渐长大，梅子在雨水的滋润下日渐肥硕。正午时分的阳光直射着大树，大树投下了一轮圆正的树荫。我住在一个地势低洼、靠近山脚的地方，这里非常潮湿，衣服整天湿湿的，还得用炉火来烤干，费时又费力。这里静悄悄的，只有乌鸢在空中悠悠盘旋，自得其乐；小桥旁，清澈的山涧急流而过，发出哗哗的声响。我久久地伫立在栏杆旁，极目远眺，陷入深深的沉思。眼前这一切，莫非就是白居易所感叹的“黄芦苦竹绕宅生”的低湿的湓江之地吗？此时，我真感觉自己也像白居易一样被贬九江，沦落天涯。

年复一年，我宦海浮沉，就像燕子一样，在浩瀚的大海上漂流过，在人家的屋椽间寄宿过。就不要想那些功名利禄之事了，它们都是些身外事，还不如时不时地把盏痛饮，纵情欢乐。但是，我这漂泊不定的江南游客已经感到很疲倦了，那些丝竹管弦奏出的激烈而急促的乐曲，很容易引起我的伤感，使我无法承受。还是在歌舞筵席边铺床席子，放好枕头，让我在酒醉后好好睡上一觉，在梦中忘却所有的烦忧吧。

作者自元祐二年（1087）离开汴京，常年流宦于泸州、荆州、溧水等偏远之地，所以词中有沦落天涯的感叹。但对于本词来说，可以用“蕴藉含蓄”来表述其特色。上阕写静景，表达了作者对四周景物的细微感受，只在最后三句，作者以白居易自比，流露出内心的矛盾苦闷。下阕笔锋一转再转，曲折婉转地传达出他宦海浮沉、漂泊异乡的厌倦之情，情虽哀婉，却不激烈。

过秦楼

水浴清蟾[1]，叶喧凉吹，巷陌马声初断。闲依露井，笑扑流萤，惹破画罗轻扇。人静夜久凭阑，愁不归眠，立残更箭[2]。叹年华一瞬，人今千里，梦沉书远。

空见说鬓怯琼梳，容消金镜，渐懒趁时匀染。梅风地溽[3]，虹雨苔滋，一架舞红[4]都变。谁信无聊为伊，才减江淹[5]，情伤荀倩[6]。但明河影下，还看稀星数点。

※ 注释

1 清蟾：指明月。传说嫦娥奔月化为蟾，因此以清蟾代指月亮。2 立残更箭：站到更漏将尽的时候。更箭，古代计时器，用铜壶盛水，壶中立箭以计时。3 地溽：地上潮湿。4 舞红：落花。5 才减江淹：神情恍惚，使才情大减。《南史·江淹传》：“江淹少时，宿于江亭，梦人授五色笔，因而有文章，后梦郭璞取其笔，自此为诗无美句，人称才尽。”6 情伤荀倩：像荀奉倩一样伤情。据《世说新语》：“荀奉倩妻曹氏，有艳色。妻常病热，奉倩以冷身熨之。妻亡，叹曰：‘佳人难再得。’吊之，不哭而神伤，未几，奉倩亦亡。”时人谓之伤情。

※ 新解

在盛夏的一个夜晚，月亮晶莹明澈，像刚从水里洗浴出来一样。一阵凉风吹过，树叶沙沙作响，大街小巷里车马往来的声音已经消失。夜深人静，我悠闲地靠在院内的井栏上，含情脉脉地看着那姑娘手拿一把花扇，欢笑着扑打飞舞着的萤火虫。结果不小心，扑在了花丛的枝丫上，扇子瞬间就被扯破了一大片，两人会心地笑了。又是一个夜深人静的夜晚，我久久地伫立在栏杆旁，满面愁容。夜深了，更漏中最后一滴水也已经滴完，而我还独自呆立在那里，不愿回屋睡觉。华年易逝，真是令人叹息。现在的她远在千里之外，没有给我捎来一点音信，我想在梦中与她相会，竟也那么困难。

听人说她现在经常蓬头垢面，不加打理，甚至不愿揽镜自顾，更不再像过去那样匀粉化妆，追赶时尚了。梅雨时节，连风都是湿乎乎的，潮湿的地上到处都是青苔。满架的花朵在几番风雨的吹打下已经花落红残了。谁会相信我现在神情恍惚，都是因为思念她。深情的相思，使我如江淹一样才情减退。无尽的哀思，让我像荀奉倩那样神魂黯然。我无可奈何，只好在天河的光影下，独自凝望几点星星而已。

这首词中，作者追忆了自己和一位女子相爱的情事。通过画面的交换，人物的感情发展过程清晰地呈现了出来。

花 犯

粉墙低，梅花照眼，依然旧风味。露痕轻缀，疑净洗铅华，无限佳丽。去年胜赏曾孤倚，冰盘同燕喜[1]。更可惜[2]、雪中高树，香篝熏素被[3]。

今年对花最匆匆，相逢似有恨，依依愁悴。吟望久，青苔上、旋看飞坠。相将见、翠丸[4]荐酒，人正在、空江烟浪里。但梦想、一枝潇洒，黄昏斜照水。

※ 注释

1 冰盘同燕喜：与梅花同宴共喜。冰盘，素白的瓷盘。燕，同“宴”。2 可惜：可爱。3 香篝熏素被：白雪覆盖着梅树，像香篝上熏着素被。香篝，熏炉，这里指梅花。4 翠丸：指梅子。

※ 新解

清雅的梅花不减旧时的天然风韵，在低矮的白粉墙头，仍然显得光彩夺目。花朵上沾着滴滴露水，晶莹透亮，像洗净了脂粉的美人，素洁淡雅，美丽清新。去年的这个时候，我曾独倚梅树，手持素白的瓷盘，与梅花同宴共喜。那时候，正好有厚厚的积雪压在高耸横逸的梅树上，放眼望去，就像是熏炉上覆盖了一层洁白的棉被一样，熏得连雪也有了梅花的幽香，真是惹人怜爱。

而今年，我就要离开这里了，不能再像往年那样从容地品赏梅花了。梅花好像也知道我要离开一样，显得愁眉憔悴。我久久地凝望着梅花，想要吟咏几句诗词以安慰它，却见微风吹过之处，枝梢摇曳，花瓣纷纷坠落在青苔上。不久之后就会结出果实，青青的梅子将是人们佐酒的最好食物。只可惜，那个时候的我估计正泛舟于空阔的江波烟浪之中。不过，我可以在梦中看那一枝横逸的梅枝，清雅脱俗，风骨凛凛地傲立在夕阳映照下的水边。

这是一首咏梅词，大约写于词人游宦期间。词人即将去往异乡，要舍弃曾经唯一的知己—梅花，心中不免会有落寞之感。该词从眼前而回想去年，由今年而联想将来，句句紧扣自己和梅花之间的感情，迂回反复，前后呼应，上下串插，井然有序。

大　酺

对宿烟收，春禽静，飞雨时鸣高屋。墙头青玉旆，洗铅霜都尽，嫩梢相触。润逼琴丝，寒侵枕障，虫网吹黏帘竹。邮亭无人处，听檐声不断，困眠初熟。奈愁极频惊，梦轻难记，自怜幽独。

行人归意速，最先念、流潦[1]妨车毂。怎奈向兰成[2]憔悴，卫玠[3]清羸，等闲时、易伤心目。未怪平阳客[4]，双泪落、笛中哀曲。况萧索、青芜国[5]，红糁[6]铺地，门外荆桃如菽。夜游共谁秉烛？

※ 注释

1 流潦（lǎo）：道路积水。2 兰成：南北朝文学家庾信的小字。3 卫玠：晋朝美男子，但有羸疾。每乘车外出，观者如堵，卫玠因此成病而死。4 平阳客：东汉马融，好音律，能鼓琴吹笛。曾在平阳客舍闻哀怨笛声，触动了他思念京都的情怀，因此写下了著名的《笛赋》。5 青芜国：指杂草丛生的地方。6 红糁（sǎn）：落花。糁，米粒，这里形容落花。

※ 新解

雨意酝酿了整整一夜，到拂晓的时候，雨烟散尽，大地一片寂静，连春鸟婉转鸣晨的声音都听不到。忽然间下起了倾盆大雨，将屋顶敲得咚咚作响。在春雨的滋润下，墙边的嫩竹已经悄悄伸出了墙头，竹叶青翠，宛如青玉雕成。竹竿外皮上的粉霜已经被雨水冲刷掉了，尖嫩的竹梢在风雨中起伏摇曳，不时地互相触碰。春雨绵绵时节，空气非常潮湿，琴弦受潮以致音色失准。春寒料峭，那寒气直逼床帐。微风吹过，湿漉漉的，蜘蛛网一下子就粘附到了竹帘上。驿馆里只有我一个客人，感觉非常凄冷孤寂。雨点滴答滴答地打在屋檐上，声音单调得让人昏昏欲睡。然而，在愁苦中孤眠，心中其实并不踏实，稍有动静就会被惊醒，而且梦境恍惚，醒来时什么也记不清，更让人感到忧闷孤独。

归心似箭的游子所担心的是淫雨不止，怕道路泥泞，车子无法通行。羁留在异乡，不能回家，使我就像庾信、卫玠那样面容憔悴，日渐消瘦。在这无奈的等待之中，最容易使人伤心落泪。当年马融在平阳客舍听到哀怨的笛声而潸然泪下，写下《笛赋》，就不足为怪了。经过几番风雨的洗礼，原先繁花盛开的庭院里，已经是杂草丛生、落红满地了，眼前一片萧瑟景象。门外的樱桃已经结出了豆粒般大小的果实，很想点燃一支蜡烛，借着烛光再多看一眼这暮春的景色，可到哪里寻找与我做伴夜游的人呢？

全词通过春雨迷蒙的意象抒发作者思乡的愁绪。“润逼琴丝，寒侵枕障，虫网吹粘帘竹”，看似写雨天的室内景象，实际上是写主人公的寂寞无奈。主人公行旅受阻，欲归不能，愁绪满怀。结句读后使人顿感主人公的无限幽恨、无限寂寞。

解语花　上元

风消焰蜡[1]，露浥[2]烘炉，花市光相射。桂华流瓦，纤云散，耿耿[3]素娥欲下。衣裳淡雅，看楚女纤腰[4]一把。箫鼓喧、人影参差，满路飘香麝。

因念都城放夜，望千门如昼，嬉笑游冶。钿车罗帕，相逢处、自有暗尘随马[5]。年光是也，唯只见、旧情衰谢。清漏移，飞盖[6]归来，从舞休歌罢。

※ 注释

1 焰蜡：明亮的蜡烛。2 浥（yì）：沾湿。3 耿耿：形容明亮。4 楚女纤腰：美女纤细的腰肢。这里指身材苗条。5 暗尘随马：马飞驰过去之后尘土飞扬。6 飞盖：疾驰的车辆。盖，车顶，这里指车。

※ 新解

元宵佳节，灯火辉煌，明亮的烛焰在风中摇曳，渐渐销蚀。满街的彩灯被深夜的露水打湿，各式各样的花灯在灯会上竞相闪烁，光彩四射。月光笼罩着大地，照射着屋瓦，片片细小的云彩在夜空中悠然飘散，那素洁的嫦娥好像也要翩翩下凡来享受这人间的欢乐。大街小巷的姑娘们个个身材苗条，穿着淡雅的服装，看起来就像楚王宫殿里的美女一样。街头处处箫管悠扬、鼓声震天，人们纷纷出来赏灯，万千人影在彩灯和月光的映照下交互浮动。姑娘们走过，留下阵阵香气，在空气中飘溢。

回想过去的元宵佳节来临之时，都城开放夜禁，放眼望去，千家万户彻夜亮着花灯，灯火通明，如同白昼。男女老少都出来尽情游乐。装饰华丽的马车上，佳人们挥动着香罗手帕向意中人频频示意。俊男美女们相逢之处，车马走过，扬起阵阵尘土。现在，元宵佳节还是跟往年一样，风俗依旧，光景依旧，可我旧日的豪情逸兴却早已没有了。夜深了，我对外面灯月交辉、追欢逐爱的欢乐场景一点都提不起兴趣来，我还是驾车快快归去，让别人去通宵达旦地歌舞狂欢吧！

作者晚年出任地方官，元宵佳节时不禁想起了曾经在汴都时度过元宵节的景象，因作此词。上阕构思巧妙、设想奇特，将元宵之夜的热闹场面表现了出来。下阕抚今追昔，流露出词人晚年抑郁低沉的思想状态。

定风波

莫倚能歌敛黛眉，此歌能有几人知？他日相逢花月底，重理[1]，好声须记得来时。

苦恨城头传漏永[2]，催起，无情岂解惜分飞。休诉金尊推玉臂，从醉，明朝有酒倩[3]谁持。

※ 注释

1 重理：重新梳理。2 漏永：漏壶滴水，指报时的更声。3 倩：请，恳求。

※ 新解

你别因为自己现在能歌善舞就对我不断地皱眉，一副厌烦我的样子。你能领会到现在你所唱的这首美妙的歌曲的真意吗？它是我专门为你而写的，我相信世上没有几个人能知道它的真意。有朝一日，我们还会在花前月下重逢，到那时，你要好好想想我们之间的这段情意，你应该记住这首作为你保留曲目的好歌是怎么来的。

城头传来了更鼓声，催促我赶紧起来，真是让人烦恼。我不禁想起了那首忧伤的《惜分飞》曲，可是，你薄情寡义，怎能理解这首词中的深意呢？我手拿酒杯，醉醺醺地一把把你推开，对此，请你别介意。今天我要一醉方休。马上就要分别了，到明天，即使我想喝酒，也没有人为我把酒持盏了。

读此词，我们仿佛可以看到一个痴心汉和一个薄情的歌妓分别时的场面。离别在即，可那薄情歌妓却毫无缱绻之情，痴心汉产生了一种说不清是眷恋还是恼怒的感情。因此，他借着醉意发泄抑郁之情。词人将痴心汉似醉非醉时的那种失落感描摹得惟妙惟肖。

蝶恋花

月皎惊乌栖不定，更漏将阑，轫辘牵金井[1]。唤起两眸清炯炯[2]，泪花落枕红绵[3]冷执。

手霜风吹鬓影，去意徊徨，别语愁难听[4]。楼上阑干横斗柄，露寒人远鸡相应。

※ 注释

1 轫辘牵金井：从井边传来了辘轳的汲水声。辘，象声词，辘轳转动的声音。2 炯炯：形容眼睛明亮。3 红绵：填在枕头里的木棉。4 别语愁难听：由于心中愁苦万分，所以不忍听到离别的话语。难听，不忍心听到。

※ 新解

明亮而皎洁的月光洒在树上，惊醒了树上栖息着的乌鸦，开始在枝头躁动。更漏将尽，天已蒙蒙发亮，井台边传来了辘轳打水的声音。我赶紧将她唤醒，这时才发现，原来她并没有睡着，眼眶里泪光闪闪，泪珠一颗颗滚落在枕上，将枕芯打得又湿又冷。

该分别了，我们紧紧拉住彼此的手，任凭秋风吹打着发鬓。我也很想狠狠心离去，可总是欲行又止。还有千言万语想说，只是不忍心听那些离别的话语。北斗星的斗柄此刻已经横挂楼头了，身上沾上露水，让人感到丝丝寒意。远行人已经不见了踪影，只有雄鸡报晓的啼声此起彼伏。

这首词描写恋人分别的场景。全词将送别前、送别时、送别后的情态全表现了出来，各个场景层次井然。

解连环

怨怀无托，嗟情人断绝，信音辽邈。纵妙手、能解连环，似风散雨收，雾轻云薄。燕子楼空，暗尘锁[1]、一床弦索[2]。想移根换叶，尽是旧时，手种红药[3]。

汀洲渐生杜若[4]，料舟依岸曲[5]，人在天角。谩记得、当日音书，把闲语闲言，待总烧却[6]。水驿春回，望寄我、江南梅萼。拼今生[7]、对花对酒，为伊泪落。

※ 注释

1 暗尘锁：积满灰尘。2 弦索：指乐器。3 红药：红色的芍药。4 杜若：一种香草名。5 岸曲：岸边。6 待总烧却：把旧日的情书全部烧掉。7 拼今生：舍弃此生。

※ 新解

情人远去，杳无音信，只剩我空怀一腔幽怨却无处寄托。即使有像齐后那样不按常规、妙解玉连环的高手，也难以解开郁结在我心头的相思结。我无法忘却过去的一切，就像一阵风能够吹散雨意，但总会留有轻云薄雾，难免会藕断丝连。当年曾在燕子楼与她朝夕相处，可如今早已人去楼空，只剩那一床琴瑟还原封未动，覆盖着一层厚厚的尘土。院子里的芍药是她当年表达爱情的时候栽下的，但是现在，芍药的根、叶都已经暗中移换了，仿佛象征着她另觅新欢了一样。

水边长满了一丛丛的杜若，我很想采摘一枝寄给她，以表达我的思念之情，可我却不知道她现在身在何处。也许她的船已经停在了天涯海角的岸边了。当初我们处在热恋中时，她经常给我寄来书信，山盟海誓，甜蜜缠绵，如今，那只不过是一大堆废话罢了。情意已绝，留着也没有用处了，还不如一把火将它们烧掉算了。不过，现在江南又是春天了，她一个人在水边的驿站里，或许会回心转意，就像春回大地一样。她要是能从江南给我寄一枝梅花来，那该多好啊！我这颗愁苦的心也会稍稍安慰一些。但是，就算她真的情断意绝，我也决定舍弃此生，独自对花醉酒，为她留下相思的泪水。

这首词讲述了负心女子和痴心汉之间的爱情悲剧。男主人公既怨恨又眷恋，似绝望却又有所期待，感情复杂。结句极凄凉、极清醒，也极痴情，将全词的感情推向高峰，读后让人不禁为之垂泪。

拜星月慢

夜色催更，清尘收露，小曲幽坊[1]月暗。竹槛灯窗，识秋娘[2]庭院。笑相遇，似觉琼枝玉树相倚，暖日明霞光烂。水盼兰情[3]，总平生稀见。

画图中、旧识春风面，谁知道、自到瑶台畔。眷恋雨润云温[4]，苦惊风吹散。念荒寒、寄宿无人馆，重门闭，败壁秋虫叹。怎奈向、一缕相思，隔溪山不断。

※ 注释

1 小曲幽坊：妓女所居之处。2 秋娘：唐代名妓杜秋娘，后泛指歌妓。这里指所爱恋的歌妓。3 水盼兰情：化用唐韩琮《春愁》诗“吴鱼岭雁无消息，水盼兰情别来久”。这里形容作者思念的女子明亮的眼睛和温馨的情感。4 雨润云温：指男女欢会。

※ 新解

那天晚上，更鼓声声，夜已深沉，街上的轻尘被清露所收伏。朦胧的月色笼罩着坊曲，显得很幽暗。我第一次来到她所住的庭院，栏槛外种着竹子，窗户里闪着灯光，到处都显得那么清寂幽雅。对她慕名已久，如今有幸和她相遇，我们尽情欢乐。她像琼枝玉树一样高贵洁白，像旭日朝霞一样鲜艳夺目。她那双顾盼多情的眼睛像秋水一样明澈，那温柔的性情像兰花一样优雅。她实在是太完美了，真是平生难遇。

曾经在图画中看到过她那天仙般美丽的面容，没想到，我竟然真的来到了瑶台仙境和她相会。那温柔滋润的情爱真是让人怀恋，可没想到因为意外的变故，我们的姻缘被拆散了，如同惊风吹散了温润的云雨。如今的我独自住宿在这荒寒的驿馆中，将重重门户关上，只听得断垣残壁下，蟋蟀在不断地哀叹。山重水远，而我心底的一缕相思之情却不能被隔断，真是让人无可奈何。

词人通过此词追思自己和一位歌妓相恋的往事。“苦惊风吹散”一句，道尽了作者当时内心的苦楚。回肠百转的相思之情，尽在一个“苦”字之中。

关河令

秋阴时晴渐向暝[1]，变一庭凄冷。伫听寒声[2]，云深无雁影。

更深人去寂静，但照壁、孤灯相映。酒已都醒，如何消夜永[3]？

※ 注释

1 向暝：接近天黑。2 寒声：指大雁的叫声。3 夜永：指长夜。

※ 新解

天渐渐地黑了，阵阵秋风吹来，院子里变得冷冷清清。我独自站立在院子里很长一段时间，听到空中传来声声大雁的叫声，抬头望去，空中乌云密布，看不见大雁的影子。

夜已经深了，人也散去了，四周一片寂静，只有照壁的孤灯陪伴着我。我的酒意已经完全消退，要如何度过这漫漫长夜？

这首词写的是羁旅孤寂之愁。这位风流才子时运乖蹇，常常迁徙于寒秋孤馆。秋夜借酒浇愁，可是深夜酒醒，长夜漫漫，如何捱到天明？本词借秋景的悲凄暗寓羁旅之苦，其意境因而显得格外凄凉。

绮寮怨

上马人扶残醉，晓风吹未醒。映水曲[1]、翠瓦朱檐，垂杨里、乍见津亭。当时曾题败壁，蛛丝罩、淡墨苔晕青。念去来、岁月如流，徘徊久、叹息愁思盈。

去去[2]倦寻路程，江陵旧事，何曾再问杨琼[3]。旧曲凄清，敛愁黛、与谁听？尊前故人如在，想念我、最关情。何须《渭城》[4]，歌声未尽处，先泪零。

※ 注释

1 水曲：河流弯曲的地方。2 去去：一去再去，去了又去。3 杨琼：唐朝歌妓名。元稹被贬江陵时，和杨琼情好甚洽。此处泛指歌妓。4 《渭城》：指送行的离歌。唐王维《渭城曲》中有“渭城朝雨浥轻尘”“西出阳关无故人”句，被称为送别绝唱。

※ 新解

我喝醉了酒，别人搀扶着我，将我勉强扶上了马背。晓风阵阵，却未能把我从酒醉中吹醒。我信马由缰，昏昏沉沉地向前走去，猛然发现，在河水的拐弯处，水面上倒映着一座绿瓦红檐的渡口小亭，依依垂柳环绕在小亭的四周。我曾经在那残破的亭壁上题写过诗句，现在这亭子已经是残壁断垣，蛛网密结了。当时的墨迹已经浅淡，惟有苔斑依然青翠，年年如新。自从当年题诗离去，岁月如流水般飞逝，让人感慨万千，不禁在自己当年的笔迹下徘徊。联想到自己飘零的身世，心中充满了无限的愁苦。

宦海浮沉、前途渺茫的我，以后还会被分派到什么荒僻之地呢？我已经没心思再去打探路程了。那些曾经与我尽情欢乐过的金陵佳人们，现在境况如何，我更是没心思向席前的歌妓打听。她正皱着眉头，弹奏着一支送别的旧曲，那声调之凄凉，谁还想听？如果筵席前的老朋友还在身边就好了，那是最能和我沟通思想、最能牵动彼此感情的人了。我们之间，哪还要唱什么《渭城曲》？不等曲子唱完，我就已经泪流满面了。

词人心中愁苦很深，以至于醉中醒来都无法消除。词人本想探询旧事，但是自己还前程渺茫，探寻他人的消息又有何用？“何曾再问杨琼”，伤情之处正在于此，看似斩钉截铁，而潜台词却在往事不堪回首的“何曾”二字之中。

尉迟杯

隋堤路，渐日晚、密霭[1]生烟树。阴阴淡月笼沙[2]，还宿河桥深处。无情画舸，都不管、烟波隔前浦。等行人、醉拥重衾，载将离恨归去[3]。

因思旧客京华，长偎傍疏林，小槛欢聚。冶叶倡条[4]俱相识，仍惯见珠歌翠舞。如今向、渔村水驿，夜如岁、焚香独自语。有何人、念我无聊，梦魂凝想鸳侣。

※ 注释

1 密霭：浓重的暮霭。2 淡月笼沙：淡淡的月光笼罩着水边的沙滩。化用杜牧《泊秦淮》“烟笼寒水月笼沙”。3 载将离恨归去：化用宋初郑文宝《柳枝词》“不管烟波与风雨，载将离恨过江南”。4 冶叶倡条：代指歌妓。语出李商隐《燕台》：“蜜房羽客类芳心，冶叶倡条遍相识。”

※ 新解

运河河水宽广邈远。天色渐晚，暮霭沉沉，堤畔的柳树笼罩在一片烟雾中。河边的沙滩被淡淡的月光笼罩，河桥深处，水路驿站的旁边，停泊着一条客船。这船太无情无义了，烟波相隔的水边，那么多亲友为我送行，可它却全然不管这些，旅客刚刚醉登船舱，拥被而卧，它就带着远行之人以及其深深的离愁别恨，一同离去了。

想当初客居京城，我常常和她在一起，我们或者相依相偎在低矮的栏杆边，或者欢情相聚于稀疏的林丛中。那个时候，京城的众多歌妓我几乎都熟识，看惯了华丽的歌舞场面。现在要在这临近渔村的水路驿馆边上度过漫漫长夜，在我看来，似乎有一年那么长。焚香独坐，我不禁喃喃自语。有谁能体会我此时的孤寂之感呢？我在梦魂中还在痴痴地想着旧时的情侣。

词中流露出词人对京华歌舞欢会的眷恋之情。“小槛欢聚”“珠歌翠舞”与“渔村水驿”“焚香独自语”形成了强烈的对比。

西河　金陵怀古

佳丽地[1]，南朝[2]盛事谁记？山围故国绕清江，髻鬟对起[3]。怒涛寂寞打孤城，风樯[4]遥度天际。

断崖树、犹倒倚，莫愁[5]艇子谁系？空余旧迹郁苍苍，雾沉半垒。夜深月过女墙[6]来，伤心东望淮水[7]。

酒旗戏鼓甚处市？想依稀王谢[8]邻里，燕子不知何世，向寻常巷陌人家相对，如说兴亡斜阳里。

※ 注释

1 佳丽地：指金陵，即现在的南京城。2 南朝：指建都在金陵的吴、东晋、宋、齐、梁、陈等朝代。3 髻鬟对起：指金陵附近长江两岸对峙的山，就好像妇女的髻鬟一样耸立在江的两岸。4 风樯：指船头桅杆上顺风张开的帆，这里代指船。樯，桅杆。5 莫愁：指古代美女莫愁，传说她曾在南京的莫愁湖畔居住过。6 女墙：城上的小墙。7 淮水：指横贯南京的秦淮河。8 王谢：指东晋时，居住金陵乌衣巷一带（今南京城东南）的王、谢两大豪门望族。

※ 新解

在古都金陵，有谁还记得发生在那的南朝旧事，以及名动一时的佳丽名姝呢？这一切都已随着滚滚东流的江水归于寂寞。只有清清的江水依旧绕山而行，环绕金陵城的青山依旧耸立在长江两岸，宛如金粉佳丽头上的一对髻鬟。潮起潮落的江水不停地拍打着这座金陵古城。西去东来的点点帆影，点缀在这水天之间，航向天际。

站在江边，只见那陡峭的山崖上，耸立着几棵老树，仿佛人影倒立，紧挨着山崖，向外横斜着生长。那棵树上曾系过美女莫愁的小艇，如今美人不知何处去，惟见树木依旧郁郁苍苍。雾气之中还隐约可见城堡的残垣败垒，好像正诉说着昔日的虎踞龙盘，如今也只是形同虚设罢了。每当到了深夜，那冰冷的月光就照在城墙上。而秦淮河东流不停的江水，仿佛正在诉说着伤心的往事。

当年那些门前飘扬着酒旗的酒楼，传出阵阵悦耳的鼓乐之声的戏馆，如今也不知道到哪里去了。我想这里可能就是王、谢两家居住过的乌衣巷。看着眼前飞来飞去的燕子，依旧在街道屋檐下筑巢安家，也不知道它们在这里居住了几代。到了傍晚时分，斜阳的余晖洒落在残垣断梁上，一双双燕子相对呢喃，它们大概也在谈论着发生在这座古城的盛衰兴亡吧！

这首词是周邦彦的代表作，是词人晚年寓居金陵（今南京）时所作。此词檃栝了刘禹锡《石头城》《乌衣巷》两诗，道尽词人对物是人非的盛衰兴亡之感。此词实际上是词人对北宋衰微的感叹。

“古今多少事，都付笑谈中”，盛衰兴亡是历史的必然，然而正是在改朝换代的乱世之际，一时多少豪杰竞起、群雄逐鹿、文人悲歌，才有无数佳作流芳后世。

瑞鹤仙

悄郊原带郭，行路永、客去车尘漠漠。斜阳映山落，敛馀红犹恋，孤城阑角。凌波[1]步弱，过短亭、何用素约[2]。有流莺[3]劝我，重解绣鞍，缓引春酌。

不记归时早暮，上马谁扶，醒眠朱阁。惊飚[4]动幕，扶残醉、绕红药。叹西园已是，花深无地，东风何事又恶？任流光过却，犹喜洞天[5]自乐。

※ 注释

1 凌波：形容女子步态轻盈，就像在水上漂行。2 素约：事先的约定，旧约。3 流莺：啼声流利婉转的黄莺。流，形容声音婉转，这里指歌妓声音柔软。4 惊飙（biāo）：狂风。5 洞天：道家所指的神仙居住的地方。

※ 新解

昨日黄昏之时，连着城郭的郊野静悄悄的，漫漫长路一直通向远方。远行之人已经乘车离去，只留下车后滚滚尘土，弥漫在长路上。夕阳落山，余晖还依恋着城楼上的一角栏杆，迟迟不愿收尽最后一抹微弱的红光。同行的歌女脚步越来越慢，在路旁的驿亭休息时，我们又意外地遇上了另外一个歌妓。她苦苦相劝，希望我解下马鞍，坐下来慢慢小酌几杯，缓解一下春乏。

已经记不清到底是什么时候回来的，也不知道究竟是谁扶我上的马，只知道醒来的时候，我已经睡在自家的楼上了。一阵狂风吹来，窗帘随之翻飞，我不禁想起了庭院里的春花，因此，慌忙带着还残留的几分酒意，绕过鲜红的芍药，直奔西园。东风不知何故，一直在猛刮猛吹，将西园吹得落红满地，让人看后为之叹息。就让时光飞快流逝吧，我仍然喜欢在自己家中自得其乐。

词人将昨日黄昏到今日清晨之事用这首词记述了下来，结构精奇，将写景、叙事、抒情、议论巧妙地融为一体，确实让人佩服。

浪淘沙慢

昼阴重，霜凋岸草，雾隐城堞[1]。南陌脂车待发，东门帐饮乍阕[2]。正拂面、垂杨堪揽结，掩红泪[3]、玉手亲折。念汉浦、离鸿[4]去何许？经时信音绝。

情切，望中地远天阔，向露冷、风清无人处，耿耿[5]寒漏咽。嗟万事难忘，惟是轻别。翠尊未竭，凭断云、留取西楼残月。

罗带光消纹衾叠，连环解[6]、旧香顿歇；怨歌永、琼壶敲尽缺[7]。恨春去、不与人期，弄夜色、空余满地梨花雪。

※ 注释

1 城堞：城墙上带有齿状的垛口或射箭孔的矮墙。2 阕：终了。3 红泪：指女子悲伤的眼泪。4 离鸿：喻指分手后的女子。5 耿耿：形容心中不安。6 连环解：本来是一体的双环被分开了，喻指爱情破裂，两情分折。7 琼壶敲尽缺：据《晋书》载，晋王敦酒后辄咏曹操诗《龟虽寿》，并以如意击打唾壶为节，壶口尽缺。

※ 新解

沉沉阴霾笼罩着大地，河岸的秋草经过寒霜的摧残，已经枯萎了。城楼上的矮墙隐没在雾霭之中。一辆上过油脂的马车停在南去的路上，整装待发。东门外饯别的筵席结束了，这意味着分手的时刻就要到了，想想就让人心碎。垂柳拂面，好像在深情款款地挽留即将出行的人，让人不忍心揽结攀折。她已经悲伤至极，泣不成声，掩着满面的泪水，亲手折下了一条柳枝送给我。然而，别后至今，一直没有收到她的一点音信，不知她现在究竟身在何处。她就像那汉江之滨的仙女，一去无踪。

我的思念之情是如此深切。登高远眺，望着辽远的大地，广袤的天空，我所盼望的她却依旧渺然无迹。我只能在夜深人静之时，在寒露清风中独自偷偷哭泣，那铜壶滴漏也有情有义，理解我的愁苦，陪我一起落泪，那嘀嗒嘀嗒的声音好像是在悲伤地呜咽。人间万事，最让我感觉悔恨、难忘的就是当初离别时太轻率了。杯中的酒还没有喝完，我在等着她回来与我同酌共饮。空中的断云仍在，那就请它留住西楼边上的那弯残月吧，这样我就可以寄托深深的思念了。

她曾经为我缝制的丝带现在已经失去了原来的光泽，往日同眠的绣花被也早已叠了起来闲置一旁。玉连环本来是连为一体的，现在也已被分解开了，昔日她赠给我的香袋也早已失去了芳香。哀伤的歌唱得太久了，唾壶的边沿由于被我有节拍地敲打而变得残缺不齐。这春天就这么匆匆离去了，也不事先告诉我一声，太可恨了！夜色里，只留下满地雪白的梨花。

本词作者充分利用了慢词容量较大的特点，在情绪上，从离别到思念，从思念到追悔，直至期望、怨恨、空茫；在时间上，从秋天到春天，多层次、多角度地抒发了自己因离愁而引发的种种感情，饱满充实，细致全面。

应天长

条风[1]布暖，霏雾弄晴，池台遍满春色。正是夜堂无月，沉沉暗寒食。梁间燕，前社客[2]，似笑我、闭门愁寂。乱花过、隔院芸香，满地狼藉。

长记那回时，邂逅相逢，郊外驻油壁。又见汉宫传烛，飞烟五侯宅[3]。青青草，迷路陌。强载酒、细寻前迹。市桥远、柳下人家，犹自相识。

※ 注释

1 条风：调风，指春风。2 前社客：指燕子。燕子在社日前归来。3 “又见”二句：古时有寒食禁火的习俗，但是皇帝会特赦赐火，由宦官传送到权贵之家。语本唐韩翃《寒食》：“日暮汉宫传蜡烛，轻烟散入五侯家。”五侯，泛指权贵。

※ 新解

和煦的春风为人间送来丝丝暖意，晨雾渺渺，又是一个风和日丽的艳阳天。池塘已经微微泛绿，台榭前翠柳轻舞，到处都是春意盎然。但是，在这寒食节的夜晚，天空中却没有月亮，一片黯然。我独自坐在幽暗的厅堂上，闷闷不乐。房梁上的燕子好像在偷偷地嘲笑我，独自寂寞愁苦，而不去享受这大好的春光。乱花被一阵风吹过院墙，为院里送来阵阵香气，纷乱的花瓣，把地上弄得一片狼藉。

常常想起那年的寒食节，她正好从一辆华贵的油壁车上下来，我们就在京城的郊外不期而遇，并且一见钟情。如今，又是寒食节了，京城里依然还是像当年那样“汉宫传烛”“飞烟五侯”，可她却早已不在了。重游故地，此处已经长满了萋萋芳草，我也找不到和她邂逅的那条小路了。然而，我仍然不甘心，带上酒，仔细地寻找当年的踪迹。忽然，我发现在远处的市桥边上，柳树下有一户人家，那正是我们当年一起游春时的旧相识。

这是一首作于寒食节的忆旧词。全词景地不断挪移，时空错综交织，意脉变化莫测，使读者产生一种空、淡、深、远的感觉。

夜游宫

叶下[1]斜阳照水，卷轻浪、沉沉千里。桥上酸风射眸子[2]，立多时，看黄昏灯火市。

古屋寒窗底，听几片、井桐飞坠。不恋单衾再三起，有谁知，为萧娘书一纸[3]？

※ 注释

1 叶下：叶落。2 酸风射眸子：寒风吹得眼睛发痛。此处化用李贺《金铜仙人辞汉歌》："魏官牵车指千里，东关酸风射眸子。"酸风，刺眼的冷风。3 "为萧娘"句：化用唐杨巨源《崔娘诗》："风流才子多春思，肠断萧娘一纸书。"萧娘，泛指女子。

※ 新解

树叶纷纷飘落，夕阳斜照秋江。江中细浪轻逐，直向沉沉远方奔流而去。我呆呆地站在桥头，任凭寒风吹得睁不开眼睛，许久地凝望那暮色中灯火初上的闹市。

我躺在简陋的茅屋里，窗户破旧，阵阵寒风透过窗户吹了进来，时而还传来井边梧桐树叶飞坠落地的声音。然而，那一床薄被虽然能给人一丝暖意，我却毫无贪恋之意，起而又卧，卧而又起，心神不定。可有谁知道，我这么心神不定，竟完全是因为她的一封信。

这首词通过情景的铺叙和人物的行为描写，层层递进，通过独立桥头、凝神远望、寒窗透风、长夜难挨等细节，十分传神地摹写出了一个游子孤寂、不安的心理。

南浦　旅怀

鲁逸仲

风悲画角，听《单于》[1]、三弄[2]落谯门。投宿骎骎[3]征骑，飞雪满孤村。酒市渐阑灯火，正敲窗、乱叶舞纷纷。送数声惊雁，乍离烟水，嘹唳[4]度寒云。

好在半胧淡月，到如今、无处不销魂。故国梅花归梦，愁损绿罗裙[5]。为问暗香闲艳，也相思、万点付啼痕。算[6]翠屏应是，两眉余恨倚黄昏。

※ 注释

1 单于：唐代乐曲名。2 三弄：奏乐三遍。3 骎骎：形容马飞速快跑。4 嘹唳：形容鸟在高空中鸣叫，声音响亮而凄清。5 绿罗裙：这里代指身穿绿罗裙的女子。6 算：推想。

※ 新解

西风阴冷凄厉，传来了军中号角的阵阵呜咽声，原来是军卒正在城楼上几次三番地吹奏悲凉的《单于》曲。鹅毛大雪漫天飞舞，我在雪中策马飞奔，想尽快寻找一个驿站来投宿，那座孤零零的小村庄完全笼罩在一片白茫茫的大雪之中。酒店里的灯火渐渐地幽暗下来，乱叶被阵阵狂风卷起，然后又敲打在窗户上，发出阵阵扑扑的声响。忽然，远处又传来一群大雁凄清苍凉的鸣叫声，原来是它们受到了惊吓，从烟气迷蒙的水边径直飞向了密云遮掩的寒空。

弯月还是那个弯月，发出朦胧浅淡的月光，但是现在，无论到了哪里，只要看到这弯月，我就情不自禁黯然神伤。我在睡梦中似乎看到了故乡盛开着报春的红梅，看到了因相思愁苦而憔悴的妻子。问一声，那散发着阵阵幽香的梅花，你枝头的万点花蕾，是不是也是来自相思的点点泪痕？我推想，每到黄昏时，家中的妻子一定会倚靠在屏风上，忧愁的双眉微蹙，怀着绵绵相思之恨盼着我回来吧？

这是一首抒发游子思乡之情的词。词人一开始就描写了多种声音：悲风声、画角声、征骑声、乱叶敲窗声、惊雁哀唳声，使人产生一种凄凉冷清的感觉。之后又用淡月、绿裙、啼痕、翠屏等素静典雅的事物抒情，表达自己对家乡安宁平静生活的深深眷恋。

惜分飞

毛滂

富阳僧舍作别语赠妓琼芳。

泪湿阑干[1]花著露，愁到眉峰碧聚[2]。此恨平分取，更无言语空相觑[3]。

断雨残云无意绪，寂寞朝朝暮暮。今夜山深处，断魂[4]分付潮回去。

※ 注释

1 阑干：纵横的样子。2 眉峰碧聚：紧蹙的眉毛犹如远山相聚在一起。眉峰，眉毛。3 觑：看、偷视。4 断魂：离魂。

※ 新解

你双眉紧皱，泪流满面，像沾满了露水的鲜花。我们默默无语，凝望着对方，一层深重的离愁别恨，分别压在两颗凄怆的心上。

回忆起你我昔日的欢会，如今就要归于永寂，心中更加惆怅。今后我就要一个人孤寂地打发日子。今夜，我一人独宿这深山之中，愿将梦魂托付给潮水，让它将我带回你的身旁。

这首词是作者离任杭州时的赠别之作。多情的歌女依依送别，都知道从此一别，以后再难相遇。她泪流满面，如娇花带露；愁眉紧锁，似翠峰聚碧。但此时“执手相看泪眼，竟无语凝噎”，昔日的朝云暮雨已成空，绝望的词人，从此凄凉独处，只有凄苦的离魂随着晚潮，回到她的身旁。

贺新郎

叶梦得

睡起流莺语，掩苍苔房栊向晚[1]，乱红无数。吹尽残花无人见，惟有垂杨自舞。渐暖霭、初回轻暑，宝扇重寻明月影[2]，暗尘侵、上有乘鸾女[3]。惊旧恨，遽如许。

江南梦断横江渚，浪粘天、葡萄涨绿[4]，半空烟雨。无限楼前沧波意，谁采蘋花寄取？但怅望、兰舟容与[5]，万里云帆何时到？送孤鸿、目断千山阻。谁为我，唱《金缕》[6]？

※ 注释

1 向晚：傍晚。2 明月影：指团扇。语本班婕妤《怨歌行》：“裁为合欢扇，团团似明月。”3 乘鸾女：这里指扇上所画仙女。4 葡萄涨绿：指碧绿的江水看起来就像新酿的葡萄酒。5 容与：迟缓，舒缓，徘徊不前。6 金缕：曲调名，即《金缕曲》。

※ 新解

我午睡醒来时，听到了外面黄莺清丽的鸣叫声，拉开窗帘一看，天色已经晚了。庭院里青苔片片，落红无数。在这暮春时节，春风吹尽了残花，可是谁都没有注意到，只有杨柳还在微风中独自摇摆，舞动腰肢。春去夏来，天气渐渐暖和了起来，阵阵暖风为人间送来了初夏的暑热。见此情景，我赶紧将那把珍爱的团扇找了出来。扇子上已经蒙上了一层灰尘，但仍然可以隐隐约约地看见扇面上所画的乘鸾仙女。睹画思情，昔日的离愁别恨，一股脑涌上心头。

昔日的情意就像一场春梦，永远地留在了江南分别时的洲渚边。江上浪花拍天，滔滔江水就像新酿的葡萄酒一样，泛起了翠绿的飞沫，又在半空中化为了蒙蒙烟雨。倚靠高楼，凝望着苍茫的烟波，顿觉情思无限，有谁会采白花寄给我呢？惆怅满怀的我遥望着江上兰舟悠悠驶过，迟缓闲舒。漫漫云水，遥遥万里，什么时候才能到达？我默默地目送孤鸿消逝在连绵起伏的远山之后，不禁感到无限孤独。有谁会唱一曲深情的《金缕曲》，安慰我这颗破碎的心呢？

这是一首怀人的词作，词风婉丽，草木花鸟迭现，景景寓情。作者借此词抒发了自己落寞的情怀。

虞美人

雨后同幹誉、才卿置酒来禽[1]花下作。

落花已作风前舞，又送黄昏雨。晓来庭院半残红，惟有游丝，千丈袅[2]晴空。

殷勤花下同携手，更尽杯中酒。美人不用敛蛾眉，我亦多情，无奈酒阑[3]时。

※ 注释

1 来禽：林檎。北方称沙果，南方称花红。2 袅：缭绕。3 酒阑：酒尽席散之时。

※ 新解

暮春时节，凋落的花瓣在风中四处飞舞，昨天黄昏时又下了一场阵雨。清晨起床时一看，院子里遍地都是落花。晴朗的天空中，只有那千丈柳条在微风的吹拂下悠然飘荡，有如一缕缕细丝。

我们几个朋友热情高涨，高兴地拉起手，一起在林檎花下漫步，豪气满怀，不时地举起杯中刚斟满的酒，一饮而尽。不住地为我们劝酒的美人，请不要皱眉嗔怪，你的情意我心里非常明白，可是我已经实在喝得太多了。

这是一首惜花伤春的词，但是又与通常的哀怨伤感的情绪有所不同。本来清晨起床后见遍地残红，会引发人无限的愁思，但是一句“惟有游丝，千丈袅晴空”，便把低沉的情调转换成了明朗、高亢的情调，于婉约中尽显豪放之气。

喜迁莺　晓行

刘一止

晓光催角，听宿鸟未惊，邻鸡先觉。迤逦烟村，马嘶人起，残月尚穿林薄[1]。泪痕带霜微凝，酒力冲寒犹弱。叹倦客，悄不禁[2]重染，风尘京洛。

追念人别后，心事万重，难觅孤鸿托。翠幌娇深，曲屏香暖，争念岁华漂泊。怨月恨花烦恼，不是不曾经著[3]。者情味、望一成消减[4]，新来还恶[5]。

※ 注释

1 林薄：林梢。2 悄不禁：简直受不了。3 经著：经历过。4 一成消减：减轻一些。一成，稍稍。5 还恶：这里指情绪更加不好。

※ 新解

东方的天边，曙光初现，呜呜的号角声就已经吹响了。天刚蒙蒙亮，树林中鸟雀还没有被熹微的晨光惊醒，可是邻舍的雄鸡早已经喔喔报晓了。一座座村庄的上空炊烟袅袅，征马在晨雾中对着高空放声嘶鸣，出门在外的旅人们已经起来开始打点行装了。天空中，一弯残月穿过树梢，渐渐西沉。伤感的泪水不一会儿就冻凝成了白霜，几杯薄酒也难以抵挡这清晨的寒气啊！我是真的厌倦了这种行旅生活，一点都不想再去沾染京城浑浊的风尘。

追想分别后，万千思念无法排解，想让鸿雁作为信使替我传达音信，却难觅鸿雁的踪影。家中的娇妻，在深深的翠绿帷幕中，在弯折的屏风旁，独自面对暖烟袅袅的香炉，不知会怎么想念寒冬里在外漂泊着的丈夫。这种因花好月圆而引发的相思和烦恼，我以前也不是没有经历过，只是希望能够随着时间的推移，使这离别的苦闷稍稍消减一些，可谁知近来却越来越厉害了。

这首词是作者在旅途中拂晓上路时因怀念娇妻而写。据陈振孙《直斋书录解题》称，这首词在当时盛行京师，作者刘一止也因此而出名，一时间竟被称为“刘晓行”，足见人们对这首词的赞赏。

点绛唇

汪藻

新月娟娟[1]，夜寒江静山衔斗[2]。起来搔首，梅影横窗瘦。

好个霜天，闲却传杯手。君知否？乱鸦啼后，归兴[3]浓于酒。

※ 注释

1 娟娟：明媚、美好的样子。2 山衔斗：北斗星隐现于山际。3 归兴：指思乡之情。

※ 新解

一弯新月清新秀美，高高悬挂在灿烂的星空中。寒夜里，江流澄静，听不到一点波涛的声音，北斗星已经下沉，斗柄与远山相接在一起。我从床上坐起来，披上衣服，搔首凝神，只见几条稀疏的梅枝映现在窗纸上。

在这样一个严寒的霜天，本该饮酒驱寒，可是我这双以前经常在官场的酒会上推杯送盏的手，如今却只能闲来搔首了。你可知道，在这片乱鸦的聒噪声中，我已经厌倦了宦海浮沉，思乡之情比美酒还要浓。

这首词语言晓畅，婉转含蓄，构思别致，情景相生，寄托了作者厌倦仕宦生涯、渴望回归田园生活的情怀。

酒泉子

潘阆

长忆观潮[1]，满郭[2]人争江上望。来疑沧海尽成空，万面鼓声[3]中。

弄潮儿向涛头立，手把红旗旗不湿。别来几向梦中看，梦觉尚心寒。

※ 注释

1 观潮：即指观看钱塘潮。2 满郭：满城。3 鼓声：喻潮声。

※ 新解

经常回忆起观看钱塘潮时的盛况，满城的人都争先恐后来到江边向江上观望。潮水涌来时，巨浪滔天，让人怀疑是不是海水全都涌向了这里。潮声如万鼓齐鸣，震耳欲聋。

在浪涛中的青年手持红旗，脚踩浪头，迎着浪峰前进，没让红旗沾湿，他们个个身手不凡、英勇无畏。后来，我经常在梦里见到这一场景，醒来后，还感到心惊胆战。

在如此翻江倒海的浪潮中，弄潮儿竟然能手持红旗戏弄潮头，且红旗不沾湿，足为江潮增辉，成为全词的高潮之处。其实，稍有不慎，他就可能被巨浪吞没，遭到灭顶之灾。难怪后人将敢为天下先者称之为“弄潮儿”，足见其艰险和勇气。

蓦山溪　梅

曹组

洗妆真态[1]，不作铅华御[2]。竹外一枝斜，想佳人天寒日暮。黄昏院落，无处著清香，风细细，雪垂垂，何况江头路。

月边疏影，梦到销魂处。结子欲黄时，又须作廉纤细雨。孤芳一世，供断[3]有情愁，消瘦损，东阳[4]也，试问花知否？

※ 注释

1 洗妆真态：洗净脂粉，露出真实的容貌。2 铅华御：用脂粉化妆。铅华，铅粉，古代女子用来化妆的粉。3 供断：无尽地提供。4 东阳：指南朝梁代东阳太守沈约，不被重用，抑郁而死。这里是作者以沈约自况。

※ 新解

冰清玉洁的梅花就像洗净了铅华的美人，娇艳迷人，纯真自然，没有丝毫脂粉气。它斜出一枝，伸向劲峭挺拔的竹梢稀疏处，看起来就像一个佳人在天寒日暮时分倚靠在修竹上，优雅冷艳，风姿绰约。然而黄昏时分，院子里没有地方能闻到梅花的清香，几枝疏梅矗立在江边小路的尽头，在西风飒飒、白雪皑皑中，谁会前去欣赏呢？

朦胧的月色，淡淡的梅影，那种独立傲世的景致，使人在梦中也不禁为之伤心欲绝。梅子将黄之时总是细雨绵绵，这更令人平添了几多伤感。梅花孤芳自赏、恬淡一世，为多情的词人骚客们提供了无穷无尽的愁思。我这人逸世不群，特立独行，以至于像沈约那样抑郁终日，渐渐消瘦，这种忧伤的情怀，不知梅花知道不知道。

这是一首咏梅词。词人在赞赏梅花飘逸脱俗的风骨时，又隐隐带有一种不甘寂寞、渴望被人赏识的愿望，“何况江头路”与“试问花知否”两句便明显地反映了这种情绪。

三台　清明应制[1]

万俟咏

见梨花初带夜月，海棠半含朝雨。内苑春、不禁过青门，御沟涨、潜通南浦。东风静，细柳垂金缕。望凤阙[2]非烟非雾。好时代、朝野多欢，遍九陌[3]、太平箫鼓。

乍莺儿百啭断续，燕子飞来飞去。近绿水、台榭映秋千，斗草[4]聚、双双游女。饧[5]香更、酒冷踏青路，会暗识、夭桃[6]朱户。向晚骤、宝马雕鞍，醉襟惹、乱花飞絮。

正轻寒轻暖漏永，半阴半晴云暮。禁火天、已是试新妆，岁华到、三分佳处。清明看、汉蜡传宫炬，散翠烟、飞入槐府。敛兵卫、阊阖门[7]开，住传宣、又还休务[8]。

※ 注释

1 应制：应皇上之命而作。2 凤阙：这里指皇宫。3 九陌：这里泛指都城中的大路。

4 斗草：古代的一种游戏，又称“斗百草”，采集各种花草比赛优劣多寡，常行于端午。5 饧（táng）：麦芽糖。6 夭桃：喻指美丽的女子。7 阊阖（chāng hé）门：京都城门，这里指皇宫的正门。8 休务：停止办公，官员放假。

※ 新解

梨花刚刚开放，一片洁白清雅的景象，好像还带着昨夜朦胧的月色。海棠花开，娇艳鲜红，盛如织锦，清晨的雨滴还残留在枝叶上。春光越过重重宫门，使皇宫内苑春意盎然。御河里绿波荡漾，新涨的春水连接着宫外的河道，将皇宫中的春意传到了每一处水边。东风好像是故意停止了吹拂，想让这明媚的春光永驻人间。杨柳婀娜多姿，静静地垂着金黄色的柳丝，倒映在水汽弥漫的河面上，远远望去，整座皇宫就像烟雾笼罩着的仙境。在这美好的时代，朝野上下，到处都沉浸在一片欢乐祥和的气氛中。大街小巷，箫笛悠扬，鼓声阵阵，到处都是喜庆平安的欢歌笑语。

黄莺在树林里啼鸣，燕子在田野上穿梭。碧绿的河水平静得像一面镜子，倒映着河边的亭台楼榭，倒映着飘荡的秋千。游春的佳人们正在嬉笑追逐，玩着斗草的游戏。在这寒食节赏春的日子里，我也带着香喷喷的麦芽糖粥和清醇的美酒去郊外踏青，见如此美丽可爱的佳人，不由暗暗记下了她们所在的那扇朱漆门户，以便日后找她们约会。晚上，醉意醺醺的我骑着那匹装饰华丽的骏马，飞快地在回城的路上奔驰，衣襟上也沾满了落花和柳絮。

寒食节当天，天气乍暖还寒，似阴又晴。这一天有禁火的习俗，佳人们都忙着尝试新妆、踏青游春。每年一到这个节日，就会自然而然地出现三分妩媚的景色。到清明节那天，更是可以观赏特赦赐火、飞马传烛的传统景观，这些承蒙皇恩赐给的烛火，散发着翠碧的烟雾，一一飞入了公卿贵人的府第。这一天，宫门大开，皇宫门口也设有戒备森严的卫兵；朝廷那天会停止传呼宣召，文武百官都可以安心地享受这难得的休假。

因为这首词为应制之作，所以词中不免充斥着歌功颂德、粉饰太平的阿谀之词。不过，如果细细品味，仍然能看出词人善于造境写景、精通音律之处。

二郎神

徐伸

闷来弹鹊[1]，又搅碎、一帘花影。漫试著春衫，还思纤手，熏彻金猊[2]烬冷。动是愁端[3]如何向？但怪得新来多病。嗟旧日沈腰[4]，如今潘鬓，怎堪临镜？

重省，别时泪湿，罗衣犹凝。料为我厌厌，日高慵起，长托春酲[5]未醒。雁足不来，马蹄难驻，门掩一庭芳景。空伫立，尽日阑干，倚遍昼长人静。

※ 注释

1 弹鹊：用弹弓把喜鹊赶走。2 金猊（ní）：香炉。3 动是愁端：触动处，尽是愁端。4 沈腰：《梁书·沈约传》载沈约与徐勉书："老病百日数旬，革带常应移孔。"指人瘦得极快。此处"沈腰"即指日益变瘦的腰。5 春酲（chéng）：春日病酒，因醉酒而神志不清。酲，病酒。

※ 新解

我心里烦闷至极，可是喜鹊却偏要叽叽喳喳地假传喜讯，真是讨厌极了，我忍不住用弹弓把它赶走，可是弹丸却搅碎了满帘的花影，见此情景，我又平添了许多惆怅。随意试穿了一件春衣，不由得想起了她那双纤细灵巧的手。就是那双手，曾经多次为我熏衣，每次都要熏到香炉里的香料燃尽，炉火冷却为止。现在她不在我的身边，可是凡触动处，都有她的身影，引发我的愁绪，我该怎么办？难怪我近来老是生病。现在的我愁病交加，仍然像过去一样日渐消瘦，再加上鬓发也开始斑白了，这叫我怎么敢面对镜子呢？

当初离别的时候，她伤心的泪水滴湿了罗衫，估计到现在还留有泪痕吧？她精神萎靡不振，就像生了病一样，这全都是因为思念我。太阳都已经升得很高了，可她还慵懒得不愿意起床。幽恨与愁思相交织，她只能借酒浇愁，把一切无法向人诉说的病愁慵懒，以春饮醉酒未醒来掩饰。她无时无刻不在盼望着我的消息，可传递书信的鸿雁却不知道在哪里，始终不见踪影。她肯定希望我有一天会突然出现在她的身边，然而，至今都没有马蹄声在门前留驻。她也只能将庭院大门紧紧关闭，掩藏起满园春色。她伫立在栏杆边上，凝望远方，痴痴地等待着我的归来，从早到晚，倚遍了所有的栏杆，脑海中幻想着我会在哪一个方向上出现，可谁知，这漫长的一天，四周竟空寂得听不到一点人声。

词人通过此词，倾吐了自己对侍妾的真挚情感。"闷来弹鹊"，反映出了作者极度烦闷的心理。

江神子慢

田为

玉台[1]挂秋月，铅素浅[2]、梅花传[3]香雪。冰姿洁，金莲衬、小小凌波罗袜。雨初歇，楼外孤鸿声渐远，远山外、行人音信绝。此恨对语犹难，那堪更寄书说。

教人红消翠减，觉衣宽金缕，都为轻别。太情切，销魂处、画角黄昏时节。声呜咽。落尽庭花春去也，银蟾[4]迥、无情圆又缺。恨伊不似余香，惹鸳鸯结。

※ 注释

1 玉台：传说中天帝居住的地方。2 铅素浅：指淡施脂粉。3 传：抹。4 银蟾：指月亮。

※ 新解

她那姣好的容颜就像一轮悬挂在天庭上的明净透彻的秋月，光洁的肌肤上淡施脂粉，就像在梅花上均匀地涂上了一层雪粉。她身姿优美，有如冰玉一般高雅素洁；她步态轻盈，宛如凌波仙子，仿佛每走一步，小巧的脚下都会生出金莲。一场春雨过后，小楼外，孤鸿的哀鸣声渐渐远去，还是没有带来任何音信。难道远在千山万水之外的他，真的就这么一走了之，杳无音信了？这种沉痛的离愁别恨，就算是面对面也很难尽情倾诉，何况千里迢迢让他寄封书信，诉说分别的痛苦，就更是难上加难了。

当初太轻易地就让他离开了，以至于她思念太深切了，肌肤消瘦，容颜憔悴，往日的衣服都已经显得肥大了。这种情意实在太深切了，黄昏时分远处传来呜咽悲鸣的号角声，更让人断肠销魂。不知不觉又送走了一个春天，院子里的花朵也已经凋谢殆尽了。天空中的月亮圆了又缺，缺了又圆，全然不顾人间的悲欢离合。可恨啊！他连那凋落的残花都不如。残花的余香沾染在鸳鸯结上，多多少少还能滞留身上几天，可他离去之后，就再也没有了音信。

这是一首描写离情相思的词。思妇久久盼望意中人的音信，可一再失望，心中自然生出无限的幽怨。为了自我安慰，却说“此恨对语犹难，那堪更寄书说”。这样反而更让人觉得思念之切。

菩萨蛮

陈克

赤阑桥尽香街直，笼街细柳娇无力[1]。金碧上青空，花晴帘影红。
黄衫[2]飞白马，日日青楼[3]下。醉眼不逢人，午香吹暗尘[4]。

※ 注释

1 娇无力：原指女子娇媚柔弱的姿态，这里是用拟人的修辞手法形容杨柳。2 黄衫：隋唐时少年华贵的服装，这里借指纨绔子弟。3 青楼：指妓院。4 “午香”句：本句化用李白《古风》二十四：“大车扬飞尘，亭午暗阡陌。”写贵族公子策马飞驰的气势。

※ 新解

桥上是朱红色的栏杆，过桥便是笔直的大街，大街上处处飘香。街道两旁的柳树高大茂密，柳枝随风飘摆。大街两旁金碧辉煌的高楼直上云天，在晴天丽日下，映着帘影的花儿一片火红。

身着黄衫的公子哥骑着白马，天天都到青楼妓馆厮混。他们醉眼惺忪，骑着马旁若无人地在街上横冲直撞，马蹄掀起的尘土还夹杂着正午的花香。

这首词是当时都市繁华景象的即景之一。作者描绘了一个醉生梦死的环境，讽刺贵族公子的淫靡和骄横。所谓贵族，就是占据统治地位的那些人，他们的堕落和骄横，正是一个社会走向衰亡的征兆，古往今来皆是如此。

菩萨蛮

绿芜[1]墙绕青苔院，中庭日淡芭蕉卷。蝴蝶上阶飞，烘帘[2]自在垂。
玉钩双语燕，宝甃[3]杨花转。几处簸钱[4]声，绿窗春睡轻。

※ 注释

1 芜：草长得多而乱，此指丛生的杂草。2 烘帘：俗称“暖帘”，用以遮掩和防风寒。3 甃（zhòu）：瓦沟。4 簸钱：一种掷钱作赌的游戏。

※ 新解

庭院长满了青苔，四周的围墙也爬满了杂草。阳光懒洋洋地照在庭院中，芭蕉叶也悠闲地打着卷儿。蝴蝶在空寂无人的石阶上自由地飞舞，阶前的帘幕也安闲地低垂着。

停在帘钩上的燕子在低声地交谈着什么，旋舞的杨花点点飘落于瓦沟中。几处传来少女作簸钱游戏的嬉笑声，绿窗里的佳人正做着淡淡的春梦。

墙上爬满杂草，院里长满青苔，可见人迹罕至；蝴蝶阶上飞，可见走廊无人；帘儿自在垂，可见主人未起；杨花无声飘落、燕子低语呢喃、簸钱嬉戏之声更衬托出小院的寂静幽闭。若非内心恬静、洞悉禅机的高人，断难营造出这样“闲”而不“愁”的心灵小院。此篇不同于凡夫俗子的刻意伤春，或“为赋新词强说愁”，此乃别有一番风味。

宴山亭　北行见杏花

赵佶

裁剪冰绡[1]，轻叠数重，淡著胭脂匀注。新样靓妆，艳溢香融，羞杀蕊珠宫[2]女。易得凋零，更多少、无情风雨。愁苦，问院落凄凉，几番春暮？

凭寄离恨重重，者双燕何曾，会[3]人言语？天遥地远，万水千山，知他故宫何处？怎不思量？除梦里有时曾去。无据，和[4]梦也新来不做。

※ 注释

1 冰绡：洁白的丝绸。此处指花瓣。2 蕊珠宫：道教所指的天上宫阙。3 会：理解。4 和：连。

※ 新解

杏花盛开，犹如一沓沓冰清玉洁的丝绸。在巧手裁剪之后，变成了重重花瓣，还晕染上了淡淡的胭脂。朵朵鲜花就像打扮入时的美女，光艳照人，香气扑鼻，恐怕连天上仙宫里的仙女也自叹不如吧！然而，这杏花虽美，却是那么容易凋零，在几番风雨洗礼之后，便花谢枝空，落红满地了。美景已随春光逝去，庭院里是那么的凄凉空寂，使人不禁增添了几分愁苦。

这双燕如果能向故国带去我无限的离恨，该多好啊！可是，它们怎么能够理解和传达我心中的万语千言？如今身为阶下囚，被别人驱赶着向北行去，路途遥远，跋山涉水，蓦然回首，遥望南方，何处才是我的故宫？我深深地怀恋着故国，可只能在梦中偶尔回到汴京旧地。我也明白梦中的一切都是虚幻缥缈的，然而最近几天，我就连这虚幻缥缈的梦也做不出来了。

宋徽宗赵佶知乐能词，工书善画，在历代帝王中也是屈指可数的才子，然而，在政治上，他却是个昏庸的亡国之君。这首词是他在被俘后北行途中见路旁盛开着的如火的杏花，有所触动而作。

透碧霄

查荎

舣兰舟[1]，十分端是[2]载离愁。练波[3]送远，屏山遮断，此去难留。相从争奈，心期久要[4]，屡变霜秋。叹人生、杳似萍浮。又翻成轻别，都将深恨，付与东流。

想斜阳影里，寒烟明处，双桨去悠悠。爱渚梅、幽香动，须采撷，倩纤柔。艳歌粲发[5]，谁传余韵，来说仙游。念故人、留此遐州[6]。但春风老后，秋月圆时，独倚江楼。

※ 注释

1 舣兰舟：使兰舟靠岸。2 端是：真是。3 练波：白色的水波。4 久要：旧约。5 粲发：启齿歌唱。6 遐州：偏僻、边远的地方。

※ 新解

一叶扁舟已经靠岸，船上所载的全都是说不尽、道不完的离愁别恨。清澈明净的江水就像白色的绸带一样，快速地把行船送向遥远的天边。远山连绵起伏，就像曲折的屏风一样，无情地遮住了送行人的目光。他这次是决意离去了，实在难以挽留。无奈不能与他相随，我心中一直记挂着旧约，不料转眼就过去了好几个春秋。可叹人的一生就像水面上的浮萍一样，不知会飘流到多远的地方。也不知何时又会面对新的离别，深深的离愁别恨，全都付与了滔滔东去的流水。

夕阳西斜，估计小船现在已经悠悠地驶到了烟雾单薄的江面开阔之处了吧？他最喜爱江边的梅花了，等到明年梅花幽香浮动的时候，一定要采撷一枝送给他，向他报告此地的春意。我们曾经一起高声歌唱艳歌，今后谁还会像他一样，能把这首歌唱得如此高亢悠扬、余韵袅袅呢？但愿他还能想起在这荒远的地方，还有他曾经的一个老朋友。每年春花谢后、秋月圆时，都会有一个人倚靠在西楼的栏杆上，深情地怀念着他。

这首词写离愁别恨。词人对人生的飘浮不定感到无可奈何，在述说朋友之间眷恋的情意时，深沉含蓄，意境独特。

鹧鸪天

周紫芝

一点残釭[1]欲尽时，乍凉秋气满屏帏。梧桐叶上三更雨，叶叶声声是别离。

调宝瑟[2]，拨金猊[3]，那时同唱《鹧鸪词》[4]。如今风雨西楼夜，不听清歌也泪垂。

※ 注释

1 釭：灯。2 宝瑟：指琴。3 金猊（ní）：香炉。4 鹧鸪词：指歌唱男女爱情的词曲。

※ 新解

一盏孤灯已经耗尽了灯油，马上就要熄灭了。虽然还是乍寒初凉时节，但秋天凄清肃杀的气氛已经充满了整个画屏帷幕之间。夜深人静，稀疏的雨点不断地敲打在梧桐树叶上，每一片树叶上的每一滴雨声，仿佛都在泣诉着离愁。

当年我们曾经并肩而坐，她轻轻地调拨着琴弦，而我则在香炉里燃上一柱薰香。我们一起唱那深情的《鹧鸪词》，真是好温馨啊！如今，我独居西楼，在这样一个风雨交加的寒夜里，即使不听清婉哀怨的歌曲，我也会泪流不止。

这是一首秋夜怀人的词。全词没有华丽词语的雕琢，却做到了情景相生。该词所写的情事和格调，与晏几道的词有异曲同工之处。

踏莎行

情似游丝[1]，人如飞絮，泪珠阁定[2]空相觑。一溪烟柳万丝垂，无因系得兰舟住。

雁过斜阳，草迷烟渚[3]，如今已是愁无数。明朝且做莫思量，如何过得今宵去？

※ 注释

1 游丝：指细长柔软的柳枝。2 阁定：静止不动。阁，同“搁”，停住。3 烟渚：烟雾缭绕的水中小洲。

※ 新解

马上就要分别了，深深的情意就像万缕游丝一样缠绵，但是人却将要远行，就像那飞扬的柳絮，随风漂泊，居无定所。我俩的眼里都噙满了泪水，彼此默默地注视着对方，一言不发。潺潺溪水轻轻流淌，岸边杨柳成荫，千万缕轻柔的柳丝低垂到水面上，在微风中轻轻摇摆，然而，竟没有一缕柳丝能将远行的兰舟系住。

一群鸿雁在余晖里向遥远的天边飞去，洲渚上，烟雾蒙蒙，草色青青，凄清而迷离。这样的情景，让我不禁愁思无限。先不去考虑明天该怎么办，还是想象今天晚上怎样才能消遣过去吧。

周紫芝的词语言浅近，风格清丽，自成一体，有很多可取之处。这首词描写春天一对恋人依依惜别，想用柳丝系住兰舟，这种想象可谓新颖独到。在抒发别后之愁的时候，含蓄蕴藉，余意不尽。

烛影摇红　题安陆浮云楼

廖世美

霭霭春空，画楼森耸凌云渚[1]。紫薇[2]登览最关情，绝妙夸能赋。惆怅相思迟暮，记当日、朱阑共语。塞鸿难问，岸柳何穷，别愁纷絮。

催促年光，旧来流水知何处？断肠何必更残阳，极目伤平楚[3]。晚霁[4]波声带雨，悄无人、舟横野渡。数峰江上，芳草天涯，参差烟树。

※ 注释

1 云渚：指天河，银河。2 紫薇：星宿名，位于北斗星东北方。这里指唐代诗人杜牧。唐代称中书省为紫薇，杜牧曾任中书舍人，人称“杜紫薇”。3 平楚：平旷辽阔的楚中大地。4 晚霁：晚晴。

※ 新解

春天，天空中聚集着浓密的云气，雕梁画栋高高耸立，直插云天。登高望远很容易触动人的情感，当年杜牧就是在这个地方登高望远，写下了为人传诵的佳句，真不愧为“登高能赋”的才子。夜幕降临的时候，我登上高楼，凭栏远眺，无限的惆怅相思之情顿时涌上心头。想当年，你我一起倚靠在漆着红漆的栏杆前，促膝交谈，欢声笑语，好不温馨。可是自从分别之后，便如孤鸿一般，一去无踪，难觅音信。我的相思就像岸边无尽的柳树和漫天飞舞的柳絮一样，绵绵无穷。

岁月像流水一样逝去，一去不复返，不知已经流到了何处。我独自登楼，极目远眺，只见芳草萋萋，楚地平旷。渺渺归路，本来就够令人神伤的了，何必再增加一抹残阳？岂不是在人悲痛欲绝的心上再平添一分悲凉凄怆吗？夜晚下起了阵雨，江涛声与雨声和在一起，渡口静悄悄的，空无一人，只有一叶扁舟斜漂在荒凉的江边。等到雨过天晴的时候，只见江上耸立着几座青翠的山峰，碧绿的芳草一直延伸到天边；江岸上，参差错落的柳树笼罩在一片雾霭之中。

这首词中运用杜牧诗句极多，但作者能做到承袭熔裁，巧妙恰当，所用诗句都熨帖自然，不着痕迹，从而为自己的词作添色不少。

如梦令

李清照

昨夜雨疏风骤[1]，浓睡不消残酒。试问卷帘人[2]，却道海棠依旧。知否？知否？应是绿肥红瘦[3]。

※ 注释

1 骤：迅疾。如柳永《雨霖铃》“骤雨初歇”。2 卷帘人：站在窗口卷帘子的侍女。3 绿肥红瘦：形容叶繁花少。绿肥，绿叶茂盛。红瘦，红花稀少。

※ 新解

昨夜凄苦的晚风中，稀疏地飘着雨，我一夜睡得很沉，但早上醒来，依然酒意未消。我问卷帘的侍女，窗外的海棠怎么样了？侍女答说海棠依旧开放，我听后不以为然，对侍女说：“你知道吗？海棠的叶儿浸泡了一夜的雨水，应该更加肥大，而海棠花瓣在风雨之后应该凋落了不少，更显清瘦。”

“绿肥红瘦”写春末夏初雨后的海棠，惟妙惟肖，也反映出词人惜花的心情，“浓睡不消残酒”含蓄地表达了词人伤春的惆怅。

凤凰台上忆吹箫

香冷金猊[1]，被翻红浪，起来慵自[2]梳头。任宝奁[3]尘满，日上帘钩。生怕离怀别苦，多少事、欲说还休。新来瘦，非干[4]病酒[5]，不是悲秋。

休休，者回去也，千万遍《阳关》[6]，也则[7]难留。念武陵人远[8]，烟锁秦楼。惟有楼前流水，应念我、终日凝眸。凝眸处，从今又添，一段新愁。

※ 注释

1 金猊：铜制狮形香炉。猊，也称“狻猊”，即狮子。2 慵自：懒自。3 宝奁：华贵的梳妆匣。奁，古代盛梳妆用品的匣子。4 非干：不关。5 病酒：因饮酒过多，沉醉如病。6《阳关》：即《阳关曲》，送别的歌。7 也则：依然。8 武陵人远：典出陶渊明《桃花源记》。此处借指爱人去了遥远的地方。

※ 新解

金狮香炉里的香已经熄灭了，灰烬也冷了，一夜辗转反侧，锦被如同波浪一样翻卷。早晨起来无精打采，懒得梳妆，任凭梳妆盒上布满灰尘，也不理会日头已高，阳光照在了帘钩上。最怕那离别的痛苦，多少话欲言又止。近来，我日渐消瘦，不过既不是因为饮酒过多，也不是逢秋生悲。

算了吧！夫君这次离家远行，即使我将《阳关曲》弹上千万次，也难将你留下。如今，你就像五柳先生文中的武陵渔人去了世外桃源，留下我独守这烟雾笼罩的空楼。也许只有楼前的流水同情我终日凝视远方。可是，总是不见郎君的归影，只是旧愁上又添了一段新愁。

古诗词中描述闺中少妇离怀别苦之作不可胜数，然尤以此词最为人称道，因为李清照本是新婚少妇，所以该词写得真实、缠绵，柔肠百转。该词用语通俗，如“惟有”和“凝眸”两句，却表达了极为真挚的情感，语言应用之妙，堪称唐宋词中上乘，李清照不愧为语言大师。

醉花阴

薄雾浓云愁永昼[1]，瑞脑[2]消金兽[3]。佳节又重阳，玉枕纱厨[4]，半夜凉初透。

东篱[5]把酒黄昏后，有暗香盈袖。莫道不消魂？帘卷西风，人比黄花[6]瘦。

※ 注释

1 永昼：整天。2 瑞脑：一种香料。3 金兽：兽形的铜香炉。4 纱厨：纱帐，在长方的木架上罩上纱罗以避蚊蝇。5 东篱：指种菊花的园地。6 黄花：菊花。

※ 新解

时值重阳佳节，四周笼罩着稀薄的雾气，空中堆积着厚厚的云层，天气十分阴沉，让人整天都觉得愁闷。铜香炉里的瑞脑香已经烧尽了，夜已经深了。睡在碧纱厨，枕着瓷枕头，半夜醒来，觉得有些凉。

想起今日黄昏时，坐在菊花的幽香之中，饮酒赏花。别说忧愁不伤身啊！西风吹起帘子时，你可见屋里伊人比那东篱的菊花还瘦？

重阳佳节，饮酒赏菊，本是雅事一桩。词人为何如此愁闷，原来是思念她的夫君。"半夜凉初透"，岂只因为秋凉，词人用词婉曲，暗示了孤枕之冷，思夫之情。那个"比黄花瘦"的绝世才女分明是一个"为君消得人憔悴"的痴情女子。"听得道一声'去也'，松了金钏；遥望见十里长亭，减了玉肌"，世间痴情女岂独有崔莺莺？

声声慢

寻寻觅觅，冷冷清清，凄凄惨惨戚戚。乍暖还寒[1]时候，最难将息[2]。三杯两盏淡酒，怎敌他、晚来风急。雁过也，最伤心，却是旧时相识。

满地黄花堆积，憔悴损、如今有谁堪摘[3]。守着窗儿，独自怎生得黑[4]？梧桐更兼细雨，到黄昏、点点滴滴。这次第[5]，怎一个、愁字了得[6]。

※ 注释

1 乍暖还寒：时而暖和，时而寒冷。指初春天气忽冷忽热。2 将息：排遣调息，休养。3 有谁堪摘：犹言无甚可摘，一说"有谁堪与共摘"。谁，何，承上文，指花。4 怎生得黑：怎样才能挨到天黑。5 这次第：犹言这般光景。6 了得：怎能包含得了。

※ 新解

我能到哪里去寻求安慰呢？周围景物都是冷清萧索，我满怀悲苦，无限凄凉。在这时暖时寒的日子，身体最难以将息。饮下两三杯淡淡的酒，也抵不住晚风的寒冷。看见大雁飞过，更使我心里悲伤，因为它是我以往的相识。

飘零的菊花堆满了一地，都已枯萎，没有一朵值得采摘。我伫立窗前，不知一个人怎样才能捱到天黑。到了黄昏时分，细雨点点滴滴地打在梧桐叶上。此情此景，怎是一个"愁"字可以包含得了的？

作者通过冷清萧索的环境描写，表达了亡国之痛、孀居之悲、沦落之苦。在艺术上，此词颇多独到之处，尤其是作者创造性地运用了这么多的叠字，犹如"大珠小珠落玉盘"。开头连用十四个叠字，表现出作者痛定思痛时"忧从中来，不可断绝"的心理。

念奴娇

萧条庭院，又斜风细雨，重门须闭。宠柳娇花寒食近，种种恼人天气。险韵诗[1]成，扶头酒[2]醒，别是闲滋味。征鸿[3]过尽，万千心事难寄。

楼上几日春寒，帘垂四面，玉阑干慵倚。被冷香消新梦觉，不许愁人不起。清露晨流，新桐初引[4]，多少游春意。日高烟敛，更[5]看今日晴未。

※ 注释

1 险韵诗：以生僻字押韵的诗。2 扶头酒：一种烈性的酒，使人一饮即沉沉大醉。如贺铸《南乡子》："易醉扶头酒，难逢敌手棋。" 3 征鸿：飞翔的鸿雁。4 "清露晨流"二句：清晨时的露水仿佛在滴流，梧桐树抽出了新芽。5 更：再。

※ 新解

庭院里冷冷清清，偏又是斜风细雨，看来这样的天气出去游春赏景是不可行了，只得独锁深闺，将重重门窗紧闭。寒食节将近，柳色青青花儿娇媚，可是这风雨天气实在恼人。我以用生僻字押韵的诗解闷，借一饮就醉的酒来浇愁，但诗成酒醒后，依然百无聊赖。远行的鸿雁都已经飞过，我万千心事无法寄给远人。

这几日楼上春寒冷冽，我垂下了房间四面的帘幕，心情沉郁，懒得走动，不再去倚栏观望。孤枕独眠，好梦初醒，觉得一身清冷，炉中的香已经烧尽了，时间也不早了，不容我这愁苦不堪的人儿安眠不起。起来看见花瓣上晨露晶莹欲滴，梧桐也长出了新叶，这使我大有兴致游春去。太阳已经升高，烟雾已经散去，不知今儿是否真的放晴。

此词作于词人丈夫外任，自己独处家中思念丈夫，打算游春遣闷。《词综偶评》说此词"有句无章"实为中肯，"险韵"一句于上下文连贯得不够顺畅，而"宠柳娇花""清露晨流，新桐初引"新颖清丽，堪称妙句。

永遇乐

落日镕金[1]，暮云合璧，人在何处？染柳烟浓，吹梅笛怨[2]，春意知几许？元宵佳节，融和天气，次第[3]岂无风雨。来相召、香车宝马，谢他酒朋诗侣。

中州盛日，闺门多暇，记得偏重三五[4]。铺翠冠儿，捻金雪柳，簇带[5]争济楚[6]。如今憔悴，风鬟雾鬓[7]，怕见夜间出去。不如向帘儿底下，听人笑语。

※ 注释

1 落日镕金：形容落日之光犹如金熔化般璀璨夺目。2 吹梅笛怨：笛子吹出来的《梅花落》曲调幽怨。3 次第：转眼间。4 三五：指阴历正月十五元宵节。宋以元宵节为重要节日，故云。5 簇带：插戴装饰品。6 济楚：整齐，漂亮。7 风鬟雾鬓：头发蓬松散乱的样子。

※ 新解

夕阳好像熔化了的金子一样璀璨夺目，暮云弥漫，如璧玉相合。天色已晚，但我的夫君在什么地方呢？眼前杨柳茂盛，春梅盛开，春意不知又增添了几许。元宵佳节又至，天气融和宜人，可谁能保证这光景不会转瞬即变？虽然有酒朋诗友的华美车马来接我去赏灯，但我谢绝了他们的邀请。

想起当年汴京繁华的时候，闲暇无事的妇女们特别重视正月十五元宵节。那时妇女们戴着镶有翡翠珠玉的帽子和用金线捻丝的雪柳，头上的装饰众多，比赛谁穿戴得更整齐漂亮。而如今，我的容颜憔悴、鬟髻蓬松、鬓发斑白，怕在元宵节这天夜间出去。自己心情不好，又是这副模样，与其出门献丑，不如独自一人，在帘儿底下，听着别人的欢声笑语。

此词作于李清照晚年。宋时每逢元宵节，热闹非常。此词写元宵节的今昔不同，对比鲜明。刘辰翁说："诵易安《永遇乐》，为之涕下。"正是因为今昔对比，易引起南宋臣民故国之思。国破家亡，孀居独处，如今只能在"帘儿底下，听人笑语"了。

浣溪沙

髻[1]子伤春慵更梳，晚风庭院落梅初，淡云来往月疏疏。
玉鸭[2]熏炉闲瑞脑，朱樱斗帐掩流苏，遗犀还解辟寒无[3]？

※ 注释

1 髻：盘在头顶或脑后的发结。2 玉鸭：又称宝鸭，是香炉的美称，多睡形，故又称睡鸭。3 遗犀还解辟寒无：据《开元天宝遗事》载，开元二年冬至，交趾国进犀一株，色如黄金，置于殿上，暖气袭人。因此称避寒犀。

※ 新解

傍晚在庭院中，晚风吹来时，我看到梅花开始凋谢，春天就要归去了！天空中，淡云往来，月光也是稀稀疏疏的，一点儿也不清朗，让人打不起精神，我也懒得再梳理髻子。

玉鸭形的熏炉中，瑞脑香闲着没有燃烧，令人生寒。朱红色丝缕的小帐子被垂下的流苏遮掩，如此寒夜独眠，不知那避寒的遗犀可否避寒？

此词有人认为不是出自李清照。本词写的是一个独处女子的伤春闲愁，因花谢云淡而生春愁，独处闺中无人赏，晚妆也懒得化了。春寒料峭，独拥衾被，焉能不问“遗犀还解辟寒无？”

汉宫春

李邴

潇洒江梅，向竹梢疏处，横两三枝。东君[1]也不爱惜，雪压霜欺。无情燕子，怕春寒、轻失花期。却是有、年年塞雁，归来曾见开时。

清浅小溪如练，问玉堂[2]何似，茅舍疏篱？伤心故人去后，冷落新诗。微云淡月，对江天、分付他谁[3]。空自忆、清香未减，风流不在人知。

※ 注释

1 东君：指东方司春之神。2 玉堂：唐宋时翰林院的美称，这里指富丽的豪宅。3 分付他谁：把他托付给谁。意为有谁来欣赏。

※ 新解

江边的梅花在寒风中傲然挺立，飘逸脱俗。其中有两三个枝条横出来，伸向劲节挺拔的竹梢稀疏处。梅花与翠竹相映成趣，别具一番风韵。然而，这么美好的景色，春神却毫不爱惜，任凭严霜恶雪欺负、压迫它。无情无义的燕子，害怕初春时节的乍暖还寒，因此轻易地放弃了与梅花相聚的好时期。只有那塞北的鸿雁，年年岁岁、岁岁年年，总会在初春北归的时候，看望在霜雪中尽吐芬芳的梅花。

老朋友住在一条清浅的小溪边，那小溪就像白色缎带一样幽静高雅。溪边稀稀落落的篱笆围着一间山野茅屋，梅枝疏影横斜，自成风景，恐怕连豪门富宅、朱户玉堂都无法比拟。老朋友走了以后，我的新诗便无人共赏，佳句难觅知音，真是让人伤心。淡云飘浮，月色朦胧，面对空旷幽静的江水长天，谁会来欣赏这浮动的暗香呢？我独自伫立在梅树下，思念着远去的老朋友。其实他的品格像梅花一样，那淡淡的清香丝毫没有减少。他总是孤芳自赏，恬淡自守，而不需要得到世俗的认可。

这是一首咏梅词。词人借梅喻友言志，开拓了咏梅词的新意境。词情随着状摹梅花的形神之美而起伏跌宕，情真意挚，堪称咏梅词的上乘之作。

苏武慢

蔡伸

雁落平沙，烟笼寒水，古垒鸣笳声断。青山隐隐，败叶萧萧，天际暝鸦零乱。楼上黄昏，片帆千里归程，年华将晚。望碧云空暮[1]，佳人何处，梦魂俱远。

忆旧游、邃馆[2]朱扉，小园香径，尚想桃花人面。书盈锦轴，恨满金徽[3]，难写寸心幽怨。两地离愁，一尊芳酒凄凉，危阑倚遍。尽迟留[4]、凭仗西风，吹干泪眼。

※ 注释

1 碧云空暮：化用江淹《休上人怨别》："日暮碧云合，佳人殊未来。"2 邃馆：深院。3 金徽：这里代指琴。4 迟留：久留。

※ 新解

沙滩上渺无人烟，一群大雁栖息于此，秋江被浓浓烟霭所笼罩，寒气逼人。古垒中，悲鸣的胡笳声已经沉寂。隐隐约约的远山似有似无，秋叶已经枯黄，纷纷飘落，同时发出沙沙的响声。归巢的乌鸦在夕阳的残照中飞行，纷杂零乱。黄昏时分，登楼远眺，一叶孤帆正驶向千里归程。见此情景，不由得为自己年岁已暮却不能归乡而感到悲伤。遥望暮色中的天空，浮云朵朵，漂游不定，不知分别已久的佳人如今身在何方？我们之间远隔千山万水，虽然日夜思念，但是连梦中都难以相见。

回想旧日，我们一起出游伤春。当时的我们，时而携手相伴于深院朱门的豪宅里，时而漫步在百花飘香的庭院小径上，人面桃花，交相辉映。她一定也在思念我，为我写了许多轴深情的织锦书信吧？她的琴声里也一定充满了幽怨之音吧？即使是这样，也无法淋漓尽致地表达她内心的相思之恨。这深深的离愁别恨让我苦恼，我只能一个人孤独地倚靠在高楼的栏杆上借酒浇愁。久久地徘徊在栏杆旁，任凭清冷的西风将我酸楚的眼泪吹干。

这是一首抒发离愁别恨的词。作者在某个秋日黄昏登高望远，引发了深深的相思之情。作者先通过一系列极富秋天特征的景物，勾勒出一幅壮阔悲凉的意境，然后直抒离恨，缠绵而悲怆。

柳梢青

鶗鴂数声[1]，可怜又是、春归时节。满院东风，海棠铺绣，梨花飘雪。

丁香[2]露泣残枝，算未比、愁肠寸结。自是休文[3]，多情多感，不干风月。

※ 注释

1 鶗鴂：指杜鹃。2 丁香：因丁香花蕾丛生，故诗文中经常用来比喻愁结难解。3 休文：指南朝梁人沈约，字休文，因不得朝廷重用而郁结成病，日益消瘦。

※ 新解

春天就在杜鹃的声声啼鸣中悄然逝去了，实在是让人觉得可惜。庭院里，春风吹拂，海棠花竞相开放，争奇斗艳，就像铺展开了一幅美丽的绣锦；梨花盛开，风姿绰约，洁白如雪，好像瑞雪飘然落地。

丁香枝头上一颗颗的露珠晶莹透亮，仿佛人们惜春的眼泪；残剩的花蕾郁结成丛，也比不上我悲苦的愁肠抑郁难解。我和沈约一样多愁善感，只因壮志难酬，让我平添几分哀愁，跟花鸟风月没有任何关系。

这是一首伤春惜春之词。蔡伸身逢两宋之交的乱世，一心想报国安民，无奈当时苟安求和派甚嚣尘上，词人因此壮志难酬，只得诗酒唱和，诉诸笔墨。

临江仙

陈与义

高咏《楚词》[1]酬午日[2]，天涯节序匆匆。榴花不似舞裙红，无人知此意，歌罢满帘风。

万事一身伤老矣，戎葵[3]凝笑墙东。酒杯深浅去年同，试浇桥下水，今夕到湘中[4]。

※ 注释

1 楚词：即《楚辞》。2 午日：指阴历五月初五端午节。3 戎葵：蜀葵，一种植物名。4 湘中：指湖南一带。

※ 新解

在这个端午节，我只能以长歌《楚辞》来抒发自己的悲怀，现在沦落他乡，顿觉季节更迭频繁，时光流逝得太快了。石榴花此时已经火红如焰，但无论怎么看，我都觉得不如洛阳美人的舞裙更加鲜艳夺目。这番心意谁人知晓？我高歌唱罢《楚辞》，顿觉慷慨激昂之风四起，鼓动着帘幕飘扬飞舞。

国事、家事、个人身世，太多的事情让我感叹；虽然我已经年老，但我还是像墙东的蜀葵一样，永远迎着太阳展开笑容。值得庆幸的是，杯中之酒还和去年一样满，证明我的酒量不减当年，仍然可以为国效力。我将杯中酒浇洒在桥下的江水里，以此来表达我对屈原的虔诚吊祭和真挚怀念。今晚这酒就会流到汨罗江中。

作者作此词时正值金兵入汴，高宗南迁的乱世，而且恰逢五月初五端午节，因此，词人作此词凭吊屈原，直抒迟暮的悲怀和忧国的情思。奠酒入水，流向湘中，明吊屈原，实是表示自己想效法前贤，报国之心不变。

临江仙　夜登小阁忆洛中旧游

忆昔午桥[1]桥上饮，坐中多是豪英。长沟[2]流月去无声，杏花疏影里，吹笛到天明。

二十余年如一梦，此身虽在堪惊。闲登小阁看新晴，古今多少事，渔唱起三更。

※ 注释

1 午桥：桥名。《大清一统志·河南府》：“午桥在洛阳县南十里。”2 长沟：即长河，河道。

※ 新解

回忆当年在午桥畅饮，在座的都是英雄豪杰。月光映在河面，随水悄悄流逝，在杏花的淡淡影子里，吹起竹笛直到天明。

二十多年的岁月仿佛一场春梦，我虽身在，回首往昔却胆战心惊。百无聊赖中登上小阁楼观看新雨初晴的景致，古往今来多少历史事迹，都让渔人在半夜里当歌来唱。

这首词是陈与义回忆自己 24 岁以前在故乡洛阳度过的青春岁月。他天资聪颖，幼年时就能作诗文，享有盛名。而他对年轻时的美好岁月到老不忘。词上阕追忆过去的美好时光：一群意气风发的少年豪杰，在午桥畅饮谈笑，作歌吹笛，各抒胸怀，是何等的慷慨激昂！

金军占领汴京后，陈与义辗转迁徙，经过艰苦的历程，才从广东来到偏安江南的南宋朝廷。二十多年后的今天，词人身在异乡，家国难回，能不痛彻心扉吗？所以他忍不住在下阕中感叹“此身虽在堪惊”。

贺新郎

李玉

篆缕消金鼎[1]，醉沉沉、庭阴转午，画堂人静。芳草王孙[2]知何处？惟有杨花糁[3]径。渐玉枕、腾腾[4]春醒，帘外残红春已透，镇无聊、殢酒[5]厌厌病。云鬟乱，未忺整[6]。

江南旧事休重省，遍天涯、寻消问息，断鸿难倩。月满西楼凭阑久，依旧归期未定。又只恐、瓶沉金井[7]。嘶骑不来银烛暗，枉教人、立尽梧桐影。谁伴我，对鸾镜。

※ 注释

1 篆缕消金鼎：铜炉里的香烟袅袅上升，盘旋缭绕，像篆字。篆缕，盘香的烟缕。2 王孙：古时对男子的尊称，有时也代指出门远行者。3 糁（sǎn）：飘散。4 腾腾：形容喝醉酒之后初醒时懒散的样子。5 殢（tì）酒：困酒，病酒。6 未忺 (xiān) 整：无意修整。忺，欲。7 瓶沉金井：比喻爱情破裂，永远分离。

※ 新解

铜炉里的香烟袅袅上升，像篆字般盘旋缭绕，此时也已经消散了。我独守空房，醉意蒙眬。中午已过，院子里的树荫已经开始向东偏斜了，华丽的厅堂里空无一人，静悄悄的。天地间，芳草绿茵茵的，春天眼看就要过去了，而我日思夜想的“王孙”，现在在哪里呢？窗外纷纷扬扬地飘着柳絮，一会儿工夫便铺满了院子里的小径。慢慢地从枕头上坐起来，酒醉已经醒了，可是身体还是懒懒的不想动。帘外，凋落的残花弄得遍地都是，在这暮春时节，更让人感到百般无聊。因此，整日饮酒无度，醉醺醺的，一副萎靡不振的样子，甚至连散乱蓬松的鬓发都懒得去梳理。

不要再提江南时那一段温馨美好的岁月了。曾经寻遍天涯海角，到处打探他的消息，可结果还是杳无音信。想给他捎去我满怀的思念，却又难以找到可以传情达意的鸿雁。皎洁的月光洒满大地，我独自登临西楼，久久地凭栏远眺，忍不住痴痴地胡思乱想。或许此时他正要回来，只是还没有最终确定具体的归期罢了。不过我担心这次的分别真的变成绳断瓶沉，银瓶永落井底。遥望明月，多么希望能听到他归来的马嘶声。然而，直到屋里的蜡烛快燃烧完了，仍然不见有人归来，我只好眼睁睁地看着明月西沉，梧桐树影一点点消失。我独守空闺，谁来陪伴我在妆镜前梳妆打扮呢？

这首词写闺中思念远人，情真意挚。女主人公自始至终都没有一言一语的埋怨，只是发自内心的倾诉，给人以和婉淳雅的感觉。

石州慢

张元幹

寒水依痕[1]，春意渐回，沙际烟阔。溪梅晴照生香，冷蕊数枝争发。天涯旧恨，试看几许消魂？长亭门外山重叠。不尽眼中青，是愁来时节。

情切，画楼深闭，想见东风，暗消肌雪[2]。孤负枕前云雨，尊前花月。心期切处，更有多少凄凉，殷勤留与归时说。到得再相逢，恰经年[3]离别。

※ 注释

1 寒水依痕：溪水尚寒，岸边冬日时的水痕依稀可见。2 暗消肌雪：指人渐渐消瘦。肌雪，肌肤白皙似雪。3 经年：整整一年。

※ 新解

溪水仍有几分寒意，岸边冬日时的水痕仍然依稀可见。春回大地，远处的沙洲上笼罩着浓浓的烟雾。溪边挺立着几棵梅树，疏落的枝条上绽放出朵朵花蕊，散发出淡淡的幽香。在天涯海角漂泊已久，昔日的离愁别恨涌上心头，不禁黯然神伤。从路旁的长亭门外望去，连绵起伏的青山层层叠叠，好似我心中无穷的离愁。春天竟是这样一个让人愁苦的季节。

难以割舍绵绵情思。她深居画楼闺房，思念着我，和煦的东风轻轻吹拂，不知不觉便消瘦憔悴了。曾经的枕畔云雨之欢，把盏共游花前月下之趣，如今都没有了，真是辜负了这大好春光啊！我殷切地期望回家与亲人相见时，能把这无限的孤独尽情地倾诉。然而，还要再过整整一年才是重逢之日。

这是一首描写晚年离乡思归之情的词。冬去春来，大地复苏，词人深深地思念着妻子，思念着家乡。张元幹是南宋抗战名臣李纲的行营属官，以报国为己任，却遭受秦桧的打击压制，愤懑之气充塞于胸，心中有话难言，因此借夫妇以言君臣，托香草美人以寓时事。

兰陵王

卷珠箔，朝雨轻阴乍阁[1]。阑干外、烟柳弄晴，芳草侵阶映红药。东风妒花恶，吹落梢头嫩萼。屏山掩、沉水[2]倦熏，中酒[3]心情怯杯勺。

寻思旧京洛[4]，正年少疏狂，歌笑迷著。障泥油壁催梳掠，曾驰道[5]同载，上林携手，灯夜[6]初过早共约，又争信漂泊。

寂寞，念行乐。甚粉淡衣襟，音断弦索，琼枝璧月春如昨。怅别后华表[7]，那回双鹤[8]。相思除是，向醉里、暂忘却。

※ 注释

1 乍阁：初停。阁，同"搁"，停。2 沉水：沉香，一种香料。3 中酒：嗜酒成病。4 旧京洛：指北宋都城汴京和西京洛阳。5 驰道：御道，皇帝经过的道路，此泛指车马行经的大道。6 灯夜：即元宵节。7 华表：设在桥梁、城垣或陵墓前作为标志和装饰的石柱。8 那回双鹤：《搜神记》载：辽东人丁令威，到灵虚山学道，后变成白鹤回辽东，停息在华表柱上。有少年举弓射他。鹤徘徊空中吟道："有鸟有鸟丁令威，去家千年今始归。城郭如故人民非，何不学仙冢累累！"

※ 新解

卷起珍珠帘，晨雨已停歇，天气晴朗。倚栏杆远望，轻烟中柳条随风飘拂，台阶上青草与绽放的芍药相辉映。春风嫉妒鲜花美，有意作恶，吹落桃李梢头浓艳的花瓣。屏风掩映，沉水香也懒得熏了，我因饮酒成病而害怕碰触酒杯。

回想往昔在汴京时，正当年少轻狂，莺歌燕笑令人着迷。车马齐备催我整装出发，曾经和美人同车在御道上飞驰，手拉着手共游上林苑。刚过了元宵节又定新游期，那时候怎会料到今天竟会如此动荡漂泊呢？

寂寞无聊，回想过去寻欢游乐。脂粉已消，香散尽，歌声断，乐声杳。花好月圆春光依旧。即便化鹤归去，又怎能见故国华表。美好的岁月，如今只能去醉里梦中寻找，以暂时忘却现实的处境。

此词借春愁抒发故国之思。第一阕写春天的美丽景象，抒发心中抑郁苦闷之情。第二阕回忆青年时代在汴京的美好岁月，但词人并没有沉迷于过去，仍清醒地认识到现实的苦难。第三阕今昔对比：花常开，月常圆，风光依旧，但世事已经发生了沧桑巨变，往日难再现。可以看出词人虽留恋过去的黄金岁月，但仍勇于面对现实。

薄　幸

吕滨老

青楼[1]春晚，昼寂寂、梳匀又懒。乍听得、鸦啼莺弄，惹起新愁无限。记年时[2]、偷掷春心，花间隔雾遥相见。便角枕[3]题诗，宝钗贳[4]酒，共醉青苔深院。

怎忘得、回廊下，携手处、花明月满。如今但暮雨，蜂愁蝶恨，小窗闲对芭蕉展。却谁拘管？尽无言闲品秦筝，泪满参差雁[5]。腰肢渐小，心与杨花共远。

※ 注释

1 青楼：这里指装饰华美的楼房，闺房。2 年时：那年。3 角枕：用兽角装饰或制作的枕头。4 贳（shì）酒：赊欠酒钱。贳，赊欠。5 参差雁：指筝柱。

※ 新解

晚春时节，那座华丽的闺房中静悄悄的，一位美丽的女子正无聊地对镜梳妆。猛然间，传来一阵鸟儿欢快的啼鸣声，这顿时引发了她无限的忧伤、惆怅之情。想当年，芳心暗许，专情于那个英俊的少年。两人彼此隔着薄雾缭绕的花丛遥相对视，羞涩得脸都红了。两情相悦，在角枕旁含情脉脉地赋诗题词。也曾用宝钗换酒，两人一同醉倒在遍地青苔的深宅大院里。那美好时刻，真是永生难忘。

怎么能够忘记，在那月光明媚、花香袭人的夜晚，两人携手漫步于回环曲折的廊庑下的美好情景。而如今，细雨蒙蒙，夜色昏暗，蜜蜂和蝴蝶平常看起来总是那么快乐，此时却也好像充满了忧愁怨恨。默默地站在小窗前，见芭蕉已经渐渐展开了它那硕大的叶片，而我却是愁绪满怀，难以疏解。此时此刻，谁会来关心、呵护我？默默无言地拨弄着秦筝，不知不觉，忧伤的眼泪已经洒满了参差排列的筝柱。我越来越憔悴，因为我的心早已随着飘舞的杨花，飞到了远方情人的身边。

这首词写出了一个少女对远方恋人的怀念之情。词人用秀婉媚丽的语言，表达了幽怨缠绵的情致，可谓描写男女恋情的上乘之作。

满江红

岳飞

怒发冲冠[1]，凭阑处、潇潇雨歇。抬望眼、仰天长啸，壮怀激烈。

三十功名尘与土[2]，八千里路云和月[3]。莫等闲、白了少年头，空悲切。

靖康耻[4]，犹未雪。臣子恨，何时灭。驾长车踏破、贺兰山缺。壮志饥餐胡虏肉，笑谈渴饮匈奴血[5]。待从头、收拾旧山河，朝天阙[6]。

※ 注释

1 怒发冲冠：言悲愤已极，发皆上指，似乎将冲去冠帽。2 三十功名尘与土：虽然建立了一些功业，但像尘土一样微不足道。3 八千里路云和月：转战几千里，披星戴月。4 靖康耻：指宋钦宗靖康二年（1127），汴京失守、中原沦陷，二帝被俘虏的奇耻大辱。5 "壮志"二句：表达对敌人的切齿痛恨。苏舜钦《吾闻》："马跃践胡肠，士渴饮胡血。"6 朝天阙：朝见皇帝。天阙，皇帝居住的地方。

※ 新解

愤怒填膺发冲冠，倚栏看骤雨初歇。抬头远望，禁不住仰天长叹，悲壮的情怀难以抑制。三十年所建功业如尘土，还要披星戴月转战万里。不要轻易抛弃青春岁月，空留得心怀悲悲切切。

靖康之耻至今未雪，心中的仇恨何时能平息。率重兵驾战车迅猛出击，将贺兰山踏成平地。心怀杀敌复国的宏愿，饿吃敌人肉，渴饮敌人血。让我从头来，驱逐敌寇整顿江山，到那时，再来朝见圣明的君主。

"直抵黄龙府，与诸君痛饮耳"，何等慷慨豪迈。这首词壮怀激烈，满怀忠愤，与岳飞的誓愿一样慷慨激昂。岳飞心怀对敌人的切齿痛恨，对君主的忠贞，对民族的责任，强烈渴求杀敌复国，驱逐胡虏，洗雪国耻。他把自己的卓著战功看作尘土一般微不足道，勉励自己不要虚度光阴，徒留遗憾。

不忘国耻，满怀食敌人肉、寝敌人皮的民族仇恨，以恢复中原、重整山河、为君分忧、为民酬愿为己任，这就是岳飞。这首词和诸葛亮的《出师表》一样，忠君报国之情溢于言表，抗敌救亡之愿永驻心间。

六州歌头

韩元吉

东风著意[1]，先上小桃枝。红粉腻，娇如醉，倚朱扉。记年时，隐映新妆面，临水岸，春将半，云日暖，斜桥转，夹城西。草软莎平，跋马[2]垂杨渡，玉勒争嘶。认蛾眉，凝笑脸，薄拂燕脂[3]，绣户曾窥，恨依依。

共携手处，香如雾，红随步，怨春迟。消瘦损，凭谁问？只花知，泪空垂。旧日堂前燕，和烟雨，又双飞。人自老，春长好，梦佳期。前度刘郎[4]，几许风流地，花也应悲。但茫茫暮霭，目断武陵溪[5]，往事难追。

※ 注释

1 著意：中意，有意。2 跋马：勒马，使马回转。这里指驰马。3 燕脂：即胭脂。4 前度刘郎：据刘义庆《幽明录》记载，东汉人刘晨、阮肇到天台山采药迷路遇到两仙女，被邀至仙女家中，半年后回家。后来二人重到天台寻找仙女，已杳然无迹。后世称去而复来者为“刘郎”。5 武陵溪：用陶渊明《桃花源记》典故。武陵渔人偶入桃花源，后迷失路径，无人能找到。

※ 新解

春天到了，东风好像对小桃情有独钟，正月里的时候，小桃就已经花满枝头了。那鲜艳的花朵有如浓施红粉、如娇似醉、斜倚朱门的美人。记得那一年，装扮一新的她来到岸边，与桃花相映成趣，隐隐相映于水中。当时是风和日丽的仲春时节，在夹城西面的斜桥转弯处，有一个沙草平软、垂杨依依的渡口。当时，我们几个好朋友骑着华丽的骏马，在那儿游春赏花，奔驰征逐。正是在那里，我第一次见到了她。当时她凝视着我，冲我嫣然一笑，姣好的面容，薄施脂粉，美艳极了。如今，我曾经经常去的她的住所，已经人去楼空了，这怎能不让我心生惆怅呢？

桃花瓣像雨雾一样纷纷飘落在我们昔日携手漫步的河岸上。满地的残花，在人走过之后随步翻飞。这暮春的景色怎能不让人心生怨恨？谁会来问我为什么竟如此消瘦憔悴？只有桃花知道我的泪水是为相思而流。旧日相识的燕子，现在又在春日的烟雨中双双飞翔，可我还是孤身一人。人已经老了，不过春天还是那么美好，我只能在梦中回到过去的美好时光了。东汉的刘晨重访当年曾经风流艳遇的旧地，而今我也像他一样，见我如此痴心，估计桃花也会为我伤悲。然而如今，我心中的这片桃花源，暮霭茫茫，将武陵溪水望遍，也无法找到我憧憬的往事踪迹。

韩元吉用《六州歌头》这一适于表达慷慨激越之情的词牌，写出了一首不折不扣的艳词，表达了他缠绵悱恻、低回往复的相思之情，真可谓出奇制胜。

好事近

汴京赐宴[1]，闻教坊乐有感。

凝碧旧池头，一听管弦凄切[2]。多少梨园[3]声在，总不堪华发。

杏花无处避春愁，也傍野烟[4]发。惟有御沟[5]声断，似知人呜咽。

※ 注释

1 赐宴：指招待南宋使者的宴会。2 “凝碧”二句：《唐诗纪事》记载，“安禄山大会凝碧池。梨园弟子唏嘘泣下。乐工雷海清掷乐器西向大恸，贼肢解于试马殿。王维时拘于菩提寺，有诗曰：‘万户伤心生野烟，百官何日再朝天？秋槐落叶空宫里，凝碧池头奏管弦。’”凝碧池，在河南洛阳的宫廷里。3 梨园：唐玄宗时教授伶人戏曲的地方。4 野烟：暗喻万户伤心之处。5 御沟：流经皇宫的河道。

※ 新解

重新回到汴京，听到管弦凄凄切切。这是故国乐师吹弹的旧曲，却令我生起老大迟暮之感。

杏花无法躲避春日的闲愁，在野地的薄雾中绽放。只有皇宫流水寂静无声，好像它也知道我的内心正在悲哀哭泣。

韩元吉在公元 1173 年 3 月和利州观察使郑裔兴等受命出使金国，庆贺万春节。当时金的都城在北宋的都城汴梁，韩元吉回到久别的故都，在金世宗赏赐的宴会上，听到北宋遗民乐师演奏昔日的教坊音乐，忍不住悲从中来，写下了这首词。上阕先叙事后抒情，讲述自己在汴梁受到的接待。听到旧乐，词人顿时感到物是人非，沧海桑田的历史巨变。下阕借景抒情。词人发挥想象，采用拟人手法抒发感情，感叹旧都如今变成了金人的都城，内心无比悲哀痛苦，但却无可奈何。这种感情和他主张抗金复国的精神是一致的。

烛影摇红　上元有怀

张抡

双阙[1]中天，凤楼十二[2]春寒浅。去年元夜奉宸游[3]，曾侍瑶池宴。玉殿珠帘尽卷，拥群仙、蓬壶阆苑[4]。五云[5]深处，万烛光中，揭天丝管。

驰隙流年，恍如一瞬星霜换。今宵谁念泣孤臣，回首长安远。可是尘缘未断[6]，漫惆怅、华胥[7]梦短。满怀幽恨，数点寒灯，几声归雁。

※ 注释

1 双阙：宫门两侧高大的楼台。2 凤楼十二：形容皇宫中楼观极多。3 宸（chén）游：帝王的巡游。4 蓬壶阆苑：指帝王的宫殿。5 五云：青、白、赤、黑、黄五种云色，象征祥瑞。这里代指皇帝所在地。6 尘缘未断：未能忘记世俗之情，这里指未能忘怀国事。7 华胥：寓言中的理想之国。这里指梦境。

※ 新解

宫门两侧的楼观高耸入云，宏伟高大。元宵佳节的时候，宫殿里的重重楼台凤阁中仍略有丝丝早春的寒气。去年的元宵之夜，我侍奉皇上游赏宴饮。那天晚上，华丽的宫门大开，串珠镶玉的门帘全都被卷了起来，一群群盛装艳抹的嫔妃宫女从四面八方的宫殿中走来，她们就像仙女一样，在神山仙苑里游赏花灯。万千彩色花灯齐放光芒，将夜空照得如同白昼，就连天上的云朵都变得五彩缤纷；灯海深处，丝竹管弦齐鸣，美妙的乐曲声直上云霄。

岁月像白驹过隙一样匆匆消逝，一眨眼便霜天更换，斗转星移，物是人非。今天又到了元宵节了，谁会想到我这个故老孤臣会在此遥望故都汴京垂涕悲泣呢？难道是我对禁宫内夜游的那段往事至今还没能忘怀吗？美好的往事就像一场美梦，已经消逝，我只能徒自悲伤。如今，满怀怨恨的我，只能看着眼前寒夜中的三两点灯烛，倾听几声归雁凄凉的哀鸣。

这首词将今昔作对比，昔日宫中元宵灯会盛大豪华，而今却是“数点寒灯”，凄凉萧瑟，鲜明的对比给人以强烈的心灵震撼。词人抚今追昔，一腔幽恨充溢字里行间。

瑞鹤仙

袁去华

郊原初过雨，见数叶零乱，风定犹舞。斜阳挂深树，映浓愁浅黛，遥山媚妩[1]。来时旧路，尚岩花、娇黄半吐。到而今惟有、溪边流水，见人如故。

无语，邮亭[2]深静，下马还寻，旧曾题处。无聊倦旅，伤离恨，最愁苦。纵收香藏镜[3]，他年重到，人面桃花在否？念沉沉小阁幽窗，有时梦去。

※ 注释

1 媚妩：像美人之眉一样妩媚可爱。2 邮亭：古代在官道上设置的供过往行人歇宿的馆舍。3 藏镜：南朝陈灭亡后，驸马徐德言与妻子乐昌公主各执半镜而离散，后团聚，合镜重圆。

※ 新解

郊外的原野广袤平旷，刚刚下过一场阵雨。现在雨停风住了，几片树叶还在空中飘舞。树林边上，夕阳斜挂在树梢上，黛青色的远山在夕阳余晖地映照下，像伊人紧皱的双眉，清浅而妩媚。我沿着来时的旧路往回走，想起当初岩石上的黄花刚刚开放，现在，岩花早已凋谢，只有潺潺的溪水依旧奔流不息。

时过境迁，我一路上默默无语，回忆着过去的景色。当我到达邮亭投宿的时候，天色已晚，四处已经寂静无声了。下马后，我迫不及待地去寻找当初路过这里时题过字的地方。这单调无聊的旅途，真让人感到厌倦，无尽的离愁别恨让人烦恼，这是最最愁苦的事情了。即使有奇香、半镜作为定情信物，可来年回到故乡的时候，谁知道有如桃花般娇艳的她是否还在？我难以排解对她的思念之情，偶尔会在梦中来到她闺房的小窗前。

这首词写天涯漂泊的愁绪和对旧日情人的深切思念。词人用来时的景色和现在的景色作比较，隐含了无限伤感。重寻旧迹，百般无聊，将全词的主题“伤离恨，最愁苦”揭示了出来。

剑器近

夜来雨，赖倩得东风吹住。海棠正妖娆处，且留取。悄[1]庭户，试细听莺啼燕语，分明共人愁绪，怕春去。

佳树，翠阴初转午。重帘未卷，乍睡起，寂寞看风絮。偷弹清泪寄烟波[2]，见江头故人，为言憔悴如许。彩笺无数，去却寒暄，到了浑无定据[3]。断肠落日千山暮。

※ 注释

1 悄：寂静。2 烟波：茫茫江水。3 浑无定据：没有一点确切消息。

※ 新解

昨夜下了一场大雨，幸亏请到了一阵强劲的东风，才把它吹停。雨后的海棠花格外娇艳，暂且留下了一丝春意。

院子里静悄悄的，不过，仔细听的话，会发现黄莺在婉转啼鸣，燕子在呢喃细语。它们分明也是和人一样忧心忡忡，害怕春天就要过去。

院子里的树木郁郁葱葱，树荫刚刚转到正午的位置。午睡醒来时，透过重重帘幔向外看，只见漫天柳絮纷纷飘扬，让人内心顿感寂寞无聊。江上烟波浩渺，我忍不住暗暗地将相思之泪托付于它：如果你在江边遇到了我的故人，请你告诉他，我由于思念深重而变得如此憔悴。虽然他也给我寄来了很多信，但除了那些客套寒暄之语，从来没有确切地告诉过我他回来的日期。我远眺着夕阳映照下的万千重山峰，愁肠寸断。

这是一首伤春怀人的词，情调忧伤。全词以时间顺序贯穿，随着时间的推移，词情也在不断地转换，由伤春、惜春，到怀人，主人公愁苦的情怀逐渐加深。

安公子

弱柳丝千缕，嫩黄[1]匀遍鸦啼处[2]。寒入罗衣春尚浅，过一番风雨。问燕子来时，绿水桥边路，曾画楼、见个人人[3]否？料静掩云窗，尘满哀弦危柱[4]。

庾信愁如许，为谁都著眉端聚。独立东风弹泪眼，寄烟波东去。念永昼春闲[5]，人倦如何度？闲傍枕、百啭黄鹂语。唤觉来厌厌，残照依然花坞[6]。

※ 注释

1 嫩黄：指柳芽。2 鸦啼处：这里指柳树丛中。3 个人人：那个人儿。这里是情人的昵称。4 哀弦危柱：泛指琴瑟乐器。5 永昼春闲：春日闲寂无聊，感觉天很长，难以打发。永昼，漫长的天。6 花坞：花圃，花木丛生的地方。

※ 新解

在微风的吹拂下，千万条柔嫩的柳枝轻轻摇曳，婀娜多姿；柳树丛中，鸟雀的声声啼鸣，向人们预告着春天的来临。在这早春时节，经过一番风雨的洗礼，仍然春寒料峭。刚换上的丝罗春衫，看来还是比较单薄，难以抵挡寒气的侵袭。这个乍暖还寒的时节，最易勾起人的思乡情怀。借问春归的燕子，你们在来时的路上，经过绿水桥边的那座画楼时，看见我那日思夜想的伊人了吗？她一定是紧闭着绮丽的窗户，百无聊赖地坐在那里，无心做任何事情，就连琴瑟上都积满了灰尘。

身在异乡的我，跟当年的庾信一样，将满怀的愁绪都攒集在眉峰上了。这一切究竟是为了谁？站在东风中独自垂泪，伤心欲绝，只能将这泪水寄付烟波迷蒙的东流之水了。感觉春天的白昼特别漫长，我闲寂无聊，精神萎靡不振，怎样才能挨过去这漫长的春日？百无聊赖中，我倚靠着枕头慵懒地躺在床上，在黄鹂婉转的娇啼声中恍惚入睡，然而，只一会儿工夫，就被同样的莺啼声从睡梦中唤醒。醒来后，精神更加萎靡；春日迟迟，夕阳的余晖还映照在花圃中。唉！为何这难挨的一天还没有过去？

词人春日客居异乡，倦游思归之心油然而生。“嫩黄匀遍鸦啼处”，一个“匀”字，顿使春色遍地，同时也触发了词人的思乡之情。温暖和煦的东风，潺潺东流的碧水，婉转清丽的莺啼，本来都是欢快的事物，但在词人看来，都成了反衬他幽怨愁闷情绪的景物。

瑞鹤仙

陆淞

脸霞红印枕，睡觉来[1]、冠儿还是不整。屏间麝煤[2]冷，但眉峰压翠，泪珠弹粉。堂深昼永，燕交飞、风帘露井。恨无人说与，相思近日，带围宽尽。

重省，残灯朱幌[3]，淡月纱窗，那时风景。阳台路迥[4]，云雨梦，便无准。待归来，先指花梢教看，欲把心期细问。问因循[5]过了青春[6]，怎生意稳？

※ 注释

1 睡觉来：睡觉醒来。2 麝煤：一种名贵的香墨，这里指屏风上的墨画。3 朱幌：朱红色的帷帐。幌，帘帷。4 迥：遥远。5 因循：拖延，疏懒，虚度光阴。6 青春：这里指美好的春天。

※ 新解

她那红艳如霞的脸上还印着枕痕，睡觉醒来的时候，万分慵懒，衣冠不整。冰冷的屏风上，那幅墨画让人看后不由得触景生情，她翠眉紧锁，眼泪顺着粉扑扑的脸颊流了下来。堂屋深邃凄清，幽静冷寂，白天是如此的漫长，让人难以打发。百无聊赖中，只见一对燕子在空中飞舞，追逐着穿过门帘，停在井沿上，呢喃细语，好不亲热。而她却依然孤独一人，寂寞难耐，满怀的愁苦无处诉说。日夜的愁思让她消瘦不堪，连衣带都变得宽大无比了。

回想当初欢聚时的情形：朱红色的帷帐里灯烛幽暗，皎洁的月光洒在纱窗上，四周静谧和谐，温馨恬淡。现在，隔着千山万水，只能在梦中与他相聚。然而好梦难成，梦中之事也常常没有定准。等到他回来的时候，首先要指着树梢上的花朵给他看，一定要让他知道好花不常开，好景不常在，青春易逝的道理；然后再细细问他心里究竟在想些什么，难道他就安心将这大好的春光蹉跎浪费？

词人对女主人公的情感刻画深入细腻，语言精工华美。全词俗中有雅，将少女怀春期盼的心情淋漓尽致地表现了出来。

卜算子　咏梅

陆游

驿[1]外断桥边，寂寞开无主[2]。已是黄昏独自愁，更著[3]风和雨。

无意苦争春，一任群芳妒。零落成泥碾[4]作尘，只有香如故。

※ 注释

1 驿：驿站，古代官办的交通站，供传递公文的人或往来官员暂住、换马之用。2 无主：这里指没有人看护、欣赏的野梅。3 著：加上。4 碾：碾碎，滚压。

※ 新解

驿站外断桥边，一树野梅寂寞地开放。黄昏时分，凄风冷雨令人愁绪万千。不愿与百花争艳，却遭到她们的嫉恨。虽凋零飘落化为尘土，却依然清香如故。

词人以梅花自喻，用梅花来象征自己的孤高气节。陆游自从年轻时就立志积极奋发为国立功，但却在政治上遭受了多次打击。晚年他居住在三山，不免产生了消极的情绪，但他始终坚持自己的理想，不与主和派同流合污。这首词就是他不与主和派妥协的宣言。寂寞开放的梅花，正是词人自身形象的真实写照，梅花是词人人格的化身。陆游正是凭着梅花般的傲骨流芳百世。

渔家傲　寄仲高[1]

东望山阴[2]何处是？往来一万三千里。写得家书空满纸，流清泪，书回已是明年事。

寄语[3]红桥[4]桥下水，扁舟何日寻兄弟？行遍天涯真老矣。愁无寐，鬓丝几缕茶烟里。

※ 注释

1 仲高：陆游堂兄陆升之，字仲高。2 山阴：陆游的故乡，在今浙江省绍兴市。3 寄语：传话，传语。4 红桥：桥名，在山阴西。

※ 新解

遥望东方，我的故乡山阴在哪里？千山万水，路途迢迢，往来相隔足有一万三千里。我将深深的思乡之情写在纸上，密密麻麻，我含着热泪把它寄出去之后，一直要到明年才能收到家里的回信。

有句话想问问红桥下的流水：什么时候我才能驾一叶扁舟回到家乡寻找我的兄弟们呢？我像浮萍一样漂泊，浪迹天涯，如今真的发觉自己已经老了。满怀的离愁别绪，常常使我整夜不能安睡。我只能任凭鬓发斑白，将岁月消磨在闲散无聊的茶烟生活里。

陆游的堂兄陆升之有“词翰俱妙”的才能，与陆游的感情本来很好。但后来阿附秦桧，陆游曾作诗讽劝，陆升之还诗相讥。秦桧死后，陆升之遭贬逐，远徙雷州长达七年。宋孝宗隆兴元年（1163）陆游罢枢密院编修官，还乡待缺，陆升之也自雷州贬所归山阴。兄弟相见，对床夜语，冰释前嫌。陆游在成都作此词，叙述兄弟久别之情，全然不提往日旧事。

定风波

进贤[1]道上见梅，赠王伯寿[2]。

攲帽[3]垂鞭送客回，小桥流水一枝梅。衰病逢春都不记。谁谓？幽香却解逐人来。

安得身闲频置酒，携手，与君看到十分开[4]。少壮相从今雪鬓，因甚？流年羁恨[5]两相催。

※ 注释

1 进贤：今江西进贤。2 王伯寿：作者友人。3 攲帽：斜侧着帽子。4 十分开：指梅花开到最好的时候。5 羁恨：羁旅之恨，旅途的愁苦。

※ 新解

送走了客人，我斜侧着帽子，垂下马鞭，慢慢地往回走。忽然看到小桥边上、溪水侧畔，一枝寒梅迎风怒放，向人们报告着春天已经来临。这些日子我病魔缠身，竟然连春天已经来临都忘了。想不到，梅花还能理解我的愁苦，悄悄把幽香送到了人前。

空闲的时候，应该常备一壶酒，和你携手漫步在梅花丛中，尽情地欣赏这盛开的梅花。还在少壮的时候，我们就已经相识，开始交往，如今你我都已经是两鬓斑白，这都是因为岁月空逝，而我们却老大无成，加之客居异乡、思念故乡，这双重愁绪，催得我们这么早就衰老了。

这首词于乾道元年（1165）冬作于南昌。当时正值陆游由镇江府通判改任隆兴府（今南昌）通判。陆游一生写有上百首有关梅花的诗词，多借梅花以言其不同俗流之志和报国无门的忧伤。这首词总体格调稍显低沉，正是作者对岁月空逝、壮志难酬的一种感叹。

忆秦娥

范成大

楼阴缺[1]，阑干影卧东厢月。东厢月，一天[2]风露，杏花如雪。

隔烟催漏金虬[3]咽，罗帏黯淡灯花结。灯花结，片时春梦[4]，江南天阔。

※ 注释

1 楼阴缺：楼房从树荫里露出一面。缺，指房子没有被树木遮住的一面。2 一天：满天。3 金虬：铜制的龙头，装在漏斗上用来计时。4 春梦：指和心上人在梦里相会。

※ 新解

楼房从树荫里露出一面，月照东厢，栏杆的影子也映在地上，满天清风凉露，杏花像雪片一般飘落。

夜雾迷茫，更漏呜咽，催着时光流逝。红烛结花，房间里更加幽暗。烛光暗淡，美梦短暂，人在江南，远隔千万里。

本词仿佛《花间》《尊前》词，凄婉缠绵。春月不识愁滋味，独处深闺人不寐。春已深，人不归，风清露重，杏花飘飞，怎不教人伤感！黄金岁月容易流逝，孤枕难眠，红颜老去有谁怜？词人代女子传情，刻画出人物细腻的内心感受。

醉落魄

栖乌飞绝，绛河[1]绿雾星明灭。烧香曳簟[2]眠清樾[3]。花影吹笙，满地淡黄月。

好风碎竹声如雪，昭华[4]三弄临风咽。鬓丝撩乱纶巾折。凉满北窗，休共软红[5]说。

※ 注释

1 绛河：指银河。2 曳簟：铺开竹席。3 清樾（yuè）：清凉的树荫。樾，树荫。4 昭华：古时乐器名。这里指笙曲。5 软红：红尘。这里代指那些追求名利富贵的世俗之人。

※ 新解

天空中已经不见飞翔的鸟雀了，它们都回巢栖息了。夜空中银河仿佛蒙上了一层绿色的雾障，点点繁星，若隐若现。我点燃瑞香，铺开凉席，在清凉的树荫下躺了下来。一阵悦耳的笙乐声从花影丛中传来，月亮将清辉洒向大地，到处都笼罩在淡黄色的月光中。

笙声飞扬，仿佛轻风吹碎了竹叶，青翠明快；又好像大雪漫天飞扬，凄凉悠远。笙曲吹过三遍，在悠悠的清风中呜咽而止。风力越吹越大，将我雪白的鬓发吹乱，将我头上的纶巾吹歪。这时，凉风估计已经吹透了我书房的北窗。那些碌碌奔走于红尘的人，是不会欣赏更无法理解这良辰美景的。

这首词约为范成大晚年退居石湖后所作。词人通过对凉风的描摹，流露出了英雄迟暮的凄怆和愤世嫉俗的孤高品质。

霜天晓角

晚晴风歇，一夜春威折[1]。脉脉花疏天淡，云来去，数枝雪[2]。

胜绝[3]，愁亦绝，此情谁共说。惟有两行低雁，知人倚画楼月。

※ 注释

1 一夜春威折：夜间春寒的威力渐渐减退。2 雪：这里指雪白的梅花。3 胜绝：美极了。

※ 新解

傍晚时分，风停天晴，夜间春寒凛冽的威力已经大大减退了。几朵初放的早梅分布在稀疏的枝头上，默默相对，在朵朵轻云的衬托下，更显得风姿绰约。白云悠悠漂浮，白梅洁莹如雪，二者相互映衬，构成了一幅超凡绝俗的美景。

胜境是如此的绝妙至极，而我的愁绪也深到了极点，幽到了极点。这种微妙奇绝的感情，该向谁诉说？只有两行低低飞过的大雁知道在这月明风清美如画的夜晚，有个人正倚靠在画楼的栏杆上，静静地遥望远空。

这是一首咏梅词。此人将早春时梅花初绽的姿态表现得若即若离，极富空灵蕴藉之美感。“胜绝，愁亦绝”二句，话锋一转，变飘逸为凝重，衬托出了词人的幽寂孤独之情。

六州歌头

张孝祥

长淮[1]望断，关塞莽然[2]平。征尘暗，霜风劲，悄边声[3]，黯消凝。追想当年事，殆天数，非人力；洙泗上，弦歌地[4]，亦膻腥。隔水毡乡[5]，落日牛羊下，区脱[6]纵横。看名王宵猎，骑火一川明，笳鼓悲鸣，遣人惊。

念腰间箭，匣中剑，空埃蠹，竟何成！时易失，心徒壮，岁将零，渺神京。干羽方怀远[7]，静烽燧，且休兵。冠盖使[8]，纷驰骛，若为情。闻道中原遗老，常南望、翠葆霓旌[9]。使行人到此，忠愤气填膺，有泪如倾。

※ 注释

1 长淮：即淮河，南宋和金的界河。2 莽然：草木茂盛的样子。3 悄边声：边境上静悄悄的，没有了兵马之声。指停止了军事行动。4 洙泗上，弦歌地：指文化教育发达的地方。5 毡乡：谓胡人所居之处，此指金人所占领的中原地区。6 区（ōu）脱：胡人土房，汉朝时匈奴用来守边的建筑。7 干羽方怀远：用礼乐文化怀柔远方，指向金人妥协求和。8 冠盖使：指向金人求和的使臣。9 翠葆霓旌：帝王所用的仪仗，此借指南宋军队。

※ 新解

远望淮河，草木和关塞一样高，飞尘阴暗，寒风猛烈，边地一片沉寂。此情此景，不禁令人黯然神伤！回想当年中原沦丧，仿佛是天命注定，不关人事。连礼乐繁华的洙水、泗水，也被金兵的腥膻玷污了。淮河以北就是金人的毡帐，日落时分牛羊归家，剩下遍地突兀的碉堡。夜里能够看见金人的夜行军，将帅和兵卒都骑着骏马，举着火把将原野照得通明。军乐齐奏，令人胆战心惊。

腰间的箭被虫蛀坏了，鞘中的宝剑也被锈蚀了，年岁已经老大却仍一事无成！时光悄悄地流逝，心中徒生悲愤，这一生就将耗尽，归返汴京的希望更加渺茫了。君王用礼乐文化怀柔金人，以妥协求和。使臣往返奔走，不难为情吗？听说留在中原的旧民，还常常南望，盼君王率领军队回归汴京。倘若游人到这里看到眼前的情景，必然满腔义愤，忍不住泪下如雨。

隆兴元年（1163），南宋由张浚率军北伐，由于准备不足，在符离被金打败。此后主和派势力抬头，南宋派使臣与金议和，完全放弃了抵抗，只求偏安江南。张孝祥便是在此情况下写下这首词的。

上阕描写远望沦陷区所见的凄凉景象：南宋防备松弛，金人却骄纵横行，随时都有南下的可能。曾经文明发达的地区也被金人的铁蹄蹂躏，甚是可悲！下阕词人抒发自己抗金报国志愿无法伸张的苦闷和悲愤，同时也表达了对渴望南宋北伐的中原父老的深切同情。在这首词中，词人的个人理想和国家命运紧密相连。国土沦丧，统一无望，怎不令爱国的词人义愤填膺？

贺新郎　别茂嘉十二弟[1]

辛弃疾

绿树听鹈鴂。更那堪、鹧鸪声住，杜鹃声切。啼到春归无啼处，苦恨芳菲都歇。算未抵人间离别。马上琵琶关塞黑，更长门、翠辇辞金阙[2]。看燕燕，送归妾。

将军百战身名裂[3]，向河梁、回头万里。故人长绝[4]。易水萧萧西风冷，满座衣冠似雪[5]。正壮士、悲歌未彻。啼鸟还知如许恨，料不啼、清泪长啼血[6]，谁共我，醉明月？

※ 注释

1 茂嘉十二弟：辛弃疾的族弟，因事被贬广西桂林，辛弃疾作词为他送别。2 “马上琵琶”二句：用王昭君出嫁匈奴的事。长门，汉朝宫名，汉武帝陈皇后失宠，退居长门宫。王昭君是失意的宫人，所以用长门称她的住所。翠辇，用翠羽装饰的宫车。金阙，皇帝的宫殿。3 “将军百战”句：汉朝李陵带少数部队与匈奴连续作战十余日，“矢尽道穷，救兵不至，士卒死伤如积”，最后失败投降，所以说“声名裂”。4 “向河梁”句：《汉书·苏武传》载，苏武在匈奴数十年，不投降，后放还。李陵设宴送别苏武时，说：“异域之人，壹别长绝。”河梁，桥。故人，指苏武。这里用李陵别苏武事写别情。5 “易水萧萧”二句：用战国荆轲入秦刺杀秦王的典故。燕太子丹派荆轲入秦，皆白衣冠以送之，至易水边，荆轲歌曰：“风萧萧兮易水寒，壮士一去兮不复返。”6 “啼鸟还知”二句：啼鸟如果知道这诸多恨事，料想它因悲啼而流出的将不是清泪而是血滴。

※ 新解

听鹈鴂在绿荫中啼鸣，怎能忍受鹧鸪刚叫完“行不得也”，杜鹃又叫“不如归去”，叫得多么悲切！直叫到春归去而无处寻觅，叫人怨恨百花都凋谢。算来这还比不上人间离别的痛苦。当初王昭君骑在马上，弹起琵琶，走向边塞，眼前一片黑暗；汉武帝的陈皇后失宠后从宫中出来，乘翠辇，辞别皇帝的宫阙；春秋时卫庄公妻庄姜送别庄公妾戴妫时，曾作有《燕燕》一诗。

李陵身经百战，最后落得身败名裂。当年他在桥上送别苏武时，哀叹故人将远隔万里，长相离别。西风萧萧易水寒，满座送别荆轲的人衣帽白似雪，正是壮士悲歌没唱完的时候。啼鸣的鸟儿如果也知道人间有这许多离别的恨事，料想它不仅流泪还要泣血。还有谁，会陪我在月下痛饮？

这首词大概写于公元1203年。辛弃疾对茂嘉被贬桂林感慨很深，他想到自己也是长期被贬，不禁悲从中来。在此借为茂嘉送别抒发一己之慨。

整首词透过怀古来写送别，可见不是只为倾诉兄弟离别的私情。全词以残春啼鸟为背景作衬托，列举古代英雄和美人离家去国的千古遗恨，来抒发自己的感慨。上阕借昭君和番来讽刺南宋王朝一味妥协的政策；下阕用匈奴、强秦比喻金，借李陵、荆轲的事迹来寄托自己报国无门、壮志不酬的苦闷。词中大量运用典故借以抒情，表达出自己心中的无限感慨，风格沉郁苍凉。

贺新郎　赋琵琶

凤尾龙香拨[1]，自开元《霓裳曲》罢，几番风月[2]。最苦浔阳江头客，画舸亭亭待发[3]。记出塞、黄云堆雪。马上离愁三万里，望昭阳[4]、宫殿孤鸿没，弦解语，恨难说。

辽阳[5]驿使音尘绝，琐窗寒、轻拢慢捻，泪珠盈睫。推手含情还却手，一抹《梁州》哀彻。千古事、云飞烟灭。贺老[6]定场无消息，想沉香亭北繁华歇。弹到此，为呜咽。

※ 注释

1 凤尾龙香拨：指杨贵妃用过的凤尾槽琵琶和龙香木拨子，形容琵琶之名贵。2 “自开元”句：自从开元盛世，到天宝“安史之乱”惊破《霓裳羽衣曲》后，又经过了多少春秋。3 “最苦浔阳”二句：用白居易作《琵琶行》之事。4 昭阳：汉代未央宫内的宫殿名。5 辽阳：指今辽宁辽阳。这里泛指北方边塞。6 贺老：即贺怀智，唐玄宗时的著名琵琶艺人。

※ 新解

这是当年杨贵妃用过的那种凤尾槽琵琶、龙香木拨子，非常名贵。然而，自从天宝年间（742—756）“安史之乱”惊破了始于开元盛世（713—741）的《霓裳羽衣曲》后，又过去了多少春秋？一代盛世已经化为历史离我们而去了。最痛苦的莫过于那浔阳江头的游客，就在画船即将出发的时候，忽闻水上传来琵琶声，无尽的哀愁幽恨一股脑儿涌上心头。汉代王昭君出塞的时候，天上黄云成阵，马前积雪茫茫。她要远嫁到塞外，离家三万里之遥，回首汉宫昭阳殿，只见孤鸿远飞，隐没于天际。琵琶似乎能理解昭君当时的心情，化作悲音，尽管如此，她心中的愁恨实在难以说尽。

北国辽阳的信使音信全无。闺中少妇思念征人，紧锁寒窗，寂寥孤苦，轻轻弹起琵琶来诉说衷肠，立刻便泪流满面。她的手指飞快地来回拨弄着琴弦，弹唱了一曲哀怨至极的《梁州曲》。千百年的往事，如浮云风烟般转眼逝去。好久没有听到像贺怀智那样技镇全场的演奏了，想必那沉香亭也早已失去了往日的繁华。琵琶弹至此，只能化作悲哀的呜咽之声。

这首词将许多相关的历史故事以琵琶为中心贯穿起来，引发出对人生不幸及千古史事的感慨。词人借杨贵妃之幽恨、白居易之沦落、王昭君之离愁等悲剧故事，感叹历史兴亡更替。读之，使人自然联想到宋朝从汴京到南渡后的盛衰变化。

水龙吟　登建康赏心亭

楚天千里清秋，水随天去秋无际。遥岑[1]远目，献愁供恨，玉簪螺髻[2]。落日楼头，断鸿声里，江南游子，把吴钩[3]看了，阑干拍遍，无人会、登临意。

休说鲈鱼堪脍，尽西风季鹰归未[4]？求田问舍，怕应羞见，刘郎才气[5]。可惜流年，忧愁风雨，树犹如此[6]。倩何人唤取，红巾翠袖[7]，揾[8]英雄泪。

※ 注释

1 遥岑：远山，指长江北岸被金人占领地区。2 玉簪螺髻：比喻远山像美人头上的玉簪和螺旋形的发髻。3 吴钩：古时产于吴地的一种宝刀。4 “休说鲈鱼”二句：据《晋书·张翰传》载，张翰（字季鹰）在洛阳做官时，忽见秋风起，想起家中的莼羹和鲈鱼，便弃官而归。这里用此典，意谓自己虽不得志，但也不想学张翰那样弃官回乡。5 “求田问舍”三句：《三国志·陈登传》载，刘备批评许汜：“你身为国士，如今天下大乱，你不忧虑国事，拯救世人，却一心购置田产房舍，难怪别人看不起你。”刘郎，刘备。这里用此典，表示自己耻于像许汜那样苟且偷生，为有识之士耻笑。6 树犹如此：《世说新语》载，东晋桓温北伐时，见自己当年种的柳树已十分粗大，便感叹道：“木犹如此，人何以堪！”7 红巾翠袖：少女的装束，借指歌女。宋朝时宴会上多用歌女唱歌劝酒。8 揾(wèn)：擦掉。

※ 新解

南方的秋天无比辽阔，水天相接、苍茫无际。遥望远山，好像女人头上插的玉簪和螺壳形的发髻，它处处惹起人无限愁怨。站在夕阳斜照的赏心亭上，听孤雁鸣叫，我仔细地把宝剑看过，拍遍了栏杆，没有人可领会我登高望远的复杂心情。

不要说鲈鱼可做好菜，任西风猛吹，张季鹰回去没有？求田问舍的许汜，恐怕应该羞于见到雄才大略的刘备了吧！可惜光阴像流水，国事仍然风雨飘摇，连树木都已老去，我怎经得起岁月的风霜。请什么人去唤来美丽的歌女，来为我擦掉伤心的眼泪呢？

这首词作于公元1169年，辛弃疾当时在建康做通判。他本是勇冠三军的抗金战士，南渡后，却一直不被重用。公元1165年，他曾向皇帝上《美芹十论》，阐述自己的抗金策略，但朝廷仍未采用，依然奉行妥协投降的政策。远望江北，连绵的群山惹起了词人满腔的愁苦与怨恨，特别是没有人理解他杀敌救国、收复中原的远大抱负和他在军事、政治上的主张。“吴钩看了，阑干拍遍”，正是词人不被人理解的激动悲愤的表现。

下阕中词人引用典故，通过对张翰和许汜的否定，表达了自己在国难当头之际，既不愿像张翰那样袖手旁观，更羞于像许汜那样谋求个人利益，同时尖锐地讽刺了那些不为国家着想，只想升官发财的主和派。词人还感叹自己不能为国出力，空让年华老去，词句中充满老大迟暮的痛苦心情。

这首词表达了辛弃疾心忧国事的广阔胸怀，整首作品情景交融，抒情和议论巧妙结合，内容深广、感情激烈，典故的使用恰到好处。

摸鱼儿

淳熙己亥，自湖北漕[1]移湖南，同官王正之[2]置酒小山亭，为赋。

更能消[3]几番风雨，匆匆春又归去。惜春长怕花开早，何况落红无数。春且住！见说道、天涯芳草迷归路。怨春不语，算只有殷勤，画檐蛛网，尽日[4]惹飞絮。

长门事[5]，准拟佳期又误[6]，蛾眉曾有人妒。千金纵买相如赋，脉脉此情谁诉？君莫舞！君不见、玉环飞燕皆尘土。闲愁最苦，休去倚危阑，斜阳正在，烟柳断肠处。

※ 注释

1 漕：漕司，宋朝称转运使为漕司，是管钱粮的官。2 王正之：名特起，是辛弃疾的同僚，也是他的老朋友。3 消：经得起，消受。4 尽日：整天。5 长门事：指汉武帝时陈皇后失宠后，别居长门宫一事。6 准拟佳期又误：据司马相如《长门赋序》载，陈皇后失宠后，满怀愁闷，听说蜀郡司马相如文名满天下，于是奉黄金百斤，请司马相如写了《长门赋》代为陈情，汉武帝看后深为感动，陈皇后复得宠幸。这里用此典，暗喻忠良之士遭谗言诋毁而被排斥，难以再起。

※ 新解

经不起几次风吹雨打，春天便又匆匆过去。爱怜春光，总怕花开得太早，何况万花已凋谢。春光啊！你暂停一下吧！听说芳草铺满天涯路，你找不到归路。可恨春光不说话，只有屋檐下的蜘蛛网，整天招惹杨花柳絮，殷勤地挽留春天。

长门宫的事，已无可挽回。陈皇后遭人嫉妒失宠，即使花千金买来司马相如的赋，无限的悲愁又能向谁诉说！你们不要得意，你们没看见吗？杨玉环、赵飞燕早已化为尘土。不要靠近高楼上的栏杆，夕阳西下，暮烟笼罩着杨柳，最使人愁苦。

公元 1179 年春，辛弃疾从湖北调任湖南，老友王正之为他饯行，他便写下了这首词抒怀。

这首词采用借景抒情的手法，表面是伤春，实际则寄寓了身世之感，有深刻的政治内容。上阕即景抒情，劝春不要匆匆归去，寄寓了时光流逝功业无成之感。下阕运用典故，以玉环、飞燕事来讽刺朝廷当权的主和派，不要得意得太早。

辛弃疾的志向是积极抗金收复失地，但却被调到湖北作转运副使管钱粮，现在又由湖北调到湖南，仍旧是管钱粮，心里更加失望。他清楚这样调来调去就是不让他有实现自己理想的可能。想到国家的前途暗淡，自然要发出“烟柳断肠处”的哀叹，这是对南宋王朝日薄西山局势的深沉悲愤的感叹。

永遇乐　京口[1]北固亭[2]怀古

千古江山，英雄无觅、孙仲谋处。舞榭歌台，风流[3]总被、雨打风吹去。斜阳草树，寻常巷陌，人道寄奴[4]曾住。想当年，金戈铁马，气吞万里如虎。

元嘉草草，封狼居胥[5]，赢得仓皇北顾。四十三年，望中犹记、烽火扬州路。可堪回首、佛狸祠[6]下，一片神鸦社鼓。凭谁问，廉颇老矣，尚能饭否[7]？

※ 注释

1 京口：今江苏镇江市。2 北固亭：又名北顾亭，在镇江市东北的北固山上，面临长江。3 风流：英雄业绩。4 寄奴：南朝宋武帝刘裕的小名。他的先世从彭城移居京口，他在京口平定桓玄之乱，推翻东晋做了皇帝。5 封狼居胥：表示驱逐敌人，北伐立功。狼居胥，山名，在今内蒙古西北。霍去病曾到这里封山而还。6 佛狸祠：北魏太武帝小字佛狸。他打败王玄谟后，率军队追击到长江北岸的瓜步山，在山上建立行宫，后人称佛狸祠。7 廉颇老矣，尚能饭否：《史记·廉颇蔺相如列传》载，赵国名将廉颇晚年因遭谗害而出奔魏国，听说赵王还准备用他，便在赵王使者面前一次吃了一斗米的饭和十斤肉，并披甲上马，以示可用。但使者受人唆使，还报赵王说廉颇已老迈，于是廉颇终不被用。这里引用此典是说自己虽然老了，但雄心仍在。

※ 新解

江山千古在，却找不到像孙权那样的英雄。当年的舞榭歌台和英雄事迹都随时光一起消失。夕阳下的草树，平常的街道，人们说刘裕曾经住过。想当年，他率领精兵劲旅北伐，势如猛虎，气吞万里山河。

元嘉年间宋文帝毫无准备，草率北伐，结果落得惨败仓皇南逃。已经过去四十三年，但仍记得在扬州路上与金兵激战的情景。怎忍心回顾过去！现在佛狸祠下，乌鸦的叫声和社鼓声乱成一片。谁还来过问，像廉颇一样的老英雄还有没有能力征战沙场？

这首词是公元 1205 年辛弃疾在镇江知府任上的作品。通过怀古，回顾历史成败，赞扬孙权和刘裕的英雄业绩，并批判宋文帝轻举妄动导致的仓皇逃遁，以此来表达自己坚持抗战，又反对轻举妄动的思想。作者怀念自己亲身抗战的日子，但如今却已成为历史陈迹。遭投降派毁谤，谁还会来关心自己，朝廷怎么还会任用自己呢？结尾将自己和廉颇对照，抒发出词人遭人毁谤，壮志难酬的愤懑，并流露出词人老当益壮的战斗精神。

这首词充满了战斗精神和英雄气概，风格沉郁苍凉。运用典故贴切自然，恰到好处地表达出作者的真实情感。

木兰花慢　滁州送范倅[1]

老来情味减，对别酒、怯流年。况屈指中秋，十分好月，不照人圆。无情水、都不管，共西风、只管送归船。秋晚莼鲈[2]江上，夜深儿女灯前[3]。

征衫，便好去朝天，玉殿正思贤。想夜半承明[4]，留教视草[5]，却遣筹边。长安，故人问我，道愁肠殢酒[6]只依然。目断秋霄落雁，醉来时响空弦。

※ 注释

1 倅：副职。2 莼鲈：莼菜羹和鲈鱼。这里代指思乡。3 夜深儿女灯前：化用黄庭坚《寄叔父夷仲》：“刀弓陌上望流水，儿女灯前夜语深。”4 想夜半承明：想来朝廷会在半夜让你到承明庐候朝。承明，指承明庐。5 视草：代皇帝审视诏书草稿。6 殢酒：酒后困乏。

※ 新解

我已经老了，年轻时的兴致和趣味大大减退。面对离别的酒筵，我总担心自己的人生一事无成，担心美好的年华像滚滚东逝的江水一样一去不复返。屈指一算，马上就要到中秋佳节了，到时候，月亮将会十分圆满美好，但你却要离开了，月亮再亮也照不见我们的欢聚了。滔滔江水无情无义，一点都不能理解人们分别时的痛苦，只管和西风一起，把载着朋友的船送走。在这晚秋时节，等你回到故乡，就能品尝到家乡美味的佳肴，享受到和儿女在灯前团聚叙谈的天伦之乐了。

希望你不要忘情于天伦之乐，趁现在征衫未脱之时赶紧去朝见天子，皇宫里正希望有贤德之人去帮助料理国事呢。想来皇上会把你留在承明庐，让你处理紧急的公务，在半夜里让你审定重要文书，请你一起筹划边疆的军机大事。到时候，如果京城的老朋友问起我，你就说，他还是老样子，一事无成，每天借酒浇愁。但是，即使是喝醉了酒，他也能极目远望，空弦虚射，惊落秋雁。

辛弃疾的词以豪放雄健著称，即使是送别词，也有慷慨激昂之气。这首词作于宋孝宗乾道八年（1172）秋天。词中，既有词人对朋友的惜别之情，又有对朋友的期望和自己壮志难酬的苦闷。

祝英台近

宝钗分[1]，桃叶渡[2]，烟柳暗南浦。怕上层楼，十日九风雨。断肠片片飞红，都无人管，更谁劝啼莺声住？

鬓边觑[3]，试把花卜归期，才簪又重数。罗帐灯昏，呜咽梦中语。是他春带愁来，春归何处？却不解带将愁去。

※ 注释

1 宝钗分：古代情人分别时，分钗作为离别的纪念。白居易《长恨歌》：“惟将旧物表深情，钿合金钗寄将去。钗留一股合一扇，钗擘黄金合分钿。”2 桃叶渡：渡口名，在南京秦淮河与青溪合流处。这里指送别爱人的地方。东晋王献之曾作歌送爱妾："桃叶复桃叶，渡江不用楫。但渡无所苦，我自迎接汝。"3 觑：偷看，斜着眼看。

※ 新解

分钗留念，渡口送别，春已晚，绿柳成荫。怕上高楼远眺，总见到凄风冷雨。落红满地，没有人管，有谁来劝说黄莺，叫它不要再啼叫。

取下鬓边的花儿，细数花瓣，占卜离人归期，刚卜过，又取下重卜一遍。罗帐中灯光昏暗，睡梦中流着泪说："是那春天带来了愁，现在不知春到哪里去了，而它却没把忧愁带走。"

这是一首闺怨词。上阕写景，凄风冷雨，落红遍地，啼莺哀鸣，晚春景色增加了离人愁思。下阕写离人盼归，卜归期描写出离人盼归的复杂心情。最后写春去愁未去，抒发出离人无可奈何的悲怨心情。

这是辛弃疾为数不多的婉约词，可见辛弃疾也不是只有豪放一种风格。

青玉案　元夕[1]

东风夜放花千树[2]，更吹落星如雨。宝马雕车香满路，凤箫声动，玉壶[3]光转，一夜鱼龙[4]舞。

蛾儿雪柳黄金缕，笑语盈盈暗香[5]去。众里寻他千百度，蓦然回首，那人却在，灯火阑珊[6]处。

※ 注释

1 元夕：元宵节的晚上称"元夕"或"元夜"。2 东风夜放花千树：形容灯火多。3 玉壶：喻指月亮。4 鱼龙：鱼形、龙形的灯。5 暗香：指美人。6 阑珊：零落。

※ 新解

一夜东风吹开了千树繁星，好似流星雨洒入夜幕。华丽的香车宝马来来往往，醉人的香气弥漫在欢腾的大街上。悦耳的音乐四处飘荡，明月的清光在空中流转，鱼灯、龙灯整夜随风飘转。

美人的头上都戴着亮丽的饰物，笑语欢声，体态轻盈，带着一缕诱人的清香而去。在熙熙攘攘的人群里，我千百遍寻觅着她的踪迹，却不见伊人的倩影，不经意间回头一望，却看见她伫立在灯火零落的暗处。

这首词别有寄托。上阕描写元宵节夜里欢乐热闹的景象：彩灯、宝马雕车、音乐、歌舞构成一幅绚烂的画面。下阕写自己追慕的一个不同凡俗的人，她自甘寂寞，在热闹之外，孤独地站在灯火稀疏、若明若暗的地方。用上阕的欢乐热闹场面来反衬下阕中那个不同凡俗的人，表现出她不同凡俗的气质。

这不同凡俗、自甘寂寞、有些迟暮之感的人，喻示了辛弃疾宁愿闲居，不肯同流合污的高贵气节。这是采用了一种自《离骚》开始的香草美人之喻。

鹧鸪天　鹅湖[1]归病起作

枕簟[2]溪堂[3]冷欲秋，断云依水晚来收。红莲相倚浑如醉，白鸟无言定自愁。

书咄咄[4]，且休休[5]，一丘一壑[6]也风流。不知筋力衰多少，但觉新来懒上楼。

※ 注释

1 鹅湖：山名，在江西铅山县东北。山上有湖，晋朝人龚氏曾经养鹅于此，名曰鹅湖。2 簟：竹席子。3 溪堂：建筑在水边供游赏的楼台亭阁。4 书咄咄：刘义庆《世说新语·黜免》载，殷浩被废后，终日用手指在空中书“咄咄怪事”四字。5 休休：退休归隐。《新唐书·司空图传》载，司空图隐居中条山，建亭名休休。6 一丘一壑：指寄情山水，隐居起来。

※ 新解

枕着竹席在水边亭台里休息，感到天凉，就要到秋天了，漂浮在水上的烟云在夜里都散掉了。红色莲花像醉酒一样相互倚靠着，白鸟不啼叫，它也一定在独自发愁。

像殷浩那样用手指在空中书写“咄咄怪事”，像司空图那样隐居中条山，山水丘壑也表现出风流韵味。不知道自己的精力衰退了多少，只觉得近来懒得登楼。

这首词是写病后的生活感受。上阕写景，眼前一片初秋的景象：暑气已退，天气转凉，断云初收，天气转晴，红莲相倚，白鸟无言，清新秀丽，色彩鲜明，一丘一壑也显现出风流韵味来。下阕抒情：被迫闲居，心中充满愤慨和不平，借殷浩和司空图表现自己。对自己被罢免感到是咄咄怪事，残酷的现实使自己只能退休隐居，在山水中寻求风流快乐。

菩萨蛮　书江西造口[1]壁

郁孤台下清江[2]水，中间多少行人泪。西北是长安[3]，可怜无数山。
青山遮不住，毕竟东流去。江晚正愁余[4]，山深闻鹧鸪。

※ 注释

1 造口：河名，在今江西万安县西南。2 清江：指赣江。3 长安：这里代指北宋都城汴京。4 愁余：使我发愁。

※ 新解

郁孤台下的清江水里，有无数人民的血泪。向西北望中原故都，可惜被无数的青山挡住了视线。青山能挡住人们的视线，却挡不住清江滚滚的流水。傍晚我站在江边发愁，听到鹧鸪“行不得也”的叫声。

公元 1175 年，辛弃疾 36 岁，宋孝宗派他去湖南、江西镇压茶商起义，路过江西造口时写下了这首词。

登高远望，词人看到滚滚流去的江水，想到这江水里有无数人民的血泪，这是一个时代造成的，体现了词人对金统治区内人民的同情。向西北望不到长安，词人收复失地的愿望不能实现。但词人相信，人民的抗战要求是不可能被阻挡的。可是眼前的现实告诉大家：偏安的现实已定，抗金的主张是行不通的。结尾通过鹧鸪的啼鸣表达出词人悲愤的心情。

水龙吟

程垓

夜来风雨匆匆，故园定是花无几。愁多怨极，等闲[1]孤负[2]，一年芳意。柳困桃慵[3]，杏青梅小，对人容易[4]。算好春长在，好花长见，原只是、人憔悴。

回首池南旧事，恨星星、不堪重记。如今但有，看花老眼，伤时清泪。不怕逢花瘦，只愁怕、老来风味[5]。待繁红乱处，留云借月[6]，也须拚醉。

※ 注释

1 等闲：随便，轻易地。2 孤负：同“辜负”。3 慵：懒。4 容易：指时光匆匆而逝。5 风味：感受。6 留云借月：指努力珍惜时光。

※ 新解

昨晚风雨交加，故乡园圃里枝头的花朵一定被吹打得所剩无几了吧？身处异乡的我，不禁愁怨满怀。我就这么轻易地将岁月蹉跎，辜负了又一个美好的春天。在这暮春时节，柳树也好像很困倦，将它那柔嫩的枝条慵懒地垂了下来，桃花也慵倦地收敛起了它的笑颜。杏子、梅子这时都已结出了小巧而青翠的果实，预示着春天马上就要过去了。美好的春天年复一年，周而复始，娇艳的花朵年年都可见，所不同的是，伤春惜花之人已经憔悴了。

面对此情此景，我不由得想起了故乡池南的旧事。然而，曾经那些美好的往事现在都已变成了依稀恍惚、星星点点的片段，不堪回首。如今，只剩下赏花时的一双昏花老眼和伤感时留下的一掬清泪。事实上，红衰翠减的暮春景色并不可怕，可怕的是花落春残时所引发的迟暮衰颓的感受。因此，就算是在这繁花凋零、落红满地的暮春时节，我也要尽量珍惜，努力使这美好的时光延长。我一定要努力邀请彩云和明月同我在花前月下一醉方休。

这首词凄婉绵丽，回环曲折，叙述了词人的嗟老伤时之情。句句明白如话，却饱含了词人无限的伤感。

水龙吟

陈亮

闹花深处楼台，画帘半卷东风软。春归翠陌，平莎茸嫩，垂杨金浅。迟日[1]催花，淡云阁雨[2]，轻寒轻暖。恨芳菲世界，游人未赏，都付与莺和燕。

寂寞凭高念远。向南楼、一声归雁。金钗斗草[3]，青丝勒马，风流云散。罗绶分香[4]，翠绡封泪，几多幽怨？正销魂又是，疏烟淡月，子规声断。

※ 注释

1 迟日：指春天白昼漫长。2 阁雨：使雨停止。阁，同“搁”。3 金钗斗草：女孩子玩斗百草的游戏。金钗，代指女子。4 罗绶分香：把香罗送给爱人，作为纪念。罗绶，即罗带。

※ 新解

高楼在繁花深处，春风轻柔地掀起美丽的帘幕。春到原野，遍地野草柔嫩，垂杨叶芽浅黄。春天的日子长了，催促着百花开放，云淡雨止，乍暖还寒。恨百花盛开的美丽世界，竟没有游人来玩赏，美景都被莺和燕占据了。

寂寞无聊地登高远望怀念远方的人，南来的大雁发出一声啼鸣。少女们斗草游戏，少年勒住马缰不忍离去，可是我美丽的年华都已成为过去。把香罗带分给爱人，离别后手巾里还残留着泪痕，有多少难言的愁怨啊！正是伤心的时候，又看见轻轻的雾气、淡淡的月光，听到一声声杜鹃的鸣叫。

春回大地，垂杨发芽，百花盛开，美丽的风光却没有人来欣赏，多么可惜！登高远望怀念远方的故国家园，只听见一声南来的大雁的啼鸣。大雁能回到北方，而词人却不能回去。少女斗草游戏，少年伫立观看，词人却不能和他们一起享受春天的美丽季节。词人心中想到的是，那些因国家变故而不得不离散的众多家庭，满怀的愁怨无法释怀。正在这忧国忧民时，却又听见一声声杜鹃鸣叫“不如归去”，然而到底能归何处呢？

美丽的中原大地被敌人占领，那些野蛮的侵略者带来的是破坏，春天的美丽景色他们哪懂得欣赏呢？而能欣赏的人却没有机会欣赏，大量南迁的中原人民不能像大雁一样自由地回到自己的家园，一心想恢复中原的词人能不痛心疾首吗？

小重山

章良能

柳暗花明春事深，小阑红芍药，已抽簪[1]。雨余风软碎鸣禽[2]，迟迟日，犹带一分阴。

往事莫沉吟，身闲时序好、且登临。旧游无处不堪寻，无寻处，惟有少年心[3]。

※ 注释

1 抽簪：指花开。2 碎鸣禽：形容鸟鸣声碎杂、零落。3 少年心：指少年时的豪情壮志。

※ 新解

柳荫浓郁，百花盛开，一派春意盎然的景色。小园圃低矮的围栏里，红色芍药已经抽出了花蕾，看起来就像一支支玉簪。一场春雨刚过，鸟雀在柔和的微风中欢快地鸣叫。春天白昼渐渐变长，春色妩媚，时而还带着几分阴湿的空气。

还是别再沉湎于对往事的回想中了。此刻正好有闲暇时间，加之外面是美好的春色，不妨去登高临水，到大自然中陶醉一番。昔日游历过的地方没有不能寻觅的，惟独少年时的豪情壮志，再也无法找寻。

这首词写景时有声有色，有静有动，给人明媚清新之感；抒情时看似轻松，实则含有无限感慨，抒发了作者蹉跎岁月，少年壮志未酬的惆怅情怀。

满庭芳　促织儿[1]

张镃

月洗高梧，露漙搏[2]幽草，宝钗楼[3]外秋深。土花[4]沿翠，萤火坠墙阴。静听寒声断续，微韵转、凄咽悲沉。争求侣、殷勤劝织，促破晓机[5]心。

儿时曾记得，呼灯灌穴，敛步随音。任满身花影，独自追寻。携向华堂戏斗，亭台小、笼巧妆金。今休说，从渠[6]床下，凉夜伴孤吟。

※ 注释

1 促织儿：指蟋蟀。2 漙（tuán）搏：形容露水多。3 宝钗楼：古时咸阳一楼名。4 土花：指苔藓。5 晓机：指连夜纺纱，直到天亮。6 从渠：任它，由它，听凭它。

※ 新解

皎洁的月光洒向大地一片清辉，高高的梧桐树仿佛被洗过一样，洁净挺拔，露水晶莹透亮，浸湿了幽深的芳草，华丽的楼台外秋色已深。墙根下，长满了苍翠的青苔；墙角边，萤火虫尽情地飞舞，点点荧光忽明忽暗，飘忽起落。侧耳静听，蟋蟀在静谧的秋夜里鸣叫，声音时断时续，时而又转为微细的音调，凄凉哽咽。蟋蟀鸣叫，好像是在唱一曲寻求伴侣的爱情之歌，又好像是在殷勤劝勉思妇们赶紧纺纱织布，在织机前劳作，直到天亮。

记得孩提时代最喜欢玩捉蟋蟀的游戏。我们几个顽童提着灯笼在蟋蟀洞穴口大呼小叫，有时还用水灌进洞穴，逼蟋蟀跳出来，或者蹑手蹑脚地寻着蟋蟀的声音判断它所在的位置。就算是月上枝头，花影满身之时，我们仍然追寻不舍，乐此不疲。回来后，我们把蟋蟀关在雕有亭台、镶嵌金玉的精巧的笼子里，然后把它拿到华堂高屋中，饶有兴致地看它们互相厮斗。过去的事情就让它过去吧，不必再说了，现在只能听任蟋蟀钻到我的床底下，在凄凉的夜晚发出一声声孤独的呻吟。

这是一首咏物词，是作者于宋宁宗庆元二年（1196）与姜夔等人在张达可家中会饮时，闻蟋蟀声有感而成。作者在写秋夜听到蟋蟀声的感受时，用笔细腻深婉；追忆儿时捉蟋蟀、斗蟋蟀的情景时，则将儿时的活泼和淘气生动地刻画了出来，令人耳目一新。

宴山亭

幽梦初回，重阴未开，晓色催成疏雨。竹槛气寒，蕙畹[1]声摇，新绿暗通南浦。未有人行，才半启回廊朱户。无绪，空望极霓旌[2]，锦书难据。

苔径追忆曾游，念谁伴秋千，彩绳芳柱。犀帘黛卷，凤枕云孤，应也几番凝伫。怎得伊来，花雾绕、小堂深处。留住，直到老不教归去。

※ 注释

1 蕙畹：种植兰蕙草的园圃。畹，十二亩田地为一畹。2 霓旌：绘有霓虹云霞的旌旗。

※ 新解

我刚刚从幽深的睡梦中醒来，沉沉云雾还没有散去，黎明的时候，下起了一场稀疏的小雨。远远望去，园圃周围的竹篱笆仿佛笼罩在一片寒冷的气雾中，雨点落在园圃里的兰蕙草上，发出"沙、沙"的声响。绿茵茵的春草，一直连接到昔日为伊人送别的南浦。天色微微放亮，还没有人走动，就连回廊上漆着红色漆的门户也还是半开半闭的状态。我满怀愁绪，百无聊赖，空望着天边的五彩云霞，却难以把它当作彩笺来书写。

想当初，我曾和她一起在这条长满青苔的小径上漫步徘徊。可现在，秋千孤零零地矗立在院子里，惟有彩绳和秋千柱子相依相伴。用犀牛角装饰的黛色帘子时常卷起，绣有凤凰的枕头缺少了一个，图案上的云彩仿佛也形单影只了。这一切，常常让我站在一边呆呆发愣。她要是还能来到花香雾绕的堂屋深处，我一定要留住她，就算到老也不让她归去。

作者在宋代是临安城里的豪富，这首词也在一定程度上表现了园圃胜景和富贵无聊的情绪。其主题是怀人，但略嫌堆砌辞藻。

唐多令

刘过

安远楼小集，侑觞[1]歌板之姬黄其姓者，乞词于龙洲道人，为赋此。同柳阜之、刘去非、石民瞻、周嘉仲、陈孟参、孟容，时八月五日也。

芦叶满汀洲，寒沙带浅流。二十年重过南楼[2]。柳下系船犹未稳，能几日，又中秋。

黄鹤断矶头[3]，故人曾到否？旧江山浑是新愁。欲买桂花同载酒，终不似，少年游。

※ 注释

1 侑觞：陪酒，劝酒。2 南楼：即安远楼。在武昌黄鹤山上。唐宋时成为文人墨客游览的胜地。3 黄鹤断矶头：即黄鹤山。西北有黄鹤矶，黄鹤楼在山上，面临长江。矶，临江的山崖。

※ 新解

芦苇茂密满沙洲，水落石出江流浅。二十年后，再到南楼。柳树下还未系稳扁舟，而再过几天，就又到中秋月圆的时候了。

黄鹤矶上黄鹤楼，老友去过没有？江山仍如旧，我却添新愁。二十年前，买花载酒与君同游，豪情正遒，而今再如此，终不似少年时候。

故地重游感慨万千。武昌是宋金对峙争斗的国防前线，作者青春年少时曾游览过。想当年作者买花载酒，约二三好友登南楼远眺故国江山，畅谈灭敌大计，兴致高昂。而今重游旧地，再登楼江山依旧，梦想却已东流。想到自己漂泊不定的生活和难以挽回的国运，怎不添新愁！本词感慨国家命运，深沉含蓄、委婉蕴藉，没有辛派词人某些作品的直露之病。

好事近

蔡幼学

日日惜春残，春去更无明日[1]。拟把醉同春住，又醒来岑寂。
明年不怕不逢春，娇春[2]怕无力。待向灯前休睡，与留连[3]今夕。

※ 注释

1 更无明日：不待明日。2 娇春：惜春。3 留连：留恋，不愿离去。

※ 新解

日子一天天地过去，我无时无刻不在为这暮春的残景而怜惜，春天马上就要过去了，它从不会因为人们的惋惜之情而等到明日。我想在沉醉中将春天离去的脚步留住，但又怕酒醒后会更加落寞无聊。

冬去春来，春夏秋冬，周而复始，我并不是担心明年的时候春天就不再回来，而是害怕到明年春天时我就已经年迈衰老了，到时候就无力再像现在这样怜惜春光了。就让我彻夜点灯不眠，好好享受今晚这最后一个春夜吧。

这首词抒发了一个迟暮之人对即将失去的春天的留恋和无奈之情，但是情绪并不显得消沉。词人知道自己是留不住春天的脚步的，因此决定把灯赏春，及时行乐。

点绛唇

姜夔

丁未冬，过吴松作。

燕[1]雁无心[2]，太湖西畔随云去。数峰清苦[3]，商略[4]黄昏雨。

第四桥[5]边，拟共天随[6]住。今何许？凭阑怀古，残柳参差舞。

※ 注释

1 燕：指燕地，即北方。2 无心：指大雁无忧无虑地在天空中飞翔。3 清苦：形容寒山寥落荒凉。4 商略：商量、酝酿。5 第四桥：《苏州府志》："甘泉桥一名第四桥，以泉品居第四也。"6 天随：晚唐诗人陆龟蒙自号天随子，住在松江上甫里。姜夔在此自比为陆龟蒙。

※ 新解

大雁无心在北方久留，随云飞往太湖边。乌云笼罩着那几座清寂寥落的山峰，正在酝酿着黄昏时的雨。

想要到第四桥，和陆龟蒙一起归隐。现在我置身何处？倚着栏杆怀想古人，只见衰残的柳枝在寒风中零乱飞舞。

淳熙十四年（1187）春，姜夔经杨万里介绍，前往苏州见范成大。这年冬天，姜夔再次拜访范成大，经过吴松时写下了这首词。

词的上阕描写深秋凄凉的景色：大雁南飞，乌云笼罩着峰峦，天阴欲雨。作者采用融情于景的写法，化静为动、变实为虚，抒发自己内心的凄苦忧闷。下阕词人自比唐朝隐逸诗人陆龟蒙。杨万里曾称赞姜夔像唐朝诗人陆龟蒙，姜夔也仰慕陆龟蒙的隐居生活和诗歌创作成就，常自比陆龟蒙。词人为了生活，漂泊流离，不能像陆龟蒙那样隐居，心中惆怅苦闷。词的结尾，作者以残柳在秋风中飘摇不定来衬托自己此时的心境，感叹自己的身世。想要归隐而又不得不奔走求食，敏感的词人心中的痛苦是可想而知的。

鹧鸪天　元夕有所梦

肥水东流无尽期，当初不合[1]种相思。梦中未比丹青见，暗里忽惊山鸟啼。

春未绿，鬓先丝[2]，人间别久不成悲。谁教岁岁红莲[3]夜，两处沉吟各自知。

※ 注释

1 不合：不应该。2 鬓先丝：鬓发先花白了。3 红莲：指花灯。

※ 新解

离愁别恨恰似肥水滔滔东流不尽。早知今日相思苦，当年何必种相思。梦中依稀见，不如画清晰，山鸟几声啼，惊破模糊梦境。

春意尚浅，愁怨却深，两鬓已斑白。长相离别，欲悲不能。年年元宵夜，美景良辰，甘苦有谁知？惟有两地各沉吟，深深相思。

这首词作于公元 1197 年，是姜夔怀念合肥情人的作品。全词采用直抒胸臆的写法，上阕记梦，明确抒发相思之苦。下阕直接道出良辰美景当前，却只能唤起相思苦的痛苦心情。全词由感入梦，由梦而醒，再叹相思催人老，相思之苦绵绵无尽期，层次分明，感情真挚。写相思却不浮艳，而是委婉有致，寄意深远。语言虽浅白，但韵味无穷。

踏莎行

自沔[1]东来。丁未元日，至金陵江上，感梦而作。

燕燕轻盈，莺莺娇软[2]，分明又向华胥[3]见。夜长争得薄情知？春初早被相思染。

别后书辞，别时针线，离魂暗逐郎行[4]远。淮南[5]皓月冷千山，冥冥归去无人管。

※ 注释

1 沔（miǎn）：沔州，唐宋时的州名，在今湖北汉阳。姜夔早年在这里居住过。2 “燕燕”二句：燕、莺，借指爱人。轻盈，指体态。娇软，指说话的语气。3 华胥：《列子·黄帝》：“黄帝昼寝而梦游于华胥之国。”后多指梦境。4 郎行（háng）：

即郎，情郎那边。行是衬字，有昵称的意味。5 淮南：指今日的合肥。宋时合肥属淮南路。

※ 新解

你婀娜的体态，甜美的声音，清晰地出现在我的梦中。长夜无眠，薄情郎怎么知道，春色早被我的相思染上愁情。

离别后，我的诗词勾起你的相思；离别时，你送我的针线，我一直随身携带。你的心魂一直跟随着我，时时在梦里和我相见。淮南明月当空照，千山万岭披寒光，你的魂魄飞跃千山万岭归去，有谁陪伴？

词一开头就记梦，情人的音容笑貌出现在词人梦中，梦醒后相思之情排山倒海而来，美丽的春色也被染上了相思的愁情。上阕从离人的角度把相思之情推向高潮。下阕借用“倩女离魂”的故事，设想梦中人与自己相会后又孤魂夜归的凄凉景况，构思新奇，耐人寻味。尤其最后两句意境凄清高远，富有浓郁的诗意。

词序说“感梦而作”，记梦少，写梦后的感想多。从男女双方的不同角度写相思之苦。李清照词中有“一种相思，两处闲愁”，在这首词中得到了具体化。这首词写相思而不柔媚，不涉淫邪，与五代、宋初艳词迥然不同，艺术成就要高得多。

庆宫春

绍熙辛亥除夕，余别石湖归吴兴，雪后夜过垂虹[1]尝赋诗云：“笠泽茫茫雁影微，玉峰重叠护云衣；长桥寂寞春寒夜，只有诗人一舸归。”后五年冬，复与俞商卿、张平甫、铦朴翁自封禺同载，诣梁溪。道经吴松，山寒天迥，云浪四合，中夕相呼步垂虹，星斗下垂，错杂渔火，朔吹凛凛，卮酒[2]不能支。朴翁以衾自缠，犹相与行吟，因赋此阕，盖过旬，涂稿乃定。朴翁咎余无益，然意所耽，不能自已也。平甫、商卿、朴翁皆工于诗，所出奇诡；余亦强追逐之，此行既归，各得五十余解[3]。

双桨莼波，一蓑松雨，暮愁渐满空阔。呼我盟鸥[4]，翩翩欲下，背人还过木末。那回归去，荡云雪孤舟夜发。伤心重见，依约眉山，黛痕低压。

采香泾[5]里春寒，老子[6]婆娑[7]，自歌谁答？垂虹西望，飘然引去，此兴平生难遏。酒醒波远，正凝想明珰素袜[8]。如今安在？惟有阑干，伴人一霎。

※ 注释

1 垂虹：垂虹桥，本名“利往桥”。2 卮酒：杯酒。3 解：乐曲以一章为一解。4 盟鸥：意谓隐者居云水之乡，如与鸥鸟有约。5 采香径：溪名。6 老子：作者自指。7 婆娑：手舞足蹈的样子。8 明珰素袜：女子装束，这里借指作者所想念的意中人。

※ 新解

手摇双桨，身披蓑衣，冒雨在波涛起伏的吴淞江上泛舟。天色将晚，心中的愁绪愈来愈浓，充满宽阔的江面。呼唤与我相伴的江鸥，翩翩飞舞将下未下，转眼间就从树梢上飞过去了。那一回经过这里归去，仍是在冬夜里，风雪中，乘着孤舟。伤心的景象依旧，寒山如黛，宛如伊人愁眉紧锁。

采香径里春寒袭人，我迈着沉重的脚步，独自吟唱，无人应和。身临垂虹桥，西望太湖，当年范蠡携西施扁舟泛太湖归隐，这种心情一生难平息。酒醒烟波远，冥想着佩明珠、着白袜的意中人小红。她现在何处呢？只有亭上栏杆陪伴着我。

公元 1191 年除夕，姜夔从苏州范成大处归吴兴，雪夜过垂虹桥，回想五年前过垂虹桥的景象，不禁见景思人，写下了这首记游恋旧的词。

上阕写黄昏泛舟江上，愁绪陡生，只因重见昔日景象，不禁想起五年前过垂虹桥与小红一起“小红低唱我吹箫”的景象，心情更加沉重。

下阕漫步采香径，登上垂虹桥，西望太湖，不由想起范蠡携西施隐居太湖，自己思念恋人的心情更加强烈。可是酒醒后不得不面对孤寂的现实，小红不在了，只有自己孤身一人倚栏遐想。

词人心游物外，但却不得不面对痛苦的现实。“呼我盟鸥，翩翩欲下”“垂虹西望，飘然引去”，词人逸兴遄飞，忘怀尘世，但除夕夜万家团圆，自己孤零零漂泊江湖，恋人也不在，又怎能真正忘怀！

齐天乐

丙辰岁与张功甫会饮张达可之堂，闻屋壁间蟋蟀有声，功甫约余同赋，以授歌者。功甫先成，词甚美；余徘徊茉莉花间，仰见秋月，顿起幽思，寻亦得此。蟋蟀，中都[1]呼为促织，善斗；好事者或以三二十万钱致一枚，镂象齿为楼观以贮之。

庾郎先自吟愁赋，凄凄更闻私语。露湿铜铺[2]，苔侵石井，都是曾听伊[3]处。哀音似诉，正思妇无眠，起寻机杼。曲曲屏山，夜凉独自甚情绪？

西窗又吹暗雨，为谁频断续，相和砧杵[4]？候馆迎秋，离宫吊月，别有伤心无数。《豳》诗漫与[5]，笑篱落呼灯，世间儿女。写入琴丝，一声声更苦。

※ 注释

1 中都：南宋京城临安。2 铜铺：铜制铺首。铺首即衔门环的兽面底座。此处代指庭院篱落。3 伊：指蟋蟀。4 砧杵：捣衣的用具。古代妇女常在夜里赶洗衣服寄给征人。5《豳》诗漫与：写成诗篇。《诗经·豳风·七月》：“七月在野，八月在宇，九月在户，十月蟋蟀入我床下。”漫与，即景抒情，率意而作。

※ 新解

仿佛庾信吟咏《愁赋》，又仿佛有人窃窃私语。夜露湿了铜铺首，苍苔爬满了石井栏，这都是听蟋蟀鸣叫的地方。鸣声悲戚，如泣如诉，思念爱人的失眠少妇听了便起来寻找纺织机具。秋夜微凉，思妇独坐看屏风上的遥山远水，静听蟋蟀鸣叫，会有怎样的心情呢？

蟋蟀的鸣声似夜雨敲西窗，时断时续，和捣衣声相应和，这是为了谁？恰似游子在客馆逢秋，帝王在行宫望月，触发无数伤心事。过去诗人即景抒情，把蟋蟀写进诗篇；现在笑看篱落间灯火点点，孩子们你呼我唤捉蟋蟀。有人弹起《蟋蟀吟》，乐曲声声悲苦。

这首词是姜夔的代表作之一，全词写得情致凄婉，清丽自然，而且寄托遥深，令人回味无穷。整首词以“愁”为感情基调。上阕围绕“愁”字，通过大量形象描写其人听蟋蟀夜吟，勾起人愁苦之情。下阕通过客居异乡的游子，离宫帝王的愁苦，进一步描写听蟋蟀鸣叫的心情。词的结尾采用忧与乐的对比，反衬听蟋蟀夜吟的忧伤愁苦。孩子天真无邪，呼朋唤友捉蟋蟀，而有识之士却为国运揪心，伤怀而作充满哀情的《蟋蟀吟》，通过对比使词的思想内容更加深刻，表达出作者的忧国之心。“愁”是这首词的感情基调，但姜夔并没有把“愁”停留在个人的闲愁上，而是将它投入到忧国忧民的广阔天地中去，思想更加深刻。

琵琶仙

吴都赋云：“户藏烟浦，家具画船。”惟吴兴为然。春游之盛，西湖未能过也。己酉岁，余与萧时父[1]载酒南郭，感遇成歌。

双桨来时，有人似旧曲桃根桃叶[2]。歌扇轻约飞花，蛾眉正奇绝。春渐远，汀洲自绿，更添了几声啼。十里扬州[3]，三生杜牧[4]，前事休说。

又还是宫烛分烟[5]，奈愁里匆匆换时节。都把一襟芳思，与空阶榆荚。千万缕、藏鸦细柳，为玉尊、起舞回雪[6]。想见西出阳关，故人初别。

※ 注释

1 萧时父：诗人萧德藻的侄子。2 桃根桃叶：东晋王献之的爱妾名叫桃叶，其妹名叫桃根。这里借指作者曾经的一对恋人。3 十里扬州：代指繁华的城市。4 三生杜牧：语出黄庭坚《广陵早春》："春风十里卷珠帘，仿佛三生杜牧之。"5 宫烛分烟：这里指寒食节。6 回雪：指柳絮飞舞盘旋，像雪花一样。

※ 新解

当那双桨画船缓缓地划过来时，我发现，舟中的姑娘非常像我旧时相恋的一对姐妹。姑娘用她手中的团扇，轻轻将空中飞舞着的杨花接住，她那容貌身姿，简直娇美绝伦，让我神魂颠倒。春天渐渐远去了，水中的沙洲已经呈现出一片碧绿的景象，鹈伤春的啼鸣声更加频繁了。往事如烟，就像当年杜牧在十里扬州的青楼风流，已经恍如隔世，就不要再提了。

又到了一年一度的寒食节，愁闷中时序已经匆匆更换。满腔的情思无处诉说，只能付与空庭中随意飘落的榆荚了。千万条垂柳越长越浓郁，有些鸣鸟已经隐藏在其中。柳絮在空中随风飘舞，像雪花一样，在酒杯周围飞旋。面对这青青柳色，我不禁想起了与故人惜别的情景。

这是一首感时怀人之作。词人在这首词中，没有一语涉及艳事，只用清淡的词语勾勒出一幅恬淡宁静的意象，将心底的思念之情缓缓道出，蕴藉无穷。

念奴娇

余客武陵[1]，湖北宪治在焉，古城野水，乔木参天。余与二三友，日荡舟其间，薄[2]荷花而饮，意象幽闲，不类人境。秋水且涸，荷叶出地寻丈，因列坐其下，上不见日，清风徐来，绿云自动；间于疏处，窥见游人画船，亦一乐也。朅来[3]吴兴，数得相羊[4]荷花中，又夜泛西湖，光景奇绝，故以此句写之。

闹红一舸，记来时尝与鸳鸯为侣。三十六陂[5]人未到，水佩风裳[6]无数。翠叶吹凉，玉容消酒，更洒菰蒲[7]雨。嫣然摇动，冷香飞上诗句。

日暮，青盖亭亭，情人不见，争忍凌波去？只恐舞衣寒易落，愁入西风南浦[8]。高柳垂阴，老鱼吹浪，留我花间住。田田[9]多少，几回沙际归路。

※ 注释

1 武陵：今湖南常德县，宋属荆湖北路。2 薄：近。3 揭（qiè）来：来到。“揭”为发语词。4 相羊：即徜徉，谓消遥悠游。5 三十六陂（bēi）：泛指多处荷花淀。三十六，概数，极言其多。陂，池塘。6 水佩风裳：原指美人的服饰，这里指荷花荷叶。7 菰（gū）蒲：水草，生长在水塘中的植物。8 南浦：泛指送别的地方。9 田田：形容荷叶连成一片的样子。古乐府《江南曲》：“江南可采莲，莲叶何田田。”

※ 新解

在盛开的荷花丛中泛舟，记得来时，曾与戏水鸳鸯为伴。许多荷花淀我都没有去过，水叶风荷无数。绿叶送凉，艳丽的花朵像刚消了酒意，清凉的雨点洒在菰蒲上。荷花含笑轻轻摇动，清香被人写进诗句。

天色已晚，碧绿的荷叶像伞一样亭亭耸立，美丽的花儿还没见到意中人，怎忍心凌波而去。只怕碧绿的荷叶经霜凋零，愁情随西风飞往南浦。高高的柳树垂下绿荫，水中的鱼儿吹起层层细浪，留我在繁花中过夜。荷叶茫茫一片，几乎遮断了归路。

词序为我们勾勒出两幅在五陵赏荷的美丽图画：一是荡舟花丛，饮酒作乐；一是秋水将涸，坐荷花丛中欣赏“绿云自动”的美景。

词与序相互映衬。上阕描写景物：小舟轻摇，鸳鸯戏水，水佩风裳，玉容销酒，翠叶吹凉，嫣然摇动。用人和物衬托荷花，动静结合，特别是运用拟人手法，更见荷花之美。下阕运用比喻、拟人表现自己赏花、惜花、怜花的感情。上下两阕情景交融，浑然一体。荷花因美丽而可爱，也正因其可爱而受到多情词人的爱怜珍惜。爱美丽可人的荷花，正是作者对美好人生的爱恋，恐荷花凋零而产生的万千愁绪，正是惟恐青春年华老去的惆怅。这一首词写景状物如画，意境优美，遣词造句含蓄蕴藉。

扬州慢

淳熙丙申至日[1]，余过维扬[2]。夜雪初霁，荠麦弥望。入其城则四顾萧条，寒水自碧，暮色渐起，戍角悲吟；余怀怆然，感慨今昔，因自度此曲。千岩老人[3]以为有《黍离》之悲[4]也。

淮左[5]名都，竹西[6]佳处，解鞍少驻初程。过春风十里，尽荠麦青青。自胡马窥江[7]去后，废池乔木，犹厌言兵。渐黄昏、清角吹寒，都在空城。

杜郎俊赏，算而今、重到须惊。纵豆蔻词工，青楼梦好，难赋深情。二十四桥仍在，波心荡冷月无声。念桥边红药，年年知为谁生？

※ 注释

1 至日：即冬至日。2 维扬：扬州。3 千岩老人：指宋代著名诗人萧德藻，别号千岩老人。4《黍离》之悲：指故国残破、都城荒凉的悲痛心情。《黍离》，《诗经·王风》中的一篇。5 淮左：宋朝在淮扬一带，设置淮东路和淮西路，淮东路亦称淮左。6 竹西：扬州禅智寺侧有竹西亭，那一带环境优美。7 胡马窥江：金兵于 1129 年和 1161 年两次南侵，扬州都受到惨重破坏。

※ 新解

千古名都扬州城，繁华美丽数第一，有幸经此暂时停。曾听说春风十里，我只见荞麦青青。自从金人侵扰离去后，破城古木还厌谈兵事。渐近黄昏角声寒，扬州已经成荒城。风流倜傥的杜牧之，如今到此定吃惊。纵然能吟青楼豆蔻，也难传我心中情。二十四桥今犹在，寒月无言映波心。想那桥边红芍药，不懂人事盛衰，依旧年年生。

《扬州慢》是姜夔词的代表作。这首词写于公元 1176 年，通过描写扬州城被金兵侵扰后的残破景象，揭露金统治者的暴行，抒发作者伤时忧国的感情。

上阕写扬州城的破败景象。作者采用欲抑先扬的手法，先写历史上扬州城美丽如画的风景，然后用白描的手法勾画出扬州城现实的画面，十里长街、一片凄凉。以此构成今昔对比，扬州的春风十里已然不再，只有满城草木。下阕透过设想，抒发“黍离之悲”。杜牧曾在扬州写下赞美扬州的动人诗句，作者想象纵使杜牧重到也难以写出现实中扬州的景象，词中经由景物描写渲染悲剧气氛。

这首词将叙事、写景和抒情巧妙结合在一起，充分表达了作者忧国忧民、憎恨敌人的感情。

长亭怨慢

余颇喜自制曲。初率意为长短句，然后协以律，故前后阕多不同。桓大司马云：“昔年种柳，依依汉南；今看摇落，凄怆江潭；树犹如此，人何以堪？”此语余深爱之。

渐吹尽，枝头香絮，是处[1]人家，绿深门户。远浦萦回，暮帆零乱，向何许？阅人多矣，谁得似长亭树？树若有情时，不会得青青如此！

日暮，望高城不见，只见乱山无数。韦郎[2]去也，怎忘得玉环分付。第一是早早归来，怕红萼[3]无人为主。算空有并刀[4]，难剪[5]离愁千缕。

※ 注释

1 是处：处处。2 韦郎：据《云溪友议》载：唐朝韦皋年轻时游江夏，与侍女玉箫产生爱情。临别时约定，少则五年，多则七年来娶玉箫，并以玉指环相赠。但八年仍未回，玉箫绝食而死。3 红萼：喻指所爱的女子。4 并刀：即并州所产之快剪刀。5 难剪：化用李煜《相见欢》“剪不断，理还乱，是离愁”句意。

※ 新解

春渐老，杨柳梢头花絮飞尽。伊人家在绿柳荫中。河道弯曲绵长，日暮时分心绪凌乱，不知船儿漂向何方。我见过的人不计其数，谁能像遮蔽长亭的柳树，依旧青青如故？如果柳树也有情，就不会如此青翠碧绿了。

黄昏时回望合肥城，却被无数高山挡住视线。韦郎离去，怎会忘记赠玉环的深情？他深怕你无依无靠，一定会牢记要早日归来。这千万缕离愁，即使有并州快剪也剪不断。

这是一首借咏柳写惜别之情的伤感之作。公元 1191 年，姜夔再次离开合肥，要与情人离别，难言的痛苦使他情不自禁自度《长亭怨慢》一曲，并作词遣怀。

暮春柳老，人离去，前途未卜，柳树触动词人的感情。柳树长年见人离别，依旧青翠如故，若柳树也有情，定然为自己与情人的离别憔悴。词人感叹青春易逝，红颜易损，而自己却不知将漂泊何处，流落到何时，内心更加伤感痛苦。词的上阕与词序紧密相关。

下阕直接抒发分别的痛苦之情。回望情人，重重关山阻隔，看不见伊人影踪却隔不断心中的感情。词人希望早日回到情人身边，绝不辜负她那一片深情。末句直接抒发离别之苦。这一阕使用了大量的典故，檃栝前人的作品来表达自己心中的感情。

借柳树写离情别绪，情意绵长。全词语言清健，善于运用典故，硬笔高调与柔情蜜意结合，做到了形式和内容完美的统一。

淡黄柳

客居合肥南城赤阑桥之西，巷陌凄凉，与江左[1]异；惟柳色夹道，依依可怜[2]。因度此曲，以纾客怀。

空城晓角，吹入垂杨陌。马上单衣寒恻恻[3]。看尽鹅黄[4]嫩绿，都是江南旧相识。

正岑寂，明朝又寒食。强携酒、小桥[5]宅，怕梨花落尽成秋色[6]。燕燕飞来，问春何在？惟有池塘自碧。

※ 注释

1 江左：指江南。2 可怜：可爱的样子。3 恻恻：形容轻寒凄凉的样子。4 鹅黄：淡黄色，多用来形容初春柳色。这里代指初春的杨柳。5 小桥：即小乔，周瑜之妻，这里指姜夔的合肥情人。6 “怕梨花”句：化用李贺“曲水飘香去不归，梨花落尽成秋苑”句意。这里表达惜春之情。

※ 新解

空城里晓角声寒，传入垂柳掩映的街道。着单衣骑在马上，感到无比寒冷。柳色淡黄嫩绿，这一切都是江南旧相识。

四野寂静，明朝又是寒食节。勉强携酒到恋人曾住的地方，生怕梨花落尽春色成秋。见双燕飞来，探问春在何处，只有池塘春水自绿。

这是一首作于公元1191年的伤春怀人之作。全词围绕一个“空”字展开。上阕既写出合肥城被金兵侵扰后的荒凉破败的景象，也渲染了自己内心的空虚寂寞。下阕重点写心情的“空”。春深寒食，携酒到恋人曾住过的地方，虽然人已不在，但睹物思人，仍可借着回忆重温旧情，获得些许宽慰。却见双燕归来寻春，这情景触动了词人心中的隐痛，春已归去，只有池塘春水一片碧绿，悄然无声，冷寂空荡。

景色凄凉，心情落寞。写景抒情，动静结合，既感叹时事，又伤春怀人，国事与身世以及个人的感情都纠缠在了一起，一起在一首小令中抒发了出来。这首词在思想上是深刻的，在艺术上是成熟的。

暗 香

辛亥之冬，余载雪诣石湖[1]。止既月，授简[2]索句，且征新声，作此两曲，石湖把玩不已，使二妓肄习之，音节谐婉，乃名之曰：《暗香》《疏影》。

旧时月色，算几番照我，梅边吹笛？唤起玉人，不管清寒与攀摘[3]。何逊[4]而今渐老，都忘却春风词笔。但怪得竹外疏花，香冷入瑶席。

江国，正寂寂，叹寄与路遥，夜雪初积。翠尊[5]易泣，红萼[6]无言耿相忆。长记曾携手处，千树压、西湖寒碧。又片片、吹尽也，几时见得？

※ 注释

1 石湖：在苏州城南，范成大晚年居住于此，自号石湖居士。2 授简：给予纸和笔。3 “唤起玉人”二句：写过去和美人冒寒折梅花。4 何逊：南朝梁诗人，字仲言，曾在扬州作《咏早梅》诗，后人视其为咏梅诗人的代表。5 翠尊：翠绿的酒杯，指酒。6 红萼：红花，指红梅。

※ 新解

月色依旧，不知她照过我多少回？在梅花下吹《梅花落》，唤起如花似玉的美人，冒着严寒摘梅赏花。如今我已渐渐衰老，忘记了吟诗作赋歌咏梅花。只怪竹边的梅花，将淡雅的清香送到我的坐席间。

江南静谧无声，夜雪刚刚积起，可叹难寄梅花与伊人。面对绿酒红梅，无法忘记伊人，禁不住潸然泪下。常想起我们携手漫步的地方，千树红梅映碧水，西湖水寒冽空碧。一片片梅花被风吹落，什么时候才能重见。

这首词作于公元1191年，词牌名由林逋“疏影横斜水清浅，暗香浮动月黄昏”而来，是姜夔的自度曲，他借咏梅自叹飘零，而借怀念情人感叹自己坎坷的命运。

此时姜夔已37岁，既无功名，又无妻室，落魄江湖，寄人篱下，内心有难言的痛苦。长期的漂泊让作者感到心力交瘁，疲惫万分。但作者是敏感的，清香扑鼻使他回忆起从前与情人折梅吹笛的美好时光。词人感情的闸门一打开就难以收拾，不禁思念起远在天涯的情人，顿感昨是今非，但往昔难再回，词人心中涌起无限的迷惘和惆怅。

疏　影

苔枝缀玉，有翠禽小小，枝上同宿[1]。客里相逢，篱角黄昏，无言自倚修竹[2]。昭君不惯胡沙远，但暗忆、江南江北。想佩环月夜归来，化作此花幽独[3]。

犹记深宫旧事，那人正睡里，飞近蛾绿。莫似春风，不管盈盈[4]，早与安排金屋[5]。还教一片随波去，又却怨玉龙哀曲。等恁时、重觅幽香，已入小窗横幅。

※ 注释

1 “有翠禽”二句：据《异人录》载，隋开皇年间，赵师雄迁罗浮，日暮于默林中看见一美人，并且有一绿衣童子歌笑载舞。师雄醉寐。天亮后，发现自己躺在一大梅花树下，树上有翠鸟相顾。原来美人是梅花神所化，绿衣童子即翠鸟。2 无言自倚修竹：把梅花比作美人。杜甫《佳人》：“天寒翠袖薄，日暮倚修竹。”3 “想佩环”二句：化用杜甫《咏怀古迹》“画图省识春风面，环佩空归月夜魂”句意。4 盈盈：这里借指梅花。5 金屋：用汉武帝“金屋藏娇”故事。这里借指惜花的心情。

※ 新解

梅花像美玉一般点缀枝头，有翠绿的鸟儿栖息枝上，与梅花相伴同宿。客居他乡与君相逢，黄昏时分在篱笆角上，倚着修竹傲然怒放。昭君被迫远嫁，心里暗暗怀念故国家园。想必是她的魂魄乘月归来，化作这幽香的梅花。

还记得南朝宫廷里的故事：寿阳公主正酣睡，梅花飘落在她眉间，就流行起了梅花妆。不要像无情的春风，不知惜花，把她吹落，一定要早备金屋将她珍藏。还是让一片梅花随波漂去，惹得人吹起《梅花落》。等到那时，再寻冷香，梅花已被写进小窗间的画幅里。

这首词是《暗香》的姊妹篇，词中大量用典，刻画出梅花高洁、孤独、遗世独立的芳姿。首先用赵师雄遇梅仙的故事，突出梅花洁白如玉，与翠禽同宿，而不与俗人接近的品性。用杜甫诗中的美人比喻梅花，突出梅花与竹相映更见其高洁、美丽。用昭君故事，化用杜甫诗句，写出梅花是昭君精魂所化，突出她的"幽"。用梅花妆的故事，指出万人争画梅花妆，但究竟有谁真正懂得梅花呢？又借"金屋藏娇"故事表达自己与俗人不同，是真正的爱梅惜梅之人。最后化用"初开已入雕梁画，未落先愁玉笛吹"，再赞美梅花的高洁。仔细品味，我们就能体会出这首词的艺术美和词人的人格美。

翠楼吟

淳熙丙午冬，武昌安远楼[1]成，与刘去非诸友落之，度曲见志。余去武昌十年，故人有泊舟鹦鹉洲者，闻小姬歌此词。问之，颇能道其事；还吴，为余言之，兴怀昔游，且伤今之离索也。

月冷龙沙[2]，尘清虎落[3]，今年汉酺[4]初赐。新翻胡部曲，听毡幕元戎歌吹。层楼高峙，看槛曲萦红，檐牙飞翠。人姝丽，粉香吹下，夜寒风细。

此地宜有词仙，拥素云黄鹤，与君游戏。玉梯凝望久，但芳草萋萋千里。天涯情味，仗酒祓[5]清愁，花消英气。西山外，晚来还卷，一帘秋霁。

※ 注释

1 安远楼：即武昌南楼。2 龙沙：即西域白龙堆漠，这里借指西北塞外之地。3 虎落：在边防所设的遮护城寨的竹篱。4 汉酺（pú）：指宋高宗八十寿辰，犒赏内外诸军的宴会。酺，会聚、饮酒。5 祓（fú）：古代人们除灾祛邪举行的仪式，引申为消除的意思。

※ 新解

月光照大漠，边塞无战尘，今年皇上初次赐宴欢饮。新翻作的胡部音乐，从帅府的帐幕中传出。安远楼高耸入云，曲折回旋的红色栏杆环绕着它，绿色屋檐如飞鸟展翅凌空。歌姬舞女靓丽无比，脂粉香气随徐徐的晚风飘散，令人陶醉。

这里，应该有词人，揽白云乘黄鹤，和诸位共同游戏。登楼久久凝望，只见萋萋芳草满天涯。身在天涯，只能靠饮酒赏花解愁，消磨志向。西山外，夕阳朗照，好一片晴朗的秋色。

公元 1186 年，姜夔住在汉阳姐姐家中，他和刘去非等人到武昌参加安远楼落成盛会，自度《楼吟》曲以抒怀见志。词的上阕写安远楼落成庆祝的盛况。国家呈现一片歌舞升平的景象，楼宇华美，游人如织，欢歌笑语令人陶醉。但作者描写热闹的景象并非为南宋王朝歌功颂德。下阕笔锋陡转，抒发作者对现实的忧患。在这热闹中真正有治国安邦才能的人早已乘黄鹤而去，只剩萋萋芳草使人愁。自己本有治国安邦的才能，却只能饮酒赏花，打发岁月，消磨意志。结尾描写夕阳下的美丽风光，对国家的前途还抱有希望，对个人的前途还抱有幻想，同时也流露出对国家和自己前途的忧虑。这首词表面歌颂繁荣，实际暗含讽刺，表达出作者忧国忧民的感情和对自己悲苦命运的感叹。

杏花天

丙午之冬，发沔口[1]。丁未正月二日，道金陵，北望淮、楚[2]，风日清淑，小舟挂席[3]，容与波上。

绿丝低拂鸳鸯浦，想桃叶[4]，当时唤渡。又将愁眼与春风，待去，倚兰桡[5]更少驻。

金陵路，莺吟燕舞。算潮水知人最苦。满汀芳草不成归，日暮，更移舟向甚处？

※ 注释

1 沔口：在汉水入江处。2 淮：指合肥。楚：指湖北汉阳。3 挂席：扯起船帆。席，船帆。4 桃叶：晋朝王献之爱妾名。这里指桃叶渡。5 兰桡（ráo）：兰木做的船桨。

※ 新解

鸳鸯戏水的水滨，绿柳低垂，想当初，桃叶曾在此招呼过渡。又到了东风吹柳、满眼春愁的时候，又要离去，停下船儿，再伫望片刻。

金陵城，黄莺婉转啼鸣，春燕翩翩飞舞。料想只有潮水最懂得我内心的愁苦。春草萋萋，人却归不去。天色已黄昏，行舟去何处？

这首词写于公元1187年，姜夔从汉阳经南京去湖州的途中。内容既写男女离别的愁情，又寄寓了人生漂泊的痛苦。词人用明媚的春光衬托悲哀之情，以乐景写哀，感情深沉含蓄。上阕由眼前景物而生怀古之情，抒发男女离别的愁情。词人选择了垂柳、鸳鸯这些使人联想到明媚春光、男欢女爱幸福生活的景物。而此时，词人却不得不满怀愁绪，黯然离去。去又不忍去，留又不能留，只好停船伫望，徘徊流连。下阕情景交融，莺歌燕舞惹人愁，惟有潮水理解我，潮水也有信，而自己却不得不远走他乡漂泊流离，无法与情人相亲相伴。末句一问，悲情流露无遗。

一萼红

丙午人日[1]，余客长沙别驾[2]之观政堂，堂下曲沼，沼西负古垣，有卢橘幽篁，一径深曲。穿径而南，官梅数十株，如椒如菽，或红破白露，枝影扶疏。著屐苍苔细石间，野兴横生，亟命驾登定王台[3]，乱湘流入麓山；湘云低昂[4]，湘波容与，兴尽悲来，醉吟成调。

古城阴，有官梅几许，红萼未宜簪。池面冰胶，墙腰雪老[5]，云意还又沉沉。翠藤共、闲穿径竹，渐笑语、惊起卧沙禽。野老林泉，故王台榭，呼唤登临。

南去北来何事，荡湘云楚水，目极伤心。朱户黏鸡，金盘簇燕，空叹时序侵寻[6]。记曾共、西楼雅集，想垂柳、还袅万丝金。待得归鞍到时，只怕春深。

※ 注释

1 丙午人日：即宋孝宗淳熙十三年（1186）正月初七。2 别驾：古称知府或知州之佐官通判为别驾。3 定王台：故址在湖南长沙，汉朝长沙定王所筑。4 低昂：高低起伏。5 雪老：形容积雪还未融化。6 “朱户”三句：写正月初七人日的风俗以及立春时的风俗。

※ 新解

古城北有几十株官梅，含苞欲放。池面结着厚厚的冰，墙边堆着齐腰的积雪，阴云低沉。漫步穿行在青藤翠竹间，兴致渐渐高涨，欢声笑语惊起沙滩上的宿鸟。野老游息的定王台，仿佛在呼唤我登临一览。

登高远眺，极目天际，湘云飞渡，楚水茫茫，满怀伤心，不知我南来北去是为了什么。红色门户贴金鸡，金盘盛着制作精美的纸燕，家家户户度新春，我独自悲叹时序更换，年华虚掷。还记得曾在西楼与伊人欢聚，而如今那里已经垂柳袅娜万枝柔嫩。等我回到故地，只怕已是暮春时节，春已老去。

冰厚雪深，阴云密布，踏雪寻梅，兴致高涨。乘兴登定王台，渡湘江，登岳麓山。世事沧桑，定王台已经变成野老游息的林泉。上阕写景、纪游，微有吊古伤今之意。登高远望，让词人不由得想到自己南来北往奔波劳碌，一事无成，不由悲从中来。现在已经是万家团圆庆新春的时候，自己却远在他乡，空叹年华老去。当年的风雅已经不在，只能想念，不敢归去，怕归去人事都已面目全非。这首词上阕写景，景中含情；下阕抒情，情景交融。上下阕过渡自然，语断意连，结构严密。结尾通过会意和想象，将过去和现在融合，抒情含蓄、深婉，耐人寻味。

霓裳中序第一

丙午岁，留长沙，登祝融[1]，因得其祠神之曲曰：《黄帝盐》，《苏合香》。又于乐工故书中得商调《霓裳曲》十八阕，皆虚谱无辞。按沈氏乐律：《霓裳》道调，此乃商调。乐天诗云：散序六阕，此特两阕，未知孰是？然音节闲雅，不类今曲；余不暇尽作，作《中序》一阕传于世。余方羁游，感此古音，不自知其辞之怨抑也。

亭皋[2]正望极，乱落江莲归未得。多病却无气力，况纨扇[3]渐疏，罗衣初索[4]。流光过隙，叹杏梁、双燕如客。人何在？一帘淡月，仿佛照颜色。

幽寂，乱蛩[5]吟壁，动庾信、清愁似织[6]。沉思年少浪迹，笛里关山，柳下坊陌。坠红无信息，漫暗水、涓涓溜碧。飘零久、而今何意，醉卧酒垆侧[7]。

※ 注释

1 祝融：衡山七十二峰中的最高峰。2 亭皋：水边平地。3 纨扇：细绢做的团扇。4 初索：开始被闲置。5 蛩：蟋蟀。6 “动庾信”句：触动了庾信当年那样纷乱的愁绪。7 醉卧酒垆侧：飘零离散已久，当年醉卧酒垆侧的豪情雅兴已经没有了。

※ 新解

漫步江畔，极目远望，莲花落尽，仍无法归去。近来多病，体弱无力，更何况天气渐凉，团扇渐疏，夏衣也开始闲置。时光飞逝，可叹杏木梁上双燕如旅客，准备返回故居。思念我的人在何处？如水的月光洒在窗帘上，仿佛照见了她的容颜。

清幽静寂。蟋蟀在墙角乱叫，牵动无限愁绪，交织纠缠在一起。沉思年轻时浪迹天涯，常在悲凉的笛声中跋涉关山，在柳荫掩映的街巷寄宿。情人远在天涯没有音讯，只有涓涓碧水悄然流逝。漂泊日久，现在已没有醉卧酒瓮旁的豪情逸兴了。

公元1186年秋，姜夔客居湖南，登衡山祝融峰，写下了这首词。词中透过写景抒发了词人复杂的羁旅情怀。时光流逝，岁月老去，有家难归，孤寂凄凉。蟋蟀夜鸣，动人愁绪。想当年青春年少豪情万丈，浪迹天涯、关山飞度、醉眠花街。而今情人远在天涯渺无音讯，壮志未酬，意志却已消磨殆尽。

风入松

俞国宝

一春长费买花[1]钱，日日醉湖边。玉骢[2]惯识西湖路，骄嘶[3]过、沽酒楼前。红杏香中箫鼓，绿杨影里秋千。

暖风十里丽人天[4]，花压鬓云偏。画船载取春归去，余情付湖水湖烟。明日重扶残醉，来寻陌上花钿[5]。

※ 注释

1 买花：指赏花。2 玉骢：白马。3 骄嘶：马儿欢快的嘶鸣声。4 丽人天：指女子踏青赏春的时节。5 花钿：一种首饰，用金翠珠宝镶嵌。

※ 新解

这个春天，我把钱全花在了踏春赏花之事上了，每天都在湖边喝酒喝得烂醉如泥。我这匹玉骢马现在对湖边的路况已经非常熟悉了，只听它快乐地长嘶一声，就来到了酒楼门前。娇艳的红杏散发着阵阵清香，微风中传来了悠扬的箫声和咚咚的鼓声；柳荫丛中，隐隐约约可以看见丽人们欢快地荡着秋千。

和煦的春风吹拂着大地，十里西湖之路成了美人们的世界。她们那高高耸起的云鬟雾鬓被插着的美丽的鲜花压扁了。每天在这如画的景色中流连，不知不觉间，春光已经乘着画船归去了。但是我还游兴未尽，剩余的闲情逸致就寄付于烟波迷蒙的湖光山色吧。明天我还要带着余醉再次来到这里，寻找美人们遗忘在这里的金钿首饰。

词人描绘了一幅西湖游春图，情致浓郁，香艳绮丽，为当时传诵之作。据说俞国宝所作的原词末句为“明日再携残酒”，他将此词题写在西湖酒肆里的一扇屏风上，后被宋高宗发现，将末句改为“明日重扶残醉”。

绮罗香　咏春雨

史达祖

做冷欺花，将烟困柳，千里偷催春暮。尽日冥迷[1]，愁里欲飞还住。惊粉重[2]、蝶宿西园，喜泥润、燕归南浦。最妨他佳约风流，钿车不到杜陵[3]路。

沉沉江上望极，还被春潮晚急，难寻官渡。隐约遥峰，和泪谢娘[4]眉妩。临断岸、新绿生时，是落红、带愁流处。记当日门掩梨花[5]，剪灯深夜语[6]。

※ 注释

1 冥迷：迷蒙，昏暗迷离。2 粉重：蝴蝶身上有粉，沾雨便嫌重。3 杜陵：在长安东南，是汉宣帝陵墓所在地。在此指都市里繁华的街道。4 谢娘：唐朝歌妓谢秋娘，后世用来泛指歌女。这里代指美人。5 门掩梨花：语出李重元《忆王孙》诗“雨打梨花深闭门”，表示对昔日幽欢的怀念。6 剪灯深夜语：化用李商隐《夜雨寄北》诗：“何当共剪西窗烛，却话巴山夜雨时。”

※ 新解

春雨添寒，故意损花颜，如烟似雾笼罩着嫩柳，迷茫千万里，悄悄催天向晚。整日迷迷蒙蒙，雨下下停停，缠绵不断，使人愁。雨湿蝶翼，蝶嫌重；春雨润泥，燕筑巢。蒙蒙细雨最妨碍人的佳期密约，华美车盖难去繁华路。

极目远望，江上烟波迷茫无边际。细雨还使春潮涨，难寻觅渡船。远山隐隐，恰似美人含泪的眉峰。靠近河岸，绿芽初生，落花含愁已随波流去。还记得当初雨打梨花落，门紧闭，深夜挑灯情话绵绵。

全词通过对蒙蒙细雨中景物的描写表现了春雨温柔静谧的特点。不写雨而雨自在，句句无雨，又句句写雨，生动地描绘出春雨中美丽的景象。

双双燕　咏燕

过春社了，度帘幕中间，去年尘冷。差池[1]欲住，试入旧巢相并。还相雕梁藻井[2]，又软语商量不定。飘然快拂花梢，翠尾分开红影[3]。

芳径，芹泥雨润，爱帖地争飞，竞夸轻俊。红楼[4]归晚，看足柳昏花暝。应自栖香正稳，便忘了天涯芳信。愁损翠黛双蛾，日日画阑独凭。

※ 注释

1 差（cī）池：形容燕子飞行时，毛羽参差的样子。《诗经·燕燕》诗：“燕燕于飞，差池其羽。”2 藻井：指屋梁上的承尘板，即今所谓天花板。3 红影：花影。4 红楼：富贵人家楼阁，往往为闺秀所居，也是燕子巢居的地方。

※ 新解

春社过后燕归来，飞进帘幕重重的华屋，去年的巢穴已经生了尘土，令人倍觉冷清。燕子翩翩飞舞想停住，尝试飞入旧巢并宿。还细看雕花房梁，美丽的天花板，是否依然如故，又温柔地交谈商量，却无法定夺。当燕子轻快地飞过花梢时，翠尾分开了花影。

花径里的泥土已被春雨润湿。燕子爱贴地疾飞，竞相夸耀自己轻盈俊俏。回巢时，天已晚，也看够了柳暗花昏的黄昏景色。它们在香巢中睡得很甜，便忘了给闺中人传达从远方带来的消息，使得闺中人因愁憔悴，天天倚着栏杆眺望远方。

这首词生动地描绘了春燕的情态。翩翩飞舞、细雨呢喃、轻快矫健，末尾由燕子写到人，写出燕子勾起闺中女子的春愁。王士祯评曰：“咏物至此，人巧极天工错矣！”（《花草蒙拾》）。

东风第一枝　春雪

巧沁[1]兰心，偷黏草甲[2]，东风欲障新暖。漫疑碧瓦难留，信知[3]暮寒犹浅。行天入镜，做弄出、轻松纤软。料故园、不卷重帘，误了乍来双燕[4]。

青未了、柳回白眼。红欲断、杏开素面。旧游忆著山阴，后盟[5]遂妨上苑[6]。寒炉重熨，便放漫春衫针线。怕凤靴挑菜归来，万一灞桥相见。

※ 注释

1 沁：渗透的意思。2 草甲：草初生时所带的外皮。3 信知：料想，料到。4 “料故园”句：暗用双燕传书的典故，表达对故园亲人的思念之情。5 后盟：后来加入。6 上苑：供帝王打猎游玩的园林。这里用司马相如赴梁孝王兔园之宴因雪天而迟到之事。

※ 新解

霏霏春雪沁入了刚刚绽放的兰花花蕊，沾到了刚刚萌芽的草叶上，春寒料峭，不期而至，似乎要挡住东风刚送来的一丝暖意。春雪漫天飞舞，落在了碧绿的琉璃瓦上，但不一会儿便消融了，可以看出，这股寒气只是较弱的冷空气而已。池面和桥面上覆盖了一层薄薄的春雪，晶莹明净，雪花好像故意装得纤弱松软。已经好久没有收到家乡的消息了，可能是因为春寒料峭，故乡家中的重帘没有卷起，使得新归的双燕无法飞入屋内为我传书的原因吧。

柳树刚刚发青就被蒙上了一层白雪，杏花刚刚绽放也被洁白的积雪盖住了原来的红色。我不禁想起王徽之居住在山阴时，雪夜泛舟访戴，至门不入而返，以及司马相如雪天赴梁孝王兔园之宴迟到的故事。春雪带来了丝丝寒意，人们重新点起了取暖的寒炉，又把冬装拿了出来穿上，赶缝春衫的针线活也可以慢慢再做。马上就要到挑菜节了，我所担心的是佳人们在踏青赏春归来时，万一在灞桥上又遇到了风雪该怎么办。

这首词堪称史达祖咏物词中的佳作，情致婉约，清空脱俗。全词紧紧围绕春雪展开，“巧沁兰心，偷黏草甲”，已经与狂风漫卷的冬雪大不相同了。“青未了”“红欲断”，更是用细腻的笔触来烘托隐隐的春意。

喜迁莺

月波疑滴，望玉壶[1]天近，了无尘隔。翠眼圈花，冰丝织练，黄道宝光相直[2]。自怜诗酒瘦，难应接许多春色。最无赖[3]，是随香趁烛，曾伴狂客。

踪迹，漫记忆，老了杜郎[4]，忍听东风笛。柳院灯疏，梅厅雪在，谁与细倾春碧[5]？旧情拘未定，犹自学当年游历。怕万一，误玉人夜寒帘隙。

※ 注释

1 玉壶：喻指月亮。2 黄道宝光相直：月亮好像走进了黄道轨迹，像太阳一样光辉明亮。3 无赖：这里指月光柔美多情。4 杜郎：指唐代诗人杜牧。这里是作者自指。5 春碧：美酒。

※ 新解

明月高高悬挂在夜空中，洒下了如水的月光，似乎随时都会滴落。天空一尘不染，感觉月亮离我们也近了好多。月亮的清辉穿过翠绿的柳叶，洒在花上，仿佛给大地披上了用冰丝织成的白绢。今晚月光格外明亮，好像月亮走进了太阳运行的黄道轨迹。只可惜，我耽于诗酒，消瘦憔悴，精力有限，无法应接这么多的春色了。最让我觉得月光柔美多情的是，当我焚香点烛、饮酒赋诗的时候，她也曾陪伴我一起翩翩起舞，狂放不羁。

不禁想起这些年走过的路。我已经年老了，曾经在良宵佳夜倾听荡漾在春风里的笛声，好不惬意，而现在实在无法忍受了，因为它使我想起笛中折柳的离愁，会勾起我的思乡之情。这时，柳院里已经点起了灯烛，梅厅前依然是厚厚的白雪堆积，谁来为我轻斟一杯美酒？我还是无法管束住自己旧日的性情，到现在还是跟当年一样，喜欢在晚上四处游历。然而我又担心，万一不在时，月光会在这寒夜穿过帘隙来看我。

这首词写初春的月光，给人一种婉丽细密、轻柔雅静的感觉，结句极富浪漫色彩。

三姝媚

烟光摇缥瓦[1]，望晴檐多风，柳花如洒。锦瑟横床，想泪痕尘影，凤弦常下。倦出犀帷，频梦见、王孙骄马。讳道相思，偷理绡裙，自惊腰衩[2]。

惆怅南楼遥夜，记翠箔[3]张灯，枕肩歌罢。又入铜驼[4]，遍旧家门巷，首询声价[5]。可惜东风，将恨与闲花[6]俱谢。记取崔徽[7]模样，归来暗写。

※ 注释

1 缥瓦：指淡青色的琉璃瓦。2 腰衩：腰带。3 翠箔：翠绿色的门帘。4 铜驼：古时洛阳街道名，这里借指北宋都城临安的街道。5 声价：这里指妓女的声名和消息。语出周邦彦《瑞龙吟》“惟有旧家秋娘，声价如故”。6 闲花：这里比喻妓女。7 崔徽：唐朝娼妓名。据元稹《崔徽歌序》载：“崔徽，河中府娼也。裴敬中以兴元幕使蒲州，与徽相从累月，敬中便还。崔以不得从为恨，因而成疾。有丘夏善写人形，徽托写真寄敬中曰：‘崔徽一旦不及画中人，且为郎死。’发狂卒。”这里意为崔徽死之前还留下一幅肖像，而他所要找的那个情人却连肖像都没有留下。

※ 新解

阳光灿烂，照在烟雾笼罩的琉璃瓦屋顶上，晴空中，数不清的柳絮在屋檐边随风飞舞。她旧居中的那张锦瑟一点都没有变化，还像过去一样横在琴床上。估计在我们分手之后，她经常回忆我们欢聚时的前尘梦影，并因此而泪流满面。没有了知音，她也就无心再弹琴了，因此连锦瑟上的弦都卸了下来。而且她连闺房都懒得出去，经常在闺中床上做着出游在外的情郎骑马归来的梦。可是，她即使有满腔的相思之情，也不愿意说出来，只是在她暗中整理旧日所穿的丝罗裙时，会突然发觉自己的裙腰竟会变得那样宽松，这个时候她才感到吃惊，知道自己真的瘦了许多。

我们曾经在南楼长夜欢会，翠色的门帘里华灯高照，她枕靠在我的肩膀上轻声哼唱。现在，我又回到了都城临安，我迫不及待地向昔日的街坊邻居打听她的消息。然而，她就像一朵无主的闲花，已经在东风中悄悄地凋落了。我只好仔细回忆她的模样，回去之后便请人画成肖像，以此来作为永远的纪念。

作者曾与一名歌妓相好，然而，分别若干年之后，作者再次回到都城临安，此时伊人已逝。当作者看到旧物仍在时，抚今追昔，不禁黯然神伤，写下了这首情真意挚的爱情词篇。

秋 霁

江水苍苍，望倦柳愁荷，共感秋色。废阁先凉，古帘空暮，雁程最嫌风力。故园信息，爱渠[1]入眼南山碧。念上国[2]，谁是、脍鲈江汉未归客。

还又岁晚，瘦骨临风，夜闻秋声，吹动岑寂。露蛩悲[3]、青灯冷屋，翻书愁上鬓毛白。年少俊游[4]浑断得，但可怜处，无奈苒苒[5]魂惊，采香南浦，剪梅烟驿。

※ 注释

1 渠：他。2 上国：春秋时将中原诸国称为上国。这里指京都。3 露蛩悲：秋露降临的时候，蟋蟀悲鸣。蛩，蟋蟀。4 年少俊游：少年时代的朋友。5 苒苒：柔软细嫩的样子。

※ 新解

茫茫江水，岸边柳树一个个都倦怠地空垂着枯黄的枝条，荷叶忧愁地望着残败的荷花，好像都在共同感受着悲凉的秋色。萧瑟的秋风吹来，在废弃的楼阁中能最先感受到秋天的凉意。暮色沉沉，仅仅一张破旧的帘幕怎能抵挡寒风的侵袭。南归的鸿雁也最怕这种强劲的西风了。回望故园，多么希望能得到有关家乡的消息，我最喜欢故乡南山那秀丽的青绿景色了。不知还有谁也和我一样，客居江汉，无法回到故都。

又快到岁暮了，我精神憔悴，面黄肌瘦，形容枯槁，站在瑟瑟的秋风中，哀愁难忍。夜深人静的时候，只听到处都是悲凉肃杀的秋声，这触动了我孤身羁旅的寂寞情怀。秋露降临，耳边不断传来蟋蟀的悲鸣声。凄凉的寒屋中，孤灯独照，我整日翻书解闷，那无尽的忧愁已经将我的鬓发染白。少年时一起游历的朋友们现在已经完全断了联系，可怜我只身一人，独处他乡，正是惊魂丧魄、无可奈何的时候。今天在南浦为君送别，我只能在这烟雾笼罩的驿站里采一枝梅花向远方的朋友表达我的心意了。

词人被贬异乡，数年之后，家国之恨、身世之感郁积于胸，因此在客中送客之时写下了此篇。整首词的风格沉郁苍凉，结构回环往复、虚实相间。

夜合花

柳锁莺魂，花翻蝶梦，自知愁染潘郎[1]。轻衫未揽，犹将泪点偷藏。念前事，怯流光，早春窥、酥雨池塘。向消凝里，梅开半面，情满徐妆[2]。

风丝一寸柔肠，曾在歌边惹恨，烛底萦香。芳机[3]瑞锦，如何未织鸳鸯。人扶醉，月依墙，是当初、谁敢疏狂！把闲言语[4]，花房夜久，各自思量。

※ 注释

1 潘郎：指32岁时头发全花白的潘岳。这里是作者自指。2 徐妆：即半面妆。这里形容半开的梅花。据《南史》载：“妃以帝眇一目，每知帝将至，必为半面妆以俟。帝见则大怒而去。”3 芳机：织布机。4 闲言语：指情人之间的悄悄话。

※ 新解

春天到了，黄莺躲在柳荫丛中尽情地啼鸣，仿佛是柳丝将它的歌魂勾住了；蝴蝶在百花丛中翩翩起舞，仿佛在梦中都能闻到花香。然而此刻，我却因为春愁，鬓发全白。我现在还没有换上轻薄的春衫，因为上面还留有她的点点泪痕，我一直将它暗暗珍藏，直到现在。往事如烟，每每想起往事，就不禁会惧怕时光的无情流逝。外面正下着蒙蒙细雨，池塘上烟雾迷蒙，春天已经不知不觉来临了。在这销魂凝神的时刻，面对半开着的梅花，我不禁柔情满怀，春愁无限。

春风吹拂，勾起了我相思的情怀。还记得当时，在花烛清新的芳香中，她为我唱着甜美的歌曲。现在，每次想起这歌声，无尽的幽恨便会涌上我的心头。织布机能织出那么美丽的锦缎，可是为什么偏偏织不出鸳鸯？她当时扶着喝得酩酊大醉的我，月亮则依偎在墙边悄悄地看着我们，当初有谁敢像我们爱得那样大胆热烈。如今，我俩天各一方，只能各自回忆当初深夜在花房里的悄悄话了。

这是一首伤春怀人之作。“芳机瑞锦，如何未织鸳鸯”，道出了自己爱情未能圆满，沉痛而又含蓄。

玉胡蝶

晚雨未摧宫树，可怜闲叶，犹抱凉蝉。短景[1]归秋，吟思又接愁边。漏初长、梦魂难禁，人渐老、风月俱寒。想幽欢土花[2]庭甃[3]，虫网阑干。

无端啼蛄[4]搅夜，恨随团扇，苦近秋莲。一笛当楼，谢娘悬泪立风前。故园晚、强留诗酒，新雁远、不致寒暄。隔苍烟、楚香罗袖，谁伴婵娟？

※ 注释

1 短景：指秋天白昼变短。2 土花：指苔藓。3 庭甃（zhòu）：指井壁。4 蛄：蝼蛄。雄虫能鸣，昼伏土穴，夜出飞翔。

※ 新解

晚上那一阵急促的阵雨并没有将宫中树木的残叶完全打落，寒蝉还在秋风中紧紧地抱着残留的秋叶。秋天，白昼的时间变得越来越短，此时吟赋诗词，最易牵动人们悲凉的秋思。夜晚开始慢慢变长，往日的魂魄常常乘机来到梦中游荡。人已经渐渐变老了，面对这秋风秋月，不禁感到阵阵凄寒。想起曾经在庭院里幽欢聚饮，而此时庭院里已经长满了苔藓，栏杆上也结满了蜘蛛网。

结果，好好的又被蝼蛄的鸣叫声搅得彻夜难眠。天气渐渐转凉，团扇也已经弃置不用了，想来伊人会因此而感到无尽的怨恨吧；内心酸楚凄苦，就好比那秋日的莲心。还记得那天，她在秋风中，双眼噙满热泪，在楼台上为我吹奏起深情的笛曲。现在已经快到岁暮了，我不能赶回故乡，只能以诗酒勉强消愁。南归的秋雁已经渐渐远去，却不能为我捎一封向她问候的信笺。现在的我和她，远隔千山万水，有谁陪伴着楚地的她呢？

此词在意境的营造方面非常用心，字字句句无不为刻画秋景、秋情、秋思而作，将作者的相思之情融进其中，显得十分自然深切。

八　归

秋江带雨，寒沙萦水，人瞰画阁愁独。烟蓑散响惊诗思，还被乱鸥飞去，秀句难续。冷眼尽归图画上，认隔岸、微茫[1]云屋。想半属、渔市樵村，欲暮竞然竹[2]。

须信风流未老，凭持尊酒，慰此凄凉心目。一鞭南陌[3]，几篙官渡[4]，赖有歌眉舒绿[5]。只匆匆残照，早觉闲愁挂乔木。应难奈故人天际，望彻淮山，相思无雁足。

※ 注释

1 微茫：隐约，不清楚。2 然竹：燃竹炊饭。然，同“燃”。3 一鞭南陌：指在郊外的田野里纵马驰骋。4 几篙官渡：挥篙在官设的渡口泛舟游赏。5 歌眉舒绿：歌妓们舒展翠眉，欢快地歌唱。舒绿，代指展眉。

※ 新解

秋日，江面上烟雨蒙蒙，江水萦绕着清冷的沙洲，我在画阁上久久伫立，俯瞰这空旷肃杀的秋景，不禁愁苦满怀。透过迷蒙的烟波，隐隐约约地可以看到披着蓑衣的渔翁，他撒网入水的声响惊散了我吟赋诗词的思绪，我苦心沉思得来的佳句，被那江面上纷飞的鸥鸟打断，再也无法接续。我冷冷地看着这秋江寒雨图，河岸对面的屋舍也笼罩在蒙蒙烟雨中，若隐若现，估计那大多都是渔家的村庄，夜幕降临的时候，家家户户都点燃了柴竹，开始做晚饭了。

过去那种风流情怀还未衰减，这一点我有自信，尽管满目凄凉，凭借一杯清酒，依然可以安慰自己的凄凉心境。还记得当年在郊外的田野里纵马驰骋，在官渡口挥篙泛舟，当时，面容姣好的歌妓就坐在我的坐席旁，舒展翠眉，欢快歌唱。往事如烟，不堪回首，我把目光移向远方天际。高高的乔木在夕阳的残照中，仿佛挂有无尽的闲愁。故人远在天涯之外，纵使我望断淮山，相思绵绵，也看不到为我送信的鸿雁，此情此景，真是让我难以忍受。

这首词在写景的时候，隐用了柳宗元的《江雪》“孤舟蓑笠翁，独钓寒江雪”和《渔翁》“渔翁夜傍西岩宿，晓汲清湘燃楚竹”中的诗意。写情的时候，写所思、所忆、所叹，跌宕起伏，极具韵味，将词人愁苦的心境刻画了出来。

江城子

卢祖皋

画楼帘幕卷新晴，掩银屏，晓寒轻。坠粉飘香，日日唤愁生。暗数十年湖上路，能几度、著娉婷[1]。

年华空自感飘零，拥春酲[2]，对谁醒？天阔云闲，无处觅箫声[3]。载酒买花年少事，浑不似、旧心情。

※ 注释

1 娉婷：形容姿态美好的样子。这里喻指歌女。2 酲（chéng）：醉酒，病酒。3 箫声：传说秦穆公之女弄玉爱上了善于吹箫的箫史，二人吹箫引凤而去。这里指情人。

※ 新解

下了一场晨雨，雨过天晴之时，我将楼阁中挡风的帘幕卷起，将华丽的屏风收起，让明媚的阳光照射到屋里。一阵晨风吹过，屋里仍能感到丝丝寒意。一眨眼的工夫，便落红满地，残香满园，不禁让人触景生情，愁绪满怀。我徘徊自怜，默默思考这十年中，究竟有多少次和情人在那繁花似锦的西湖路上携手共度良辰？

人能有几年美好的青春年华？岁月如流水般流逝，一去不返，我仕途坎坷，身世飘零，让人空自感叹。难遣这春愁，只好终日醉酒，可是醒来后，心曲向何人倾诉？广袤的天空中白云悠悠，然而，伊人的箫声却无处寻觅。少年时代常在春天买花载酒，倚红偎翠，寻欢作乐，可如今人已衰老，旧时的那份闲情逸致早已消失了。

这是一首伤春怨别、感叹飘零的词。词人以一个“愁”字贯穿全词，以情制胜。

宴清都

春讯飞琼管[1]，风日薄，度墙啼鸟声乱。江城次第[2]，笙歌翠合，绮罗香暖。溶溶涧渌[3]冰泮[4]，醉梦里，年华暗换。料黛眉，重锁隋堤，芳心[5]还动梁苑。

新来雁阔云音[6]，鸾分鉴影[7]，无计重见。春啼细雨，笼愁淡月，恁时[8]庭院。离肠未语先断，算犹有凭高望眼。更那堪芳草连天，飞梅弄晚。

※ 注释

1 飞琼管：古人将芦苇灰塞在十二律管里来占气候，哪个管中灰飞出来证明哪个节候至。2 次第：顷刻间。3 渌（lù）：清澈的样子。4 冰泮（pàn）：指冰雪消融。5 芳心：这里借指园中的百花。6 雁阔云音：指没有音信。阔，稀疏。云音，因大雁从空中飞过，故将所传音信称为云音。7 鸾分鉴影：喻指夫妻分离。传说晋罽宾王的鸾鸟三年不鸣，其夫人建议将鸾鸟悬镜一照。结果鸾鸟“睹形悲鸣，哀响冲天，一奋而绝”。8 恁时：此时，这时。

※ 新解

律管中有灰飞出来，春天到了。云淡风轻，春光明媚，墙外传来阵阵春鸟的啼鸣声。

江城好像一下子就进入了春天，翠袖伴着笙歌翩翩起舞，绮裳罗裙的香气在暖风中荡漾。山涧中冰雪消融，春水清澈，碧波荡漾，在这美好的景色中，岁月悄悄流逝，年华偷偷更换。想来此时，隋堤两岸又该是杨柳婀娜，翠绿茵茵了；园林中也已是百花争艳，春意盎然了。

鸿雁北归，隐入高高的天际，没有带来关于她的任何消息；分别这么久，我们再也没有办法重新见面了。庭院里细雨蒙蒙，仿佛春天在哭泣，此时的我呆呆伫立在雨中，愁绪万千；月色浅淡，似乎被忧愁所笼罩。离别的幽恨还没有说出，愁苦的心绪就已经让我伤心欲绝了。就算是还可以登高望远，缓解愁绪，可那一望无际的衰草、晚风中飘零的梅花，又叫人如何忍受！

词人写此词来追思旧情、书写愁怀。通过描写春色来感叹时节暗换、流年似水，又因离愁而感受到无尽的春愁春恨。

高阳台　除夜

韩疁

频听银签[1]，重燃绛蜡，年华衮衮[2]惊心。饯旧迎新，能消几刻光阴？老来可惯通宵饮？待不眠、还怕寒侵。掩清尊、多谢梅花，伴我微吟。

邻娃已试春妆了，更蜂腰簇翠，燕股横金[3]。句引[4]东风，也知芳思难禁。朱颜那有年年好，逞艳游、赢取如今。恣登临、残雪楼台，迟日园林。

※ 注释

1 银签：古代用来计时报更的竹签。这里代指更漏。2 衮衮：同“滚滚”，指水流不息。这里形容时间匆匆流逝。3 “更蜂腰”二句：指佩戴上彩胜、钗钿等首饰。4 句引：勾引，引诱。句，同“勾”。

※ 新解

除夕守岁，频频地听着银签落下的声音；夜深人静的时候，我又换上了一枝充满喜庆色彩的红烛。美好的年华像奔腾的江水，滚滚而逝，让人万分感慨。辞旧迎新，也只不过是几刻时间的事。我想守岁喝酒，但毕竟年纪大了，已经不习惯通宵饮酒了。但是如果不喝酒，又会受寒气的侵袭。最终我还是无奈地放下了酒杯，感谢窗外的梅花伴着我低声吟咏，陪我一起度过这孤独寂寞的除夕之夜。

在这佳节良宵，想必邻家的少女早已准备好了明日游春的梳妆打扮之物了吧？到时她肯定是全身焕然一新，而且还喜气洋洋地佩戴上钿翠首饰和金制发钗。她那娇艳的打扮引得东风也按捺不住春情，暗地里赶紧为人们安排好随之而来的春光美景。青春容颜虽美丽，但岂能常驻？应该趁此良辰美景，纵情艳游，快乐地度过今日。明天我就将尽情登临残雪未消的楼台，观赏即将到来的园林春景。

除夕守岁，本来是一件庆贺活动，但上了年纪的人却不免悲欢交集，万感俱生。本篇作者即描写了这种心境。“多谢梅花，伴我微吟”，用拟人手法，将守岁者的孤独寂寞之情刻画了出来。“句引东风，也知芳思难禁”二句又重新归于乐观向上的情绪，想象独特，意味无穷。

木兰花

严仁

春风只在园西畔，荠菜花繁胡蝶乱。冰池[1]晴绿照还空，香径落红吹已断。

意长翻恨游丝短，尽日相思罗带缓[2]。宝奁[3]如月不欺人，明日归来君试看。

※ 注释

1 冰池：形容水面像冰一样光洁，莹澈清碧。2 罗带缓：指人因为消瘦而衣带渐宽。3 宝奁（lián）：镜匣的美称，这里代指镜子。

※ 新解

园子里春光灿烂，在春风的吹拂中，园子西角开满了荠菜花，蝴蝶成群成团地纷纷飞来。平静的池水清澈透亮，莹洁似冰，蔚蓝的天空掩映在碧绿的湖面上，让人心旷神怡；落花铺满了园旁的小径，微风送来阵阵落花的幽香。

绵绵情意犹如空中飘荡的游丝，可是游丝怎么会这么短？整日整夜的相思将我折磨得日渐消瘦，身上的衣带也变得越来越宽松。梳妆匣里那面明亮如月的镜子是不会欺骗人的，到你明天回来的时候就可以看到我消瘦的容颜了。

描写闺情是唐宋词的主要题材之一，不同的词人所写的闺情风格也各不相同，或造语绮丽，或深隐含蓄。这首词写闺妇春思，委婉深情，构思奇特，让人百读不厌。结尾二句将思妇之痴心，感情之真挚刻画得淋漓尽致。

生查子　元夕戏陈敬叟

刘克庄

繁灯夺霁华[1]，戏鼓侵明发[2]。物色旧时同，情味中年别。

浅画镜中眉，深拜楼中月。人散市声收，渐入愁时节。

※ 注释

1 霁华：明月。2 侵明发：直到天明。侵，接近。明发，黎明。

※ 新解

元宵节的夜晚，大街小巷的花灯五彩缤纷，光芒四射，将天上明月的光辉都比下去了；锣鼓喧天，此起彼伏，一直响到天明。风俗景物还和往年一样，没有变化，只是人已到中年，个中滋味和心情与以前大不相同了。

这一天，女孩子们会刻意打扮一番，对着镜子浅浅地勾画眉毛，在楼台上对着天空中高悬的明月礼拜作揖，许下美好的心愿。当花街上游人散尽，喧闹停息的时候，热闹一时的人间世界便又渐渐归于愁苦静寂。

此词虽为游戏之作，但仍能体现出作者对人生虚无的感受。作者浓墨重彩写景，淡淡着墨写人，两两相形，各具其妙。

贺新郎　端午

深院榴花吐，画帘开、綀衣[1]纨扇，午风清暑。儿女纷纷夸结束[2]，新样钗符艾虎[3]。早已有游人观渡。老大逢场慵作戏，任陌头、年少争旗鼓，溪雨急，浪花舞。

灵均[4]标致[5]高如许，忆平生既纫兰佩[6]，更怀椒醑[7]。谁信骚魂千载后，波底垂涎角黍[8]。又说是蛟馋龙怒。把似[9]而今醒到了，料当年、醉死差无苦、聊一笑，吊千古。

※ 注释

1 綀（shū）衣：粗布麻衣。2 结束：打扮，装束。3 钗符艾虎：端午节时采艾草制成虎形的钗头符，戴在头上用以避邪。4 灵均：指屈原，字灵均。5 标致：风度、风采。6 纫兰佩：将秋兰连缀在一起佩戴在身上，表示高洁的情怀。7 怀椒醑（xǔ）：“醑”应用“糈”。语出《离骚》“怀椒糈而要之”。椒糈，用以迎神的食物。8 角黍：

指粽子。9 把似：假如。

※ 新解

端午节到了，深深的庭院里，火红的石榴花竞相吐艳。我将华美的帘幕卷起，穿一件粗布衣服，执一柄细绢团扇以解暑。中午时分，初夏的暑气被一阵清凉的微风轻轻吹散。青年男女们在这个时节都争相展示自己漂亮的服饰。他们都戴着式样新颖的钗头符，佩饰着精巧的艾虎。游人们为了观看一年一次的龙舟竞渡，早早地就来到了江边。我已经一大把年纪了，无心于随事应景，逢场作戏了。只能看着小伙子们扎着头巾，摇旗呐喊，在震天的鼓声中争先恐后地奋桨划舟。船桨溅起的水点犹如阵阵急雨，飞速向前的龙舟激起无数的浪花，上下飞舞。

屈原是那样的风度高雅。他生平非常喜欢将秋兰连缀在一起佩戴在身上，还经常怀揣着迎神、祭神的香物美酒，来显示其情怀高洁。谁会相信屈原高洁的灵魂在千年之后，会垂涎于水底下的几只粽子？至于蛟龙贪馋，与屈原争食之类的传说，就更不值得一信了。假如屈原独醒到今天，一定会痛苦不堪，因为活到今天实在是不如当年醉死，还可以免除活在人间的许多苦楚。我这种凭吊古人的说法，只是供大家一笑而已。

这是一首端午节感怀之作。作者在客观描述端午节的种种风俗和热闹场景的时候，带出了对于沧桑世故的百无聊赖之意，然后即景感怀，寓庄于谐，于冷言冷语中透出悲凉愤世之情。

贺新郎　九日[1]

湛湛[2]长空黑，更那堪、斜风细雨，乱愁如织。老眼平生空四海，赖有高楼百尺。看浩荡、千崖秋色。白发书生神州泪，尽凄凉不向牛山滴[3]。追往事，去无迹。

少年自负凌云笔，到而今春华落尽，满怀萧瑟。常恨世人新意少，爱说南朝狂客[4]，把破帽年年拈出。若[5]对黄花孤负酒，怕黄花也笑人岑寂。鸿北去，日西匿。

※ 注释

1 九日：农历九月九日，重阳节。2 湛湛：浓重貌，形容天色昏暗。3 牛山滴：据《晏子春秋·内篇谏上》记载："景公游于牛山，北临其国城而流涕，曰：'若何滂滂去此而死乎？'"指恋生惧死。这里指自己的老泪不为个人生死而流。4 南朝狂客：指东晋孟嘉。据《晋书·孟嘉传》记载："九月九日（桓）温宴龙山……有风至，吹嘉帽堕落，嘉不之觉。"后人常用此典来写九九重阳登高的豪情。5 若：谁。

※ 新解

天色阴沉，哪还禁得起斜风细雨，惹得人愁绪纷乱。我看尽天下风光，恰好有百尺高楼，能看尽千山万壑广阔秋色。我为神州大地不能统一而流泪，尽管满心凄凉，也不向牛山流泪。追想往事，已渺无踪迹。

青春年少时自负富有文才，到现在青春年华已逝去，满怀家国悲凉之情。经常怨恨文人题咏重阳节没有新意，年年把孟嘉落帽的典故拈出来。面对黄花谁不喝酒，怕黄花也会笑人没有生气。大雁高飞远去，日头西落。

这是一首重阳抒怀词。上阕描写秋风、秋雨和秋色，抒发作者怀念中原、为国担忧的心情。词人为国家命运和前途担忧，并引用典故指出自己并不因流连风景、贪生怕死而流泪，实在是为中原尚未统一而悲伤。下阕点明自己的词风变化，既不像少年时文采风流，也不像一般文人墨客只会写陈词滥调，而是以词抒发满怀的悲凉。最后以写景结尾，与词的开头相呼应，也暗含词人认为南宋江山已日薄西山、气息奄奄。

木兰花　戏呈林节推乡兄

年年跃马长安市。客舍似家家似寄。青钱换酒日无何[1]，红烛呼卢[2]宵不寐。

易挑锦妇[3]机中字，难得玉人[4]心下事。男儿西北有神州，莫滴水西桥[5]畔泪。

※ 注释

1 日无何：每日无所事事。2 呼卢：一种赌博游戏。3 锦妇：原指苏惠，这里指林的妻子。4 玉人：原指容色如玉的人，这里指林所迷恋的妓女。5 水西桥：当时妓女聚居的地方。这里指玉人所居之处。

※ 新解

每年骑着马在京都游玩，客舍像家，家却像旅社。天天花钱买酒，无事可做；夜夜通宵赌博。

容易理解妻子的深情，难以捉摸妓女的心意。男子汉应该心系中原大地，不要留恋青楼，不应为妓女而洒伤心的泪。

这是一首规劝朋友的词，题为戏作，却并非游戏文字。上阕写林的放荡豪爽。他终日闲游，喝酒赌博无所事事。表面是在赞扬林性格的豪迈，实际上却是对林的放荡行为表示惋惜。下阕则将妻子和妓女对自己的感情作对比，规劝林不能迷恋女色，流连在烟花柳巷。接着说还有意义更重大的事业等着男子汉去做，应该心怀报国大志，不要被女色迷惑而消磨了意志。

全词反映了词人对放荡生活的强烈反感，并提出应该心系国事的主张。该词语言平易浅近，词旨却深远。一气呵成，富有气势。

湘春夜月

黄孝迈

近清明，翠禽枝上消魂[1]。可惜一片清歌，都付与黄昏。欲共柳花低诉，怕柳花轻薄，不解伤春。念楚乡旅宿，柔情别绪，谁与温存？

空尊夜泣，青山不语，残照当门。翠玉楼前，惟是有、一陂[2]湘水，摇荡湘云。天长梦短，问甚时、重见桃根[3]？者次第[4]、算人间没个并刀，剪断心上愁痕。

※ 注释

1 翠禽枝上消魂：翠鸟栖息在花枝上，显出无限的愁苦。2 陂：湖泊。3 桃根：指王献之之妾桃叶的妹妹，名叫桃根。这里指情人。4 者次第：这一连串。者，同“这”。

※ 新解

清明节快要到了，树枝上的翠鸟愁苦丧魂，在黄昏中不住地鸣唱，实在是可惜了那一副婉转清脆的歌喉了。翠鸟多情，欲向柳絮倾诉心曲，然而，柳絮只会在风中四处飞舞，它那轻薄飘忽的生性，怎能理解伤春之情？我独自客居于楚地旅舍，倍感孤独寂寞，谁用柔情来抚慰我的离愁别绪，温暖我这凄凉破碎的心啊？

漫漫长夜中，空荡荡的酒杯仿佛在悄悄哭泣，远处青山连绵起伏，默默不语，只有一弯残月，洒在门口一片凄寒的清光。站在华美的楼阁里，向远方眺望，湘江在月光的掩映下，波光粼粼，天空中的朵朵浮云映照在湘江中，随波摇荡。长天幽邈，人生梦短，我什么时候才能再次见到我的“桃根”啊？这许许多多的事情令人烦恼，看来，人间已经无处可寻那锋利的并州剪刀了，只有它能够剪断我这万般愁苦的心绪。

这首词情致低回缠绵、意象玲珑秀美、行笔流畅自然，写了暮春之夜，羁旅楚地，月色清幽，湘水渺茫，思乡怀人，百感交集。

瑞鹤仙

陆叡

湿云黏雁影，望征路，愁迷离绪难整。千金买光景，但疏钟催晓，乱鸦啼暝。花悰[1]暗省，许多情，相逢梦境。便行云都不归来，也合寄将音信。

孤迥[2]，盟鸾[3]心在，跨鹤[4]程高，后期无准。情丝待剪，翻[5]惹得旧时恨。怕天教何处，参差双燕，还染残朱剩粉。对菱花[6]与说相思，看谁瘦损？

※ 注释

1 花悰（cóng）：花的心绪。悰，心事。2 孤迥：指孤独寂寞。迥，遥远。3 盟鸾：指爱情的盟约。4 跨鹤：指骑鹤飞升成仙。5 翻：反而。6 菱花：指铜镜，背面刻有菱花图案。

※ 新解

乌云阴湿厚重，大雁贴着乌云飞向天边，漫漫征程，弥漫着无边无际、难以梳理的离愁别绪。我想用千金买回过去的美好时光，然而，城楼上的钟声日复一日地催促着新的黎明到来，群鸦乱啼，又迎接着一个又一个黄昏的来临。在倚红偎翠的欢乐中，我暗自醒悟过来，人世间许多的情爱，不都是在梦中相逢吗？即使旧时曾经相好的美人们都不再归来，但至少也应该给我捎封信回来吧。

现在的我，孤独寂寞，愁绪难解。昔日山盟海誓，保证永不分离，当时的话到现在还在我耳边回响，然而，她已如黄鹤仙去，杳无音信，真不知道以后还能不能再次见面。这份情感藕断丝连，我本想彻底将它剪断，谁知反而更加勾惹起过去的许多幽恨了。只怕老天让这薄情之人在别的地方又和他人双栖双宿了，参差飞舞的双燕身上，分明还带着她的脂粉香气。此刻，我形单影只，只能对着铜镜来倾诉满怀的相思之情了，不知镜中的影子和现实中的我，到底哪个更加憔悴。

这是一首描写对旧时恋人怀恋之情的词。想用千金买回曾经的美好时光，然而往事如梦，望眼欲穿都盼不来伊人的音信，因此而产生万般懊恼。“对菱花与说相思，看谁瘦损”，设问新奇，极尽深沉委婉之能事。

霜天晓角　梅

萧泰来

千霜万雪，受尽寒磨折。赖是[1]生来瘦硬，浑不怕、角吹彻。

清绝，影也别，知心惟有月。原没春风情性[2]，如何共、海棠说。

※ 注释

1 赖是：幸亏。2 春风情性：指春天桃李、海棠那样柔弱娇艳的情性。

※ 新解

梅花受尽了霜冻冰雪的万千次摧打，受尽了数九寒天的种种折磨，然而，它那生来就瘦硬的枝条，就像铮铮铁骨，丝毫无惧，哪怕是人间最凄凉的号角声，它都傲然不动。

梅花清逸绝尘，甚至连影子都与流俗之花木大不相同，惟有那一轮明月，冰清玉洁，可以算得上是它的知音。本来就没有在融融春风中争奇斗艳的性情，跟那些纤柔娇嫩、以姿色邀宠的海棠、桃李，哪有什么共同语言？

词人将梅花人格化，将其瘦硬清绝、一任霜欺血压，依然无惧无畏的傲骨以及孤高轻狂、不屑于和凡花俗卉争胜的傲气刻画了出来。

霜叶飞　重九

吴文英

断烟离绪，关心事，斜阳红隐霜树。半壶秋水荐[1]黄花，香噀[2]西风雨。纵玉勒、轻飞迅羽，凄凉谁吊荒台古。记醉踏南屏，彩扇咽寒蝉，倦梦不知蛮素[3]。

聊对旧节[4]传杯，尘笺蠹管[5]，断阕[6]经岁慵赋。小蟾[7]斜影转东篱，夜冷残蛩语。早白发、缘愁万缕，惊飙从卷乌纱去，漫细将、茱萸看，但约明年，翠微高处。

※ 注释

1 荐：献。2 噀（xùn）：喷。3 蛮素：指白居易的二姬小蛮和樊素，小蛮善舞，樊素善歌。这里泛指歌姬舞女。4 旧节：指重阳节。5 尘笺蠹管：纸已积尘，笔已虫蛀。6 断阕：指写到一半的歌词。7 小蟾：月亮。

※ 新解

迷乱凄寒的烟云就像我满怀的愁绪。秋阳洒下的余晖慢慢隐没于苍凉的霜树后面，勾起我无限心事。菊花盛开，折下几枝将其插在半壶秋水中，然后细细品玩它，顿时，西风细雨中弥漫着秋菊的幽香。在这风雨之日，谁会纵马飞驰，去荒郊野外凭吊荒凉凄寒的古台？还记得当年醉酒之后，同她一起游览西湖“南屏晚钟”的胜景，当时她手持彩扇，扇底的歌声像寒蝉在呜咽，而我则酒酣梦倦，竟然没有尽兴欣赏她美妙的歌舞。

又是一年重阳到，姑且和大家一起喝酒解愁吧。在这一年多中，我已经变得心灰意懒，无心作歌赋词了，连纸和笔都已经尘封虫蛀了，去年写到一半的歌词也没有心思续完。月亮渐渐西沉，凄冷的月光斜洒在东篱上。夜深人静，只有蟋蟀还在寒风中哀鸣私语，声音凄婉，仿佛在诉说着悲凉的心绪。因为心中愁绪太多，我的头发早早地便发白了，我多么想能和往年一样登高望远，任凭狂风将头上的乌纱帽卷走。我漫不经心地打量着身上佩戴着的茱萸，最后还是与朋友约定，到明年重阳节时，再去登上那葱翠的青山凭高望远。

这是一首重阳节追思亡姬的词作。词人因见重阳时节的秋景而触景生情，追忆往事，境况凄凉。虽然强打精神，以来年为期，但从中更觉悲凉沉郁。

宴清都　连理海棠

绣幄鸳鸯柱，红情密、腻云[1]低护秦树。芳根兼倚，花梢钿合[2]，锦屏人妒。东风睡足交枝，正梦枕瑶钗燕股[3]。障滟蜡[4]、满照欢丛，嫠蟾[5]冷落羞度。

人间万感幽单，华清惯浴[6]，春盎风露。连鬟并暖，同心共结[7]，向承恩处。凭谁为歌《长恨》？暗殿锁、秋灯夜语。叙旧期、不负春盟[8]，红朝翠暮。

※ 注释

1 腻云：形容云层浓厚。2 花梢钿合：树梢交合相并。3 瑶钗燕股：指玉燕钗。4 滟蜡：跳跃的烛光。5 嫠（lí）蟾：指月亮。嫠，女子无夫。6 华清惯浴：海棠沐浴在春风雨露中，就像刚出浴的杨贵妃。7 “连鬟”二句：指古代女子在出嫁之后就要将双鬟并梳为一鬟，把罗带绾为同心结。8 春盟：指爱情的盟约。

※ 新解

连理海棠的树干就像鸳鸯双柱，支起了彩绣幕帐般的锦簇花团。树枝上，粉红色的海棠长得茂密繁盛，亲密无间的样子，更像是彩云低垂，垂护于这株秦中的名树。连理海棠树根交叉倚靠，树梢交合相并，那姿态之亲密，简直会让锦屏边的贵妇人心生妒忌。娇艳的海棠花在春风的吹拂下，如酣睡的美人，交合的树枝，在她的梦里变成了象征信物的燕股玉钗。晚上，人们都秉烛夜游，明亮的烛光映红了海棠花丛。月中孤寂的嫦娥，如果见到此情此景，想来会羞于让月光照在花丛上吧。

人世间，多少夫妇天各一方，感受着孤独寂寞的幽恨。只有杨贵妃在华清池中沐浴着风情雨露，感受着盎然春意。她和唐玄宗鬓发相连，同枕共寝于温暖的帷帐之中，永结同心，君王的万般宠爱集于一身。可为什么又生离死别两茫茫，最终还要借助他人写一曲生离死别之歌呢？宫殿高大深邃，笼罩在夜雾中，秋灯昏暗，仿佛有离魂寄语：千万别忘记七月七日我们的期会，以及我们生生世世永为夫妻的爱情盟约，我们将朝朝暮暮，红花绿叶，永不分离。

这是一首咏物词，以杨贵妃和唐玄宗的情事为线索而展开，精致含蓄。词人紧扣海棠的特征，写得工细贴切。叙述杨李情事时，又不忘照应连理海棠，花中有人，人中有花，物态人情，难以细分。

齐天乐

烟波桃叶西陵路，十年断魂潮尾[1]。古柳重攀[2]，轻鸥聚别，陈迹危亭独倚。凉飔[3]乍起，渺烟碛[4]飞帆，暮山横翠。但有江花，共临秋镜照憔悴。

华堂烛暗送客，眼波回盼处，芳艳流水。素骨凝冰，柔葱蘸雪[5]，犹忆分瓜深意。清尊未洗，梦不湿行云，漫沾残泪。可惜秋宵，乱蛩疏雨里。

※ 注释

1 潮尾：指退潮。2 古柳重攀：重新来到昔日折柳送别之地。3 凉飔（sī）：冷风。4 烟碛（qì）：远处烟雾笼罩着的迷蒙的沙洲。5 柔葱蘸雪：纤细的手指如雪一样洁白。

※ 新解

再次来到曾经与情人分别时的渡口，十年前的旧事已经被潮水卷去退却，空留下我伤心欲绝的回忆。重新折一枝古柳拿在手中，不禁感叹人生聚散离合，就像轻捷的鸥鸟一样无常。如今，只剩我一人独自倚靠在曾经送别的高亭栏杆旁怀念往事。突然一阵凉风吹过，眺望远处，远行的飞帆已经消逝在了烟波浩渺的沙洲之外，暮色中，茫茫青山横卧于天际。只有明净如镜的江水，映照着秋花和我憔悴的身影。

想起我们初次见面的那天晚上，堂舍的烛光渐渐昏暗下来，她将其他客人送走，将我留下，眼波顾盼，就像香艳的流水，充满了柔情蜜意。我还清楚地记得她用那冰清玉洁、柔葱一般纤细雪白的手指为我剖瓜的深情厚谊。酒杯中还留有我用来浇愁的剩酒，没必要再更盏洗杯。与她在梦中相会，还没来得及欢会就已风消云散，醒来后，发现衣襟上还沾着未干的残泪。我秋夜难眠，耳边充斥着杂乱的蟋蟀声和稀疏的雨声，心中倍感凄凉孤寂。

这是一首追思旧日恋情的词。词人故地重游，物是人非，感昔伤今，百感交集。

花犯　郭希道送水仙索赋

小娉婷，清铅素靥[1]，蜂黄[2]暗偷晕，翠翘攲鬓[3]。昨夜冷中庭，月下相认，睡浓更苦凄风紧。惊回心未稳，送晓色、一壶葱茜[4]，才知花梦准。

湘娥化作此幽芳，凌波路，古岸云沙遗恨。临砌影，寒香乱、冻梅藏韵[5]。熏炉畔、旋移傍枕，还又见、玉人垂绀鬒[6]。料唤赏、清华池馆，台杯须满引。

※ 注释

1 清铅素靥（yè）：在素洁的脸颊上淡施铅粉。靥，酒窝。2 蜂黄：这里用来形容水仙花的黄色花蕊。3 翠翘攲鬓：形容水仙的绿叶就像美女头上斜插着的翠玉首饰。4 葱茜（qiàn）：青翠茂盛的样子。5 冻梅藏韵：指水仙的香气使以风韵自诩的寒梅为之逊色。6 绀（gàn）鬒（zhěn）：指青黑色的头发。

※ 新解

我在睡梦中，看见了亭亭玉立的水仙花。它那素白的花朵，宛若美人的酒窝边淡淡地施上铅粉；黄色的花冠，就像时髦女郎偷偷地晕染上了蜂黄新妆；叶片翠绿而又修长，仿佛美人头上斜插着的翠玉首饰。昨晚春寒料峭，明月高悬，我在院子里看到了这素雅高洁的水仙。窗外的寒风一阵紧似一阵，将我从睡梦中吹醒，使我的心绪倍感凄苦。当我亲眼看到了这青翠繁茂的水仙时，才意识到，原来这场花梦是确有其事。

据说这水仙是由湘水女神湘夫人变成的。她在哀云低拂、沙洲绕水的湘江岸边凌波飘然而去，留下了多少难言的幽恨。水仙花的影子映照在石阶前，清香幽幽，四处弥漫，寒梅素来以风韵自诩，然而，在水仙面前，它也自感逊色。我把水仙搬到熏炉边，又移到枕头旁，仿佛又看到了伊人，她披散着黑色长发坐在床边。想来友人郭希道会邀请我到清华池馆，在“金盏银台”般的酒杯中斟满美酒，与我共赏这高洁婀娜的凌波仙子吧！

这是一首歌咏水仙的词作。全词紧扣水仙而赋，然而，思维却是跳跃式展开。似梦非梦，构思奇特。

浣溪沙

门隔花深旧梦游，夕阳无语燕归愁，玉纤[1]香动小帘钩。
落絮无声春堕泪，行云有影月含羞，东风临夜冷于秋。

※ 注释

1 玉纤：这里代指美人纤细的手。

※ 新解

我在梦中又回到了旧游之地。那里花团锦簇，春意盎然，那扇我所熟悉的门掩藏在花丛深处。夕阳默默地将它的余晖斜洒向庭院，双双归燕陪伴着我相对生愁。伊人用她那纤纤素手拉动垂帘的帘钩，将我送出门。

柳絮纷纷飘落，悄然无声，好像春天在流泪；行云悄然遮月，宛如月亮因含羞而掩面。在这静寂的春夜，东风劲峭，此刻的我，感觉比萧瑟的秋天还要凄冷。

这首词中，词人因梦而思人。全词给人一种迷离恍惚、含蓄朦胧的感觉。词人将时空交错，梦中往事和现实情景错合往复，将主人公淡淡的忧伤和深深的情意写了出来。

浣溪沙

波面铜花[1]冷不收，玉人垂钓理纤钩[2]，月明池阁夜来秋。
江燕话归成晓别，水花[3]红减似春休[4]，西风梧井叶先愁。

※ 注释

1 铜花：本指铜镜上的花纹。这里用来喻指清澈明净的水波，平静如铜镜。2 纤钩：喻指弯弯的月影。3 水花：指荷花。4 春休：春尽、春暮。

※ 新解

水面碧波粼粼，平静得就像一面铜镜，反射着天上的寒光。一轮弯月下，美人在悠然垂钓。在这寂寥秋夜，水天一色，明净的月光洒满了池塘楼阁。

江边的燕子就要南归了，匆匆地与我话别，到拂晓的时候，它们便匆匆离去；水中荷花娇艳欲滴，然而现在也已渐渐稀少，好像暮春时纷纷残落的红花。西风萧瑟，井边的梧桐落叶最先感受到了秋天的悲愁。

这是一首忆姬之词。伊人尚在时，西园秋景美如画；伊人离去后，秋色生愁人更愁。这首词意境迷离蕴蓄，结构跳跃不定，内容难以索解，体现了吴文英一贯的词风。

点绛唇　试灯夜[1]初晴

卷尽愁云，素娥[2]临夜新梳洗。暗尘不起，酥润凌波地[3]。

辇路[4]重来，仿佛灯前事。情如水，小楼熏被，春梦笙歌里。

※ 注释

1 试灯夜：指元宵节前夜。2 素娥：指嫦娥。这里指月亮。3 凌波地：美人经过的地方。4 辇路：帝王车驾行经之路。这里指京城的繁华街道。

※ 新解

元宵节的前夜，雨住云收，天空清澈明净，月中的嫦娥妩媚洁雅，好像在入夜时刚刚梳洗一新。空气中没有一点尘土，佳人们走在酥松湿润的街道上，步履轻盈，尽情赏灯夜游。

京城天街繁华似锦，故地重游，一样的夜晚，一样的月色灯光，将我带回了昔日赏灯的情景中。往事如烟，柔情似水，伊人却不知身处何方。我颓然返回小楼中，薰被独眠，在梦中又回到了当年笙歌扇舞的欢乐之中。

这首词中，词人重游故地，然而已经物是人非了。当年的试灯夜，灯月交辉、地润无尘、游人如织。如今故地重游，触景生情，少年不再，伊人杳然，无限的惆怅和深情，只能萦回于春梦中了。

祝英台近

春日客龟溪[1]，游废园。

采幽香[2]，巡古苑，竹冷翠微路[3]。斗草溪根，沙印小莲步。自怜两鬓清霜，一年寒食，又身在云山深处。

昼闲度，因甚天也悭[4]春，轻阴便成雨？绿暗长亭，归梦趁风絮。有情花影阑干，莺声门径，解留我霎时凝伫。

※ 注释

1 龟溪：在浙江德清。2 幽香：这里指野花。3 翠微路：长满青苔的道路。4 悭：吝啬。

※ 新解

采一株幽香芳馥的野草，在已经被人废弃的古苑中漫步。竹丛幽深，蜿蜒曲折的小路上长满了青苔。龟溪之畔，许多花草被弃掷在地，踏青斗草的女孩子们在沙滩上留下了小巧的脚印。可叹我已年老，两鬓斑白，当一年一度的寒食节到来的时候，我还只身一人远离故土，云游深山。

等闲度过了这大好的春日时光。老天也吝惜这大好春光，稍有小阴便细雨纷纷，不知是为什么。我仿佛已经踏上了绿草盈盈的长亭路，思乡的梦魂随着风中的柳絮飘然而去。栏杆边花影扶疏，门前小路上莺语婉转，它们仿佛都在深情地安慰我，殷勤地挽留我，我不禁伫立凝思，不忍离去。

词人在寒食节的时候，独自在异乡的一座废弃的园林里度过，因此心情惆怅苦闷。词人已是“两鬓清霜”之人，却还孤身远游，在妙龄丽人莲步斗草的青春欢快气氛的衬托下，更显得凄苦苍凉。

祝英台近　除夕立春

剪红情，裁绿意，花信上钗股[1]。残日[2]东风，不放岁华去。有人添烛西窗，不眠侵晓，笑声转新年莺语。

旧尊俎[3]，玉纤曾擘[4]黄柑，柔香系幽素[5]。归梦湖边，还迷镜中路。可怜千点吴霜[6]，寒消不尽，又相对落梅如雨。

※ 注释

1 花信上钗股：将花插在鬓发上，就像春风吹上了钗股。花信，花信风，应花期而来的风。2 残日：除夕那天，一年中的最后一天。3 尊俎：这里指代筵席。4 擘（bò）：分割。5 幽素：指幽情素心。6 吴霜：白发。

※ 新解

用彩色的纸剪出红花绿叶，将它们插在鬓发上，就像在春风的吹拂下，钗股上开满了各色花朵。除夕夜里，东风缓缓吹拂，为人间送来了春天的消息，但又好像不想让即将逝去的旧年就这样轻易流逝。这个时候，那些守岁的人们彻夜不眠，在西窗下不断地添换蜡烛，屋里一片欢声笑语。终于，新年的清晨在佳人们莺啼般的笑语声中来临了。

想起曾经在家中聚宴，迎接春天的到来，她用她那双纤纤细手，轻轻地为我剖开了春盘里的黄柑，黄柑香气宜人，佳人柔情似水，当时的情景，简直让我如痴如醉，至今还萦绕在我的心头。我在梦中再次回到曾经与她携手同游的湖边，然而，平静的湖水竟然让我迷失了归路。冰雪在春风中渐渐消融，但我鬓发上的千点寒霜却永远也消不去了，我只能默默地看着梅花像雨点般飘落。

这是一首节日感怀之作。除夕之夜，词人却漂泊在外，不免感到愁苦寂寥。因此，词人竭力渲染浓重的节日欢乐气氛，以此来衬托自己处境之可悲。然后又不断回忆美好温馨的往事，以此来反衬自己今日的凄清孤寂。

澡兰香 淮安重午

盘丝系腕[1]，巧篆垂簪，玉隐绀纱[2]睡觉。银瓶露井，彩箑[3]云窗，往事少年依约。为当时曾写榴裙。伤心红绡褪萼。黍梦[4]光阴，渐老汀洲烟蒻[5]。

莫唱江南古调，怨抑难招，楚江沉魄。薰风燕乳，暗雨梅黄，午镜[6]澡兰帘幕。念秦楼、也拟人归，应剪菖蒲自酌。但怅望一缕新蟾，随人天角。

※ 注释

1 盘丝系腕：古时端午节，人们在手腕上系五色丝线用来祛邪。2 绀纱：天青色的纱帐。3 彩箑（shà）：即彩扇。4 黍梦：黄粱梦。5 烟蒻：指初生的柔嫩的蒲草。6 午镜：于端午节悬挂的镜子，用来辟邪。

※ 新解

她在端午节的时候，总会在手腕上盘系用来驱鬼祛邪的五色丝线，在头上簪戴精巧的写有咒语的篆符，再支起天青色的纱帐，然后躲在里面睡觉。这一天，我通常都会和她一起在露井边上聚宴饮酒，然后看她在窗下轻歌曼舞。年轻时那些往事恍如隔世，现在都很缥缈虚无。我望着窗外凋谢了的石榴花，不禁想起以前还在她的石榴裙上题写过诗句呢。然而，现在的我们天各一方，想起来就令人伤感。人生易逝，光阴似箭，就连沙洲上当初细嫩娇柔的蒲草现在也已变老了。

虽然正值端午，可是最好还是别唱那首为屈原招魂的江南古调了，因为那哀怨抑郁的曲调让人听后实在是难以忍受。故乡现在正是乳燕初生、熏风吹拂的梅雨时节，家家户户都会在中午的时候高悬一面明镜来驱鬼辟邪，还要张挂起帘幕，在里面用兰汤沐浴。估计她在独自饮菖蒲酒的时候，也在盘算着我何时才能归来吧？怅然遥望星空，看来只有那弯新月陪伴我走遍天涯海角了。

这是一首端午怀人思归之作。词人以端午的节候、风俗等为线索，将所叙之事和所抒之情贯穿于其中。既有对往事的实写，又有对设想的虚写，时空上交叉变换频繁。

风入松

听风听雨过清明，愁草瘗花铭[1]。

楼前绿暗分携路，一丝柳、一寸柔情。

料峭[2]春寒中酒[3]，交加晓梦啼莺。

西园[4]日日扫林亭，依旧赏新晴。黄蜂频扑秋千索，有当时、纤手香凝。惆怅双鸳[5]不到，幽阶一夜苔生。

※ 注释

1 瘗（yì）花铭：庾信作有《瘗花铭》。瘗，埋葬。2 料峭：风气微寒貌。3 中酒：醉酒。指因喝醉酒而身体不适。4 西园：三国魏都邺都有西园，为游历胜地，曹操所建。5 双鸳：女子的鞋。

※ 新解

听着凄风苦雨度过清明时节，我见草发愁，葬花作《瘗花铭》。楼前分别的路上已经绿柳成荫，那条条柳丝一如我的缕缕柔情。在料峭春寒中饮酒，黄莺争鸣，惊醒了我的美梦，无法再入睡。

天天在西园打扫亭台，依旧独自赏春光，黄蜂频频飞向秋千索，那上面还留着当时她纤纤细手上的芳香。她久久不来，令我无比惆怅，台阶上一夜就长满了青苔。

这是一首暮春时节伤离别的词。清明时节凄风苦雨，草愁花落，惹人生恨。想起情人的离别，更是愁怀难开。借酒浇愁，希望能与情人在梦中相见，可惜黄莺将人从梦中唤醒，让人梦不成。独自赏春，睹物思人更让人痛苦。黄蜂飞上秋千索，仿佛还能嗅到情人留下的芬芳。可惜情人一去不回，台阶已经长满了青苔。这首词写离愁别恨不露痕迹，通过黄蜂和生青苔的台阶几个细节，表达出词人对情人深深的怀念。这首词语言华丽、情深意浓，让人感动。

莺啼序　春晚感怀

残寒正欺病酒，掩沉香绣户。燕来晚、飞入西城，似说春事迟暮。画船载、清明过却，晴烟冉冉吴宫[1]树。念羁情、游荡随风，化为轻絮。

十载西湖，傍柳系马，趁娇尘软雾。遡红渐招入仙溪[2]，锦儿[3]偷寄幽素。倚银屏、春宽梦窄，断红[4]湿、歌纨金缕。暝堤空，轻把斜阳，总还鸥鹭。

幽兰旋老，杜若还生，水乡尚寄旅。别后访、六桥[5]无信，事往花委，瘗玉埋香，几番风雨。长波妒盼，遥山羞黛，渔灯分影春江宿。记当时、短楫桃根渡，青楼仿佛。临分败壁题诗，泪墨惨淡尘土。

危亭望极，草色天涯，叹鬓侵半苎[6]。暗点检、离痕欢唾，尚染鲛绡。亸凤[7]迷归，破鸾慵舞。殷勤待写，书中长恨，蓝霞辽海沉过雁。漫相思、弹入哀筝柱。伤心千里江南，怨曲重招，断魂在否？

※ 注释

1 吴宫：指南宋都城的宫苑。2 仙溪：指桃源。这里用刘晨、阮肇在天台上偶遇二位仙女的故事。3 锦儿：指钱塘名妓杨爱爱的侍女。4 断红：指眼泪。5 六桥：指杭州西湖苏堤上的六桥，为苏轼守杭州时所建。6 苎（zhù）：指苎麻，背面为白色。这里用来形容鬓发斑白。7 亸（duǒ）凤：指翅膀下垂的凤凰。这里指情人。

※ 新解

春寒未尽，我喝醉酒，闲门独处。今年燕子好像来晚了，直到现在才飞入西城，燕语呢喃，好像在告诉人们春光已经所剩无几了。过了清明节，往日热闹的景象和西湖上的美景仿佛都被游春的画船载走了，只剩下晴日云烟下的宫苑绿树。羁旅之情，就像在风中四处飘荡的柳絮，无边无际。

我在西湖边上住了十年之久。那时，我常常把马拴在柳树下，然后追赏娇红飘尘、雾杨烟柳的美好的湖光山色。曾经有一次，我沿着落花飘香的溪水，一直溯流而上，最终追随到了她的住处，当时锦儿为我偷偷传递她的情愫。那时我们背倚银屏，尽情地享受幽会时的柔情蜜意，只可惜春光无限但美梦短暂，她深情地为我唱着《金缕曲》，眼泪簌簌地落下，沾湿了歌扇。傍晚时分，我们一同在湖边漫步，游人散尽，堤上一片空寂。夕阳西下，我们无心欣赏美丽的西湖景色，将一切都归还给闲鸥野鹭去尽情享用。

光阴似箭，花落草长，转眼间又到了暮春时节，而我却还客居于水乡。我重新回到西湖六桥寻访她的时候，她早已杳无音讯了。曾经那些美好的情事就像落花坠地一样，她的玉骨已经埋在西湖边上了，坟上的草也不知已经经历了几番风雨。想当年，她用那秋水盈盈的美目四下里顾盼，就连微波荡漾的水波也因之妒忌；她那浅淡婉曲的蛾眉，让远山也自感羞愧。那晚，湖面上渔火点点，我俩泛一叶扁舟，在充满诗情画意的春江上栖宿了一晚。当时的情景，就好像是王献之在渡口迎接桃根、桃叶两姐妹。我来到她曾经住过的青楼前，往事一幕一幕浮现在眼前，临别时我在墙壁上和泪题诗一首，可现在早已字迹暗淡，满是尘土了。

我站在高亭上放眼远眺，青翠的草色绵延到天涯，可叹我已是鬓发斑白了。我在私下里点检亡妾的遗物，发现她曾经送给我的手帕上，还留有临别时的眼泪和欢情时的唾痕。睹物思人，伊人已经如凤折翅，迷失不归；而我却如孤鸾一样，懒得再在破镜前歌舞了。我的心中郁积了无限的愁恨，本想写一封信来舒解一下。然而，蔚蓝的天空中和辽阔的大海上，却看不到可以传递书信的鸿雁，我写了又能寄向何处呢？相思之情漫漫无际，只能倾入一曲哀伤的筝乐。千里江南，对于我来说，尽是伤心之处，我重弹一遍幽怨的招魂曲，还能把她的灵魂招回来吗？她的灵魂到底在什么地方啊？

词人作此词来悼念杭妾。词中虽然也写到了男女欢遇之事，然而在词人的笔下却是含蓄不露，蕴藉空灵。词人以先写暮春之怀，然后追忆昔日西湖畔的欢情，再叙故地重游、人去事非的伤感，最后抒发深深的悼念情怀，全词虽长，但层次分明、脉络清晰。

惜黄花慢

次吴江，小泊，夜饮僧窗惜别。邦人赵簿携小妓侑尊[1]，连歌数阕，皆清真[2]词。酒尽已四鼓，赋此词饯尹梅津[3]。

送客吴皋[4]，正试霜夜冷，枫落长桥。望天不尽，背城渐杳，离亭黯黯，恨水迢迢。翠香[5]零落红衣老，暮愁锁、残柳眉梢。念瘦腰、沈郎旧日，曾系兰桡[6]。

仙人凤咽琼箫，怅断魂送远，《九辩》难招。醉鬟[7]留盼、小窗剪烛，歌云载恨，飞上银霄。素秋不解随船去，败红趁一叶寒涛。梦翠翘[8]，怨鸿料过南谯。

※ 注释

1 侑尊：指劝酒。2 清真：指宋代词人周邦彦，字清真。3 尹梅津：作者友人。4 吴皋：吴江边。5 翠香：指荷叶。6 兰桡：指小舟，船的美称。桡，船桨。7 醉鬟：这里指歌姬。8 翠翘：本指女子的首饰，这里用来指所思念的女子。

※ 新解

我在吴江边为朋友饯行，在这秋霜初降、长夜寒冷的季节，枫叶飘飘洒洒地落满了垂虹桥畔。我伫立在长亭边，只见江水无边无际，客船渐行渐远，消失在了水天相接之处。面对此情此景，我黯然神伤，仿佛迢迢江水也充满了离愁别恨。此时，荷叶已经凋零，荷花已经败落，香气已经消散。暮色苍茫，岸边枯残的柳树梢被愁烟笼罩，似乎都在为人间的离别而伤心。我已经渐渐消瘦，完全是因为离别而伤心所致。我过去也曾小泊江边，傍柳系舟，然而，如今却万般愁苦，心情迥异了。

席前的歌姬正在唱着美妙深情的清真词曲。然而，即使箫声犹如弄玉引凤那样神妙，即使才华犹如宋玉《九辩》那样高明，也无法将送行人伤心欲绝的魂魄招回。歌姬此时也醉意蒙眬了，但还是留下来继续为我们在僧窗话别助兴，婉转的歌声载着离恨飞上云天。凄凉伤别的秋天不会因客船的离去而消失，就让相思的断魂化作残花，在寒冷的波涛中漂流而去吧。我梦想着远方的伊人，她那幽怨的相思之心，想必也已随着哀鸿飞过了南谯。

这首词给人一种亦幻亦真、亦醉亦醒、亦虚亦实的感觉。“翠香零落红衣老，暮愁锁、残柳眉梢”，虚实相生，似显而隐。“梦翠翘，怨鸿料过南谯”，思绪突变，令人费解，显示了吴文英一贯的词风。

高阳台　落梅

宫粉[1]雕痕，仙云堕影，无人野水荒湾。古石埋香，金沙锁骨连环。南楼不恨吹横笛，恨晓风千里关山。半飘零、庭上黄昏，月冷阑干。

寿阳[2]空理愁鸾，问谁调玉髓[3]，暗补香瘢[4]？细雨归鸿，孤山无限春寒。离魂难倩招清些[5]，梦缟衣[6]解佩溪边。最愁人、啼鸟晴明，叶底清圆。

※ 注释

1 宫粉：本指化妆用的脂粉，这里用来指梅花的颜色。2 寿阳：指南朝宋寿阳公主。3 玉髓：一种香料名。4 瘢：斑痕。5 些：语末助词，无义。6 缟衣：白衣。这里指白衣女子。

※ 新解

梅花虽然已经凋零，但它依然带着宫粉色；落梅就像仙云一般，随风飘忽，坠落在寂寥无人的荒水野湾。梅花的香魂埋没于古老的沙石中，她那洁净的本体，就像献身于人间的锁骨菩萨一样，圆寂后为世人所敬仰。人们并不怨恨从南楼里飘出的凄幽的笛曲《落梅花》，而是恨晓风残月、千里江山，阻隔了多少有情人。已经有一半的梅花凋落飘零，黄昏之时，庭院里空寂冷落，凄寒的月光静静地照在栏杆上。

寿阳公主独自摆弄着鸾镜，看着自己已经凋零的梅花妆的旧痕，不禁暗自惆怅感叹。谁能调制出玉髓，替美人弥补香瘢呢？鸿雁在蒙蒙细雨中北归，梅乡孤山上落梅纷纷，春寒料峭之时，无限凄凉。落梅的魂魄已经仙去，再也难以把它召唤回来了。我在睡梦中遇见了白衣仙女，在溪边，她多情地解下玉佩赠给我。声声鸟啼呼唤着清明的春光，这是最令人伤心的，梅花落尽之时，绿叶成荫，又到了梅子青圆的时候了。

这是一首咏物词。词人虽名为咏梅，但同时也在写人，怀念自己杭州的亡姬。这首词的突出特色在于“合数典为一典”，既幽怨，又清虚。

高阳台　丰乐楼分韵得“如”字

修竹凝妆[1]，垂杨驻马，凭阑浅画成图。山色谁题？楼前有雁斜书。东风紧送斜阳下，弄旧寒、晚酒醒馀[2]。自消凝，能几花前，顿老相如[3]。

伤春不在高楼上，在灯前攲枕，雨外熏炉。怕舣[4]游船，临流可奈清臞[5]？飞红若到西湖底，搅翠澜、总是愁鱼。莫重来、吹尽香绵[6]，泪满平芜。

※ 注释

1 凝妆：盛妆。2 醒馀：醒后。3 相如：指西汉辞赋家司马相如。这里是作者自指。4 舣：船靠岸。5 清臞（qú）：清瘦。6 香绵：指柳絮。

※ 新解

翠竹修长，宛若盛装的佳人，垂杨浓绿，骏马系在垂杨下，凭栏远望，水天相接，就像一幅天然而成的美丽图画。这样美丽的湖光山色，有谁题吟赋咏？一群鸿雁从天空中飞过，就像这幅天然图画上的点点题字。东风吹来，一阵紧似一阵，夕阳西下，旧冬的余寒被晚风带走，我的酒意也被晚风吹醒了。凝神望着此情此景，怎能不让人黯然销魂？人生短暂，能在花前月下流连的朝夕又能有几个？想到此，我顿时感到一下子衰老了许多。

并不是登高望远才让人感伤春天，而是因为在春雨绵绵、熏炉飘烟的时候一个人斜倚枕头、孤灯独对而产生伤感之情。坐船游湖，最害怕的就是游船靠岸；对水照影，最怕看见自己清瘦的脸庞，因为会让人产生春光不再的伤悲。那凋落的春花如果沉到了湖底，就连翻搅翠波的游鱼也会为之悲愁。以后再也不能重游此地了，否则到那时，绵绵柳絮像无声的眼泪一样飘尽，洒落在芜草丛生的大地上，会更令人伤感。

这首词是吴文英晚年因国势积贫积弱而哀世感时之作。陈洵解说此词时说："'浅画成图'，半壁偏安也；'山色谁题'，无与托国者；'东风紧送'，则危急极矣；凝妆驻马，依然欢会；酒醒人老，偏念旧寒；灯前雨外，不禁伤春矣；'愁鱼'，殃及池鱼之意；'泪满平芜'，城邑丘墟，高楼何有焉。"虽有过于拘泥、坐实之嫌，但对于解读梦窗此词，却不无参考之处。

三姝媚　过都城旧居有感

湖山经醉惯，渍[1]春衫，啼痕酒痕无限。又客长安，叹断襟零袂，涴尘[2]谁浣。紫曲[3]门荒，沿败井、风摇青蔓。对语东邻，犹是曾巢，谢堂双燕。

春梦人间须断，但怪得当年，梦缘能短。绣屋秦筝，傍海棠偏爱，夜深开宴。舞歇歌沉，花未减、红颜先变。伫久河桥欲去，斜阳泪满。

※ 注释

1 渍：染。2 涴尘：为尘土所沾。3 紫曲：里曲，这里用来指旧日情人所居之处。

※ 新解

我在这里居住的时候，经常在喝醉酒之后到湖山边浪游，所穿春衫还沾染着当年的斑斑泪痕和酒渍。现在，我又风尘仆仆地回到了都城，旅途困顿，衣衫已经破旧肮脏不堪，但是却再无人为我缝补清洗了。来到里曲，伊人曾经在这里居住，然而，如今门庭已经荒凉破败，院内的旧井上，青青蔓草在风中摇曳。东邻梁上栖息着燕子，它们正在呢喃对语，好像在告诉我，它们就是过去巢居在这间华丽楼堂中的双燕。

过去的美好生活已经像一场春梦，一去不复返。只是没有想到，梦中和她的姻缘竟会如此短暂。想当年，伊人在锦绣的闺房中，用纤纤玉指轻按秦筝，当时我们最喜欢的事情，莫过于傍着艳丽的海棠，深夜摆宴，对酒赏花了。如今，我再也无法看到她那婀娜的舞姿了，再也无法听到她那清丽的歌声了。春花依然娇艳，而那如花似玉的红粉佳人却早已亡故了。夕阳西下，我久久伫立在桥头，凝望旧居，泪流满面，迟迟不肯归去。

这首词是词人重到杭州旧居时，悼念亡姬之作。词中紫曲、青蔓、绣屋、红颜，色彩艳丽，斑斓陆离，使人产生目不暇接之感，情辞哀婉，是吴文英艳情词的代表作。

八声甘州　灵岩陪庾幕诸公游

渺空烟四远，是何年、青天坠长星。幻苍崖云树，名娃[1]金屋，残霸[2]宫城。箭径[3]，酸风射眼，腻水染花腥。时靸双鸳[4]响，廊叶秋声。

宫里吴王沉醉，倩五湖倦客[5]，独钓醒醒。问苍波无语，华发奈山青。水涵空、阑干高处，送乱鸦、斜日落渔汀。连呼酒，上琴台[6]去，秋与云平。

※ 注释

1 名娃：美女。这里指越国献给吴王夫差的美女西施。2 残霸：指吴王夫差。夫差曾破越败齐，一度称霸，后国破身亡。3 箭径：即采香径。4 靸（sǎ）：拖鞋，这里指穿着拖鞋。双鸳：鞋子。5 五湖倦客：春秋时越国范蠡。他辅佐勾践灭吴后，泛五湖过隐居的生活。6 琴台：在灵岩山上，吴国的遗迹。

※ 新解

长空无云，四望空阔，是什么时候天上坠下了一颗巨大的星星？化作青山丛林，让吴王夫差在这里建筑宫室，安排金屋给美人住。采香径冷风吹人眼，花朵沾染了脂粉的香味。当时走廊中宫女们的步履声还在回响，现在只能听到秋风吹落叶的声音。

吴王夫差沉迷酒色，只有寄身江湖、弃官而去的范蠡是清醒的。仰头问苍天，苍天沉默不语，只有山色青青，无奈自己头发已白。远处水天相连，凭阑远望，目送乱鸦归去，夕阳已落入水中。有人连声喊拿酒，上琴台去，此时满天秋色与云平。

这是一首怀古抒情的词，作于宋理宗绍定中期，当时吴文英在苏州仓幕。上阕联系灵岩的传说和历史陈迹，写景抒发兴亡之感。过去的华丽宫殿早已无存，只有风吹落叶的萧瑟声响。下阕写夫差亡国、范蠡隐居怀古，然后通过写景抒发历史沧桑之感。全词通过感怀史迹，抒发出对时政的担忧和伤感，立意高远。

踏莎行

润玉笼绡，檀樱倚扇，绣圈犹带脂香浅。榴心空叠舞裙红，艾枝[1]应压愁鬟乱。

午梦千山[2]，窗阴一箭，香瘢新褪红丝腕。隔江人在雨声中，晚风菰[3]叶生秋怨。

※ 注释

1 艾枝：古时端午节习俗。用艾叶制成虎形戴于发间，或挂在门上，用以辟邪。2 午梦千山：指梦中路途遥远。3 菰（gū）：一种水生植物，俗称茭白。

※ 新解

她将软绡薄纱轻轻地遮覆在莹润的肌肤上，樱红的嘴唇半隐在五彩歌扇后，绣花妆不时地散发出一阵淡淡的脂粉幽香。石榴舞裙被闲置一旁，空有那么多榴花般的皱褶；此时的她无心歌舞，满脸忧愁，头上的艾枝也压不住她那散乱的鬓发。

在睡梦中走过千山万水，醒来的时候，发现艳阳依然高照，窗前的日影才移动了一箭的长短。她渐渐消瘦下来，手腕上系着的红丝线从原来的印痕处一直往下褪。细雨纷飞，绵绵不断，梦中之人早已消失在隔江的雨声中。晚风摇动菰叶，仿佛在吹奏一曲哀怨凄清的秋歌。

词人在端午节写这首词，以纪念苏州去姬。词人只写自己内心的意识，没有用典，也没有辞藻的堆砌，用跳跃变幻的方式表达自己内心的感受，叙述上无层次可言，词意上无脉络可寻，是典型的意识流手法。

瑞鹤仙

晴丝牵绪乱，对沧江斜日，花飞人远。垂杨暗吴苑[1]，正旗亭烟冷，河桥风暖。兰情蕙盼，惹相思、春根[2]酒畔。又争知、吟骨萦消[3]，渐把旧衫重剪。

凄断流红千浪[4]，缺月孤楼，总难留燕。歌尘凝扇，待凭信，拼分钿[5]。试挑灯欲写，还依不忍，笺幅偷和泪卷。寄残云剩雨[6]蓬莱，也应梦见。

※ 注释

1 吴苑：指吴王阖闾所建的林苑。2 春根：春末。3 吟骨萦消：指自己的身体因愁吟诗词而日渐消瘦。4 流红千浪：指带有落花的千重波浪。5 拼分钿：下决心将定情信物分开。6 残云剩雨：指已经过去的欢情。

※ 新解

游丝万丈，随风飘荡，牵动着我纷乱的心绪。斜阳映照着清澈的江水，在这落花纷飞的暮春时节，美人离我远去了。吴宫旧苑中，垂柳拂地，浓绿成荫。正值寒食节禁火，酒楼中都已停烟熄火。春风频频送来丝丝暖意，站在河桥上便可感知。她那美好的情意和多情的顾盼，使我忍不住想起曾经在暮春时节的欢宴。可是，她肯定不知道，我因为不断吟诵牵萦相思之词而渐渐消瘦，从前的衣衫现在都已经变得宽大无比，只好拿出来重新进行剪裁。

想必此时也正是她凄凉断魂的时候。千重波浪漫卷残红，一弯弦月映照孤楼，好不凄寒寂寞！就连呢喃的双燕都不愿意留下来相伴。她不再像往日那样轻歌曼舞了，所用的歌扇上早已积满了灰尘。她也曾经想不顾一切地下决心将定情信物分开，永远分手，从此情断义绝，还试着挑亮灯花，写一封诀别的信，却还是于心不忍，最终还是泪眼蒙眬地将写好的信笺偷偷卷起。很久没有收到爱人的消息了，即使寄魂魄于蓬莱仙岛的残云剩雨，也应该能与你在梦中相见啊！

这首词是怀念苏州亡姬之作。词人故地重游，暮春三月的景色勾起了词人的离愁别绪。他以自己的感受去揣摩所思女子的心境，想象着她的孤寂，还有对自己的思念。以此来宽释自己的怨情，使心灵得到补偿。

鹧鸪天

化度寺作

池上红衣伴倚阑，栖鸦常带夕阳还。殷云[1]度雨疏桐落，明月生凉宝扇闲。

乡梦窄[2]，水天宽，小窗愁黛淡秋山。吴鸿好为传归信，杨柳阊门[3]屋数间。

※ 注释

1 殷云：浓云。2 梦窄：梦短。3 阊门：城门名，指苏州城西门。这里指爱人所居之处。

※ 新解

池塘中的荷花像红衣仙女一样，静静地伫立在那里，陪伴着倚栏望远的客居之人。夜幕降临之时，归鸦带着夕阳的余晖回来栖宿。浓云为人间带来了一场阵雨，雨点打在稀疏的桐叶上，噼啪作响。雨过天晴，明月高悬，在这凄凉的秋夜，扇子也已闲置不用了。

思乡的好梦太短暂了，而眼前的天光水色却宽广无边；透过窗户往外看，蜿蜒起伏的秋山，像佳人那弯青黛色的愁眉。鸿雁从吴地飞来，一定愿意为我传递归信，苏州城西阊门外，有几间房屋的门前杨柳垂拂，就有劳你把我的消息带到那里吧。

这首词是词人在杭州时怀念苏州亡姬而作。数幅秀丽淡雅的画面共同组成了这首词的画面，典雅幽深，始丽终淡，实为佳作。

夜游宫

人去西楼雁杳，叙别梦，扬州一觉。云淡星疏楚山晓，听啼鸟，立河桥[1]，话未了。

雨外蛩声早，细织就霜丝[2]多少？说与萧娘[3]未知道，向长安，对秋灯，几人老？

※ 注释

1 河桥：指送别之地。2 霜丝：比喻白发。3 萧娘：唐朝时用来泛指所爱恋的女子。

※ 新解

她离去已经很久了，好像从西楼前飞过的鸿雁，一去杳无音信。我只能在梦中与她畅叙别情，这么多年，我落魄江湖，应验了当年杜牧“十年一觉扬州梦”的感叹。淡淡的云彩从空中飘过，稀疏的星星闪烁着幽光，送别的时刻临近了，东方已经破晓，鸟雀争相啼鸣，我们站在河桥上，感觉还有太多的柔情蜜语没有来得及说完。

秋雨淅淅沥沥地下着，蟋蟀早早地就开始唧唧私语了，那一点点的雨珠，一声声的虫语，勾起了我无限的悲情。这难解的离愁别绪为我编织出了无数的白发。我一定要把这种感受尽情地向她倾诉。她肯定不知道在这临安城里，究竟有多少人像我一样，在秋夜中孤灯独对，一事无成，空自老去。

这首词以怀人为中心，表达了词人失去情侣的痛苦之情，以及半生潦倒凄怆的感慨。词作以梦前、梦中、梦醒的顺序展开，虚实相间，脉络清晰。

青玉案

新腔一唱《双金斗》[1]，正霜落、分柑手。已是红窗人倦绣，春词裁烛[2]，夜香温被，怕减银壶漏[3]。

吴天雁晓云飞后，百感情怀顿疏酒。彩扇何时翻翠袖？歌边拚取，醉魂和梦，化作梅花瘦。

※ 注释

1《双金斗》：曲牌名。2 春词裁烛：蜡烛在一支支春词的歌声中越燃越短。3 怕减银壶漏：怕银壶更漏的水不断减少，用来形容怕时光流逝。

※ 新解

她唱完一支新曲，我们共同举起酒杯畅饮美酒。秋霜初降之时，她用纤纤玉手深情地为我剥开了黄柑。乱红满窗，她倦怠了在窗下引针刺绣，于是轻轻地唱起缠绵多情的春词；红烛在歌声中越燃越短，熏香袅袅，被子已经温暖了；这样的良辰美景，真舍不得时光就那么轻易消逝。

吴地的鸿雁穿过彩云，于拂晓时飞去，见此情景，我百感交集，愁绪无限，顿时连酒都喝不下去了。什么时候才能见到她翠袖翻舞、彩扇纷飞？到那时我一定要在她的歌声中喝个酩酊大醉。我要在梦里将醉魂化作挺拔瘦劲的梅花，在梅树旁陪伴着她翻唱新曲。

词人作这首词以怀念苏州亡姬。全词没有用典，却意境迷离，思维跳跃，显得晦涩朦胧。

贺新郎

陪履斋先生沧浪[1]看梅。

乔木生云气，访中兴[2]、英雄[3]陈迹，暗追前事。战舰东风悭借便，梦断神州故里[4]。旋小筑、吴宫闲地。华表月明归夜鹤，叹当时、花竹今如此[5]，枝上露，溅清泪。

遨头[6]小簇行春队，步苍苔、寻幽别墅，问梅开未？重唱梅边新度曲，催发寒梢冻蕊[7]。此心与东君同意[8]，后不如今今非昔，两无言相对沧浪水，怀此恨，寄残醉。

※ 注释

1 沧浪：即苏州沧浪亭。苏舜钦谪居苏州时所建。南宋时为抗战名将韩世忠别墅。2 中兴：指衰败后复兴。3 英雄：指韩世忠。4 “战舰东风”二句：韩世忠在黄天荡大败金兵，却未能使敌船全部灰飞烟灭。悭，吝惜。5 “华表月明”二句：用丁令威化鹤重返辽东的故事。在此感慨时光流逝，世事沧桑。6 遨头：宋代时，知州出游称为“遨头”。7 寒梢冻蕊：指梅花。8 同意：指心意相同。

※ 新解

大树苍翠挺拔，云烟缭绕，我来到沧浪亭，寻访中兴名将抗金英雄的事迹。往事如烟，当初韩世忠在黄天荡大败金兵，真是让人感到痛快！然而，却未能像当年周瑜那样得到天公的帮助，借东风使敌船全部灰飞烟灭，收复神州故土的理想又一次破灭了，之后便休官退隐，居住于吴国故都的闲地，没有其用武之地了。如果他在月夜化鹤归来，也必然会为当年花繁竹盛的园林如今变得这样冷落而叹息。梅枝上清露点点，那正是他魂游故地时所洒的感时之泪。

太守在众宾客的簇拥下，来到这里赏春，踏着长满青苔的小路，来到了幽深的别墅，探问梅花是否已经开放。我们在梅树下反复吟唱新创作的曲调，催促着枝头上的花苞能够尽快迎风开放，这种心意与东君的是完全相同的。如今国势衰微，每况愈下，已经不能与韩世忠在世时可比了，以后的状况将会更加令人担忧。我和履斋先生望着沧浪亭下静静流淌的溪水，彼此相视，默默无言，心中有无限幽恨，只能通过醉酒来舒缓了。

这是吴文英词作中不多见的慷慨悲凉之作。词作通过凭吊中兴英雄韩世忠的旧居沧浪亭，抒发对南宋“后不如今今非昔”衰颓国势的忡忡忧心。

唐多令

何处合成愁？离人心上秋[1]，纵芭蕉、不雨也飕飕[2]。都道晚凉天气好，有明月，怕登楼。

年事梦中休，花空烟水流，燕辞归[3]、客尚淹留[4]。垂柳不萦裙带[5]住，漫长是、系行舟。

※ 注释

1 心上秋：这是拆字法，用来解释“愁”字的本义。2 飕飕：风吹的响声，渲染凄凉。3 燕辞归：引用曹丕《燕歌行》：“群燕辞归鹄南翔，念君客游多思肠。慊慊思归恋故乡，君何淹留寄他方？”4 淹留：久留。5 裙带：借指行人。

※ 新解

何处形成愁？离别的人心里感到秋天的凄凉。纵使不下雨，芭蕉也飕飕作响，发出凄凉的声音。人们都说秋天是好季节，在皎洁的月光下，我却怕登上高楼。

年岁在睡梦中匆匆老去，青春已经随水流逝。燕子南飞去，我却滞留在异地他乡。垂柳留不住行人，却总是空费心思系住行舟。

这是一首送别的词，写景如画、语言生动、意境幽远、十分感人。上阕通过景物描写抒发离愁。秋来游子羁留异地他乡，本来就已经令人心碎了，更何况在清秋季节又要送走朋友，游子的心境更加愁绪纷繁。词人通过写景来渲染这种凄凉的心境。芭蕉飕飕作响，明月皎洁，这是秋天特有的景象，作者掌握景物的特征进行形象的描写，突出了此时的心境，特别是“怕登楼”更耐人寻味！下阕直接抒情，青春已不在，但自己仍在漂泊流离，时已深秋还无法归去，朋友走了，自己还要滞留在异地他乡，令人更难忍住心头的悲伤。

南乡子　题南剑州妓馆

潘牥

生怕倚阑干，阁下溪声阁外山。惟有旧时山共水，依然，暮雨朝云[1]去不还。

应是蹑[2]飞鸾[3]，月下时时整佩环。月又渐低霜又下，更阑[4]，折得梅花独自看。

※ 注释

1 暮雨朝云：用楚王梦神女的典故。楚襄王与宋玉游云梦之台，望高唐宇观，言先王曾在梦中与巫山神女相会，神女临别时有“旦为朝云，暮为行雨”之说。后又让宋玉写了一篇《高唐赋》，这天晚上襄王果然梦中与神女相会。2 蹑：紧跟。3 飞鸾：鸾鸟。鸾，神鸟。4 更阑：更鼓将尽，指天快亮了。

※ 新解

我最害怕的事情就是登楼凭栏远眺了，害怕听到亭阁下小溪潺潺的流水声，还害怕看到亭阁外绵延起伏的青山。小溪和青山没有变化，依然如故，但我所思念的美人却一去不返，杳无音信了。

我有种预感，觉得她会在某日乘坐飞鸾来和我相见，又仿佛听到了她在月下不时地整理佩环的声音。月亮又渐渐沉下去了，寒霜再次铺满大地。漫漫长夜将尽，我折下一枝梅花，一个人呆呆地看着它。

词人故地重游，结果已是人去楼空，漫漫长夜难以入眠，芳魂却永远不会再回来，因此，词人不禁产生万般愁绪。这首词名为写妓馆，却没有画阁金屏的场景，而是以溪声、山色为背景。主题虽为忆妓，却不见有“翠袖”“黛眉”之类的词，而是代之以“蹑飞鸾”“整佩环”，词致俊雅，不同凡俗。

大有　九日[1]

潘希白

戏马台前，采花篱下，问岁华、还是重九。恰归来、南山翠色依旧。帘栊昨夜听风雨，都不似登临时候。一片宋玉情怀[2]，十分卫郎[3]清瘦。

红萸佩，空对酒。砧杵[4]动微寒，暗欺罗袖。秋已无多，早是败荷衰柳。强整帽檐攲侧，曾经向天涯搔首[5]。几回忆、故国莼鲈，霜前雁后。

※ 注释

1 九日：指旧历九月九日重阳节。2 宋玉情怀：指宋玉悲秋的情怀。3 卫郎：指晋人卫玠。晋朝美男子，长得十分清瘦，有羸疾。4 砧杵：捣衣用的垫石和木棒。5 “强整帽檐”二句：用孟嘉落帽的典故。孟嘉在重阳节时与桓温共游龙山，帽子被风吹落于地，孟嘉并未察觉。

※ 新解

文人雅士们曾在古戏马台前赋诗填词；高人隐士归居田园，悠然采菊于东篱下，推算岁月，也都是在九九重阳节。我回到故乡，看见南山还是像过去那样青翠葱郁。昨夜听到窗外的风雨声，当时的感受完全不同于现在登高望远的感受。我的内心不由得涌起一片悲伤情怀，犹如宋玉悲秋。我由于悲伤而日渐消瘦，就像卫玠一样面容憔悴。

我于重阳节之时，佩戴茱萸，手持酒杯，望着故乡的方向，空自感伤。天气在砧杵的捣衣声中渐渐转凉，现在身上所穿的罗衣已经渐渐不能抵挡阵阵寒气。秋天马上就要过去了，残败的荷花、枯衰的柳枝随处可见。我独自登高望远，整理好被风吹歪的帽子，遥望着无际的天涯，久久凝思。现在已是秋霜满天、鸿雁南归的时节了，我不知多少次地想起了故乡美味的莼菜和鲈鱼。

词人重阳节登高作此词，以抒写自己的思乡情怀。词人以前人重阳雅事引出登高望远时的悲秋感受，诉说自己羁旅孤寒、天涯思归的悲苦。

兰陵王　丙子送春

刘辰翁

送春去，春去人间无路。秋千外、芳草连天，谁遣风沙暗南浦。依依甚意绪？漫忆海门飞絮。乱鸦过、斗转[1]城荒，不见来时试灯处。

春去谁最苦？但箭雁沉边[2]，梁燕无主[3]，杜鹃声里长门暮。想玉树凋土[4]，泪盘如露。咸阳送客屡回顾，斜日未能度。

春去尚来否？正江令[5]恨别，庾信愁赋，苏堤尽日风和雨。叹神游故国，花记前度。人生流落，顾孺子[6]，共夜语。

※ 注释

1 斗转：指北斗星转移了位置。比喻时局已发生变化。2 箭雁沉边：指大雁中箭受伤，沉落在遥远的边塞。这里用来喻指被元军掳走的南宋君臣。3 梁燕无主：指房梁上的燕子失去了屋主。这里用来喻指流离失所的南宋士大夫。4 玉树凋土：喻指国家倾覆，国破家亡。5 江令：指梁朝江淹。作有《恨赋》《别赋》，表达悲痛之情。6 孺子：指作者的儿子刘将孙。

※ 新解

送走了美好的春天。春天归去后，人间已无路可走。秋千外，绿茵茵的春草漫无边际，直连天涯。是谁让这漫天的风沙将美丽的南国水乡搅得昏天黑地？那种对春天的依依不舍是一种什么样的情绪？那应该就像我对柳絮般漂泊在海门外的爱国志士们的徒然思念吧？元兵就像一群乱鸦飞过，斗转星移，时局变化，今非昔比，整个京城顷刻间变得一片荒凉，曾经试灯节时华灯初上的繁荣景象再也看不到了。

在春天离去的时候，谁最愁苦？应该是帝后们，他们有如中箭受伤的大雁，被元军掳获到了遥远的北方；应该是士大夫们，他们仿佛是那些失去了屋主的梁上燕子，流离失所，漂泊他乡。杜鹃的啼鸣声悲切如泣，曾经华丽的宫殿笼罩在苍茫的暮色中。皇家林苑里，当初那些奇花异草都已凋零，伤心的泪水就像仙人承露盘里的露水那么多。被掳北行的君臣们，怀着对故国的深深眷恋，在离开京师的道路上频频回首，直到夕阳西下的时候，他们还未能上路。

春天离去还会回来吗？这些被掳北行的士大夫们跟南北朝时的江淹、庾信一样，都饱含着离愁别恨。如今的京城西湖苏堤，整天饱受凄风苦雨的侵袭。我梦中故都神游，对往昔在京城赏花的时光充满了无限的留恋。如今流落飘零在异地他乡，只能在晚上和自己的孩子说说心里话。

这首词通过对春光的感伤，寄托故国之思和亡国之痛。陈廷焯曾这样评论此词："题是送春，词是悲宋，曲折来说，有多少眼泪"（《白雨斋词话》）。

宝鼎现

红妆春骑，踏月影竿旗穿市。望不尽、楼台歌舞，习习香尘莲步底。箫声断、约彩鸾[1]归去，未怕金吾[2]呵醉。甚辇路、喧阗[3]且止，听得念奴[4]歌起。

父老犹记宣和事，抱铜仙、清泪如水。还转盼、沙河多丽。滉漾[5]明光连邸第，帘影冻、散红光成绮。月浸葡萄[6]十里，看往来、神仙才子，肯把菱花扑碎。

肠断竹马儿童，空见说、三千乐指。等多时春不归来，到春时欲睡。又说向灯前拥髻[7]，暗滴鲛珠[8]坠。便当日亲见《霓裳》，天上人间梦里。

※ 注释

1 彩鸾：传说中的仙女名。这里代指美女。2 金吾：官名，负责京城防卫。3 喧阗（tián）：形容人声嘈杂。4 念奴：唐玄宗天宝年间一歌妓名。这里借指歌妓。5 滉（huàng）漾：指灯光在水面上晃动。滉，水深而广。6 葡萄：用来形容西湖水色清碧。7 拥髻：形容神态悲苦。8 鲛珠：指眼泪。

※ 新解

妇女们坐着香车宝马，披着皎洁的月光，盛妆出游，穿过街市时，车上的旗帜迎风招展。到处都是华丽的亭台楼阁，时时可见优美的轻歌曼舞。繁华的大街上，姑娘们迈着轻盈的脚步结伴游春，飞扬的尘土中带着美人的芳香。小伙子在悠扬的乐声中，悄悄地与仙女般的姑娘约会，然后早早归去。元宵灯节开放宵禁，所以人们并不害怕因喝醉酒而被巡街的金吾禁止通行。突然间，皇家大道上喧闹的声音停止了，这是为什么？原来是著名歌妓唱起了美妙的清歌。

对于徽宗皇帝宣和年间的旧事，长辈们都还记忆犹新，北宋靖康之耻未雪，如今国家又被元人侵略，就连宫殿里的金铜仙人对此也不禁泪流满面。他在被掳走时，还恋恋不舍地回头遥望曾经繁华无比的沙河塘。当时，临安城中的权贵府邸，在元宵节的时候都会张灯结彩，花灯明烛光芒四射，帘影微动，仿佛在灯光下展开了七彩丝绸。在月光的照射下，十里西湖那清澈澄碧的湖水就像铺上了一层晶莹剔透的葡萄。往来赏灯的才子佳人，因为蒙受了亡国之祸，才不得不打碎菱花镜，四处逃亡。

亡国后出生的儿童不能亲眼见到故国了，只能徒然地听老人们给他们讲述曾经歌舞升平的景象了，想来就让人伤心。春天能够重新回来，人们久久盼望着故国也能重来，然而，迎来的只是亡国后令人昏昏欲睡的春天。南宋的旧宫人心中有无限的悲愁，但又能对谁倾诉呢？只能在灯下双手拥髻，暗暗落泪。即使那些当年亲眼看见过盛大的《霓裳》舞的老人们，现在也都已是天上人间，相隔万里，把一切都只留在了梦中。

词人由写北宋汴京元宵时的繁荣温柔之夜开篇，以一句“父老犹记宣和事”自然转入南宋时代，之后写到眼前所见的萧条凄凉景象，表达了对故国的无限怀念之情。全词并未直言亡国之痛，却令人感到深沉哀婉。

永遇乐

余自乙亥上元，诵李易安《永遇乐》，为之涕下。今三年矣，每闻此词，辄不自堪，遂依其声，又托之易安自喻，虽辞情不及，而悲苦过之。

璧月初晴，黛云远淡，春事谁主？禁苑[1]娇寒，湖堤倦暖，前度遽[2]如许。香尘暗陌，华灯明昼，长是懒携手去。谁知道断烟禁夜[3]，满城似愁风雨。

宣和旧日[4]，临安南渡，芳景犹自如故。缃帙[5]离离，风鬟[6]三五，能赋词最苦。江南无路，鄜州今夜，此苦又谁知否？空相对残釭[7]无寐，满村社鼓。

※ 注释

1 禁苑：指皇帝的花园。2 遽：匆匆。3 禁夜：实行军事戒严，禁止夜行。4 宣和旧日：宋徽宗宣和年间汴京的繁华盛况。5 缃帙：指浅黄色的书衣。这里代指图书。6 风鬟：形容头发凌乱的样子。7 残釭：残灯。

※ 新解

一轮皎洁的圆月挂在空中，天空飘着淡淡青云，谁是这大好春天的主人？宫苑娇弱寒冷，湖堤倦乏微暖，国事遽变已不可收拾。从前香车扬尘暗道路，华灯放光明如昼，总是懒得与人携手同游。谁料到如今宵禁，整座城好像笼罩在凄风苦雨中。

南渡后，易安常回忆宣和年间汴京旧事，感叹风景依旧，山河变色。携带书籍漂泊流离，元宵夜也风鬟雾鬓，写下倾诉哀愁的词，这不是最痛苦的事吗？身在江南无路归去，只能苦吟“今夜鄜州月，闺中只独看”，这样的痛苦有谁知道？无法入睡，对残灯发愁，听见远处传来社祭的声音。

这是一首和李清照韵，并以李清照自喻，抒发眷恋故国故都之情的词，作于临安被占领后。上阕一开头就点题“春事谁主”，直接吐露亡国之痛。然后描写所见之景，准确地运用“娇”“倦”写出此时临安城的春天缺少生气，带着词人强烈的感情色彩。最后今昔对比，写出政治风云突变给人恍如隔世之感。下阕以李清照自喻，叙述李清照当年遭遇。李清照在靖康之变后经历了国破、家亡，夫死的惨痛，元宵懒游，这也是词人此时的心境写照。词人遭巨变，妻离子散，在漂泊中思念亲人，只能像当年长安城中的杜甫一样苦吟，但谁又能体会自己的心情呢？全词以社鼓之声作结，感慨良多，耐人寻味。词中作者将漫长的时间、广阔的空间巧妙组合，并将复杂的感情融入其中，做到了以刚劲的笔锋达意，情真、语真、意深。

摸鱼儿　酒边留同年[1]徐云屋

怎知他、春归何处？相逢且尽尊酒。少年袅袅天涯恨，长结西湖烟柳。休回首，但细雨断桥，憔悴人归后。东风似旧，问前度桃花，刘郎能记，花复认郎否[2]？

君且住，草草留君剪韭[3]，前宵正恁时候。深杯欲共歌声滑，翻湿春衫半袖。空眉皱，看白发尊前，已似人人有。临分把手，叹一笑论文，清狂顾曲[4]，此会几时又？

※ 注释

1 同年：指科举同榜之人，同榜进士。2 “东风”四句：语本刘禹锡诗“种桃道士今何去，前度刘郎今又来”。3 剪韭：指留客。化用杜甫《赠卫八处士》“夜雨剪春韭，新炊间黄粱”句意。4 顾曲：指欣赏音乐。

※ 新解

我实在是不知道这美好的春色已经归于何处了。客居他乡，与老朋友相逢，就让我们痛饮这杯愁酒，一醉方休吧！我们从少年时代开始就漂泊天涯，在西湖烟柳之下相识。往事如烟，不堪回首。当时下着蒙蒙细雨，你我来到西湖断桥，在此分别，彼此满怀无限失意和惆怅，憔悴归去。东风一如既往，柔和温暖，可人间却已发生了沧海桑田的变化。故都旧日的桃花，我至今记忆犹新，试问桃花还能认识昔日的刘郎吗？

徐君请留步，让我剪几把韭菜来招待你，让我们就像昨晚那样放声高歌、尽情狂欢，直到杯盘狼藉、酒湿春衫。如今，我俩端起酒杯，似乎彼此都已有了白发，只能徒然相对皱眉叹息。临别时，我们紧紧握着对方的手，久久不愿松开。唉！这种放浪不羁地谈论诗文、引吭高歌的相聚，到什么时候才会再有？

词人在经历了人生的坎坷艰难，阅尽了人间的悲欢离合之后，偶逢故友，不禁感慨万分，因作此词。词作在感叹漂泊江湖的离愁别绪的同时，将故国之思和亡国之痛融入其中，在今昔对比、盛衰对比、老少对比、聚散对比等多层次的对比中，将词人与挚友久别重逢、才逢又别的复杂心理充分表现了出来。

瑶花慢

周密

后土之花，天下无二本[1]。方其初开，帅臣以金瓶飞骑，进之天上，间亦分致贵邸。余客辇下，有以一枝（下缺，按他本题，改作“琼花”）。

朱钿宝玦[2]，天上飞琼[3]，比人间春别。江南江北，曾未见、漫拟梨云梅雪。淮山春晚，问谁识、芳心高洁？消几番、花落花开，老了玉关豪杰[4]。

金壶剪送琼枝，看一骑红尘[5]，香度瑶阙[6]。韶华正好，应自喜、初识长安蜂蝶。杜郎老矣，想旧事花须能说。记少年一梦扬州，二十四桥明月。

※ 注释

1 “后土”二句：扬州后土祠的琼花，天下独一无二，移植于别处则枯萎，复栽于祠内则复苏，因此为士大夫们所称颂，在其侧建一亭，取名为“无双”。2 朱钿宝玦：用金玉珠宝等制成的首饰。玦，玉佩。3 飞琼：本指许飞琼，西王母的侍女。这里借指琼花如天上的仙女。4 玉关豪杰：指边关将士。玉关，即玉门关，这里泛指边关。5 一骑红尘：指飞骑向朝廷进贡琼花。语出杜牧《过华清宫》：“一骑红尘妃子笑，无人知是荔枝来。”6 瑶阙：仙宫，宫阙。这里指皇宫。

※ 新解

琼花姣妍美丽，就像天上的仙女，佩戴着朱红色的金翠珠宝和洁莹的玉饰，确实不同于人间普通的春花。走遍大江南北，从来都没有见过这么美丽的花朵，因此，只能暂且将它描述为有如云雪一般晶莹剔透、超凡脱俗的梨花和梅花。江淮地区的春天比别处的春天要晚许多，那里胡尘飞扬，而琼花就生长在那个地方，有谁知道她高洁的芳心？琼花年年都会开放，但边塞上的将士们却一个个都衰老疲惫。见北伐已无望，就连琼花也为之哀叹。

每到琼花初开的时候，州郡的长官便会将带有花苞的琼枝剪下来，将其插于金壶中，然后快马加鞭地直送京城皇宫，以供皇帝和嫔妃以及大臣们欣赏。那清淡幽雅的花香，顿时便传遍了整个皇宫。正是临安城中春光明媚的时节，蜂蝶纷飞，前来相会，想来琼花应该为此而感到幸运。杜牧曾经是扬州的风流才子，可惜已经作古，历史上那些玩物误国的旧事，琼花都能一一细说。还记得少年时代我也曾游历扬州，如今感觉就像一场梦，飘缈虚无，只有二十四桥上的那轮明月，让我久久不能忘却。

词人作此词，歌咏琼花，来讥讽宋末现实。词人写明了琼花品性高洁、地位尊贵，之后以“淮山”“玉关”关联时事，直应“一骑红尘”。然后以帅臣们金瓶飞骑送琼花来讽刺沉湎于酒色之中的度宗皇帝。“一梦扬州，二十四桥明月”，只用淡淡一笔，便蕴含了无数的警世恒言。

玉京秋

长安独客，又见西风，素月、丹枫，凄然其为秋也，因调夹钟羽[1]一解[2]。

烟水阔，高林弄残照，晚蜩[3]凄切。碧砧度韵，银床[4]飘叶。衣湿桐阴露冷，采凉花时赋秋雪[5]。叹轻别，一襟幽事，砌虫[6]能说。

客思吟商[7]还怯，怨歌长、琼壶暗缺。翠扇恩疏，红衣香褪，翻成消歇。玉骨[8]西风，恨最恨、闲却新凉时节。楚箫咽，谁寄西楼淡月。

※ 注释

1 夹钟羽：古代乐调名。2 解：乐曲的章节。3 蜩：指蝉。4 银床：指白石井架。5 秋雪：芦花。常被古人用来联想“秋水伊人”。6 砌虫：蟋蟀。7 吟商：吟唱悲秋之词。商，五音之一，因其声音凄厉，故与秋天的肃杀之气相应。8 玉骨：这里是作者自指。

※ 新解

空阔的江水被烟云笼罩，一片苍茫，高高的树梢边，秋阳渐渐西沉，一阵晚风吹来，寒蝉凄切，哀声如诉。碧波荡漾的湖水边传来了有节奏的捣衣声，落叶在白银一样的井栏边上悠然飘转。我在桐树下久久伫立，衣服被露水打湿，顿觉寒冷无比。采一枝秋雪一样的芦花拿在手上细细端详，我不禁感受到了秋天的悲凉。我们昔日那么轻易就离别了，真是可叹。满怀的幽怨，尽在阶下蟋蟀如泣如诉的呻吟中。

我漂泊在异地他乡，愁思满怀，因此，最害怕的事就是吟唱悲凉的商调了。歌声幽怨，绵绵无尽，在我不断地敲打节拍中，玉壶的边沿也变得残缺不齐了。池塘中，荷叶渐渐稀疏，仿佛人们因秋凉而收起了翠扇；莲花已经凋谢，曾经美好的湖光秋色现在已经荡然无存了。荷枝在西风的吹拂下，显得清幽俊爽，然而，在这秋凉时节，却只能满怀无穷的遗憾孤独闲立。箫声袅袅飘来，让人感觉凄咽无比，是谁在幽淡的月光下，独倚西楼，吹奏着幽怨的洞箫呢？

这是一首悲秋怀人之作，情调感伤。词人完全凭借最具秋季特征的事物，如蝉声、砧韵、虫说、箫咽、香褪等，层层烘托自己的客愁别恨，而没有停留在对实事的描述上，避开了直言，使人能够充分发挥想象，体会词中所表达的悲凉之意。

曲游春

禁烟湖上薄游，施中山赋词甚佳，余因次其韵。盖平时游舫，至午后则尽入里湖，抵暮始出断桥，小驻而归，非习于游者不知也。故中山亟击节余"闲却半湖春色"之句，谓能道人之所未云。

禁苑[1]东风外，飏[2]暖丝晴絮，春思如织。燕约莺期，恼芳情偏在，翠深红隙。漠漠香尘隔，沸十里、乱丝丛笛。看画船尽入西泠[3]，闲却半湖春色。

柳陌，新烟凝碧。映帘底宫眉，堤上游勒[4]。轻暝笼寒，怕梨云梦冷，杏香愁幂[5]。歌管酬寒食，奈蝶怨良宵岑寂。正满湖碎月摇花，怎生去得？

※ 注释

1 禁苑：指皇家园林。因南宋以临安为都城，所以西湖一带成为禁苑。2 飏（yáng）：飞扬，飘扬。3 西泠：即西泠桥。在西湖孤山下。4 游勒：游骑。5 幂：形容深浓。

※ 新解

西湖禁苑中，和煦的春风吹来，游丝飘扬，柳絮纷飞，春光明媚，使游人不禁产生密密的春思。春燕与黄莺相约，在树底花间翩翩起舞。然而，正是这样的美好景色最容易勾起闺中之人的春心芳情，因此，人们纷纷结伴，踏青游春。十里西湖上，宝马雕鞍熙熙攘攘、络绎不绝，大路上香尘漠漠，恍若隔障；西湖边上，丝竹管弦杂乱缤纷，人声鼎沸。画船在中午时分，纷纷驶入西泠桥内的里湖，致使外西湖空无一舸，半边湖色顿觉无比的宁静悠闲。

湖堤上，垂柳依依，烟霭茫茫，隐约可见一片翠碧的柳色，车帘后美人的倩影和骏马上少年的英姿在其映衬下，显得那么赏心悦目。不觉间，暮色悄悄降临，伴着丝丝寒意，估计那洁白如云的梨花会在梦中感到寒冷，芳香四溢的杏花会因此而笼罩在忧愁之中吧。寒食节在到处弥漫的笙歌管乐声中即将过去，湖光山色悄然寂静，如此良辰美景，却这般冷落清寂，难怪白天飞绕花丛的蝴蝶会不住地抱怨。波光粼粼的湖面映照着皎洁的月色和纷繁的花影，风吹波动，月碎花摇，美景如此，岂能舍得离去？

词人作此词描述了南宋都城临安寒食节前后的游湖盛况，并将自己的特殊感受和遐思融入其中，远近交错，动静相生，虚实互补，声香四溢，实为佳作。

花犯　水仙花

楚江湄[1]，湘娥[2]再见，无言洒清泪，淡然春意。空独倚东风，芳思谁寄？凌波[3]路冷秋无际。香云随步起，漫记得、汉宫仙掌[4]，亭亭明月底。

冰丝写怨更多情，骚人[5]恨，枉赋芳兰幽芷。春思远，谁叹赏国香风味？相将共、岁寒伴侣，小窗静，沉烟熏翠被。幽梦觉、涓涓清露，一枝灯影里。

※ 注释

1 湄：指岸边水草相接的地方。2 湘娥：传说是舜的二妃，即娥皇和女英。这里喻指水仙花。3 凌波：《洛神赋》有“凌波微步”，指女子走路的姿态。4 汉宫仙掌：汉朝宫门前有捧承露盘的金铜仙人，为汉武帝时所铸。5 骚人：这里指屈原。

※ 新解

对着水仙，似在湘江畔初见湘妃，无言以对，落清泪。春意淡淡，独立对春风，情思有谁知。凌波微步，带起香云，给人轻冷寒意。让人想起，汉宫前捧承露盘的金铜仙人，在明月下亭亭的倩影。

《离骚》写香兰、幽芷，而水仙像湘灵鼓瑟，冷弦弹怨更多情。春思悠远，韵味悠长。谁能赏识这种国香风味，和她生活在一起，共作岁寒伴侣？幽静的小窗前，沉水香的烟雾缭绕着她的绿叶。一觉幽梦醒，立即被灯影里一枝带有点点露珠的水仙吸引。

这是首咏物词。水仙是种在铺满卵石的水盆里的小花。词人发挥想象，将她比作湘妃、洛神、捧露盘的仙人，着意刻画水仙不凡的姿态。又将水仙和兰、芷做比较，写出她的精神堪与松、竹、梅并齐。

摸鱼儿

朱嗣发

对西风、鬓摇烟碧，参差[1]前事流水。紫丝罗带鸳鸯结，的的[2]镜盟钗誓[3]。浑不记，漫手织回文，几度欲心碎。安花著叶，奈雨覆云翻[4]，情宽分窄[5]，石上玉簪脆。

朱楼外，愁压空云欲坠，月痕犹照无寐。阴晴也只随天意，枉了玉消香碎。君且醉，君不见长门青草春风泪。一时左计[6]，悔不早荆钗[7]，暮天修竹，头白倚寒翠[8]。

※ 注释

1 参差：好像，仿佛。2 的的：明白，明确。3 镜盟钗誓：此处用两个典故。镜盟，南朝陈灭亡后，驸马徐德言与妻子乐昌公主各执半镜离散，后来夫妻团聚之时，合镜重圆。钗誓，唐明皇与杨贵妃在定情的时候，授金钗钿合以固之，发誓愿意世代为夫妇。4 雨覆云翻：这里用来喻指男子的感情变化多端。5 情宽分窄：情意深，缘分浅。6 左计：失策，失算。7 荆钗：用来形容妇女服饰朴素。8 “暮天修竹”二句：喻指生活清贫寂寞，但品质忠贞高尚。语出杜甫《佳人》：“天寒翠袖薄，日暮倚修竹。”

※ 新解

萧瑟的秋风吹拂着我纷乱如云的鬓发，往事已经像流水一样逝去，不堪回首。当时，他给我系上鸳鸯结丝带，向我表明他的恩爱情意。他也曾经山盟海誓，说要与我永结连理，破镜折钗，信誓旦旦。我也曾学苏蕙，写了一首深情的织锦回文诗寄给他。让我没有想到的是，他竟将这一切忘得那么快，当时，我的心都要碎了。爱情之花已经凋零，即使勉强将它重新安到花蒂上，也是徒然，因为他那雨覆云翻、变化无常的秉性是难以改变的。尽管我情深意挚，但是我们之间的缘分确实是太浅了，正如玉簪跌落到石头上一样，终会断裂。

我独自伫立高楼，往事涌上心头，望着天空中沉沉欲垂的云雾，感觉它们好像被我心中的愁绪压得快要坠落下来一样。晚上云散月出，月色朦胧，我再次被这样的情景搅扰得心中烦乱不堪，彻夜难眠。不过我最终还是醒悟了，不管天气阴晴，一切都听凭天意，像我这样忧郁憔悴，即使“玉消香碎”，也是枉然。想想就连曾被汉武帝宠极一时的陈皇后，最终也只落得个独居长门的悲惨下场，只能对着青青春草，凄然落泪，我又何妨一醉了事？只怪我自己当时一时糊涂，才落到被人遗弃的下场。早知如此，我宁愿荆钗布裙，过一辈子清贫寂寞的生活，以保持自己忠贞芳洁的品质。

作者在此词中以一弃妇的口吻自述，情调凄婉哀怨，如泣如诉。但作者本意并非单纯叙述弃妇之恨，而是将自己的亡国之思寄托其中。虽然作者在本词中多处用典和化用前人诗句，但显得自然贴切，毫无堆砌之迹。

疏影　寻梅不见

彭元逊

江空不渡，恨蘼芜杜若[1]，零落无数。远道荒寒，婉娩[2]流年，望望[3]美人迟暮[4]。风烟雨雪阴晴晚，更何须春风千树。尽孤城、落木萧萧，日夜江声流去。

日晏山深闻笛，恐他年流落，与子同赋。事阔心违，交淡媒劳[5]，蔓草沾衣多露。汀洲窈窕余醒寐[6]，遗珮环、浮沉澧浦[7]。有白鸥、淡月微波，寄语逍遥容与[8]。

※ 注释

1 蘼芜杜若：蘼芜、杜若分别是两种不同的香草。作者在此以香草比故友。2 婉娩：温和。3 望望：指恋恋不舍地望了又望。4 美人迟暮：语出《离骚》“惟草木之零落兮，恐美人之迟暮”。美人，兼指梅花和友人。5 媒劳：使媒人徒劳无功。意即交情浅薄。6 醒寐：指酒后昏睡，醉梦。7 “遗珮”句：语出《离骚》“捐余玦兮江中，遗余珮兮澧浦”。澧浦，指澧水岸边。8 逍遥容与：形容安逸闲适的样子。

※ 新解

水天相接，苍茫一片，梅花并未随着春天渡江而来，而芬芳高洁的蘼芜、杜若等香草却早早地就纷纷凋零了。遥远的大道上一派荒凉凄寒的景象，岁月流逝，我望着梅花渐渐凋落，依依不舍，好像看见了已经迟暮的故友。在这风烟凄寒、雨雪纷飞、乍阴乍晴的黄昏，谁会前来欣赏这千树万树的梅景？我独自遥望孤城，落叶萧萧飘落，落入无边无际的江水中，随着江水日夜不停地滚滚东流而去。

当年的那天黄昏，我在深山中听到你的《梅花落》笛曲，当时就担心日后飘游各地时，也会像你一样感叹梅花凋谢，寄情于辞赋。然而世事沧桑，事与愿违，你我之间终究是缘浅交淡，媒人来回奔忙也是枉然，只能让青草上的露水沾湿衣衫。汀洲边的窈窕美人只留在了我的醉梦里，她曾经赠予我的佩环，至今还浮沉于澧水岸边。微波在朦胧的月色中轻轻荡漾，我要寄语自由自在飞行于江面上的白鸥，告诉他我是何等羡慕它那闲适而安逸的生活。

这首词并不是真的寻梅，而是借梅抒发怀人之情。词人在春风送暖时节寻梅不得，心情凄凉，进而感叹人事，叹惜自己生不逢时，与“美人”情疏缘浅，因此发出了想与白鸥一起逍遥容与的感叹。

六丑　杨花

似东风老大，那复有当时风气。有情不收，江山身是寄，浩荡何世？但忆临官道，暂来不住，便出门千里。痴心指望回风坠[1]，扇底相逢，钗头微缀。他家万条千缕，解遮亭障驿，不隔江水。

瓜洲曾舣[2]，等行人岁岁。日下长秋，城乌夜起。帐庐好在[3]春睡，共飞归湖上，草青无地。愔愔雨[4]、春心如腻，欲待化、丰乐楼前帐饮青门都废。何人念、流落无几，点点抟作雪绵松润，为君裛[5]泪。

※ 注释

1 回风坠：在旋风中坠落。2 舣：指船靠岸，停船。3 好在：依然，仍然。4 愔愔雨：形容春雨柔细。愔愔，形容安静无声、和悦安闲。5 裛：沾湿。

※ 新解

东风已经衰老无力，完全没有了当时的风姿英气。杨花情意深深，却不被世人所理解和接受，寄居于故国江山，不知要飘荡到什么年代。只记得，当时来到官道边，没有来得及停留，便出门，到千里之外漂泊游荡。空怀一颗痴心，希望某个时候能在旋风中坠落，轻轻落在伊人的鬓发上，和她相逢于扇底。就像那万千条柳枝上的柳絮一样，飘飘洒洒，到处纷飞，遮蔽驿站，浩浩荡荡的样子，连江水都隔不断。

年年岁岁，岁岁年年，无数船只停靠在瓜洲渡旁，等待着行人归去。故都的长秋宫一片凄荒，城中时时可见有乌鹊在夜里惊起。他还在帐庐中做着美好的春梦，本想与他一起飞回故都，然而，西湖边上早已是青草遍地，回去也再不会有立足之地了。柔细的春雨沾湿了杨花，就像一颗春心已经腻烦厌倦。想重新在丰乐楼前设帐欢饮，然而，故都青门早已荒废。有谁知道四处飘荡流落的杨花现在已经所剩无几，将点点飞絮相抟，粘连成雪白松软的絮球，一心只想着为君擦拭眼泪。

此词名为咏杨花，实为借杨花之名咏叹自身身世。在感慨漂泊他乡的同时，间有对儿女之情的留恋。“瓜洲曾舣”，有盼渡江南归之意，“日下长秋”“丰乐楼”“青门”等语，更似有故国之恨。

天香　龙涎香[1]

王沂孙

孤峤[2]蟠烟[3]，层涛蜕月，骊宫[4]夜采铅水。汛远槎[5]风，梦深薇露，化作断魂心字。红磁候火[6]，还乍识、冰环玉指。一缕萦帘翠影，依稀海天云气。

几回殢娇[7]半醉。剪春灯、夜寒花碎。更好故溪飞雪，小窗深闭。荀令[8]如今顿老，总忘却尊前旧风味。漫惜馀薰，空篝[9]素被。

※ 注释

1 龙涎香：一种名贵香料，相传由龙的唾液凝结而成。2 峤（qiáo）：海中礁石。3 蟠烟：形容烟雾缭绕的样子。4 骊宫：骊龙居住的宫殿，即龙宫。5 槎（chá）：水中浮木。6 红磁：放置龙涎香的红磁盒。候火：慢火、文火。7 殢娇：形容女子神态娇困。8 荀令：三国时做过尚书的荀彧。《襄阳记》记载：他到人家坐幞，三日香气不歇。这里是作者自指。9 篝：熏香用的竹笼。

※ 新解

海中礁石上烟雾蟠绕，月光在层层波涛中闪动，鲛人深夜到龙宫采龙涎香。潮汛已远，舟随风去。龙涎被采去，经过研磨，化作心字香。红磁盒装着龙涎，等着火候，制成时仿佛是佳人玉指上的玉环。龙涎香被焚热，一缕翠烟缭绕不散，依稀还能见到海天上的云气。

曾几回半醉时流露娇态，举手剪春灯，夜寒灯花落。故国山川飞雪，小窗紧闭，此情最好。如今人已老去，不再有当年爱带香的风情况味。但我爱惜余味，仍将素被蒙在香笼上。

这是一首咏物词。相传龙涎香为龙的唾液炼成，十分贵重。上阕紧扣一“龙”字，先写夜采龙涎，继写龙涎的加工制作，兼写香的形状，写得很有情味；下阕不再写龙涎香，荡开一笔，回忆当年焚香时值得怀念的情事，香与往事融为一体。结尾写对过去生活的怀念和珍惜。全词写香、写人，透过人使香也有情。这首词表面是咏物，但在咏物中有寄托。追忆过去的燃香生活，实际含有对南宋末年朝廷耽于享乐的讽刺。词人借咏物感叹往事已如一缕香烟飘逝，这是遗民文人无力的感叹。

眉妩　新月

渐新痕[1]悬柳，淡彩穿花，依约破初暝[2]。便有团圆意，深深拜，相逢谁在香径？画眉未稳，料素娥[3]、犹带离恨。最堪爱、一曲银钩小，宝帘挂秋冷。

千古盈亏休问，叹慢磨玉斧，难补金镜[4]。太液池[5]犹在，凄凉处、何人重赋清景？故山夜永，试待他窥户端正[6]。看云外山河[7]，还老桂花旧影。

※ 注释

1 新痕：指一痕新月。2 初暝：初夜。3 素娥：指嫦娥。4 金镜：指月亮。5 太液池：指汉武帝建章宫北的一池名。后多泛指宫中池沼。这里用来怀念故国繁盛时期。6 端正：月圆。7 云外山河：指月中阴影。这里指故国山河。

※ 新解

天空中渐渐升起一弯新月，悄悄地悬挂在柳梢上，清辉浅淡，从花丛穿过，就像穿破了初夜的昏暗。新月才刚刚初升，便有了团圆之意，少女朝着新月深深下拜，许下美好的心愿。园中小径上，花香四溢，在那里能否见到与她一样拜月祈福之人？微露的新月尚有缺痕，就像嫦娥还没有画好的眉毛，也许是因为她还带有离愁别恨吧？新月弯弯，犹如一弯银钩，挂住了寒秋巨大的天幕。

自古以来月亮就有圆有缺，这一点不必多问，让人感到可叹的是，即使细细将玉斧磨利，也难以修补那残缺的月亮。太液池依然还在皇宫苑内，没有变化，然而，四处都是一派凄凉残败的景象，谁还会去赏月赋诗、赞美那清秀的景致呢？漫漫长夜中，故国的山山水水都在等待着一轮圆月照进千家万户，那晶莹明亮的圆月中，分明印有故国大地的影子，只是月中的那棵桂树已衰老，想必也是因感伤山河破碎所致吧？

这是一首歌咏新月的词，在王沂孙咏物词中算是寓意比较明显的一首。此人借咏新月寄寓故国沦丧的沉痛之感。词人用闺中意象刻画新月，给人一种轻柔婉丽的感觉。然后用历史上的传说典故感叹世事沧桑，为故国山河破碎难以恢复而悲伤。

齐天乐　蝉

一襟余恨宫魂断[1]，年年翠阴庭树。乍咽凉柯，还移暗叶，重把离愁深诉。西窗过雨，怪瑶珮流空，玉筝调柱，镜暗妆残，为谁娇鬓尚如许？

铜仙铅泪似洗，叹移盘去远，难贮零露[2]。病翼惊秋，枯形阅世，消得斜阳几度？余音更苦，甚独抱清商[3]，顿成凄楚。漫想熏风[4]，柳丝千万缕。

※ 注释

1 宫魂断：指蝉声凄厉。据《古今注》载，齐王后怨齐王而死，死后尸体化为蝉。2 “铜仙”三句：汉武帝时用铜铸造了一个仙人像，以手托盘承露。魏明帝后来遣人将此像拆走，铜仙人潸然泪下。这里暗寓世事沧桑之感慨。3 清商：即清商曲，古乐府的一种曲子，是一种哀怨凄清的曲调。4 熏风：南风，和风。

※ 新解

齐王后的满腔幽恨绵绵无尽，她死后，冤魂化为蝉，年年岁岁都栖息在庭院的绿荫丛里。初秋时节，枝头的蝉刚刚停止呜咽，转眼间，一声声凄凉的蝉鸣又从树叶背后传来，好像在重新诉说她那深深的愁绪。西窗外刚刚下过一场秋雨，惊起了一阵秋蝉的振翅声，那声音就像玉佩在空中叮当作响，又好像玉筝弹奏出了美妙的乐曲。秋天到了，镜中齐王后的容颜早已憔悴，可是为什么仍然有那么姣美的蝉翼？

金铜仙人不得已被搬离汉宫，伤心欲绝，以泪洗面，它已经带着承露盘远去，再也没法收集露水以供蝉儿饮用了。秋蝉那病弱的双翼已经经受不住秋日的凄寒，干枯的形骸却仍在世上经历着人世沧桑，它还能经受得住多少次斜阳的消磨？她生命中最后的声音更加凄苦。为什么只有秋蝉独具这种哀怨悲切的声调？听后让人顿觉凄楚无比。如今，她只能空自回想那南风拂拂的夏天，和那千万条柳丝随风飘扬的美景。

这首词名为咏蝉，实为悲悼国家的沦亡。词人以蝉暗寓自己的身世，南宋灭亡后，词人无时无刻不在想“离愁深诉”，然而却已“镜暗妆残”了。作为南宋遗民，词人用金铜仙人辞汉的典故来喻指自己被剥夺了饮露的权利。

高阳台　和周草窗[1]《寄越中诸友》韵

残雪庭阴，轻寒帘影，霏霏玉管春葭[2]。小帖金泥，不知春是谁家？相思一夜窗前梦，奈个人[3]、水隔天遮。但凄然、满树幽香，满地横斜。

江南自是离愁苦，况游骢古道，归雁平沙。怎得银笺，殷勤说与年华。如今处处生芳草，纵凭高不见天涯。更消他，几度东风，几度飞花。

※ 注释

1 周草窗：即南宋词人周密。2 玉管春葭：用来测试季节的乐器。葭，芦苇。3 个人：伊人，那人。

※ 新解

庭院的背阴处，残雪还未融化，春风携带着丝丝寒意，轻轻摇动帘影，在这立春时节，玉管中葭灰顿时纷纷扬扬。又该书写宜春词金泥帖子了，可是，春天究竟在谁家呢？一整夜我都在窗下做着相思梦，然而，他的身影还是远在千山万水之外。我在梦中只看到了梅花满树，而地上则是枝影横斜的凄凉景象。

江南春色最能让人感受到离愁之苦，何况是骑着青骢马在古道上奔波，眼睁睁看着归雁栖息于平坦的沙滩上呢？如果能够铺上一张银笺，尽情地倾诉年华不再的忧愁，那该多好啊！如今，到处都是一派芳草萋萋的景象，纵使登高望远，天边也已被春草遮断。我们还能消受得起几番春风吹拂，几番春花凋谢？

这首词写立春时节的景象，抒发离愁别恨，其中又含有隐隐的亡国哀感。词人含蓄隐晦地描写春意，又沉郁幽怨地叙述离怀，无限伤感，尽在“更消他，几度东风，几度飞花”之中。

法曲献仙音　聚景亭梅次草窗韵

层绿[1]峨峨，纤琼[2]皎皎，倒压波痕清浅。过眼年华，动人幽意，相逢几番春换。记唤酒寻芳处，盈盈褪妆晚。

已消黯，况凄凉近来离思，应忘却明月，夜深归辇[3]。荏苒一枝春，恨东风人似天远。纵有残花，洒征衣、铅泪都满。但殷勤折取，自遣一襟幽怨。

※ 注释

1 层绿：指绿梅层层叠叠。2 纤琼：本指细玉，这里指白梅。3 辇：车。

※ 新解

绿梅层层叠叠，高耸挺立，白梅晶莹如玉，素雅皎洁，横斜间出的枝条倒映在清浅的水面上，随波荡漾。曾经的美好年华犹如过眼云烟，一去不复返，上次我们一起欣赏这迷人的散发着幽香的梅花，好不惬意，我至今难忘，然而，转眼间已经过去好几个春天了。那时我们携酒在聚景园中寻芳揽香，风姿绰约的梅花迟迟没有褪去她的盛妆。

回想往事，让人黯然销魂，何况近来不知为何，总时时涌起一阵凄惨的离愁别绪。先朝皇上披月问梅、深夜归辇的那些风流韵事确实应该忘掉。在东风不住的吹拂下，枝头上的梅花已经渐渐凋谢了，可叹的是，曾经一同赏花之人，现在却远在天涯之外。即使还有残花败叶，我也已经兴味萧然。每每想到此，凄凉的泪水就洒满了游子的衣襟。不过，我还是充满深情地折下一枝梅花，以此来排解满怀的幽怨。

这首词从昔日聚景园的梅花入手，表达了对故国的深深眷恋。词人写梅寄托幽远，气韵清和，意境殊深。

贺新郎

蒋捷

梦冷黄金屋[1]，叹秦筝斜鸿阵里，素弦尘扑。化作娇莺飞归去，犹识纱窗旧绿。正过雨、荆桃如菽。此恨难平君知否？似琼台、涌起弹棋局。消瘦影，嫌明烛。

鸳楼碎泻东西玉[2]，问芳踪、何时再展？翠钗难卜[3]。待把宫眉横云样，描上生绡画幅。怕不是新来妆束。彩扇红牙今都在，恨无人、解听开元曲。空掩袖，倚寒竹[4]。

※ 注释

1 黄金屋：汉武帝年少时，长公主欲把阿娇许配给他，武帝曰："若得阿娇作妇，当作金屋贮之。" 2 东西玉：酒名。3 翠钗难卜：古代妇女经常用头钗占卜吉凶。4 "空掩袖"二句：语出杜甫《佳人》："天寒翠袖薄，日暮倚修竹。"

※ 新解

闺屋虽然华美，但已经变得空寂凄冷，我只能在梦中偶尔与她相见了。她曾经每天抚拨的秦筝，那斜列如雁行的弦柱，那一根根曾经寄托着无限思绪的琴弦，现在都已经蒙上了一层厚厚的尘土。即使我在梦中化作黄莺飞回这间金屋，也仍然能够认得旧日的绿色纱窗。现在正是一年中春雨刚过的时候，樱桃仿佛一夜间结出了豆大的果实。一种怀旧惜春之情，顿时涌上心头。你们能体会这种哀怨吗？世事变幻不定，就像弹棋局一样变化无常。我顾影自怜，怪只怪那烛光太亮了，将我消瘦伶仃的身影照得一清二楚。

鸳鸯楼中杯碎酒泻，一片狼藉。美人已经离去，即使用她留下来的翠钗，也难以占卜究竟何时我们才能重聚，才能重见她的芳姿。她曾经打扮入时，那一对宫中纤云画眉给我留下了很深的印象，我想把她娇美的容颜描绘在生绡上，但又怕她现在已经采用新式的梳妆打扮了。曾经歌舞时用过的彩扇牙板现在还在，然而，却没有人来欣赏前朝盛世时的歌曲了。我只能在寒日里倚竹孤立，掩面而泣。

这首词感旧伤怀，同时又隐含着对故国的思恋之情。物是人非、梦亦难圆，使词人郁积了过深的悲愤。寻找伊人却难觅芳踪，百感交集。最后，借竹的高风亮节，流露出孤臣幽独的情怀和坚贞不渝的品德。

女冠子 元夕

蕙花香也，雪晴池馆如画。春风飞到，宝钗楼[1]上，一片笙箫，琉璃[2]光射。而今灯漫挂，不是暗尘明月[3]，那时元夜。况年来、心懒意怯，羞与蛾儿[4]争耍。

江城人悄初更打，问繁华谁解，再向天公借？剔残红灺[5]，但梦里隐隐，钿车罗帕。吴笺银粉砑[6]，待把旧家风景，写成闲话。笑绿鬟邻女，倚窗犹唱，夕阳西下。

※ 注释

1 宝钗楼：这里泛指歌楼酒肆。2 琉璃：此指用五色琉璃制成的彩灯。3 暗尘明月：用来形容昔日元宵节的繁华热闹景象。4 蛾儿：本指元宵节时妇女头上所戴的彩饰，这里用来指头戴彩蛾的女子。5 灺（xiè）：指灯烛灰烬。6 银粉砑（yà）：往纸上碾银粉，使之发光。砑，碾磨。

※ 新解

过去元宵节时，蕙兰花开，香气四溢。一场大雪过后，天气放晴，池波荡漾，池边的楼台亭阁星星点点地点缀着这美丽如画的景色。和煦的春风轻轻吹拂，歌楼妓馆，笙箫并奏，悠扬的乐曲声此起彼伏，琉璃彩灯装饰在楼馆前，发出绚烂的光芒，将街市照得如同白昼一样，全城都沉浸在节日的欢乐祥和的气氛中。但是今年的元宵节，只有少数楼前稀稀落落地挂着几盏小灯，而且灯光昏暗，曾经元宵节时车马往来、香尘飞扬、明月彩灯争辉的壮观场景将再也看不到了。何况，近年来我已经心灰意懒，兴味索然了，最害怕与妇女们一起出去赏灯游玩。

旧都江城的大街上在初更的时候就已经不见人影了，到处都是静悄悄的。谁能告诉我，怎样才能向天公借来昔日元宵节的繁华景象？将灯台上的灰烬剔去，恍惚入睡，我仿佛又看到了那熟悉的欢声鼎沸的元宵夜场面，佳人们乘坐着珠光宝气的马车，手拿香罗手帕，向游人们频频示意。我要将上好的银光闪闪的吴笺铺在桌上，写下旧时元宵节的风光，以作为日后闲聊的内容。可笑邻家少女不知时宜，仍然倚在窗前，吟唱着宋时的元夕词“夕阳西下”。

词人一往情深地回忆当年元宵节时的繁华景象，曾经是“一片笙箫，琉璃光射”，而如今却是“灯漫挂”“人悄初更”，足可见词人对故国的深深思念。

青玉案

黄公绍

年年社日停针线[1]，怎忍见、双飞燕？今日江城春已半，一身犹在，乱山深处，寂寞溪桥畔。

春衫著破谁针线？点点行行泪痕满。落日解鞍芳草岸，花无人戴，酒无人劝，醉也无人管。

※ 注释

1 年年社日停针线：张帮基《墨庄漫录》："今人家闺房，遇春秋社日，不组，谓之忌作。"社日，祭祀土地神的节日。立春后第五个戊日为春社，此时燕子从南方飞来。停针线，古时习俗，社日之时妇女要忌用针线。

※ 新解

年年春社都停做针线，怎么忍看春燕双飞？现在江南正是仲春季节，我却孑然一身，还在群山深处，寂寞凄凉地在溪桥边独自徘徊。

春衫破了谁来为我缝补？每思及此，两行热泪就打湿衣襟。夕阳西下，在绿草如茵的河岸下马歇息，没人为我戴上美丽的花儿，也没有人来劝我饮酒，醉倒了也没人照料。

这首词写春日悲情。主人翁是一个漂泊异乡的游子，见燕子双飞而叹孤苦。衣衫残破无人缝补，美景当前也没有好心绪去玩赏，孤苦伶仃的处境令人同情。这可能是南宋灭亡后的作品，作者借此抒发沉痛的心情。

紫萸香慢

姚云文

近重阳、偏多风雨，绝怜此日暄明[1]。问秋香[2]浓未？待携客、出西城。正自羁怀多感，怕荒台[3]高处，更不胜情。向尊前又忆、漉酒[4]插花人，只座上、已无老兵。

凄清，浅醉还醒，愁不肯、与诗平。记长楸[5]走马，雕弓搾柳[6]，前事休评。紫萸一枝传赐，梦谁到、汉家陵？尽乌纱、便随风去，要天知道，华发如此星星。歌罢涕零。

※ 注释

1 暄明：形容天气晴朗，和暖的样子。2 秋香：指菊花。3 荒台：指戏马台，这里用来泛指凄凉荒寒的古台。4 漉（lù）酒：将酒中的糟渣过滤掉。5 长楸（qiū）：古时经常在路旁种植一排楸木，绵延不尽，因此叫长楸。6 搾（zhà）柳：即射柳。古代的一种竞技活动。

※ 新解

重阳节马上就要到了，可偏偏就在最近，总是刮风下雨，今天天气和暖晴朗，真是难得啊！借问郊外的秋菊，此时是否已经开得又浓又香了？我本想带客人们走出西城，去游览一下美丽的秋景，可转念一想，自己正漂泊异乡，心中本来就充满了无限的感伤，如果再登上荒台高处，只怕是更不堪忍受羁旅的愁苦。举起酒杯，不禁想起了昔日头簪菊花、殷勤为我漉酒的故友，然而，如今的座上已经没有了可以尽情相劝的酒伴了。

四周凄凉清寂，我虽然有些醉意，但头脑还清醒，就算是吟诗赋词，也不能稍稍消解我满怀的愁绪。当年在楸木绵延的大道上纵马驰骋，弯弓射箭，百步穿杨，多么潇洒，如今就不必再提那些往事了。谁曾经梦见在汉家陵寝前受到恩赐，被赏予一枝紫萸？无须贪恋那顶轻薄的乌纱帽，就让秋风将它吹走吧，以免名缰利锁羁绊缠身，让老天知道，此时的我已经两鬓斑白，淡泊名利了。一曲歌罢，我不禁潸然泪下。

这首词写词人在重阳节时的内心感受。秋光正好之时词人与客在西城郊游，想起了昔日“漉酒插花”的故友，隐隐透出此刻内心的孤寂。过去的风光之事难以忘怀，却又说“前事休评”，充满了一种矛盾心情。

高阳台　西湖春感

张炎

接叶巢莺[1]，平波卷絮，断桥[2]斜日归船。能几番游？看花又是明年。东风且伴蔷薇住，到蔷薇、春已堪怜。更凄然，万绿西泠[3]，一抹荒烟。

当年燕子知何处？但苔深韦曲[4]，草暗斜川[5]。见说新愁，如今也到鸥边。无心再续笙歌梦，掩重门、浅醉闲眠。莫开帘，怕见飞花，怕听啼鹃。

※ 注释

1 接叶巢莺：语本杜甫诗：“卑枝低结子，接叶暗巢莺。”2 断桥：桥名，在西湖孤山侧。3 西泠：即西泠桥，在西湖孤山下。4 韦曲：指唐代长安城南韦氏世居之地。这里用来指杭州城内贵族所居之处。5 斜川：这里借指西湖边文人雅士游览集会之地。

※ 新解

树木枝叶相接，黄莺在巢穴中轻声啼唱。春水涨平岸边，飘落的柳絮被水波轻轻卷走。小船在夜幕降临的时候，披着夕阳的余晖穿过了断桥。这样的良辰美景，不知还能游览几番。想要再睹群花的芳姿，得等到明年了。东风啊，你就陪伴着蔷薇停下来吧，你难道不知道，蔷薇花开之时，就是春天将逝之时？昔日的繁华之地，那万绿丛中的西冷桥上，现在正弥漫着一抹凄寒的荒烟，这更让人伤感。

当年的燕子们都飞到哪里去了？西湖曾经是文人雅士云集的胜地，如今，到处都是苔深草暗的晚春景象，鸥鸟一向都是在西湖上自由自在地悠游，超脱于世，然而，据说它们现在也有了新愁。过去经常纵情歌舞，如今我已无心重温往日的美梦了，而是将重重院门统统关上，在浅浅的醉意中悠然入眠。请不要开门卷帘，因为我实在是害怕看见那纷飞的落花，还怕听见那凄惨的杜鹃啼鸣。

作者在宋亡后，重过西湖，感慨万千，而作此词。词人借咏西湖残春景色，综合运用了写景、抒情、议论等手法，抒发国破家亡的哀痛。读者可以从字里行间体会到词人那种无可奈何的惆怅和黯然神伤的幽怨。

八声甘州

辛卯岁，沈尧道同余北归，各处杭、越。逾岁，尧道来问寂寞，语笑数日，又复别去，赋此曲，并寄赵学舟。

记玉关[1]、踏雪事清游，寒气脆貂裘。傍枯林古道，长河[2]饮马，此意悠悠。短梦依然江表[3]，老泪洒西州[4]。一字无题处，落叶都愁[5]。

载取白云归去，问谁留楚佩，弄影中洲？折芦花赠远，零落一身秋。向寻常、野桥流水，待招来、不是旧沙鸥[6]。空怀感，有斜阳处，却怕登楼。

※ 注释

1 玉关：关名，原指甘肃境内的玉门关。这里泛指北方。2 长河：黄河。3 江表：江南。4 “老泪”句：据《晋书·谢安传》载，羊昙为谢安所器重，谢安扶病还都时，从西州城门入。谢安死后，羊昙避而不走此门。后酒后大醉，不觉至西州门，恸哭而去。这里用此典故，寄寓家国之痛。5 “一字无题”二句：用红叶题诗的典故，意思是说落叶上都是哀愁，无处题诗。6 旧沙鸥：指志同道合的老朋友。

※ 新解

当年我们在北方踏雪游赏的往事还记得吗？当时，凛冽的北风呼呼地吹着，寒气袭人，就连身上所穿的貂皮大衣都被冻得又硬又脆。我们在枯林古道上漫步，用黄河水饮马，心中之情，不可言状。仿佛做了一个短梦，梦醒后就又回到了江南。回首被迫北上的屈辱，我不禁老泪纵横，泪洒西州。深秋时节的落叶，仿佛已经写满了各种哀愁，我已经无处题写自己的凄苦之情了。

挚友沈尧道匆匆来访，又匆匆离去，回到了白云深处，闭门隐居。是谁在分别的时候留下了佩玉，身影徘徊在水洲中间？别后思念远方的朋友，我只能折下一枝芦花寄赠给他，我的心情就像秋风中的芦苇一样萧瑟。在野外寻常的小桥流水处，应邀而至的已经不是旧日相识的朋友了。夕阳西下，我空自怀着一腔幽恨，却不敢登楼望远，因为那样，我会更加怀念远去的朋友。

作者在宋亡之后追思北上清游的景况，抒发今日的离别之情和家国沦亡之痛。全词忆旧伤今，词情低沉哀婉，苍凉悲壮。

解连环　孤雁

楚江空晚，恨离群万里，怳然[1]惊散。自顾影、欲下寒塘，正沙净草枯，水平天远。写不成书，只寄得相思一点。料因循[2]误了，残毡拥雪[3]，故人心眼。

谁怜旅愁荏苒[4]，谩长门夜悄，锦筝弹怨。想伴侣、犹宿芦花，也曾念春前，去程应转。暮雨相呼，怕蓦地[5]、玉关重见。未羞他、双燕归来，画帘半卷。

※ 注释

1 怳（huǎng）然：指失意的样子。2 因循：拖延。3 残毡拥雪：据《汉书·苏武传》载，苏武被匈奴所拘，置于大窖中。苏武在雪天以雪拌毡毛而食，没有死去。后双方和亲，汉诈称天子于上林得雁足系书，知苏武尚在，将苏武迎接归汉。这里用来喻指身陷北地而能守节不屈的友人。4 荏苒：时光流逝。5 蓦地：忽然，猛然。

※ 新解

楚江辽阔，暮云暗淡，一只失群的孤雁在怅然四顾，迷茫无措。它从江水的倒影中看到自己此刻形单影只的样子，感到万分凄凉，于是就降落在寒冷的池塘边栖息。沙洲清净，草木枯黄，水面平静，水天相接。孤雁一点，难排成字，写不成书，失去伙伴，只剩思念。想必是因为失群，耽误了为故人传递书信，托信人只能在北地以残毡积雪为食，望眼欲穿了。

它在漫漫旅途中，忍受着绵绵忧愁，这种苦境谁会来怜悯？正如那被遗弃在长门宫的陈皇后，漫漫长夜，凄寒孤寂，只能将满腔幽怨寄托于筝弦。同伴们此时应该都在芦花丛中栖息了吧？明年春来之前，雁群就会集体回迁，返回北去的路程。到那个时候，应该就能在黄昏的春雨中，呼朋引伴，一起玩耍了。那在玉门关外忽然重逢的情景，真是难以想象啊！只要能够相见，它即使在荒野寒沙中忍受孤独寂寥，也不会在寄身画栋珠帘、不识愁苦的双双紫燕前自惭形秽。

这首词以雁喻人，托物言志，写出了词人在国破家亡之后沦落天涯的身世之悲，同时也能体会到词人对被囚北地的爱国志士的牵挂和钦佩之情。“写不成书，只寄得相思一点”，体物细腻，可谓妙语天成。

疏影　咏荷叶

碧圆[1]自洁，向浅洲远浦，亭亭清绝。犹有遗簪[2]，不展秋心，能卷几多炎热？鸳鸯密语同倾盖，且莫与、浣纱人说。恐怨歌[3]忽断花风，碎却翠云千叠。

回首当年汉舞，怕飞去漫皱，留仙裙摺[4]。恋恋青衫，犹染枯香，还叹鬓丝飘雪。盘心清露如铅水[5]，又一夜西风吹折。喜净看、匹练飞光，倒泻半湖明月。

※ 注释

1 碧圆：荷叶。2 遗簪：比喻尚未展开的幼嫩的荷叶。3 怨歌：喻指秋声。4“回首”三句：据《赵飞燕外传》载，汉成帝后赵飞燕身轻善舞，裙随风起，像要成仙飞去一样，风住之后，裙又变得很皱。后来，宫女们纷纷将裙子做成皱形，名曰留仙裙。5 铅水：凝聚的晶莹的泪珠。

※ 新解

荷叶青翠碧绿，天生洁净，清浅的沙洲旁、遥远的水浦边，都可以看到荷叶亭亭玉立、清雅绝俗的样子。秋天来了，池塘中还有一些幼小的荷叶尚未舒展叶心，卷叶翠嫩娇柔，宛如美人头上的玉簪，那里面能包容多少夏天的炎热？挺拔的荷叶相互连接，就像微微相倾的双双车盖，一对对鸳鸯躲在青翠的荷叶下讲着甜言蜜语。千万别把它们这些悄悄话告诉浣纱人，因为恐怕她会心生嫉妒之情而将荷叶折断。幽怨的秋风忽然间将和煦的花风阻断，千万片青翠如云的荷叶从此破碎凋残，这是最让人担心的。

回想当年赵飞燕翩翩起舞的时候，仿佛就要变成仙女飞走了，汉成帝见状，急忙让宫女们将飞燕的裙子拉住。然而，现在秋风吹皱荷叶，条条叶纹就像留仙裙上的褶皱。荷叶恋恋不舍地将青绿色的衣衫脱去，渐渐变得枯黄败落，然而，它仍然能散发出怡人的幽香。最可叹的是那一缕缕藕丝，宛若老妇人飘雪的两鬓。露珠晶莹透亮，落在荷叶盘中，就像凝聚的晶莹眼泪。再过一个晚上，这残剩的叶盘就会被西风吹折。不过，明净的天河到那个时候就会像一匹白绢，清光万丈，会把皎洁的月光静静地倾泻在半边湖面上。

这首词明咏荷叶，却时时能体现出词人对人生的感叹。全词色彩鲜明，清丽流畅，有一种积极乐观的情绪贯穿其中。

月下笛

孤游万竹山中，闲门落叶，愁思黯然，因动黍离[1]之感。时寓甬东积翠山舍。

万里孤云，清游渐远，故人何处？寒窗梦里，犹记经行旧时路。连昌[2]约略无多柳，第一是难听夜雨。漫[3]惊回凄悄，相看烛影，拥衾无语。

张绪[4]归何暮？半零落依依，断桥鸥鹭。天涯倦旅，此时心事良苦。只愁重洒西州泪，问杜曲[5]人家在否？恐翠袖天寒，犹倚梅花那树。

※ 注释

1 黍离：语出《诗经·王风·黍离》“彼黍离离，彼稷之苗”。是说故都宫室宗庙的土地上都已长满了禾黍。后成为伤怀故国之情的代称。这里即指故国之思。2 连昌：唐代别宫名，即连昌宫，宫中多植柳。这里指南宋故宫。3 漫：无端。4 张绪：南齐吴郡人，风姿清雅。武帝置柳于云和殿前，曰：“此柳风流可爱，似张绪当年时。”这里是词人以张绪自比。5 杜曲：在唐都城长安南，唐代杜氏世居于此。这里喻指南宋都城临安的富贵人家。

※ 新解

我感觉自己就像万里长空中的一片孤云，随着清风越飘越远。我曾经的那些朋友们现在都在什么地方？我躺在凄寒的西窗之下，在梦中仍能记得曾经走过的道路。大概故宫中的柳树也已所剩无几了吧？夜间雨声潇潇，这是最让人不忍听闻的声音。梦中惊醒之后，一种凄凉哀伤之感顿时袭上心头。烛光摇曳，闪烁不定，在这凄冷的寒夜，我拥衾无语。

张绪啊张绪，你为何在迟暮之年还不能归去？西湖断桥边的沙鸥和白鹭已经零落过半，剩下来的少数鸥鹭好像是不忍就这样离开旧时的家园，还有些依依不舍。浪迹天涯的我已经疲惫不堪，倦于行旅了，此时，我的心中充满了无限的愁苦。我实在不敢重经西州旧地，我怕到时候自己触景生情，恸哭而去。试问杜曲，那里的故家子弟是否安好？让我担心的是她现在还翠袖单薄，我怕她难以抵御寒气的侵袭。可是她却依然倚靠在梅花边上，始终不变的是那忠贞芳洁之志。

元军攻入南宋都城临安之后，将张炎的祖父张濡斩首，并籍没其家。张炎因此由一个旧日的王孙变成了浪迹江湖的南宋遗民。这首词是张炎北归之后游甬东，在万竹山中闻落叶而动黍离之悲写下的感怀之作。词人怀念故都临安，往事依依，情思邈邈，被词人写得凄怆缠绵，表现了深深的故国之思。